Michael Kohlhaas

미하엘 콜하스 외
클라이스트 단편집

문학의 세계

Michael Kohlhaas
미하엘 콜하스 외
클라이스트 단편집

하인리히 폰 클라이스트

진일상 옮김

책세상

일러두기
1. 이 책은 《하인리히 폰 클라이스트 작품과 편지*Heinrich von Kleist. Sämtliche Werke und Briefe*》, Band 2., (hrsg.) Herausgegeben von Helmut Sembdner(München : Carl Hanser Verlag, 1984)에서 단편만을 골라 번역한 것이다. 작품의 순서는 《하인리히 폰 클라이스트 작품과 편지》를 따랐다.
2. 주석은 모두 옮긴이의 주이다.
3. 맞춤법과 외래어 표기는 1989년 3월 1일부터 시행된 〈한글 맞춤법 규정〉과 《문교부 편수자료》, 《표준국어대사전》(국립국어연구원, 1999)을 따랐다.

차례

미하엘 콜하스 7

O...후작 부인 127

칠레의 지진 182

산토도밍고 섬의 약혼 204

로카르노의 거지 노파 249

버려진 아이 253

성 세실리아 또는 음악의 힘 275

결투 291

작가 인터뷰 333

작가 연보 349

주 356

미하엘 콜하스
―옛 연대기에서

　　　　　　　16세기 중엽, 하벨강가에 미하엘 콜하스라는 말 장수가 살고 있었다. 교사의 아들로 태어난 그는 그 시대에 가장 정직하고 끔찍한 사람 중의 하나였다. 이 범상치 않은 남자는 서른이 될 때까지는 선량한 시민의 모범이 될 수 있을 터였다. 그는 자신의 이름을 딴 마을에 농장을 갖고 아무 문제없이 생업에 종사하고 있었다. 하느님을 경외하면서 아내가 선사한 아이들에게 근면과 정직을 가르쳤고, 이웃들 가운데 그의 선행이나 정의로움을 칭송하지 않는 이가 없을 정도였다. 그러니까 세상은 그를 기억하면서 축복하지 않을 수 없었을 것이다. 그가 미덕에서 벗어나지만 않았더라면 말이다. 그러나 정의감은 콜하스를 강도와 살인자로 만들었다.

　어느 날 그는 잘 먹여 윤이 나는 어린 말들을 이끌고 외국으로 나가면서, 장에서 벌게 될 돈을 어떻게 쓸까 계산해보았다. 훌륭한 가장답게 일부는 새로운 이윤을 얻는 데 투자하고, 나머지는 현재의 즐거움을 위해 쓰려고 생각하고 있었다. 엘베강가에서 작센 지방의 웅장한 기사의 성에 도착했을 때, 그는 전에는 보지 못했던 통행목과 마주쳤다. 그때 갑자기 비가 쏟아지기 시작했고, 그는 말을 멈추고 문지기를 불렀다. 문지기는 곧 험상궂은 얼굴로 창밖을 내다보았다. 말 장수는 통행목을 올리라고 말했다. "여기 무슨 일이라도 있습니까?" 말 장수가 묻자 잠시 후 세금징수관이 나왔다. 그는 문을 열면서 "융커[1] 벤첼 폰 트롱카에게 군주가 하사한 특권이오"라고 말했다. "그렇군요." 콜하스는 말했다. "융커의 성함이 벤첼이라고요?" 그러고는 첨탑의 요철 모양 성벽이 번쩍이며 들판을 내려다보고 있는 성을 쳐다보았다. "나이 드신 성주는 돌아가셨나요?" "뇌졸중으로 돌아가셨다오." 세금징수관이 통행목을 올리면서 대답했다. "흠, 안타깝군." 콜하스가 말했다. "품위 있는 노(老)성주였는데. 사람들과 즐겨 왕래하셨고, 장사건 뭐건 당신을 필요로 하는 곳이면 재빨리 도우셨지. 일찍이 돌길도 만들게 하셨는데. 마을 어귀에서 내 암말이 다리가 부러졌거든. 자, 얼마를 내야 하지요?" 콜하스가 그렇게 묻고는 징수관이 요구하는 돈을 바람에 펄럭이는 외투 아래에서 힘겹게 꺼냈다. 징수관이 "어서, 어서"라고 중얼거리면서 날씨에 대해 구시렁거리자 그는 "알았소, 노인장, 이 통행목이 숲에 그대로 있었더라면 피차에 좋았을 텐데"라고 덧붙여 말했다. 그리고 돈을 주고 길을 떠나려고 했다. 겨우 통행목 아래에 도착했을까, 또 다른 목소리가 "멈춰라, 말 장수!" 하며 뒤편 탑에서 울려 나왔다. 이윽고 성의 관리인이 창을 세차게 닫고 그를 향해 달려오는 것이 보였다. "이번엔 또 무슨 일이지?" 콜하스가 중얼거리면서 말을 멈추었다. 관리인은 비를 맞으며 자신의 커다란 몸집에 조끼 단추를 채우면서 오더니, 통행증이 있느냐고 물었다. 콜하스가 물었다. "통행증이요?" 그는 조금은 당황하면서 자신이 아는 한 그런 것은 없다고 말했다. 그리고 그것이 무엇인지 설명해달라고 했다. 어쩌면 그것을 가지고 있을 수도 있다면서. 관리인은 그를 옆에서 바라보면서, 제후의 허락 없이 말 장수는 말들을 데리고 국경을 건널 수 없다고 했다. 말 장수는 살면서 그런 증명서 없이도 열일곱 번이나 국경을 건넜으며, 생업에 관한 한 군주의 모든 명령을 정확하게 알고 있노라고 장담했다. 그리고 이것이 착각이라면 긴 여행을 해야 하니, 불필요하게 이곳에서 오래 머물지 않게 해달라고 간청했다. 그러나 관리인은 이 지시가 최근에 내려졌고, 열여덟 번째는 그냥 건너지 못할 것이라고, 그러니 여기서 새로 통행증을 만들거나 아니면 온 곳으로 다시 돌아가라고 말했다. 이런 불법적인 압력에 화가 나기 시작한 말 장수는 잠시 생각한 후, 말에서 내려 하인에게 말을 넘기고 융커 폰 트롱카와 직접 이야기를 하고 싶다고 말했다. 그는 성으로 올라갔다. 관리인은 그더러 돈밖에 모르는 쩨쩨한 구두쇠라느니, 어쩔 수 없이 낼 돈이라는 둥 중얼거리면서 그의 뒤를 따랐다. 두 사람은 서로 흘깃거리며 홀

안으로 들어섰다. 콜하스가 항의를 하려고 융커에게 다가갔을 때, 융커는 활달한 몇몇 친구와 함께 술잔을 기울이면서 농담을 주고받고 있었고 끊임없이 웃음소리가 울려 퍼졌다. 융커는 무슨 일이냐고 물었고, 낯선 남자를 본 기사들은 조용해졌다. 그러나 콜하스가 말에 관한 자신의 청원을 시작하자 모두들 "말이라고? 어디?"라고 외쳤다. 이윽고 그들은 말을 보려고 창가로 달려갔다. 그러곤 윤기가 흐르는 말들을 보고 융커의 제안대로 뜰로 내려갔다. 비는 이미 그친 상태였다. 성의 관리인과 집사, 하인들이 그 주위로 몰려들어 모두 말들을 감상했다. 어떤 기사는 이마에 흰 점이 있는 자색 말을 마음에 들어 했고, 다른 사람은 갈색 말, 또 다른 사람은 검고 누런 색 점이 있는 얼룩 암말을 쓰다듬었다. 그리고 모두들 말들이 노루 같다는 둥, 이 나라에 이보다 더 좋은 말은 없을 거라는 둥 시끌벅적대며 입을 모았다. 콜하스는 아무리 그렇대도 이 말을 타게 될 기사님들보다 말이 더 훌륭할 수 있겠느냐고 쾌활하게 받아치며 말을 사라고 부추겼다. 힘센 자색의 수말이 매우 마음에 든 융커는 그에게 가격을 물었다. 집사는 경작에 쓸 말이 부족하여 검은 말 몇 마리를 살 생각이었다. 그러나 말 장수가 가격을 말하자 기사들은 너무 비싸다고 생각했고, 융커는 값을 그렇게 매기면, 원탁회의를 마치고 말을 타고 아서 왕을 찾아 나서기라도 해야 될 것 같다고 대답했다. 콜하스는 관리인과 집사가 말들을 쳐다보면서 서로 속삭이는 것을 보고는, 불길한 예감에 어떻게든 그 말들을 팔려고 갖은 노력을 다 했다. 그는 융커에게 말했다. "나리, 이 말들은 제가 여섯 달 전에 25굴덴[2]을 주고 샀답니다. 30굴덴만 주시면 나리 것이 될 겁니다." 융커 옆에 있던 두 기사들도 분명하게 이 말들이 그 정도는 나간다고 말했다. 그러나 융커는 자색 말이라면 모르지만, 다른 말들에게 그만큼 지출할 수는 없다면서 자리를 뜨려고 했다. 이에 콜하스는 자신이 다시 말들을 데리고 이곳을 통과하면 다음에는 아마 거래를 하게 되실 거라고 말하면서 융커에게 인사를 하고, 길을 떠나기 위해 말고삐를 붙잡았다. 이때 무리 중에서 성의 관리인이 앞으로 나서면서, 자신이 듣기로는 통행증 없이는 여행을 할 수 없다고 말했다. 콜하스는 몸을 돌리고 융커에게 자신의 생업을 망치는 이런 상황이 사실이냐고 물었다. 융커는 걸어가면서 난처한 얼굴로 대답했다. "그렇다, 콜하스. 너는 통행증을 끊어야 한다. 성의 관리인과 얘기를 해라. 그리고 갈 길을 가라." 콜하스는 말들을 데리고 나가는 데 필요한 절차를 피할 의도는 전혀 없다고 단호하게 말하고, 드레스덴을 지나면서 해당 관청에서 통행증을 만들 것이니 이런 조처를 전혀 몰랐던 이번만은 그냥 가게 해달라고 말했다. 다시 비가 쏟아져 자신의 깡마른 몸을 적시기 시작하자, 융커는 "자! 저 놈을 그냥 보내라"라고 말했다. 그는 "가자!"라고 기사들에게 말하면서 몸을 돌려 성으로 가려고 했다. 관리인은 융커를 향해, 콜하스가 통행증을 만든다는 것을 확실히 하기 위해 저당물을 두고 가야 한다고 말했다. 융커는 다시 성문 아래에 섰다. 콜하스가 말의 저당물로 돈이든 물건이든 얼마를 남겨야 하느냐고 물었다. 집사는 말들을 남길 수도 있다고 수염 사이로 웅얼거렸다. "물론, 그것이 가장 적절하지." 관리인이 말했다. "통행증만 만들면, 말은 언제든 다시 데리고 갈 수 있소." 콜하스는 이런 염치없는 요구에 곤혹스러워, 추위에 떨면서 외투를 걸치고 있던 융커에게 이 말들은 파는 것이라고 말했다. 그 순간 바람이 비와 우박을 성문 안으로 몰고 들어왔고, 융커는 어서 이 일을 끝내려고 "이 자를 다시 통행목 저편으로 쫓아 보내라"고 말하고는 가버렸다. 말 장수는 충돌을 피해야 한다는 것을 잘 알고 있었고, 다른 방법이 없었으므로 요구를 들어주기로 결정했다. 그는 말들을 풀어 관리인이 가리키는 마구간으로 끌고 갔다. 거기서 그는 하인을 말들 곁에 남겨놓고 돈을 주면서 자기가 돌아올 때까지 말들을 잘 돌보라고 주의를 주었다. 그러고는 지금 말 사업이 막 번창하기 시작했는데 진짜로 그런 지시가 작센 지방에 내려졌는지 반쯤은 의심하면서, 나머지 말들을 데리고 라이프치히의 장에 가기 위해 계속 여행을 했다.

    그는 드레스덴을 거점으로 중소 시장에서 거래를 했으므로, 그 근교에 마구간과 집을 가지고 있었다. 드레스덴에 도착하자마자 그는 곧 해당 관청에 편지를 보냈고, 위원회로부터 애초에 생각했던 대로 통행증이 허무맹랑한 것임을 듣게 되었다. 그가 아는 위원들이 있는 위원회는 그의 청원에 불쾌해하면서, 통행증이 아무런 근거가 없다는 답변서를 보냈다. 콜하스는 깡마른 융커의 장난에 웃음을 지었다. 비록 융커가 무슨 의도였는지 알 수 없었지만 말이다. 몇 주 후, 자신이 데리고 온 말들을 만족스럽게 팔고 나서, 그는 세상에 흔히 존재하는 일반적인 위기에 대한 것 외에는 어떠한 씁쓸한 감정도 없이 트롱켄부르크로 돌아갔다. 성의 관리인은 해당 관청에서 보낸 답변서를 보고는 더 이상 토를 달지 않았고, 이제 말을 다시 돌려받을 수 있느냐는 말 장수의 질문에 저 아래로 가서 데리고 가라고 말했다. 그러나 콜하스는 뜰을 지나가면서 불쾌한 사건에 대해 들어야만 했다. 자신의 하인이 트롱켄부르크에 남게 된 며칠 후, 말 그대로 무례한 행동 때문에 매를 맞고 쫓겨났다는 것이다. 그는 이 소식을 전한 소년에게 하인이 무슨 짓을 했느냐고 물었다. 그리고 그동안 말을 돌본 이가 누구냐고 물었다. 이에 소년은 잘 모르겠다고 대답했다. 말 장수는 어떤 예감으로 뛰기 시작하는 가슴을 진정시키려 애쓰며 마구간을 열었다. 그곳엔 윤기 나고 살진 자신의 말 두 마리 대신 뼈만 앙상하게 남은 말들만이 남아 있었다. 그는 엄청나게 놀랐다. 말들의 뼈마디는 하도 앙상해 고리처럼 물건을 걸 수 있을 정도였고, 갈기와 털은 전혀 돌보지 않아서 마구잡이로 엉겨 있었다. 너무나 비참한 모습에 입이 다물어지지 않았다! 말들은 콜하스를 향해 힘없이 킁킁거렸고, 콜하스는 격분해서 말들에게 어떤 일이 있었느냐고 물었다. 그의 곁에 서 있던 소년은 말들에게 별다른 나쁜 일은 없었고, 충분히 먹이를 얻어먹었지만, 지금이 마침 수확기라 사역 말이 부족해서 들에서 일을 했다고 대답했다. 콜하스는 이 치욕스럽고 사악한 폭력에 대해 저주를 퍼부었다. 그러나 달리 어찌할 방도가 없었으므로 무력감 속에서 분을 삼키면서 이 도둑 소굴을 떠날 준비를 했다. 이때 관리인이 두 사람의 대화를 듣고 나타나 무슨 일이냐고 물었다. "무슨 일이냐고요?" 콜하스는 되물었다. "누가 융커 폰 트롱카에게, 또 그의 하인들에게 맡겨진 제 말들을 들판에서 부리라는 허락을 내렸습니까? 이게 합당한 일입니까?" 그는 지친 말들을 보리가지로 쓰다듬으며 말들을 움직이려고 애썼고, 말들이 움직이지 않는 것을 보여주었다. 관리인은 그를 잠시 뻔뻔스럽게 쳐다보더니 대답했다. "이놈 봐라! 말들이 아직 살아 있는 것에 하느님께 감사를 드려야 할 텐데?" 그리고는 물었다. "하인이 도망을 갔는데 누구더러 말을 돌보라는 거야? 말들 먹이 값은 들판에서 일해서 갚는 것이 당연하지 않나? 더 이상 허튼 소리 하지 마라. 그렇지 않으면 개들을 불러 쫓아낼 테다." 말 장수의 조끼 아래에서는 심장이 고동쳤다. 이 비열한 뚱보를 오물더미 속으로 던지고 그의 구릿빛 얼굴을 짓밟고 싶었다. 그러나 황금 저울 같은 자신의 정의감은 아직 흔들리고 있었다. 그의 마음속에는, 죄가 상대방에게만 있는지 확신이 서지 않았다. 욕설을 삼키면서 말들에게 다가가는 동안 그는 곰곰이 이 상황을 생각하고, 말들을 일으키면서 가라앉은 목소리로 물었다. "하인이 무슨 잘못을 저질렀기에 성에서 쫓겨났습니까?" 관리인은 대답하기를, "그놈이 건방지게도 성 마당에 남아 있었기 때문이다! 필요해서 마구간을 바꾸라는 데도 거역하면서, 네 말들 때문에 트롱켄부르크로 온 기사 두 분의 말들을 바깥에서 재우라고 요구했기 때문이다!"라고 했다. 콜하스는 하인을 데려와 이 떠버리 관리인의 말과 대조할 수만 있다면 말 값을 손해 보더라도 아깝지 않을 것이라 생각했다. 그는 일어나서 말갈기를 쓰다듬고, 이 상황에서 할 수 있는 일을 생각했다. 그때 갑자기 상황이 돌변하더니, 융커 벤첼 폰 트롱카가 토끼 사냥에서 돌아와 기사들과 하인들, 개들을 이끌고 성안으로 달려 들어왔다. 그가 무슨 일이 있었느냐고 묻자, 관리인은 곧 대답을 했다. 한쪽에선 개들이 낯선 사람을 보고 짖어대기 시작했고, 다른 쪽에서는 기사들이 개들을 조용히 시켰다. 관리인은 비열하게 사건을 왜곡하여, 이 말 장수가 말들에게 조금 사역을 시켰다고 해서 소란을 피운다고 말했다. 그리고 조롱하듯 웃으면서 말 장수가 이 말들을 자신의 것으로 인정하기를 거부한다고 말했다. 콜하스는 말했다. "이것은 제 말이 아닙니다, 나리! 이것은 30굴덴의 가치가 나가는 말들이 아닙니다! 저는 잘 먹이고 건강한 저의 말들을 되돌려 받고 싶습니다!" 순간 융커의 얼굴이 창백해지더니, 말에서 내려 "만약 이 X가 말들을 다시 데려가지 않겠다면, 그냥 두어도 좋다. 가자, 귄터!"라고 외쳤다. "한스! 가자!" 그는 손으로 바지의 먼지를 털면서 기사들과 함께 성문 아래까지 가더니 "와인을 가져와!"라고 소리치고는 그들과 함께 집 안으로 들어갔다. 콜하스는 말들을 이 상태로 콜하젠브뤼크의 마구간으로 데리고 가느니 차라리 말가죽 장수를 불러서 박피장에 던져 넣겠다고 말했다. 그는 말들을 그대로 광장에 세워둔 채 자신의 권리를 찾겠노라고 장담하면서 자신의 갈색 말을 타고 길을 떠났다.

그는 전속력으로 말을 몰아 드레스덴으로 향했지만, 곧 자신의 하인과 성에서 하인에게 퍼부은 비난을 떠올리고는 속도를 천천히 줄였고, 천 걸음도 못 가서 콜하젠브뤼크로 말 머리를 돌렸다. 우선 하인과 이야기를 하는 것이 더 현명하고 옳은 처사라고 여겨졌기 때문이다. 비록 모욕을 당했지만 세상의 질서란 무너지기 쉽다는 것을 잘 아는 정의감에, 만약 성주의 주장대로 자기 하인에게 조금이라도 책임이 있다면 말들이 입은 손실을 당연한 귀결로 받아들이려는 마음이 생겼던 것이다. 그러나 마찬가지로 훌륭한 어떤 느낌은 그에게 반대의 것을 말하고 있었고, 말을 타고 들르는 곳마다, 매일 트롱켄부르크에서 여행객들에게 자행되는 온갖 부당한 일들에 대해 듣게 되었을 때 그 느낌은 점점 더 깊이 자리를 잡았다. 만약 그 일이 여러 모로 보이는 그대로 뻔한 속임수라면, 그는 자신의 힘으로 자기가 당한 모욕에 대해 명예를 회복하고, 미래의 시민들에게 질서를 보장해주어야 한다는 의무감에 사로잡혔다.

콜하젠브뤼크에 도착해서 성실한 아내 리즈베트를 포옹하고 자신의 다리에 매달려 좋아하는 아이들에게 입을 맞추자마자, 그는 곧 하인 헤르제에 대해 물었다. "헤르제에게서 들은 말은 없었소?" 리즈베트는 말했다. "오, 미하엘, 헤르제가

요! 생각해봐요. 이 불쌍한 사람이 그러니까 한 2주 전에 형편없이 매를 맞고는 이리로 왔지 뭐예요. 아니, 정말 숨을 쉴 수 없을 정도로 맞았답니다. 우리는 그를 침대로 옮겼는데, 그는 심하게 피를 흘렸어요. 그러고는 우리가 자꾸 물으니까 아무도 알아듣지 못할 이야기를 하더군요. 그들이 통행을 허락하지 않아서 당신이 말들과 함께 자신을 트롱켄부르크에 남겨두었는데, 성에서 심하게 학대를 하고는 쫓아내는 바람에 도저히 말들을 데리고 올 수 없었다고 말이에요." "그래?" 콜하스는 외투를 벗으면서 물었다. "헤르제는 다시 몸을 추슬렀소?" "아직 객혈은 낫지 않았지만, 반쯤은." 리즈베트는 대답하고는 곧 덧붙였다. "저는 곧 하인 하나를 트롱켄부르크로 보내려고 했어요. 당신이 도착할 때까지 말들을 돌보게 하려고요. 헤르제는 항상 정직하게 행동했고 실제로 누구보다 우리에게 충직했기 때문에 그가 한 말에 어떤 의심도 할 수 없었어요. 그리고 많은 증거가 뒷받침하듯이, 그가 달리 말들을 잃었다고는 생각할 수 없었어요. 그런데, 그는 어떤 누구에게도 이 도둑 소굴로 가라고 강요할 수 없으며, 사람들을 상하게 하지 않으려면 말들을 포기하라고 계속 간청했어요." "그 사람 아직도 누워 있소?" 콜하스는 목도리를 풀면서 물었다. "며칠 전부터 다시 뜰을 걸어 다닌답니다." 그녀가 대답했다. "간단히 말해서, 그의 말이 전부 맞고 이 일이 최근 트롱켄부르크에서 이방인들에게 일어나는 파렴치한 일이라는 사실을 곧 알게 될 것이에요." 리즈베트는 말했다. "우선은 좀 알아봐야겠어." 콜하스는 대답했다. "리즈베트. 헤르제가 일어나 있으면 이리로 좀 불러줘요!" 이 말을 마치고 그는 긴 의자에 앉았다. 아내는 그의 평정에 기뻐하면서 가서 하인을 데리고 왔다.

"트롱켄부르크에서 무슨 일을 했는가?" 헤르제가 리즈베트와 함께 들어오자 콜하스가 물었다. "나는 자네에게 그다지 만족하지 않고 있네." 이 말에 하인의 창백한 얼굴이 붉으락푸르락 하더니 한동안 말을 하지 않았다. 잠시 후 "주인님이 옳습니다!"라고 헤르제가 대답했다. "왜냐하면, 신의 섭리에 따라 제게 있던 유황 끈3)을 가지고 도둑 소굴에 불을 지르려고 했지만 한 아이가 그 안에서 소리치는 것을 듣고는 그것을 엘베강에 던져버렸거든요. 저는 생각했습니다. 신이여, 번개로 잿더미로 만드소서! 저는 그러지 않겠습니다!" 콜하스가 당황하면서 말했다. "그런데 어떻게 트롱켄부르크에서 쫓겨났나?" 이에 헤르제는, "심한 농간에 의한 것입니다, 나리." 그러고는 이마의 땀을 닦았다. "이미 일어난 일은 어쩔 수 없습니다. 저는 말들을 농사일로 망가뜨릴 수는 없었습니다. 그래서 말들이 아직 어리고, 길이 들지 않았다고 말했습니다." 콜하스는 당황스러움을 숨기려고 애쓰면서 대답했다. "지난봄 초부터 말들을 조금씩 부리지 않았더냐. 너는 사실을 그대로 말하지 않는구나." 그는 계속, "일종의 손님으로 머무르던 성에서, 수확물을 신속하게 나르는 데 필요하다면 한 번 아니 여러 번이라도 호의를 베풀 수도 있었을 텐데" 하고 말했다. "물론 그렇게 했습니다, 나리." 헤르제가 말했다. "그들이 제게 험상궂은 얼굴을 했을 때, 저는 말들은 상하지 않으리라고 생각했습니다. 사흘째 되는 날 오전에 저는 말들의 고삐를 매고 세 번이나 곡식 수레를 끌었습니다." 콜하스의 가슴은 들끓었고, 그는 눈을 바닥으로 내려 깔았다. "그런 말은 아무도 해주지 않았어, 헤르제!" 헤르제는 그것이 사실이라고 말했다. "제 불찰은 말들이 점심 때 거의 먹지 못해서, 다시 멍에를 씌우지 않은 것입니다. 그리고 관리인과 집사가 먹이를 공짜로 대줄 테니 주인님이 사료 값으로 남기신 돈을 자루에 챙기라는 제안을 했을 때 다른 일이라면 하겠노라고 대답하고는 돌아서서 가버린 일 하고요." "그 무례한 행동 때문에 쫓겨난 것은 아니겠지?"라고 콜하스가 물었다. "신이시여 불경한 악행으로부터 보살피소서." 하인이 외쳤다. "저녁에 트롱켄부르크로 온 기사 두 명의 말들이 마구간으로 안내되었습니다. 우리 말들은 마구간의 문에 매여 있었죠. 저는 우리 말들을 데리고 온 관리인에게서 말들을 빼앗아서 이제 이 말들을 어디에 두어야 하느냐고 물었습니다. 그랬더니 관리인이 판자와 격자로 성벽에 세워놓은 돼지우리를 가리키는 게 아닙니까?" "그러니까." 콜하스는 그의 말을 가로막았다. "그게 마구간이기보다는 돼지우리와 다름없는 형편없는 곳이었단 말이지?" "그것은 돼지우리였습니다. 주인님"이라고 헤르제는 대답했다. "정말로, 참으로 돼지들이 드나드는 돼지우리였습니다. 제대로 서 있을 수도 없는 곳이었습니다." "아마 말들을 재울 만한 곳이 없었나보군." 콜하스는 대답했다. "어떤 식으로든 기사들의 말이 다시 길을 떠날 테니까." "그 자리는, 너무 좁았습니다"라고 헤르제는 목소리를 가라앉히면서 대답했다. "모두 일곱 명의 기사가 성에 머물렀습니다. 나리였다면, 자리를 조금씩 좁히게 했겠지요. 저는 마을에다 마구간을 빌리겠노라고 말했습니다. 그런데 관리인이 말들은 자신의 감시 아래 있어야 한다면서 말들을 성에서 데리고 나갈 생각은 하지 말라고 하더군요." "흠, 그래서 뭐라고 했는가?"라고 콜하스는 물었다. "관리인이, 손님 두 분은 단지 묵어갈 뿐, 다음 날 아침 계속 길을 떠날 것이라고 해서 저는 말들을 돼지우리로 넣었습니다. 그런데, 그들은 떠나지 않은 채 다음 날이 지났고 사흘째가 되자, 기사님들이 성에서 몇 주 더 묵을 거라고 하더군요." "결국 돼지우리도 그다지 형편없지는 않았겠군, 헤르제"라고 콜하스는 말했다. "자네가 먼저 코를 들이밀었을 때처럼 말일세." "그것은 사실입니다"라고 헤르제는 대답했다. "조금 청소하자 그곳도 그런 대로 괜찮았습니다. 저는 하녀에게 돈을 쥐어주고 돼지들을 다른 곳으로 옮기게 했습니다. 그리고 아침이 밝아오면, 낮에 말들이 서 있을 수 있도록 위쪽의 판자들을 기둥에서 걷어내고 저녁에는 다시 덮는 일을 했습니다. 그러면 말들은 거위처럼 지붕 위로 머리를 내밀고 콜하젠브뤼크 쪽을 보거나 더 편한 쪽으로 둘러보았지요." "자." 콜하스가 물었다. "도대체 왜 그들이 너를 쫓아낸 거지?" "주인님, 제가 말씀드리지만, 저를 떼어내 버리려고 그런 것입니다." 헤르제가 대답했다. "제가 그곳에 있는 한, 말들을 혹사시킬 수가 없었으니까요. 그들은 어느 곳에서나, 성의 마당이건 하인 숙소건 간에 제게 험상궂은 얼굴을 했습니다. '말들을 끌어가기만 해라, 그래서 말들이 삐기라도 하면…' 하고 제가 늘 경계하고 있었기 때문에 그들은 갑자기 기회를 잡고는 저를 성 마당에서 쫓아낸 것이지요." "그렇지만, 계기가 있을 게 아닌가?"라고 콜하스는 소리쳤다. "어떤 이유가 있었을 것이야!" "네, 물론입지요. 그것도 아주 정당한 이유입지요." 헤르제는 대답했다. "돼지우리에서 보낸 둘째 날 저녁에, 저는 그 안에서 지저분해진 말들을 데리고 세마장(洗馬場)으로 가려 했습니다. 그리고 성문 아래에 막 도착했을 때, 방향을 돌리려고 했습니다. 그때, 관리인과 집사가 하인들과 개를 데리고 몽둥이를 든 채 저를 향해 하인 숙소에서 몰려오는 소리가 들렸습니다. 그리고는 멈춰, 나쁜 놈! 하고 외치는 것이 들렸지요. 멈춰라, 이놈아! 마치 모두들 정신이 나간 듯이 말입니다. 성 문지기는 길을 가로 막았습니다. 저는 성 문지기와 저를 향해 달려오는 성난 무리에게 물었습니다. 또 무슨 일입니까? 관리인은 무슨 일이냐고? 하고 되묻더군요, 그러고는 제 말고삐를 붙잡았습니다. 말들을 데리고 어디로 가려는 것이냐며 그자가 저의 멱살을 잡으면서 묻더군요. 어디로 가느냐고요? 맙소사! 세마장으로 가려고요. 그러자 세마장으로? 하고 관리인은 소리쳤습니다. 사기꾼아, 네게 헤어가(街)에서 콜하젠브뤼크까지 헤엄쳐 가는 것을 가르쳐주마! 그리고 그자와 집사는 살기등등한 기세로 제 다리를 잡아 말에서 끌어내리고는 저를 깊이를 알 수 없는 진창에 처박았습니다. 살인이다! 맙소사! 저는 마구와 덮개, 제 옷 뭉치가 마구간에 그대로 있다고 소리쳤습니다. 그러는 사이 집사가 말들을 데려갔고 관리인과 하인들은 발로 저를 짓밟고, 채찍과 몽둥이로 저를 덮쳤습니다. 저는 초주검이 되어 성문 뒤쪽에 쓰러졌지요. 제가 강도들! 말들을 어디로 데리고 가는 거냐! 하고 말하고 몸을 일으키자, 관리인이 성에서 끌어내라! 라고 소리쳤습니다. 그리고 쫓아라, 카이저, 쫓아라, 예거! 라는 소리가 울렸습니다. 쫓아라, 슈피츠! 그러자 열두 마리도 넘는 개들이 저를 덮쳤습니다. 그리고 저는 쓰러졌고, 저도 모르겠습니다. 저는 각목을 울타리에서 뜯어냈고 곧, 개 세 마리가 죽은 채 제 옆에 뻗었습니다. 그렇지만 제 살점이 심하게 뜯겨나가 물러날 수밖에 없었습니다. 휘익 하면서 호각이 울리자, 마당 안으로 개들이 들어갔고 성문이 닫히고 고리가 걸렸습니다. 그리고 저는 길 위에 정신을 잃고 쓰러졌습니다." 콜하스는 얼굴이 창백해지면서 강압적인 어투로 물었다. "네가 피하려고 했던 것은 아닌가, 헤르제?" 그러자 헤르제는 얼굴이 붉어지면서 바닥을 내려다보았다. "사실대로 말해." 콜하스가 말했다. "돼지우리에 있는 것이 마음에 들지 않았겠지. 콜하젠브뤼크의 마구간이 더 낫다고 생각했을 테지." "맙소사!" 헤르제가 소리쳤다. "마구와 덮개, 그리고 제 옷가지를 돼지우리에 그대로 두었다니까요. 붉은 비단으로 된 목도리에 싸서 구유 뒤에 숨겨둔 3굴덴을 제가 챙기려고 하지 않았겠습니까? 세상에 맙소사! 주인님이 그렇게 말씀하시면, 제가 던져버린 유황 끈에 다시 불을 붙이겠습니다!" "그래, 그래!"라고 말 장수가 말했다. "나쁜 뜻은 아니었다! 네 말은, 그래. 그대로 믿겠다. 그리고 만약 이 일이 거론될 경우, 성찬식은 내가 받겠다.[4] 미안하구나. 네가 맡은 일이 그렇게 밖에 되지 않아서. 헤르제, 가서 자도록 하게. 포도주 한 병을 줄 테니 그것으로 위안을 삼게. 자네에게는 공정하게 하겠네!" 그렇게 말하면서 일어섰다. 헤르제가 돼지우리에 남겨둔 물건들을 기록하고, 그 가격을 정하고, 그에게 치료비가 얼마나 들었는지를 물었다. 그리고 다시 한번 손을 잡아주고는 그를 물러나게 했다.

그러고 나서 그는 아내 리즈베트에게 일의 내막과 경과를 이야기하고, 자신을 위해 공개적으로 정의를 요구하기로 결정했다고 말했다. 리즈베트는 이 일을 전적으로 지지해주었다. 콜하스는 아내의 지지에 무척 기뻤다. 리즈베트는 아마 그보다는 그다지 인내가 많지 않을 다른 많은 여행객이 그 성을 지날 것이고, 이와 같은 무질서를 막는 것이 신의 뜻일 거라고 말했던 것이다. 그리고 이 소송에 들게 될 비용은 자신이 마련하겠노라고 했다. 콜하스는 그녀를 용기 있는 아내라고 칭했다. 그는 그날과 그 다음날을 아내, 아이들과 함께 지내면서 기뻐했고, 사정이 허락하자 곧 법정에 고소장을 제출하기 위해 드레스덴으로 길을 떠났다.

그곳에서 그는 알고 지내던 법률가의 도움을 받아 항의서를 작성했다. 그는 융커 벤첼 폰 트롱카가 자신과 자신의 하인에게 저지른 악행을 서술하고, 그에 대한 적법한 처벌과 말들의 원상복귀, 자신과 자신의 하인이 입은 손실에 대한 보상을 주장했다. 법률적인 문제는 분명했다. 말들이 불법적인 방법으로 억류된 일이 다른 모든 상황에도 결정적으로 작용했다. 그리고 말들이 우연히 병들었다고 가정하더라도, 말들을 다시 건강하게 회복시키라는 말 장수의 주장은 정당한 것이었다. 콜하스가 수도를 돌아보는 동안, 그의 소송을 지지할 것을 기꺼이 약속하는 친구들도 없지 않았다. 그는 말 사업으로 폭넓은 인간관계를 맺고 있었고, 사업을 할 때 특유의 겸손함으로 나라의 주요 인사들에게 호감을 얻었다. 그는 명망 있는 자신의 변호사 집에서 여러 차례 즐거운 마음으로 식사를 하고 소송 비용으로 얼마간의 돈을 내놓았다. 그리고 몇 주 후, 소송 결과에 대해 전적으로 확신하고는 콜하젠브뤼크에 있는 아내에게로 돌아왔다. 그런데 그렇게 몇 달이 흐르고, 심지어 일 년이 지날 때까지도 작센으로부터 판결은 고사하고 소송과 관련된 그 어떤 설명도 들을 수가 없었다. 그는 여러 번 새로이 법정에 소송을 제기한 후에, 변호사에게 편지로 그렇게 지체되는 이유가 무엇인지 물었다. 그 결과, 비밀 지시로 드레스덴의 법정에서 소송이 완전히 기각되었다는 소리를 듣게 되었다. 그 이유가 무엇이냐고 말 장수가 당혹해하며 회신을 하자, 변호사는 다음과 같이 알렸다. 융커 벤첼 폰 트롱카는 두 사람의 젊은 귀족, 힌츠와 쿤츠 폰 트롱카의 친척으로 그중

한 사람은 군주의 신하로 궁정 음료 담당관이며, 다른 사람은 회계 출납관이다.[5] 그는 콜하스에게 다른 법률 기관에다 괜한 애를 쓰지 말고, 트롱켄부르크에 있는 말들을 찾아가도록 하라고 충고했다. 그리고 융커는 지금 수도에 머물고 있으며, 부하들에게 말들을 콜하스에게 돌려주라는 지시를 내렸다고 알렸다. 그리고 이것으로 진정할 수 없다 하더라도, 최소한 자신에게는 이 일에 대해서만큼은 다시는 부탁하지 말라며 청원서를 끝맺었다.

이 시간, 콜하스는 브란덴부르크에 있었다. 그곳에는 하인리히 폰 고이자우 대위가 도시에 할당된 상당한 액수의 기금으로 병자와 가난한 사람들을 위해 여러 자선 행사를 열기 위해 분주하게 일하고 있었다. 콜하젠브뤼크도 고이자우 대위의 관할 지역이었다. 특히 그 근처 마을에서 솟아난 광천수의 효험이 점점 더 확실해지면서 대위는 펌프를 만드느라 분주하게 지내고 있었다. 대위는 마침 궁 근처에 머물던 콜하스와는 잦은 왕래로 잘 아는 사이였다. 그래서 트롱켄부르크에서 겪은 일로 숨을 쉴 때마다 가슴 통증을 느끼는 하인 장 헤르제에게 지붕을 덮고 담을 둘러쌓은 작은 온천의 효험을 시험해 보라고 허락했다. 대위가 지시를 내리기 위해 온천가에 내려와 있을 때 마침 콜하스는 아내가 보낸 하인을 통해 드레스덴의 변호사가 보낸 청천벽력 같은 편지를 받았다. 대위는 그 사이 의사와 상의를 하다가 콜하스가 편지를 받아 읽으면서 눈물을 흘리는 것을 보고는, 그에게 다가가서 다정하고 따뜻하게 무슨 일이 생겼느냐고 물었다. 말 장수는 이에 대답을 하는 대신 편지를 건넸다. 이 위엄 있는 남자는 트롱켄부르크에서 일어난 엄청난 불의와, 그로 인해 헤르제가 어쩌면 평생 병으로 누워 있게 될지도 모른다는 것을 알게 되었다. 이윽고 대위는 말 장수의 어깨를 다독거리면서 말했다. "용기를 잃지 마시오. 내가 복수하는 것을 도와주겠소!" 그날 저녁, 말 장수는 대위의 명령에 따라 성으로 대위를 찾아갔고, 거기서 사건의 경과를 짤막하게 서술한 질의서를 브란덴부르크의 제후에게 제출하겠노라고 말했다. 또한 변호사의 편지를 첨부해 작센 지역에서 자신에게 행해진 폭력 행위에 대해 제후의 보호를 촉구하려 한다고 했다. 대위는 말 장수에게 이미 준비되어 있는 다른 소포들과 함께 그 탄원서를 제후에게 전달하겠다고 약속했다. 소포들은 상황이 허락하면 작센의 제후에게 직접 전달될 것이라면서. 대위는 이에 덧붙여 융커와 그 부하들의 농간에 맞서서 드레스덴의 법정에서 정의를 실현하는 데 있어 그 이상 다른 방법은 필요 없다고 말했다. 콜하스는 크게 기뻐하면서 대위가 이렇게 새로이 결심을 보여주는 데 진정으로 감사했다. 그러고는 자신이 드레스덴에서 어떠한 조치도 취하지 않고 곧바로 베를린에서 일을 진행시키지 않은 것이 안타까울 뿐이라고 말했다. 그는 시 법원에서 자신의 탄원서를 규정에 맞게 작성해 대위에게 건네준 후, 결말에 대해 어느 때보다 더 안심을 하고는 콜하젠브뤼크로 돌아왔다. 그러나 그는 몇 주 후에 대위의 일을 보기 위해 포츠담으로 간 법정의 관리로부터, 제후가 자신의 탄원서를 궁내관인 칼하임 백작에게 넘겨주었다는 것을 알게 되었다. 게다가 이 관리가 폭력 행위의 합당한 조사와 처벌을 위한 이 탄원서를 드레스덴의 궁에 직접 전달하는 대신 상세한 정보를 우선 융커 폰 트롱카에게 제출했다는 소식도 듣게 되었다. 콜하스의 집 앞에 마차를 멈춘 법원 관리는 말 장수에게 이를 설명하라는 명령을 받은 듯이 보였지만, 일이 왜 그렇게 진행되었느냐는 질문에는 당황해하며 만족스러운 설명을 해주지 못했다. 그는 단지 대위가 인내를 가지라고 전했다고 덧붙였다. 그러고는 길 떠날 채비를 서두르는 듯이 보였다. 짧은 대화 끝에 콜하스는 몇 마디 말에서 칼하임 백작이 트롱카의 집안과 사돈 관계라는 것을 알게 되었다. 콜하스는 말 사육이나, 집안일, 농장, 아내와 아이들에게조차도 아무런 기쁨을 느끼지 못한 채 미래에 대한 불안한 예감으로 다음 달을 기다리고 있었다. 그리고 그가 예감했던 그대로, 온천욕으로 어느 정도 회복이 된 헤르제가 이 무렵 브란덴부르크에서 다음과 같은 내용의 회신을 첨부한 대위의 편지를 가지고 돌아왔다. 대위는 자신이 아무런 일도 할 수 없어 유감스러우며, 자신에게 전달된 법원의 결정을 보내니 트롱켄부르크에 남겨둔 말들을 다시 데려오고 이 문제를 그냥 덮어두라고 충고하고 있었다. 판결문은 다음과 같은 내용이었다. "드레스덴 법원의 보고에 따르면 너는 쓸모없는 불평꾼이다. 네가 말을 남겨둔 융커는, 어떤 경우에도 말들을 억류하지 않았다. 너는 성으로 가서 말들을 데리고 오거나, 최소한 말들을 어디로 보내야 할지 융커에게 알려주어야 한다. 그러나 법정은 어떤 경우에도 그런 불평과 불만에는 간여하지 않을 것이다." 콜하스에게는 말이 문제가 아니었다. 그 일이 개 몇 마리 때문이었다 할지라도 그는 같은 고통을 느꼈을 것이다. 콜하스는 이 편지를 받고 격분했다. 그는 마당에서 어떤 소리가 들릴 때마다, 마음을 움직이는 역겨운 기대감으로 문을 바라보았다. 혹시 그 젊은 귀족의 부하들이 나타나서 자신에게 사과를 하고 굶주리고 깡마른 말들을 건네주지 않을까 하고 말이다. 이것은 세상사로 잘 단련된 그의 정신과 느낌이 전혀 일치하지 않는 유일한 경우였다. 그는 짧은 기간 이미 그 길을 지나간 지인들을 통해 말들이 이전과 마찬가지로 융커의 다른 말들과 함께 들에서 사역을 했다는 것을 들었다. 그리고 세상이 그렇게 엄청난 무질서 속에 있음을 바라보게 된 고통 한가운데에서, 콜하스는 그래도 자신의 가슴만은 정상이라는 것을 알게 되자 내적인 만족감이 솟아났다. 그는 이웃인 영지주무관을 집으로 초대했다. 영지주무관은 오래 전부터 자신의 땅과 경계를 이루고 있는 말 장수의 땅을 사서 토지를 넓히려는 계획을 갖고 있었다. 콜하스는 그가 자리에 앉자마자 브란덴부르크와 작센에 있는 자신의 소유인 가옥과 농장을 전부 얼마에 사겠느냐고 물었다. 아내 리즈베트는 이 말에 창백해졌다. 그녀는 몸을 돌려 뒤에서 놀고 있던 막내를 안아 올렸다. 그녀의 어두워진 시선은 자신의 목걸이를 가지고 놀던 아들의 붉은 뺨에서 말 장수에게로 그리고 그가 손에 쥐고 있는 서류로 향했다. 영지주무관은 말 장수를 의아하게 쳐다보면서 갑자기 그런 생각을 하게 된 이유가 무엇인지 물었다. 이에 말 장수는 할 수 있는 한 최대한 밝게 대답했다. 하벨의 강가에 있는 농장을 팔려던 것은 그다지 새로운 것이 아니다. 우리는 둘 다 이미 이 물건에 대해 자주 협상을 하지 않았던가. 드레스덴 변두리에 있는 집은 이에 비교할 때, 단지 딸린 것이라 고려할 대상이 아니다. 간단히 말해, 내게 호의를 베풀어서 두 곳을 넘겨받고자 한다면, 나는 이미 계약할 준비가 다 되어 있다. 그는 콜하젠브뤼크는 살 만한 곳이 아니라고 억지 농담을 덧붙였다. 인생에는 어떤 목적들이 있는데, 그 목적들에 비하면 제대로 된 가장으로서 집안의 책임을 지는 것은 부수적이고 보잘것없다. 간단히 말해서 자신의 마음은 중대한 일에 매달려 있음을 말하지 않을 수 없으며, 그에 대해서는 곧 듣게 될 것이라고 말했다. 영지주무관은 이 말에 안심이 되었고, 아이들의 뺨에 입을 맞추던 그의 아내에게 쾌활하게 "지금 지불하기를 바라는 것은 아니겠지요?"라고 말했다. 그리고 그동안 무릎에 끼고 있던 모자와 지팡이를 탁자에 내려놓고 말 장수가 읽으려고 손에 쥐고 있던 종이를 받았다. 콜하스는 그에게 가까이 다가가면서 그것은 자신이 작성한 계약서이며 4주 후에 효력이 생기는 것이라고 설명했다. 그리고 거기에는 서명과 매매가, 계약 해지, 다시 말해 4주 안에 계약을 물릴 경우 물게 되는 위약금 항목만이 남았음을 보여주었다. 그리고 그에게 다시 한번 활기차게 가격을 제시해보라고 하면서, 자신은 기꺼이 그리고 어떠한 번거로움도 만들지 않을 것이라고 보장했다. 아내는 방 안을 왔다 갔다 했다. 그녀의 가슴은 뛰었고, 아이가 잡아당기고 있는 천이 어깨에서 떨어질 지경이었다. 영지주무관은 드레스덴 사유지의 가치는 자신이 판단할 수 없다고 말했다. 이에 콜하스는 그 토지를 살 때 오갔던 서신들을 내밀면서 대답했다. 그것을 금화 100굴덴에 제시하겠노라고. 물론 서류에 따르면 거의 절반 이상 값이 더 나가는 것인데도 말이다. 영지주무관은 매매계약서를 다시 한번 훑어보고 그 안에서 자신이 특이하게도 계약을 물릴 수 있는 자유를 약정한 것을 보고는 반쯤은 결심을 한 상태에서, 마구간에 있는 종마들은 필요가 없다고 말했다. 이때 콜하스는 자신은 말들을 팔 생각이 없다고 대답했다. 그리고 무기고에 있는 몇 개의 무기도 자신이 가지겠노라고 했다. 주무관은 망설이고 또 망설이다가, 마침내 자신이 얼마 전에 농담 반 진담 반으로 산책길에 내놓았던 제안을 되풀이했다. 제안은 가격에 턱없이 모자라는 것이었다. 그런데 콜하스는 그에게 펜과 잉크를 밀어주며 쓰라고 했다. 주무관이 이를 이해하지 못하고는 그에게 다시 한번 진심이냐고 물었다. 말 장수는 약간은 신경질적으로, 내가 지금 농담이나 하는 것 같으냐고 했다. 그래서 주무관은 골똘한 얼굴로 펜을 받고는 써 내려갔다. 그런데 그는 매도자가 매매를 후회할 경우 물어야 할 위약금 조항은 줄을 그어 지웠다. 그리고 살 생각이 없는 드레스덴의 토지를 저당 잡아서 금화 100굴덴을 대출하도록 하고 콜하스에게 두 달 안에 거래를 다시 철회할 수 있는 완전한 자유를 남겨두었다. 말 장수는 이런 조치에 감동해 그와 따뜻하게 악수를 나누었다. 그리고 다시 주요 조건 중 하나로, 매매가의 사분의 일은 곧 현금으로 그리고 나머지는 삼 개월 후 함부르크 은행에 지불할 것에 합의했고, 말 장수는 만족스럽게 맺은 거래를 축하하기 위해 와인을 가져오도록 했다. 그는 와인을 가지고 들어오는 하녀에게 하인 슈테른발트로 하여금 붉은 색 말에 안장을 얹게 하라고 시켰다. 그는 볼일이 있어 수도로 가야 한다고 말하고, 곧 돌아와서 지금 마음에 담고 있는 일에 대해 털어놓을 것이라고 운을 띄웠다. 그리고 와인을 따르면서 당시 서로 분쟁 중에 있던 터키와 폴란드에 대해 묻고 영지주무관에게 그에 대한 여러 정치적인 가정을 개진하더니, 마지막으로 다시 한번 사업의 번창을 위해 잔을 들었고, 영지주무관을 보냈다. 영지주무관이 방을 나가자, 리즈베트는 그의 앞에 무릎을 꿇었다. "만약 당신이 나를, 나와 내가 낳은 아이들을 조금이라도 당신 마음에 담고 있다면, 어떤 이유에서인지는 모르지만, 우리가 미리 추방당한 것이 아니라면, 이 엄청난 일이 어찌된 것인지 설명을 해주세요!"라고 그녀는 외쳤다. 콜하스는 말했다. "사랑하는 아내여. 상황이 그런 것처럼 당신을 불안하게 만들 만한 것은 아무것도 없소. 나는 융커 벤첼 폰 트롱카에게 제기한 내 소송이 아무짝에도 쓸모없는 불평이라는 판결문을 받았소. 그리고 여기에는 오해가 있는 게 틀림없소. 따라서 나는 결정했소. 탄원서를 다시 한번 개인적으로 군주에게 직접 전달하기로 말이오." "왜 집을 팔려고 하는 것이죠?" 그녀는 혼란스러운 얼굴로 일어나면서 말했다. 말 장수는 그녀를 부드럽게 안으면서 대답했다. "사랑하는 리즈베트. 내 권리를 보호해주지 않는 나라에서는 머물고 싶지 않소. 발로 짓밟혀야 한다면 인간이기보다는 차라리 개가 되겠소. 이 부분에서는 당신도 나와 같은 생각이라고 확신하오." 그녀는 격하게 물었다. "당신의 권리가 보호되지 않는다는 것을 어떻게 알지요? 만약 상황이 허락해서 당신이 겸손하게 탄원서를 가지고 군주에게 다가간다 해도, 그 탄원서가 내팽개쳐질지, 군주가 당신 말을 듣기를 거절할지 어떻게 알아요?" "자, 나의 두려움이 근거 없는 것이라면, 내 집도 아직 팔리지 않았소. 군주 당신은 정당하다는 것을 나는 알고 있소. 그리고 만약 군주를 둘러싸고 있는 부하들을 통과하여 군주에게 갈 수만 있다면, 나는 내 권리를 실현할 것을 의심치 않소. 그리고 일주일이 지나기 전에 즐겁게 당신에게로, 나의 오랜 생업으로 돌아올 것이오." 그는 아내에게 입맞춤을 하면서, "그러고는 죽을 때까지 당신 곁에 머무를 것이오"라고 덧붙였다! 그는 계속 말을 이었다. "그렇지만 모든 경우를 생각하는 것이 바람직하오. 그래서 나는 당신이 아이들과 함께 길을 떠나, 오래 전부터 방문하려던 슈베린의 친척 아주머니 댁에 머무르기를 바라오." "네?" 아내는 외쳤다. "슈베린으로 가라고요? 아이들과 함께 국경을 넘어서 슈베린의 아주머니에게로?" 그녀는 놀라 말문이 막혀버렸다. 콜하스는 대답했다. "여하간, 그럴 수 있다면, 곧 말이오. 그래야 내가 하고자 하는 일이 다른 것 때문에 방해받지 않을 것이오." "아! 알겠어요!" 그녀는 소리쳤다. "당신은 이제 무기와 말 외에는 아무것도 필요치 않는군요. 다른 모든 것들은 원하는 사람이 가져가면 되는 거네요." 그리고 그녀는 몸을 돌려 의자에 몸을 던지고 울었다. 콜하스는 당황해서 말했다. "사랑하는 리즈베트, 왜 그러오? 하느님은 내게 아내와 아이들, 토지를 은총으로 내리셨소. 내가 오늘 처음으로 '그렇지 않았더라면' 하고 바라겠소?" 그는 아내 곁에 다정하게 앉았다. 리즈베트는 이 말에 얼굴을 붉히며 그의 목을 껴안았다. 그녀의 이마에 있는 곱슬곱슬한 머리칼을 쓰다듬으면서 그는 말했다. "말해보오. 내가 어떻게 해야겠소? 내 일을 포기해야겠소? 내가 트롱켄부르크로 가서 말을 다시 달라고 기사들에게 간청하고 말들을 데리고 당신에게 와야겠소?" 리즈베트는 "네! 네! 네!"라고 대답하지 못했다. 그녀는 울면서 머리를 흔들고는 격렬하게 그를 끌어당기고는 뜨거운 키스를 그의 가슴에 퍼부었다. "자 그러니!"라고 콜하스는 말했다. "생업을 지속하기 위해 나의 권리가 이루어져야 한다는 것을 당신이 느낀다면, 그 권리를 실현시키는 데 필요한 자유도 허락되어야 하오!" 그러고는 일어서서 말이 준비되었다고 알리는 하인에게 "내일은 집사람을 슈베린으로 태우고 갈 갈색 말에도 안장을 얹어야 한다"라고 말했다. 리즈베트가 말했다. "제게 생각이 있어요!" 그녀는 일어서서 눈물을 닦고는 책상에 앉은 그에게 자신에게 탄원서를 주지 않겠느냐고, 그 편지를 군주에게 전하러 자신이 대신 베를린으로 가겠노라고 했다. 콜하스는 여러 가지 이유가 있는 이런 상황의 반전에 감동해서 그녀를 자신의 무릎에 앉혔다. 그리고 말했다. "사랑하는 아내여, 그것은 불가능하오! 군주는 여러 겹으로 호위를 받고 있고, 그에게 가까이 가려는 이는 여러 가지 불쾌한 일을 겪을 것이오." 리즈베트는 수천 번이라도 남자보다는 여자가 군주에게 가까이 가는 것이 더 쉬울 것이라고 대답했다. "제게 탄원서를 주세요"라고 그녀는 되풀이했다. "그 탄원서가 군주의 손에 들어가기만을 원한다면, 저는 보장할 수 있어요. 군주는 그것을 받을 거예요!" 콜하스는 그녀의 용기와 지혜를 익히 알고 있던 터라, 그 일을 어떻게 성사시킬 것이냐고 물었다. 이에 그녀는 수줍게 시선을 아래로 향하고는 대답했다. 일찍이 제후 성의 집사가 슈베린에 근무한 적이 있는데, 자신에게 청혼을 했었노라고. 그리고 그 사람이 지금은 결혼을 하여 아이들이 있지만 자신을 완전히 잊지는 않았을 것이라고. 그러고는 간단하게 자신에게 이 일을 맡겨달라며, 자질구레하게 설명할 필요가 없는 여러 다른 상황들도 십분 이용할 수 있으니 자신이 더 유리할 것이라고 말했다. 콜하스는 기뻐서 그녀에게 키스를 하고는 그 제안을 받아들이겠다고 대답했다. 그는 성안의 군주에게 다가가 집사 부인의 집에 들어가기만 하면 된다고 설명하고는 그녀에게 탄원서를 주고 갈색 말을 준비시키게 한 다음, 채비를 잘 시켜서 충직한 하인 슈테른발트와 함께 아내를 보냈다.

이 여행은 그러나 그가 소송과 관계된 일로 시도하여 수포로 돌아간 모든 일들 가운데 가장 불행한 일이었다. 아내가 떠나고 채 며칠이 지나지 않아 슈테른발트가 한 걸음 한 걸음 마차를 끌면서 안마당으로 들어왔다. 마차 안에는 아내가 가슴에 치명적인 창상을 입고 쓰러져 누워 있었다. 창백한 얼굴로 마차에 다가선 콜하스는 이러한 불행이 일어난 전후 사정에 대해서는 들을 수가 없었다. 하인의 말에 따르면, 집사는 집에 없었다. 그들은 할 수 없이 성 근처의 여관에 내렸고, 다음 날 리즈베트는 여관을 떠나면서 하인에게 말 옆에 있으라고 명했다고 한다. 그리고 저녁이 채 되기 전에 그녀는 이 상태로 돌아왔다는 것이다. 그녀는 너무 성급하게 군주의 부하들을 향해 밀고 들어간 듯이 보였고, 아무런 잘못도 없이, 단순히 군주를 둘러싸고 있는 어느 보초의 과잉 반응으로 창 자루에 맞은 것 같다는 것이다. 적어도 저녁 무렵에 의식이 없는 그녀를 여관에 데리고 온 사람들은 그렇게 말했다는 것이다. 리즈베트는 입에서 솟구쳐 나오는 피 때문에 말을 많이 하지 못했다. 그녀가 가진 탄원서는 나중에 기사들에 의해 압수되었다고 했다. 슈테른발트는 주인에게 이 불행한 사건을 즉시 보고하려고 곧장 말에 올라타려고 했지만, 안주인은 의사의 만류에도 남편에게 아무런 기별도 하지 않고 곧장 콜하젠브뤼크로 가기를 고집했다는 것이다. 콜하스는 여행으로 완전히 탈진한 그녀를 침대로 옮겼다. 그녀는 침대에서 고통스럽고 힘들게 숨을 쉬면서, 며칠을 더 살았다. 사람들은 그녀의 의식을 되돌리고 무슨 일이 있었는지에 대해 실마리를 얻고자 했지만, 소용이 없었다. 그녀는 이미 풀린 눈을 한곳에 고정한 채 누워 있었고, 아무런 대답을 하지 못했다. 죽기 직전 다시 한번 그녀의 의식이 돌아왔다. 루터교 목사님이 (당시 싹트기 시작한 신앙에 남편의 뒤를 이어 그녀도 개종했었다) 침대 곁에 서서 그녀에게 또렷하고 감성적이며 장엄한 목소리로 성서의 한 장(章)을 읽어주고 있었다. 그때 갑자기 그녀가 어두운 표정을 하고는 성서에서는 아무것도 더 읽을 것이 없다는 듯 목사님 손에서 성서를 받아서 페이지를 넘기고 또 넘기더니, 급기야는 무엇인가를 찾은 듯했다. 그녀는 침대 곁에 앉아 있던 콜하스에게 약지로 그 구절을 가리켰다. "네 원수를 용서하라. 너를 미워하는 자들도 용서하라." 그러면서 그녀는 영혼이 깃든 시선으로 그의 손을 꼭 잡고는 숨을 거두었다. 콜하스는 생각했다. "내가 융커를 용서한다면, 하느님은 나를 용서치 않으리라!" 그는 눈물을 흘리면서 그녀에게 입을 맞추고, 그녀의 눈을 감겨준 뒤 방을 떠났다. 그는 영지주무관이 이미 그를 위해 드레스덴의 마구간 값으로 마련한 금화 100굴덴을 가지고 장례식을 준비했다. 장례식은 마치 제후의 비를 위한 것 같았다. 금속으로 테두리를 한 떡갈나무 관, 금술과 은술을 단 비단 베개, 그리고 8엘레[6] 깊이의 묘는 석회와 돌로 채워졌다. 그는 막내를 안고 무덤가에 서서 작업을 지켜보았다. 장례일이 되었고, 시신은 눈처럼 하얀 색으로 홀 안에 놓여졌다. 홀은 검은색 천으로 뒤덮여 있었다. 목사가 그녀의 관 곁에서 감동적인 설교를 마치자, 그때 망자가 전달한 탄원서에 대한 군주의 답변서가 도착했다. 답변서의 내용은 이러했다. "말들을 트롱켄부르크에서 가져가라. 그리고 감옥에 들어갈 처벌을 감수하지 않는다면, 더 이상 이 일에 관여하지 말라." 콜하스는 그 편지를 넣고, 관을 마차로 옮겼다. 봉분이 생기고 그 위에 십자가가 세워지자마자, 그리고 장례를 치른 조문객들이 떠나가자마자, 그는 쓸쓸한 그녀의 침대에 몸을 던지고 다시 한번 더 복수를 다짐했다. 그는 앉아서 판결문을 작성했다. 세상에 나면서 그에게 주어진 힘으로 작성한 판결문에서, 그는 융커 벤첼 폰 트롱카에게, 자신에게서 빼앗아간 말들을 앞으로 사흘 안에 콜하젠브뤼크로 데리고 와서 자신의 마구간에서 직접 살찌우라고 판결했다. 그는 파발을 통해 이 결정을 융커에게 보내고, 편지가 전달되는 즉시 다시 콜하젠브뤼크로 돌아오라고 지시했다. 그러나 말은 오지 않았고 사흘이 지났다. 콜하스는 헤르제를 불러 말을 살찌우는 것과 관련해서 젊은 기사에게 보낸 판결문을 이야기해주었다. 그러고는 자신과 함께 트롱켄부르크로 말을 타고 가서 젊은 기사를 데리고 오지 않겠느냐, 그리고 데리고 온 자가 판결을 이행하는 데 소홀히 한다면 그에게 채찍을 들겠느냐고 두 가지를 물었다. 헤르제는 그 말을 이해하고 곧, "나리, 오늘 당장요!"라고 환호를 올렸고 모자를 높이 던지면서 "말 빗질하는 것을 배우기 위해 열 개의 매듭이 있는 가죽 끈도 엮어야 할 것입니다"라고 장담했다. 콜하스는 집을 팔고 아이들을 마차에 태워 국경

건너편으로 보냈다. 밤이 되자 나머지 하인들을 모두 불러 모아 무장을 시키고 말에 태워서 트롱켄부르크로 출발했다. 모두 일곱 명으로, 이들은 그에게 황금처럼 소중했다.

   그는 이 작은 무리와 함께 세 번째 날이 동틀 무렵, 성문 아래서 잡담을 나누고 있던 세금 징수원과 성 문지기를 말발굽으로 짓밟으면서 성안으로 달렸다. 그들이 불을 붙여 성안의 모든 임시 막사를 습격하는 동안 헤르제는 가교를 건너서 관리인의 탑으로 서둘러 갔고, 거기서 웃통을 벗고 카드놀이를 하고 있던 관리인과 집사를 창과 칼로 덮쳤다. 콜하스는 성안의 융커를 덮쳤다. 심판의 천사가 하늘에서 내려온 것이다. 때마침 크게 웃으면서 곁에 있던 친구들에게 말 장수가 보낸 판결문을 읽어주던 융커는, 말 장수의 목소리가 들리자 갑자기 창백해졌다. 그는 "형제들이여, 도망가라!"라고 소리치고는 황급히 사라졌다. 콜하스는 홀 안으로 들어서면서 그를 향해 마주 오던 융커 한스 폰 트롱카의 가슴을 붙잡고는 홀의 구석으로 내동댕이쳤다. 융커 한스의 뇌수가 벽에 뿌려졌다. 콜하스의 하인들이 무기를 든 다른 기사들을 굴복시키고 그들을 흩어지게 하는 동안, 콜하스는 융커 벤첼 폰 트롱카가 어디에 있는가 하고 물었다. 얼어붙은 남자들이 이에 아무런 대답을 하지 못하자, 그는 성의 날개채로 이어지는 두 방의 문을 발로 차 열고는 다른 건물로 이어지는 모든 방향을 살펴보았다. 그러나 그곳에서도 아무도 발견하지 못하자 그는 욕설을 퍼부으면서 출구를 막기 위해 성의 뜰로 내려갔다. 그 사이 막사로 불이 옮겨 붙어, 이제는 성과 여러 곁채에서 검은 연기가 하늘로 피어올랐다. 슈테른발트가 세 명의 민첩한 하인과 함께 가져갈 수 있는 모든 것을 끌어내고 좋은 포획물인 말들을 덮치는 동안, 집사와 관리인, 그 아내와 아이들의 시체가 관리인 건물의 창문에서 떨어졌고, 헤르제가 환호를 올렸다. 콜하스가 성의 계단을 내려올 때, 융커의 살림을 맡아온 나이 든 하녀장이 그 앞에 엎드렸다. 그녀는 통풍에 시달리고 있었다. 콜하스는 하녀에게 융커 벤첼 폰 트롱카가 어디에 있는지 물었다. 그녀는 약하고 떨리는 목소리로 자신이 생각하기에는 예배당으로 도주했을 것이라고 대답했다. 열쇠가 없는 콜하스는 횃불을 든 하인 두 명을 불러서 지렛대와 손도끼로 문을 열게 했다. 제단과 긴 의자들을 뒤지고 엎었으나 융커는 어디에도 없었다. 이는 그에게는 격심한 고통이었다. 콜하스가 예배당에서 돌아왔을 때, 트롱켄부르크의 젊은 하인 하나가 화염으로 위험해진 넓은 석조 마구간에서 융커의 검은 말들을 끌어내려 하고 있었다. 그때 콜하스가 건초로 뒤덮인 작은 마구간과 자신의 말들을 보게 되었고, 그 하인에게 물었다. "왜 저 말들은 구하지 않는 것인가?" 그러자 그 하인은 열쇠를 마구간 문에 꽂더니 대답했다. "저 헛간은 이미 불에 휩싸였습니다." 콜하스는 그를 거칠게 마구간의 문에서 끌어내더니 열쇠를 담 위로 집어 던졌다. 그러곤 하인에게 날을 세운 칼을 바싹 갖다대고 화염에 휩싸인 마구간으로 그를 밀어 넣더니, 그에게 말들을 구해내라고 요구했다. 둘러선 사람들이 하인을 조롱하며 웃는 소리가 울려 퍼졌다. 놀라서 창백해진 하인이 말들을 데리고 그곳에서 빠져나오자마자 뒤쪽에서 마구간이 무너져 내렸지만, 콜하스는 더 이상 그곳에 없었다. 하인은 성의 뜰에 있는 하인들에게로 가서, 몇 번이나 자신을 무시하던 말 장수에게 말들을 어떻게 해야 하느냐고 물었다. 콜하스는 만약 가격당했다면 죽었을지도 모르는 무시무시한 몸짓으로 갑자기 발을 쳐들었다. 그러고는 아무런 대답도 하지 않고 갈색 말에 올라타고는 성문 아래에 서서, 하인들이 일하는 동안 말없이 그날 하루를 기다렸다.

  다음 날이 되자 성 전체가 성벽만을 제외하고 모두 불에 탔고 그 안에는 콜하스의 일곱 하인들 외에는 아무도 남지 않았다. 말에서 내린 그는 이제는 밝은 햇볕 아래 모습을 드러낸 광장 전체를 다시 한번 구석구석 살폈다. 받아들이기 힘들었지만 성에서의 작전이 실패했다는 것을 인정해야만 했기에, 그는 가슴 가득 고통과 슬픔과 분함을 안고, 소식을 듣기 위해 융커가 도주했을 모든 방향으로 헤르제와 하인들을 보냈다. 콜하스는 특히 물데강가에 있는 에를라브룬 수녀원이 걱정됐다. 그 수녀원은 부유한 곳으로, 원장 수녀 안토니아 폰 트롱카는 근방에서는 신앙심 깊고 자애로운 부인으로 잘 알려져 있었고, 아무 곳에서도 도움을 받지 못하는 융커가 이 수녀원으로 도주했을 가능성이 매우 높았기 때문이다. 게다가 원장 수녀는 융커의 고모로 어렸을 때 그를 키워준 사람이었다. 이러한 상황을 안 콜하스는 집사의 탑으로 올라갔다. 그 안에는 주거용으로 쓰이는 방이 하나 있었다. 그곳에서 그는 소위 '콜하스의 명령문'을 작성했다. 명령문에서 그는 자신이 정당한 전쟁을 벌이고 있는 융커 벤첼 폰 트롱카에게 정부는 그 어떤 도움도 주지 말 것이며, 융커의 친척과 친구들은 물론이고 다른 모든 주민들도 융커를 보는 즉시 자신에게 넘겨야 한다고 천명했다. 만일 그렇지 않으면 죽음을 각오해야 할 것이며, 모든 사유 재산은 잿더미가 될 것이라고 했다. 그는 이 명령문을 여행객들과 이방인들을 통해 그 근방에 뿌렸다. 그러고는 하인 발트만에게 에를라브룬의 안토니아 부인의 손에 건네라는 명을 내리면서 그 필사본을 주었다. 이어서 그는 융커에게 불만을 품고 있던 트롱켄부르크의 하인들 몇 명과 의논을 했다. 그들은 노획물을 기대하면서 그를 위해 일하기를 원하고 있었다. 콜하스는 그들을 민병대처럼 활과 단도로 무장시키고, 기마병 뒤에 앉아 있도록 지시했다. 그리고 무리들이 끌어 모은 것들을 돈으로 바꾸어 나누어준 다음에 몇 시간은 성문 아래에서 이 비참한 일로부터 휴식을 취했다.

  정오 무렵 헤르제가 왔고, 곧 불길한 예감이 맞았음을 확인시켜주었다. 그러니까 융커는 에를라브룬에 있는 수녀원, 그의 고모인 노부인 안토니아 폰 트롱카에게 가 있다는 것이었다. 융커는 성 뒤쪽 벽에 난 문을 통해 바깥으로 빠져나가 지붕 아래의 좁은 돌계단을 내려간 다음, 작은 나룻배를 타고 엘베강을 따라 내려가 목숨을 구한 것 같았다. 헤르제는 융커가 자정 즈음에 키와 노도 없는 거룻배를 타고 트롱켄부르크에

난 화재를 보려고 몰려든 마을 사람들을 당황하게 만들면서 엘베강의 한 마을에 도착했고, 그 마을에서 수레를 타고 에를라브룬으로 떠났다고 보고했다. 콜하스는 이 소식에 깊이 한숨을 쉬었다. 그는 말들에게 먹이를 먹였느냐고 물었다. 그렇다는 대답을 들은 그는 일행에게 말을 타라고 지시했고, 세 시간 후에는 이미 에를라브룬 앞에 서 있었다. 멀리 지평선에서 천둥소리가 들리는 가운데, 그는 무리들과 함께 근방에서 불을 붙인 횃불을 들고 수녀원의 안마당으로 들어갔다. 그를 향해 마주 오던 하인 발트만은 그에게 명령문이 제대로 전달되었다고 알렸다. 그때 원장 수녀와 수녀원의 관리인이 당황한 표정으로 서로 이야기를 나누며 수녀원의 정문으로 들어서는 것이 보였다. 수녀원의 작고 나이 든 백발의 관리인은 험상궂은 눈초리로 콜하스를 보더니, 갑옷을 걸치면서 자신을 에워싸고 있는 하인들에게 당당한 목소리로 비상종을 울리라고 소리쳤다. 아마포처럼 창백해진 원장 수녀는 은으로 된 그리스도 상을 손에 들고 계단을 내려와서 다른 수녀들과 함께 콜하스의 말 앞에 무릎을 꿇었다. 헤르제와 슈테른발트가 칼이 없는 수녀원의 관리인을 제압하여 포로로 잡아 말들 사이로 끌고 오는 동안, 콜하스는 원장 수녀에게 융커 벤첼 폰 트롱카가 어디에 있느냐고 물었다. 그러자 그녀는 허리띠에서 열쇠가 달린 커다란 고리를 풀더니, "비텐베르크에 있습니다. 콜하스, 고귀한 사람이여!"라고 대답하고는 떨리는 목소리로 "신을 두려워하고, 불의를 행하지 말라!"라고 덧붙였다. 채워지지 않은 복수욕의 지옥으로 다시 내동댕이쳐진 콜하스는, 말 머리를 돌려 '이곳에 다시 불을 붙이라!'고 외치려 했다. 그때, 엄청난 번개가 바로 콜하스의 옆 땅바닥을 쳤다. 콜하스는 자신의 말을 원장 수녀 쪽으로 돌리면서 물었다. "나의 명령문을 받았는가?" 원장 수녀는 거의 들리지 않는 약한 목소리로 "방금!"이라고 대답했다. "언제?" "신께 맹세하건데, 내 조카 융커 벤첼 폰 트롱카가 떠나고 두 시간이 지나서!" 하인 발트만은 어두운 눈초리로 콜하스를 돌아보면서 더듬거리며 물데 강물이 비로 불어나서 지금보다 더 빨리는 이곳에 도착할 수 없었다고 말했다. 콜하스는 곧 마음을 가라 앉혔다. 갑자기 엄청난 폭우가 횃불을 꺼뜨리면서 길바닥으로 쏟아져 내렸고, 콜하스의 불행한 가슴 속의 고통을 스러지게 했다. 그는 원장 수녀 앞에서 잠깐 모자를 벗더니, 말을 돌리고 "형제들이여, 나를 따르라! 융커가 비텐베르크에 있다!"라면서 박차를 가하고 수녀원을 떠났다.

밤이 되어 콜하스는 길가에 있는 여관으로 들어갔다. 말들이 너무나 지쳐서 하루를 쉬어야 했고, 열 사람의 무리를 (이제 이만큼의 힘이 있었다) 데리고는 비텐베르크 같은 곳으로 갈 수 없었기 때문이다. 그래서 그는 두 번째 명령문을 작성했다. 그는 자신에게 일어난 일을 간략하게 설명하고, 그의 표현을 따르자면, "모든 선한 그리스도교인들에게 착수금과 다른 이익도 챙겨줄 것을 약속하면서, 모든 그리스도교인의 적인 융커에게 대항하는 자신의 일에 가담할 것"을 촉구했다. 곧 뒤이은 다른 명령문에서 그는 자신을 "제국과 세상으로부터 자유로운, 오로지 하느님에게만 종속된 사람"으로 칭했다. 이것은 일종의 병적이고 잘못된 열광이었지만, 폴란드와의 평화로 인해 생계가 막막해진 불량배들이 착수금과 노획물을 노리고 떼 지어 몰려오도록 했다. 그래서 그가 비텐베르크를 잿더미로 만들기 위해 엘베강의 오른편으로 되돌아갔을 때는 실제로 서른 몇 명의 숫자가 모였다. 그는 그곳을 감싸고 있는 어두운 숲의 적막 속에서 말들과 하인들과 함께 낡고 허물어져 가는 헛간의 지붕 아래에 막사를 쳤고, 변복을 하고 명령문을 뿌리러 시내로 보낸 슈테른발트에게서 그 명령문이 이미 그곳에 알려져 있다는 소식을 듣게 되었다. 그는 곧 신성한 오순절 전야에, 무리와 함께 출발해 주민들이 깊이 잠든 동안 광장 여러 군데에 동시에 불을 놓았다. 하인들이 성 밖 도시를 약탈하는 동안, 그는 어느 교회의 기둥에 다음과 같은 내용의 글을 붙였다. "나, 콜하스는 이 도시에 불을 질렀다. 만약 융커를 넘기지 않는다면 이 도시를 잿더미로 만들 것이다." 그는 이렇게 덧붙였다. "융커를 숨길 만한 벽은 하나도 남지 않게 될 것이다." 이런 전대미문의 악행에 주민들은 표현할 수 없을 정도로 경악했다. 다행히 꽤 잔잔한 여름밤이라 교회를 포함해 불과 열아홉 채만이 전소되었고, 날이 밝자 어느 정도 진화가 되었다. 나이 든 태수 오토 폰 고르가스는 끔찍한 살인마를 없애려고 이미 50명의 기병을 보냈다. 그러나 기병대를 이끄는 게르스텐베르크라는 이름의 대위는 제대로 대처하지 못해, 콜하스의 출정을 막기보다는 오히려 싸움에서 그의 명성을 높여주는 결과를 낳고 말았다. 대위의 말에 따르면, 그는 병사들을 여러 팀으로 나누어 콜하스를 포위하고 진압하려 했다. 그러다 자기 부하를 집결시키고 있던 콜하스에 의해 각 지점에서 공격당해 패했으며, 다음 날 저녁에는 이미 나라가 온 희망을 걸었던 모든 병사들 가운데 전장에 남아 있는 사람은 단 한 사람도 없게 되었다. 콜하스는 이 싸움으로 부하 몇 명을 잃었고, 다음 날 아침 다시 도시에 불을 질렀다. 그의 살인적인 계획은 너무 훌륭해서 수많은 집과 근방의 거의 모든 헛간이 잿더미가 되었다. 그러자 그는 알려진 명령문을 이번에는 시청의 구석마다 다시 붙이고, 태수가 파견했다가 패한 게르스텐베르크 대위의 운명에 대한 소식을 덧붙였다. 태수는 이러한 뻔뻔함에 몹시 격분하여 자신이 직접 여러 명의 기사를 데리고 150명의 군대 선두에 섰다. 그는 융커 벤첼 폰 트롱카의 편지를 받고, 그의 간청에 따라 보초병을 붙여준 터였다. 융커가 이 도시에서 떠나기를 바라는 백성들의 폭력에서 그를 보호하기 위해서 말이다. 태수는 습격을 방어하기 위해 근방의 모든 마을과 도시의 성벽에도 보초들을 세우고, 성 게르바지우스 날[7]에는 나라를 망치고 있는 용을 잡기 위해 직접 나섰다. 말 장수는 이 무리들을 피할 정도로 영리했다. 그리고 교묘하게 진군하여 태수를 도시 5마일 앞에서 멀리 유인해 갖가지 방법으로 혼란에 빠뜨린 다음, 자신은 대군에 밀려 브란덴부르크로 물러나는 것처럼 꾸몄다. 세 번째 날이 시작되자 그는 갑자기 방향을 바꿔, 난폭하게 말을 달려 비텐베르크로 돌아왔고 도시에 세 번째 불을 질렀다. 헤르제는 변복을 하고 도시로 숨어들어 이 끔찍한 일을 수행했다. 불길은 날카롭게 부는 북풍을 받아 무섭게 주위를 삼키면서, 세 시간도 채 지나지 않아 집 마흔두 채, 교회 두 곳, 여러 수도원과 학교, 제후 관할지역의 건물까지 잿더미로 만들었다. 자신의 적이 브란덴부르크에 있을 것으로 믿었던 태수는 사건에 대한 보고를 듣고 날이 밝자 급히 진군해 돌아왔지만, 도시는 이미 소요에 빠져 있었다. 성난 백성들은 수천 명씩 각목과 몽둥이를 들고 융커의 집 앞에 모여 소리를 지르면서 융커를 도시에서 쫓아내라고 요구했다. 옌켄스와 오토라는 이름의 두 시장이 관복을 입고 모든 시의원의 선두에 서서 어쨌든 파발이 돌아오기를 기다려야 한다고 설명했지만, 아무런 소용이 없었다. 그 파발은 융커를 드레스덴으로 보내도록 해달라고 대법원장에게 청하기 위해 보낸 것으로, 융커 자신도 여러 가지 이유로 그곳에 가기를 원한다는 내용이었다. 창과 막대기로 무장한 무리들은 이성을 잃은 채 이러한 말에 아무런 반응을 보이지 않고, 더 강력한 대책을 요구하는 의원 몇 명을 거칠게 다루면서 융커가 있는 집을 습격해 엎으려던 참이었다. 그때 태수 오토 폰 고르가스가 기마병을 이끌고 시내에 나타났다. 그 존재만으로도 백성들의 존경과 복종심을 불러일으키는 이 고귀한 남자는 원정에서 실패한 것을 만회할 셈으로, 살인 방화범 무리에서 흩어진 세 명의 하인을 붙잡는 데 성공했다. 그놈들이 백성들이 보는 앞에서 쇠사슬로 결박되는 동안, 태수는 콜하스를 쫓고 있으니 머지않아 그를 포박해올 수 있다고 위원들에게 그럴듯하게 장담했다. 이렇게 상황을 진정시키려는 모든 노력에 힘입어 태수는 드레스덴의 파발이 올 때까지 모여든 백성들의 불안을 해소시키고 그들이 융커의 존재에 대해 조금은 안심하도록 하는 데 성공했다. 울타리와 각목이 치워지고 나서 그는 말에서 내려 기사 몇 명을 동반하고 정신을 잃고 의사의 처치를 받고 있는 융커의 집으로 들어갔다. 의사는 향료와 각성제로 융커의 정신을 차리게 하려고 노력하고 있었다. 오토 폰 고르가스는 융커가 책임을 져야 하는 이 일들에 대해 지금은 융커와 이야기를 나눌 상황이 아니라는 것을 알고는, 그저 그가 조용히 옷 입는 것을 경멸 섞인 시선으로 바라보면서 안전을 위해 자기를 따라 기사 감옥으로 가자고 말했다. 융커에게 조끼가 입혀지고, 투구가 씌워졌다. 숨을 잘 쉬지 못해 가슴을 반쯤 열어둔 융커가 태수와 자기 사돈인 게르샤우 백작의 부축을 받으면서 거리에 모습을 드러냈을 때, 그를 향한 불경하고 끔찍한 저주의 말들이 하늘에 메아리쳤다. 병졸들에 의해 가까스로 저지를 당하던 백성들은 그를 거머리, 나라와 인간을 괴롭히는 비열한 놈, 비텐베르크의 저주, 작센의 타락이라고 불렀다. 잿더미가 된 도시를 지나 처량하게 걸어가는 동안 융커는 자신도 모르는 새 몇 번이나 투구가 벗겨졌고, 기사들은 그것을 뒤에서 다시 씌워주었다. 마침내 감옥에 도착한 융커는 보초병들의 엄중한 보호를 받으며 탑 안으로 사라졌다. 그동안 제후의 결정문을 가지고 온 파발은 그 도시를 다시 불안 속으로 몰아넣었다. 왜냐하면 드레스덴의 시민들이 다급하게 청원서를 넣은 정부는 살인 방화범이 잡히기 전까지는 융커가 제후 도시에 있다는 데 대해서 알려고 하지 않았기 때문이다. 정부는 오히려 융커가 그곳 어디든 있을 곳이 필요하니, 태수가 가진 권한으로 그를 보호하라고 당부했다. 또한 선한 도시 비텐베르크를 안심시키고 융커로 인한 다른 골칫거리로부터 도시를 보호하기 위해, 이미 500명의 군사들이 프리드리히 폰 마이센 왕자의 지휘 아래 진군 중이라고 알렸다. 태수는 이런 조치들이 결코 백성들을 안심시킬 수 없을 것임을 잘 알고 있었다. 왜냐하면 말 장수가 도시 근방 여러 곳에서 싸워 승리한 여러 가지 이점 때문에 그동안 그의 세력이 증대되었다는 매우 불길한 소문이 퍼졌을 뿐만 아니라, 변복을 한 채 밤의 어둠을 틈타 역청과 짚, 유황으로 공격하는 싸움은 지금껏 들도 보도 못한 것이라, 프리드리히 폰 마이센 왕자가 이끄는 대군도 무력하게 만들 것이기 때문이었다. 태수는 잠시 생각에 빠진 다음 자신이 받은 회신을 완전히 덮어두기로 결정했다. 그는 마이센 왕자의 도착을 알리는 편지만을 도시의 구석구석에 붙였다. 날이 밝자 기사들의 감옥 마당에서 지붕 달린 마차 한 대가 중무장을 한 기사 네 명의 호위를 받으면서 라이프치히로 가기 위해 거리로 나섰다. 기사들에게는 비공식적으로 그 마차가 플라이센부르크로 간다고 알려놓았다. 불과 검으로 맺어진, 구원할 길

없는 융커의 존재에 대해 백성들이 어느 정도 감정을 누그러 뜨렸기에 태수는 300명의 군대를 이끌고 프리드리히 폰 마이센 왕자와 합류하기 위해 길을 떠났다. 그동안 콜하스 측은 이 세상에서 가진 특이한 위치에 힘입어 그 수가 109명으로 늘어났다. 그들은 야센에서 여분의 무기를 입수해 완벽하게 무장하게 되었다. 그는 자신에게 다가오는 이중의 위협에 대해 보고받고, 그들이 자신을 치기 전에 폭풍처럼 재빨리 맞서기로 결정했다. 다음 날 밤 이미 그는 뮐베르크 근처에 있는 마이센 왕자를 습격했다. 이 싸움에서 그는 안타깝게도 헤르제를 잃었다. 헤르제가 그의 옆에서 총에 맞고 쓰러졌던 것이다. 콜하스는 그를 잃은 것에 분노하여 세 시간 동안 싸워 한 지점에 집결하는 데 실패한 왕자에게 심한 타격을 입혔고, 그 무리가 흩어져서 다음 날 아침 드레스덴으로 돌아갈 수밖에 없도록 만들었다. 이런 유리한 상황으로 기세가 등등해진 콜하스는 왕자가 이 사실을 알리기 전에 태수를 공격하려고 방향을 돌렸고, 밝은 대낮에 다메로프 마을 근처의 탁 트인 들판에서 태수를 공격해 비록 손실은 입었지만 밤 무렵에는 태수의 군대를 패퇴시키는 데 성공했다. 만약 태수가 전령을 통해 왕자가 뮐베르크에서 대패했다는 소식을 듣고 상황이 나아질 때까지 비텐베르크로 돌아가는 편이 낫겠다고 생각하지 않았더라면, 그는 다음 날 아침 나머지 무리들과 함께 다메로프의 교회 묘지에 몸을 숨긴 태수를 사정없이 다시 공격했을 것이다. 콜하스는 이 두 군대를 격파하고 닷새 후, 라이프치히 근방 도시 세 군데에 불을 질렀다. 그는 이것을 계기로 뿌린 명령문에서 스스로를 "융커와의 분쟁에 간여하는 모든 이들과 온 세상의 간교함을 불과 칼로 처벌하러 온 대천사 미카엘의 대리인"이라 칭했다. 그러면서 자신이 기습해 진지를 구축한 뤼첸성에서 백성들에게 더 나은 질서를 세우려면 자신에게 합류하라고 촉구했다. 그리고 정신이 나간 듯 명령문에 다음과 같이 서명했다. "우리의 임시 세계정부가 있는 뤼첸의 최고 성에서." 라이프치히 주민들에게는 다행스럽게도 하늘에서 비가 계속 내려 불길은 기세를 펴지 못하고 재빠르게 진화되었고 플라이센부르크 근방의 가게들 몇 채만이 불길에 휩싸였다. 그럼에도 살인 방화범이 주변에서 날뛰고, 게다가 융커가 라이프치히에 있다고 주장하는 그들의 광기에 시민들은 당황함을 감출 수 없었다. 그에 대항하라고 보낸 180여 명의 용병이 격파당하고 도시로 돌아왔을 때, 시장은 도시의 재산을 위험에 내맡기지 않기 위해 성문을 완전히 잠그고 시민들로 하여금 밤이나 낮이나 성벽 보초를 서게 하는 것 외에는 방법이 없었다. 시장은 주위 근방의 마을들에 융커가 플라이센부르크에 없음을 보장하는 성명서를 붙이게 했지만 아무 소용이 없었다. 말 장수는 비슷한 성명서로 융커가 플라이센부르크에 있다고 주장하고, 그가 그곳에 없다면 최소한 그가 있는 장소를 알려줄 때까지 융커가 그곳에 있는 것처럼 일을 처리할 것이라고 선언했다. 제후는 파발을 통해 라이프치히가 처한 비상 상태에 대해 보고받고 이미 2000명의 군사를 모았으며, 콜하스를 잡기 위해 자신이 직접 군대의 선두에 설 것이라고 선언했다. 그는 살인 방화범을 비텐베르크에서 쫓아내기 위해 오토 폰 고르가스가 모호하고 경솔한 속임수를 썼다고 엄하게 질책했다. 라이프치히 근방의 마을에서, 누가 작성한 것인지는 알 수 없지만, 콜하스에게 보내는 벽보가 붙었다는 소식이 전해지자, 작센 전체와 특히 제후 도시에는 형언하기 힘든 혼란이 엄습했다. 벽보의 내용은 "융커 벤첼은 드레스덴에 있는 그의 사촌들, 힌츠와 쿤츠의 집에 있다"는 것이었다.

이 상황에서 마르틴 루터 박사는 사회적인 지위로 얻은 명망에 힘입어 상황을 진정시키는 언변으로 콜하스를 인간 사회의 질서라는 제방 안으로 돌아오게 하는 일을 맡게 되었다. 그는 살인 방화범의 마음속에 남아 있는 쓸만한 장점에 기대면서, 다음과 같은 내용의 벽보를 제후령의 모든 도시와 고을에 붙이도록 했다.

콜하스. 너는 스스로 정의의 칼을 들었다고 주장하지만, 척도를 잃은 자여, 너는 무엇에 사로잡혀 있는가? 눈먼 정열의 광기 속에서 너는 불의 그 자체를 가득 채우고 있지 않은가? 네가 신하로서 섬기는 군주가 너의 권리, 너의 사소한 재산을 위한 분쟁에서 네 권리를 거부했다고 해서, 사악한 너는 불과 칼을 들고 일어나서, 황야의 늑대처럼 군주가 보호하고 있는 평화로운 사회를 습격했다. 사람들을 황당무계하고 술책으로 가득 찬 이야기로 현혹시키는 너, 죄인이여. 너는 모든 마음의 주름까지도 들여다보이는 대낮에 하느님을 피할 수 있다고 믿는가? 너는 네 권리가 거부당했다고 어떻게 말할 수 있는가? 분노한 가슴으로 형편없는 복수심에 이끌려, 너는 첫 번째로 행한 손쉬운 시도에서 실패한 후 네 권리를 찾으려는 노력을 완전히 포기했는가? 송달된 편지를 기각하고, 응당 전해야 할 사실들을 숨긴 법관과 정리들로 가득 찬 법정이 너의 정부인가? 내가 신을 잊은 너에게 말하고 싶은 것은 너의 정부는 네 일에 대해서는 아무것도 모르고 있다는 것이다. 내가 무어라고 했는가? 네가 대항하고 있는 군주는 너의 이름도 모르며, 언젠가 네가 군주를 고소하기 위해 하느님의 권좌로 나간다면, 군주는 밝은 얼굴로 말씀하실 수 있을 것이다. "주여, 저는 이 사람에게 어떠한 불의도 하지 않았습니다. 왜냐하면 제 영혼은 그의 존재를 알지 못하기 때문입니다"라고. 알고 있는가? 네가 휘두르는 칼은 절도와 살인욕의 칼이다. 너는 반란자일 뿐 정의로운 신의 전사가 아니다. 그리고 지상에서 네가 이를 곳은 환형(轘刑)과 교수형이며 저승에서는 너의 악행과 불경에 저주가 있을 것이다.

비텐베르크 등
마르틴 루터

그때 뤼첸 성의 콜하스는 찢긴 마음속에서 라이프치히를 잿더미로 만들려는 새로운 계획을 억누르고 있었다. 그는 융커 벤첼이 드레스덴에 있다는 벽보가 붙은 마을들에 응대하지 않았다. 그가 요구한 시의원은 고사하고 어떤 누구의 서명도 없었기 때문이다. 그때, 슈테른발트와 발트만은 밤새 성문에 붙은 루터의 벽보를 발견하고 당황했다. 그들은 콜하스에게 이 사실을 알려주고 싶지는 않았기에, 콜하스가 벽보를 직접 보기를 바랐지만 아무 소용없이 며칠이 흘렀다. 저녁 시간, 콜하스는 우수에 잠겨 마치 내면으로 침잠한 듯한 얼굴로 나타났지만, 그것도 간단한 명령을 내리기 위해서였을 뿐 아무것도 보지 못했다. 그래서 그들은 어느 날 아침 콜하스의 뜻을 거역하고 근방에서 약탈을 한 하인 몇 명을 교수형에 처할 때, 콜하스가 벽보를 자연스럽게 보게 하자고 결정했다. 사람들이 소심하게 양편으로 물러서는 동안, 마지막 명령문 이후 익숙해진 행렬 속에서 콜하스가 처형장에서 돌아왔다. 금술로 장식된 케룹[8] 천사의 칼이 붉은 가죽 쿠션 위에 놓여 그에게 전달되었고, 열두 명의 하인은 불타오르는 횃불을 들고 그를 따랐다. 그때 하인 둘이 나서더니 그들의 칼을 팔 아래에 끼고 벽보가 붙어 있는 기둥 주위를 돌았다. 콜하스는 의아해했다. 콜하스는 뒷짐을 쥐고 생각에 잠겨서 성문 아래로 왔고, 눈을 크게 뜨고는 놀라 주춤했다. 하인들이 그를 보자 공손하게 물러섰기 때문이다. 그는 하인들이 흩어지는 것을 보면서 성급하게 몇 걸음을 걸어서 기둥으로 다가갔다. 그를 불의에서 끌어내는 내용의 벽보를 보았을 때, 그의 영혼에 무슨 일이 일어났는지 누가 설명할 수 있겠는가. 그것은 그가 알고 있는 고귀하고 존경스러운 이름, 바로 마르틴 루터라는 이름으로 서명이 되어 있었다! 그의 얼굴에 어두운 홍조가 솟구쳤다. 투구를 벗으면서 그는 그것을 처음부터 끝까지 두 번 읽어 내려갔다. 그는 마치 무엇인가를 말하려는 듯이 막연한 시선으로 하인들 가운데로 몸을 돌렸지만, 아무 말도 하지 않았다. 그는 벽에서 벽보를 떼고 그것을 다시 한번 읽어 내려갔다. 그리고 "발트만! 말을 준비하라!"고 외쳤다. 그러고는 "슈테른발트! 나를 따라 성으로 가자!"고 외치고는 사라졌다. 그가 처해 있던 위협 속에서 갑자기 그를 완전 무장 해제시키는 데 이 몇 마디 이상은 필요하지 않았다. 그는 튀링겐 지방의 소작농으로 변장하고, 슈테른발트에게 중요한 일로 비텐베르크로 가야 한다고 말했다. 그리고 뛰어난 하인들이 있는 자리에서 그는 슈테른발트에게 뤼첸 성에 남아 있는 무리들의 지휘를 맡겼다. 그리고 사흘 안에는 어떠한 공격도 없을 것이며 그 안에 다시 돌아오겠노라 약속하고는 비텐베르크로 출발했다.

 그는 다른 사람의 이름으로 여관에 들었고, 밤이 되자 외투를 걸치고 트롱켄부르크에서 빼앗은 총 몇 자루를 가지고 루터의 방으로 들어갔다. 책상 앞에서 서류와 책들에 파묻혀 있던 루터는 어떤 낯설고 특이한 남자가 문을 열고는 뒤로 문을 걸어 잠그는 것을 보고 "누구인가? 무슨 일인가?"라고 물었다. 그 남자는 존경을 표하면서 모자를 손에 들고, 자신이 불러일으킬 놀라움을 어느 정도 예감하고는 금방 대답을 하지 않았다. 이윽고 콜하스가 입을 열었다. "저는 미하엘 콜하스, 말 장수입니다." 루터는 그 소리를 듣자 곧 책상에서 일어서면서 "물러가라!"라고 외쳤고, 종을 울리기 위해 서두르면서 덧붙였다. "너의 호흡은 페스트이며, 너와 가까이 있는 것은 파멸이다!" 콜하스는 그 자리에서 움직이지 않고 권총을 꺼내면서 말했다. "존경하는 나리, 당신이 종을 당기면 이 권총은 저 자신을 생명 없이 당신의 발 앞에 뻗게 할 것입니다! 앉으셔서 제 말을 들어주십시오! 당신이 기록하시는 시편의 천사들보다 제 곁에 계시는 것이 더 안전할 것입니다." 루터는 앉으면서, "무엇을 원하는가?" 하고 물었다. 콜하스는 대답했다. "제가 불의를 저지른 놈이라는 당신의 생각을 반박하겠습니다! 당신은 벽보에서 제게 말씀하셨습니다. 정부가 제 일에 대해 아무것도 모른다고요. 그렇다면 제게 자유 호송을 허락해주십시오. 그러면 드레스덴으로 가서 정부에 소송문을 제출하겠습니다." 이 말에 루터는 당황했고 동시에 안심이 되어 "사악하고 끔찍한 자여!"라고 불렀다. "누가 네게 독자적인 판결문에 따라 융커 폰 트롱카를 습격할 권리를 주었는가. 성에서 그를 찾지 못했다고 해서 그를 보호하는 마을 전체를 불과 칼로 복수하라는 권한을 누가 주었는가?" 콜하스는 대답했다. "존경하는 나리! 아무도 주지 않았습니다! 제가 드레스덴에서 받은 소식은 저를 속였고 저를 나쁜 길로 이끌었습니다! 제가 인간 공동체와 벌인 싸움은 불의입니다. 당신이 제게 보장하듯이, 제가 그 사회에서 추방당하지 않았다면 말입니다!" "추방이라!" 루터는 그를 쳐다보면서 말했다! "어떤 미친 생각이 너를 사로잡았는가? 누가 너를 네가 살고 있는 국가의 공동체에서 추방했단 말인가? 그렇다. 국가가 존재하는 한, 누구건 간에 그곳에서 추방되는 일이 어디에 있단 말인가?"

콜하스는 두 손을 누르면서 대답했다. "추방이란, 법의 보호가 거부된 것을 말합니다! 이러한 보호는 저의 평화로운 생업을 위해 필요한 것입니다. 그렇습니다. 그렇기 때문에 제가 얻은 무리와 함께 이 생업을 유지하기 위해 이 공동체로 도주해 온 것입니다. 제게 그 보호를 거부한 사람은 저를 적막한 황야로 쫓아낸 것입니다. 당신은 그것을 부정하고자 하지만, 그것은 스스로를 보호할 몽둥이를 제 손에 쥐어준 것입니다." "누가 네게 법의 보호를 거부했는가?"라고 루터는 물었다. "내가 쓰지 않았는가, 네가 제출한 소장에 대해 네가 그것을 전한 군주는 아무것도 모르고 있다고? 만약 신하들이 군주의 등 뒤에서 소송을 기각시키거나 또는 군주도 모르는 가운데 군주의 신성한 이름으로 조롱한다면, 신이 아닌 어느 누가 그런 신하들을 고른 것에 대한 책임을 물을 수 있겠는가? 그리고 신의 저주를 받은 끔찍한 자여, 너는 그 이유로 그를 심판할 자격이 있다는 것인가?" 콜하스는 당황했다. "만약 군주가 저를 추방하지 않았다면, 저는 그가 보호하고 있는 공동체로 다시 돌아갈 것입니다. 다시 말하지만, 드레스덴까지 자유 호송을 허락해주십시오. 그러면 저는 제가 뤼첸 성에 모은 무리를 해산시키겠습니다. 그리고 제가 거부당한 고소를 다시 한번 나라의 법정에 제출하겠습니다." 루터는 불쾌한 얼굴로 책상 위에 있던 서류들을 이리저리 던지고는 침묵했다. 이 특이한 사람이 이 나라에서 취하고 있는 대담한 입장은 그를 숨 막히게 했다. 루터는 콜하젠브뤼크에서 융커에게 내린 판결을 숙고하며 물었다. "드레스덴의 법정에 요구하는 것이 무엇인가?" 콜하스는 대답했다. "융커에 대한 적법한 처벌과 말들을 이전 상태로 되돌릴 것, 저는 물론이고 뮐베르크에서 전사한 헤르제가 입은 손해를 보상받는 것입니다." 루터가 소리쳤다. "보상이라니! 너는 불법적인 복수를 위해 어음을 받고 저당물을 잡히고 유대인과 그리스도교인들에게 수천에 달하는 금액을 빌렸다. 문의가 오면 그 금액도 셈에 넣을 것이란 말이냐!" "신이여 보호하소서!"라고 콜하스는 대답했다. "저는 제 집과 농장, 그리고 제가 가진 재산을 다시 요구하는 것이 아닙니다. 제 아내의 장례비는 더더구나 아닙니다! 다만 헤르제의 노모가 아들의 치료비와 트롱켄부르크에서 아들이 잃은 물건의 명세서를 제출할 것입니다. 제가 말들을 팔지 못해 입은 손실은 정부가 전문가를 시켜 산출하면 될 것입니다." 루터는 말했다. "정신 나간, 미친, 끔찍한 자여!" 그러면서 루터는 그를 바라보았다. "융커를 향해 너의 칼로 생각해낼 수 있는 가장 잔인한 복수를 시작한 뒤에도, 그에 대한 선고를 고집하는 이유가 무엇인가? 마침내 선고가 내려진다 하더라도, 그 정도가 이렇게 미미한데 말이다." 콜하스의 뺨에 눈물이 흘러내렸고 그가 대답했다. "존경하는 나리! 저는 아내를 잃었습니다. 저, 콜하스는 아내가 부당한 거래로 죽임을 당한 것이 아니라는 것을 세상에 보여주고자 합니다. 이 일에서 제 의지를 따라주시고 법정이 말하도록 해주십시오. 분쟁이 될 만한 다른 모든 일들에 대해서는 당신을 따르겠습니다." 루터가 말했다. "보라, 네가 요구하는 것은, 다른 상황이라면, 여론대로 정당하다. 스스로 복수를 하기 전에 분쟁의 해결을 군주에게 맡겼다면 네 요구는 조목조목 허락되었을 것을 나는 의심치 않는다. 그러나 네가 모든 것을 고려하여, 신을 위해 융커를 용서하고 말들을 마르고 여윈 그대로 넘겨받아서 타고, 너의 마구간에서 살찌우기 위해 콜하젠브뤼크로 데리고 갔더라면 더 나았을 것이다." 콜하스가 대답했다. "그럴 수도 있겠지요!" 그는 창가로 다가가면서 덧붙였다. "그럴 수도, 그렇지 않을 수도 있습니다! 제 아내의 심장에서 솟구치는 피로 말들을 살려야 한다는 것을 알았더라면 말입니다. 그럴 수 있겠지요, 저는 당신이 말씀하신 대로 했을 것입니다. 고귀한 분이여, 귀리 한 자루도 아깝지 않았을 것입니다! 그렇지만, 제게는 말들이 너무나 귀중하기 때문에, 그래서 그렇게 했습니다. 제가 생각하는 바를 말하게 해주십시오. 그리고 융커로 하여금 말들을 먹이도록 해주십시오." 루터는 여러 가지 생각을 하면서 다시 책상의 서류들을 집어 들면서 말했다. "제후와 중재에 나서보겠다. 그동안 너는 뤼첸 성에서 가만히 있거라. 만약 군주가 너에게 자유 호송을 허락하면 공개적으로 방을 붙여 네게 알리겠다." 콜하스가 그의 손에 입을 맞추기 위해 몸을 숙이자, 루터는 계속 말을 이었다. "군주가 법을 위해 자비를 베풀 것인지 아닌지 나는 알지 못한다. 왜냐하면 그가 군대를 모아 뤼첸으로 보내려 한다는 것을 들었기 때문이다. 이미 말한 대로 그것은 나의 노력 여하에 달려 있지는 않다." 그리고 그는 일어서서 그를 보내려고 했다. 콜하스는 이 점에 대해 중재를 약속해주셔서 안심이 된다고 말했다. 그러자 루터는 그에게 악수를 했다. 그때 콜하스는 갑자기 그의 앞에 무릎을 꿇고 말했다. "아직 간청이 하나 더 있습니다. 성찬식을 하는 오순절에 싸움을 하느라 교회를 빠졌습니다. 죄송하지만, 아무런 준비 없이 저의 고해성사를 받고 제게 성체를 내려주실 수 있겠는지요?" 루터는 잠깐 생각을 한 후에, 그를 날카롭게 쳐다보면서 말했다. "그래, 콜하스. 그렇게 하겠다. 네가 원하는 성체의 주님은 그러나 자신의 적을 용서하셨다." 콜하스가 당황해하는 것을 보고 루터는 "마찬가지로 너를 모욕한 융커를 용서할 수 있겠는가?" 하고 덧붙였다. "트롱켄부르크로 가서 너의 말을 타고 그들을 먹이기 위해 고향으로 말을 달릴 수 있겠는가?" 콜하스는 그의 손을 잡으면서 상기된 얼굴로 말했다. "존경하는 나리." "그런데?" "주님도 자신의 모든 적을 용서하지는 않으셨습니다. 저의 두 군주, 성의 관리와 집사, 힌츠와 쿤츠, 그리고 이 일로 저를 괴롭힌 사람들을 용서하겠습니다. 그러나 할 수 있다면 융커에게 저의 말들을 다시 먹여서 살찌우도록 해주십시오!" 이 말에 루터는 불쾌한 시선으로 그에게서 등을 돌리고 종을 울렸다. 이에 부름을 받은 시종이 문을 열려고 했지만, 문고리가 걸려 있어서 아무 소용이 없었다. 그동안 루터는 다시 서류 앞에 앉았고 콜하스가 시종에게 문을 열어주었다. 루터는 잠깐 낯선 남자에게 곁눈질하면서 시종에게 말했다. "불을 밝히라!" 이에 시종은 눈에 들어온 방문객이 낯선 듯 쳐다보며 벽에서 열쇠를 집어 들고 손님이 나가기를 기다렸다 반쯤 열린 방문으로 돌아갔다. 콜하스는 불안하게 모자를 두 손으로 잡고 말했다. "존경하는 나리, 용서를 받을 수 있도록, 제가 당신에게 간청 드린 은총을 내려주시렵니까?" 루터는 짧게 대답했다. "주님의 용서는, 안된다. 군주의 용서는——그것은 내가 너에게 약속한 대로 유보적이다!" 그리고 시종에게 자신이 명한 것을 지체하지 말고 시행하라고 눈짓했다. 콜하스는 고통스러운 심정을 표현하면서 자신의 두 손을 가슴에 갖다댔다. 그리고 계단 아래로 불을 밝히는 남자를 따라 사라졌다.

다음 날 루터는 작센 제후에게 파발을 보냈다. 루터는 잘 알려진 대로 군주의 측근, 회계 출납관과 음료 담당관 힌츠와 쿤츠 폰 트롱카가 중간에서 소송을 기각한 사실을 비난한 후, 루터 특유의 자유분방함으로 사건 자체에 다분히 말썽의 소지가 있는 만큼 말 장수의 제안을 수용하여 소송을 재개하기 위해서는 그를 사면하는 것 외에 다른 방법이 없다고 전했다. 그리고 여론이 위험천만하게도 이 남자 편에 서 있다는 것, 그에 의해 세 번이나 잿더미가 된 비텐베르크도 한 목소리로 그 사람 편이라고 덧붙였다. 그리고 만약 자신의 간청이 거절당한다면, 이것은 틀림없이 야비하게 과장되어 백성들에게 알려질 것이며, 백성들은 공권력으로 더 이상 제어할 수 없을 정도로까지 과격해질 수 있다고 말했다. 그는 이런 특수한 경우에는 무기를 집어든 시민으로서의 콜하스와 협상하려는 생각은 배제해야 한다고 결론 맺었다. 그 사람은 실제로는 부당하게 진행된 소송 절차를 통해 의심할 나위 없이 국가와의 관계 밖으로 밀려났다. 간단히 말해 분쟁에서 빠져나오기 위해서는, 그를 왕권에 반역한 반란자이기보다는 오히려 이 나라를 침범한 외부 세력으로 간주해야 한다는 것이었다. 물론 콜하스는 외국인이고 외부 세력이라는 자격이 있기도 하다는 것이다.

제후가 이 편지를 받았을 때 마침 궁에는 뮐베르크에서 패하고 부상으로 아직도 누워 있는 프리드리히 폰 마이센 왕자의 숙부이자 제국의 총사령관인 크리스티에른 폰 마이센 왕자와 대법원장 브레데 백작, 내각총리 칼하임 백작, 그리고 트롱카 가문의 두 사람, 회계 출납관 힌츠와 음료 담당관 쿤츠 폰 트롱카, 제후의 죽마고우들과 지인들이 같이 있었다. 추밀 고문관의 자격으로 제후의 비밀 서신들에 군주의 이름과 문장을 사용하는 권한을 가진 회계 출납관 쿤츠가 먼저 말을 꺼냈다. 만약 말 장수가 자기 사촌인 융커를 상대로 제기한 고소장이 근거가 전혀 없고 거짓된 정보에 의한 쓸데없는 불평이라고 생각하지 않았다면, 자신은 결코 독단적으로 이를 기각하는 일은 없었을 거라고 다시 한번 장황하게 설명하고는 현재의 상황을 간략히 보고했다. 그는 말 장수가 하느님의 법이건 인간의 법이건 간에 이러한 실수 때문에 그런 끔찍한 복수를 행할 권리는 없다고 설명했다. 그리고 법적으로 전쟁을 일으킨 세력인 말 장수와의 협상은 신의 저주를 받아야 마땅한 그를 빛나게 하는 것이라고 늘어놓았다. 덧붙여 이로 인해 제후의 신성한 인격에 돌아올 수치는 견딜 수가 없다고 열변을 토하면서 루터 박사의 제안을 받아들이느니 차라리 미친 반란자의 판결문을 받아들여, 융커가 말들을 살찌우러 콜하젠브뤼크로 압송되는 최악의 경우를 택하는 편이 낫겠다고 말했다. 대법원장 브레데 백작은 그에게 반쯤 몸을 돌리고는, 여하간 이렇게 불쾌한 일을 해결하는 과정에서 엿보이는 군주의 명예에 대한 조심스러움이, 어째서 정작 그 일이 일어날 당시에는 보이지 않았는지에 유감을 표했다. 그는 제후에게 불법임이 명백한 이 조처를 관철시키기 위해 국가 권력을 요구하는 것에 대한 우려를 표시했다. 그리고 계속해서 말 장수에게 몰려드는 무리의 심각성을 지적하면서 악행은 이런 식으로 끝없이 반복될 것이라고 말했다. 그리고 이 모든 것에 책임이 있는 실책을 바로잡는 단호하고 정의로운 행위만이 실책과의 고리를 끊고 정부를 추한 협상으로부터 성공적으로 끝어낼 수 있으리라고 설명했다. 크리스티에른 폰 마이센 왕자는 이를 어떻게 생각하느냐는 군주의 질문에 대법관에 대한 존경을 표하면서, 그가 분명하게 밝힌 견해에 커다란 존경심을 갖노라고, 그렇지만 콜하스의 권리는 실현시켜주고자 하나 정작 그자가 자신의 손실 보장이나 처벌을 정당하게 요구하면서 비텐베르크와 라이프치히에 피해를 입힌 것은 전혀 고려하지 않고 있다고 말했다. 그는 이자의 경우 국가 질서는 균형을 잃었고 법률 지식에 근거한 원칙으로 질서를 원상 복

구시키기는 힘들 것이라고 말했다. 따라서 회계 출납관의 생각대로, 그런 경우에 투입되는 방법으로 충분히 군사를 모아 뤼첸에 본거지를 둔 말 장수를 제거하거나 진압하는 것에 찬성한다고 말했다. 회계 출납관은 왕자와 제후를 위해 벽 쪽에 있던 의자들을 끌어다가 친절하게 안으로 놓으면서, 정의롭고 사려 깊은 왕자가 이런 애매한 일을 해결하는 방법에 대해 자신과 의견을 같이 하는 것이 기쁘다고 말했다. 왕자는 앉지 않고 의자를 손에 잡고 그를 보면서 기뻐할 이유는 없다고 단호하게 말했다. 그 전에 군주의 이름을 남용한 것을 근거로 당신에 대한 체포 명령을 내려 재판에 회부할 것이며, 악행들이 걷잡을 수 없이 이어져 그들을 위한 자리가 법정에 더 이상 없을 지경이어서 이를 덮을 수밖에 없다 하여도, 그 모든 악행을 유발시킨 최초의 원인만큼은 덮어줄 수 없다고 했다. 우선 목숨을 건 그의 고소는 국가에 말 장수를 제압할 전권도 부여한 것이다. 말 장수의 사건은 잘 알려져 있는 것처럼 정당하고, 스스로 그가 휘두르는 칼은 우리가 그의 손에 쥐어준 것이다. 제후는 이 말에 융커가 당황해하는 것을 보고는 얼굴을 붉히면서 몸을 돌려 창으로 다가갔다. 당황스러운 침묵이 흐른 후에, 칼하임 백작은 이런 방법으로는 우리가 붙잡혀 있는 마법의 고리에서 벗어날 수 없을 것이라고 했다. 그 같은 논법으로 한다면, 그의 조카 프리드리히 왕자에 대해서도 소송을 제기할 수 있을 것이라고 말했다. 왜냐하면 왕자도 콜하스를 상대로 한 유격에서 자신의 지시를 여러 번 어겼기 때문이라는 것이다. 그러니까, 당시 당황해서 군주가 뮐베르크에 모이게 한 왕자의 수많은 군사들에 대해 묻는다면, 왕자 자신도 책임을 져야 할 숫자에 들어갈 것이라고 했다. 음료 담당관 힌츠 폰 트롱카는 제후가 불확실한 시선으로 책상으로 다가가는 동안 말을 받아 말하기 시작했다. 그는 여기에 모인 현명한 분들이 당연히 내려야 할 국가 결정을 왜 하지 않는지 이해하지 못하겠다고 했다. 자신이 알기로, 말 장수는 그저 드레스덴으로의 자유 호송과 사건에 대한 재조사를 요구하고, 그 대가로 이 나라를 침범한 무리들을 해산시킬 것을 약속했다. 그렇다고 해서 불법적인 복수에 대해 그를 사면해야 한다는 결론은 나오지 않는다는 것이었다. 그는 루터 박사와 추밀원이 두 가지의 법 개념을 혼동한 것으로 보인다고 말했다. 그는 콧등에 손가락을 얹으면서 말을 이었다. 드레스덴 법정에서 말들 때문에 판결이 내려진다면 마찬가지로 콜하스를 살인 방화와 약탈로 감옥에 집어넣는 것 또한 아무도 막지 못할 것입니다. 이것이 두 신하의 의견이 지닌 장점들을 합치고, 세상과 후세에 환영 받을 것임이 확실한 정치적인 고려입니다. - 이 말을 들은 왕자와 대법원장은 쿤츠에게 단지 흘낏 시선을 던질 뿐이었고, 이로써 논의가 끝난 듯이 보였기 때문에 제후는 자신에게 전달된 다양한 견해들을 국가위원회의 다음 모임 때까지 숙고해보겠노라고 말했다. 친구에 대한 애정으로 가득 찬 제후는 왕자가 잊지 않고 생각해낸 사전 심리를 위한 조처에 콜하스를 토벌하기 위해 이미 준비가 끝난 군대를 이끌 의욕을 상실했다. 그에게는 법원장 브레데 백작의 생각이 가장 적합해 보였고, 법원장만 남도록 했다. 법원장은 제후에게 말 장수의 전력이 실제로 400여 명으로 증가했다는 내용의 편지를 보여주었다. 회계 출납관의 부당함으로 세간에 불만이 팽배해졌고, 콜하스의 전력은 머지않아 두 배, 세 배로 늘어날 수 있다는 것이었다. 따라서 제후는 주저하지 않고 루터 박사의 권고를 받아들이기로 결정했다. 이를 위해 제후는 브레데 백작에게 콜하스 소송의 지휘를 맡겼다. 그리고 며칠 후에 이미 벽보가 등장했는데, 그 주요 내용은 다음과 같았다.

작센 제후는 마르틴 루터 박사의 간청을 자비롭게 고려하여, 브란덴부르크 출신의 말 장수인 미하엘 콜하스가 소송을 새로이 재개하기 위해 앞으로 사흘 안에 무장을 해제하는 조건 아래 그에게 드레스덴으로의 자유 호송을 허락한다. 만약 예상과는 달리 드레스덴의 법정에서 말들에 대한 그의 소송이 거부된다면, 그가 스스로 권리를 행사하기 위해 독자적으로 행한 일은 법에 따라 엄중한 재판을 받을 것이다. 그러나 반대의 경우에는, 말 장수와 그의 무리에게 특지(特旨)를 내려 작센에서 행해진 무력 행위에 대한 사면이 이루어질 것이다.

콜하스는 나라 곳곳에 붙은 이 벽보의 사본을 루터 박사를 통해 받자마자, 곧 그 안에 조건부로 언급된 바대로 자신의 모든 무리에게 선물을 주면서 감사의 말과 함께 적당한 경고를 하고는 그들을 해산시켰다. 그는 돈과 무기, 장비 등 약탈하여 얻은 모든 것들을 뤼첸의 법정에 제후의 재산으로 내놓았다. 그리고 가능하다면 자기 농장을 다시 사들이기 위해 발트만에게 편지를 주어 콜하젠브뤼크의 영지주무관에게 보내고, 아이들을 데려오기 위해 슈테른발트를 슈베린으로 보내고 난 후, 자신은 남아 얼마 안 되는 재산에 관한 서류를 몸에 지닌 채 뤼첸 성을 떠나 조용히 드레스덴으로 갔다.

  막 동이 터올 무렵, 온 도시는 아직 잠에 빠져 있었다. 그는 정직한 영지주무관 덕택에 여전히 자기 소유로 남아 있는 피르나 시외의 작은 집 문을 두드렸다. 살림을 맡은 나이 든 관리인 토마스가 놀라서 당황한 채 문을 열자, 그는 관청의 마이센 왕자에게 가서 말 장수 콜하스가 왔음을 알리라고 말했다. 마이센 왕자는 이 소식을 접하고 당장 이 남자가 처한 상황에 대해 보고받는 것이 적합하다고 생각하고는 기사들과 군졸을 이끌고 콜하스가 사는 집이 있는 거리에 나타났다. 곧 수많은 사람들이 모여들었다. 백성들을 억압하는 자를 불과 칼로 추격하던 죽음의 천사가 왔다는 소식에 드레스덴 도시 전체와 그 근방의 마을들이 발칵 뒤집혔다. 몰려드는 호기심 어린 사람들 때문에 현관문을 걸어 잠가야 했다. 아이들은 집 안에서 아침 식사를 하고 있는 살인 방화자를 보기 위해 창을 기어 올라갔다. 왕자는 보초들의 도움을 받아 이들을 밀치고 집 안으로 들어갔고 콜하스의 방으로 들어가 곧 반쯤 옷을 벗고 식사를 하고 있던 콜하스에게 물었다. "네가 말 장수 콜하스인가?"

이에 콜하스는 자신의 상황을 설명하는 서류들이 든 지갑을 허리띠에서 풀면서 그에게 공손히 건네주고는 "그렇습니다"라고 말했다. "저는 제 무리들이 흩어진 후에 군주가 저에게 허락하신 자유에 따라 드레스덴에 왔으며, 이는 법정에서 융커를 상대로 말들에 대한 소송을 제기하기 위함입니다." 왕자는 그를 머리부터 발끝까지 훑고는 지갑 안의 서류들을 읽어 내려갔다. 그 안에는 제후의 재산으로 내놓은 것을 증명하는 뤼첸 법원의 증명서가 있었다. 제후는 이에 대해 설명하라고 명했다. 그리고 그의 아이들이며 재산, 앞으로 어떻게 살고자 생각하는지 여러 가지 질문과 조사를 하면서 사람됨을 살펴본 후, 안심할 수 있겠다는 생각이 들자 그에게 서류를 돌려주면서 말했다. "너의 소송에 장애가 되는 것은 아무것도 없으니 직접 법정의 대법원장, 브레데 백작에게 문의를 하라." 잠시 후에 왕자는 창문으로 다가가면서 놀란 눈으로 집 앞에 모여 있는 군중들을 둘러보면서 말했다. "너는 당분간 집 안에 있을 때나 집 바깥에 나갈 때도 너를 보호해줄 호위병의 감시를 받아야 한다." 콜하스는 당황해서 시선을 떨군 채 말을 하지 않았다. 왕자는 다시 창가를 떠나면서 "여하간 어떤 일이 생길지는 네 스스로 알 수 있겠지!"라고 말했다. 그리고 몸을 돌려 집을 떠나려고 문으로 향했다. 콜하스는 곰곰이 생각하고 말했다. "자비로운 나리! 그렇게 하십시오! 그러나 제가 원한다면 다시 호위병을 철수시키겠다는 약속을 해주십시오! 그러면 저는 이 조치에 대해서는 어떠한 토도 달지 않겠습니다!" 왕자는 대답했다. "그것은 말할 필요가 없다." 그는 이 목적을 위해 세운 세 명의 군사들에게 "너희들이 남아 있는 이 집에서 이 남자는 자유롭고, 그가 외출할 때는 단지 신변보호를 위해 그를 따라야 한다"라고 설명한 후 거만하게 말 장수에게 손을 내밀고는 떠났다.

정오 무렵 콜하스는 세 명의 호위병을 동반하고 수많은 사람들이 뒤따르는 가운데, 대법원장인 브레데 백작에게로 갔다. 사람들은 경찰의 경고를 받았기 때문에 그에게 어떠한 해도 주지 않았다. 법원장은 대기실에서 그를 부드럽고 친절하게 맞아 두 시간 내내 이야기를 나누었고, 콜하스로부터 사건의 전 과정을 처음부터 끝까지 들었다. 그러곤 그는 고소장을 작성하고 제출하기 위해 콜하스를 법원에서 고용한 그 도시의 유명한 변호사에게로 보냈다. 콜하스는 주저하지 않고 그 변호사의 집으로 갔다. 그리고 기각된 첫 번째 소송 내용 그대로 융커를 법에 따라 처벌하고 말들을 이전의 상태로 회복시킬 것, 자신이 입은 손해와 뮐베르크에서 전사한 헤르제가 입은 손해를 헤르제의 노모에게 배상해달라는 내용을 적은 후, 여전히 자신을 따라다니는 사람들과 함께 집으로 돌아와서 자신을 필요로 하는 일이 없다면 그곳을 떠나기로 결정했다.

그동안 융커는 비텐베르크의 구금에서 풀려나 발에 염증을 일으킨 위험한 화농을 치료하고 나서, 법원으로부터 불법적으로 빼앗기고 망가진 말들 때문에 말 장수 콜하스가 그를 상대로 제기한 소장에 답변하기 위해 드레스덴 법정에 출두하라는 단호한 요구를 받았다. 회계 출납관과 궁정 음료 담당관 폰 트롱카 형제는 융커의 사촌이면서, 봉토상으로도 그와 관계를 맺고 있었다. 그들은 자신들 집에 융커가 나타나자, 그를 엄청난 조롱과 경멸로 맞았다. 그들은 융커에게 가문 전체에 수치와 치욕을 가져온 불쌍한 놈, 쓸모없는 놈이라 부르면서 그가 소송에서 질 것이고, 세상의 조롱을 무릅쓰고 말들을 다시 살찌우는 저주를 받을 것이니 곧 말들을 데려올 준비를 하라고 다그쳤다. 융커는 약하고 떨리는 목소리로 자신은 세상에서 가장 불쌍한 사람이라고, 자신을 불행으로 밀어 넣은 모든 저주받은 일에 대해 자신은 조금밖에 알지 못한다고 말했다. 그는 관리인과 집사가 이 모든 일을 저질렀으며, 자신은 알거나 원하지도 않았는데 그들이 말들을 추수하는 데 사용했고, 과도하게 혹사시켜서 부분적으로는 말들을 경작지에서 망가지게 했다고 했다. 이 말을 하면서 자리에 앉던 융커는, 자신을 괴롭히고 모욕을 주어서 지금 겨우 극복한 불행 속으로 또다시 자신을 밀어 넣지 말아달라고 덧붙였다. 힌츠와 쿤츠는 잿더미가 된 트롱켄부르크 근처에 토지를 소유하고 있었는데, 달리 방법이 없었으므로 사촌인 융커의 간청에 따라 불운한 그날 이후 완전히 사라져버린 말들에 대해 소식을 알기 위해 그 다음 날 그곳에 있는 소작농과 관리인에게 편지를 썼다. 그러나 그들이 들을 수 있었던 것은, 그곳이 완전히 파괴되었고 거의 모든 주민이 죽임을 당할 때 하인 하나가 살인 방화범의 칼에 떠밀려, 불타는 헛간에서 말들을 구했고, 그 뒤 말들을 어디로 데리고 가야 하는지, 어떻게 해야 하는지 물었지만 끔찍한 폭군으로부터 발길질만을 당했다는 것이었다. 통풍으로 고통 받는 나이 든 융커의 가정부는 마이센으로 도망쳤는데, 융커의 문의에 대한 답변으로, 그 끔찍한 밤이 지난 다음 날 아침에 그 하인이 말들을 데리고 브란덴부르크 국경으로 향했다고 확인해주었다. 그러나 그것을 알아보려는 조사는 아무런 소용이 없었다. 브란덴부르크나 그곳으로 가는 길목에 고향을 둔 융커의 하인은 아무도 없었으므로, 이 소식은 착각에 의한 것으로 보였다. 트롱켄부르크의 화재 이후 며칠 동안 빌스드루프에 있었던 드레스덴 출신의 남자들은 그 시간에 하인 하나가 고삐를 맨 말 두 마리를 데리고 그곳에 도착했으며, 말들이 너무나 비참한 꼴이어서 더 이상 길을 갈 수 없었기 때문에, 그들을 회복시키려던 양치기의 소 외양간에 남겨두었다고 진술했다. 여러 가지 정황으로 미루어 아마도 이들이 조사 대상인 그 말들로 보였다. 그러나 그곳에 온 사람들의 말에 따르면, 빌스드루프의 양치기는 누구에겐지 모르지만 이미 말들을 팔았다고 했다. 그리고 세 번째 소문의 진원지는 밝혀지지 않았지만, 말들이 이미 하느님의 손으로 갔고 빌스드루프의 시체 구덩이에 묻혔다고 했다. 누구에게든 쉽게 납득이 되듯, 이 상황은 힌츠와 쿤츠에게 매우 바람직했다. 그들의 사촌인 융커가 마구간이 없는 상황에서, 말들을 그들의 마구간에서 먹여야 할 필요가 없어졌기 때문이다. 동시에 그들은 이 상황이 확실하게 사실로 증명되기를 바랐다. 벤첼 폰 트롱카는 곧 세습영주이자 봉건영주, 재판권의 소유자로서 빌스드루프의 법원에 편지를 써서 말들이 자신에게 맡겨졌는데 사고로 인해 잃어버렸다는 것을 장황하게 설명하고는, 말들이 어디에 있는지 공적으로 조사해줄 것과, 그 소유자가 누구건 간에 발생한 모든 비용을 물테니 말들을 드레스덴의 회계 출납관인 쿤츠의 마구간으로 보내라고 간청했다. 그에 따라 며칠 후에 빌스드루프의 양치기에게서 말들을 샀다는 한 남자가 말라서 휘청거리는 말들을 수레의 살대에 묶은 채 그 도시의 장에 나타났다. 그러나 벤첼에게 불행하게도, 그리고 떳떳한 말 장수에게는 더더욱 불행하게도, 그 사람은 되벨른의 말가죽 장수였다.

 벤첼은 사촌인 회계 출납관과 함께 있는 자리에서 한 남자가 트롱켄부르크의 화재로부터 달아난 두 마리의 검은 말을 데리고 도착했다는 불확실한 소문을 듣고, 집에서 하인 몇을 모아서 성 광장으로 갔다. 그들은 그 말들이 콜하스의 것일 경우 비용을 물고 말들을 집으로 데려갈 생각이었다. 그러나 이미 군중들이 이 볼거리에 이끌려 말들이 묶여 있는 수레 주위로 몰려드는 것을 보고 두 사람은 매우 당황했다. 그 나라를 뒤흔들었던 말들은 이미 박피장이의 손에 이르렀고, 끊이지 않는 비웃음을 불러일으키고 있었다! 융커는 수레 주위를 돌고는 금방이라도 죽을 것처럼 보이는 불쌍한 말들을 살펴본 후에 당황해서 말했다. "이것은 콜하스에게서 빼앗은 말들이 아니다." 그러자 회계 출납관 쿤츠는 한순간 말없이 분노의 시선을 그에게 던졌다. 그는 융커가 쇠로 만들어졌다면 박살을 내기라도 할 것 같은 눈초리로 휘장과 사슬을 풀고 외투를 벗고는 가죽 장수에게로 다가가 물었다. "이 말들이 빌스드루프의 양치기가 가지고 있던 말들이냐? 그리고 융커 벤첼 폰 트롱카의 것으로 그가 법정에 요구하던 말들이냐?" 박피장이는 양동이를 손에 들고 자신의 수레에 묶여 있는 살진, 건강한 말에게 물을 먹이고는 말했다. "검은 말들 말씀이십니까?" 그는 양동이를 내려놓은 후에 말의 주둥이에서 재갈을 벗기고는 말했다. "살대에 묶인 말들은 하이니헨의 돼지치기가 내게 판 것이오. 그 자가 말들을 어디에서 얻었는지, 그것이 빌스드루프 양치기의 것이었는지는 나도 모르오." 그리고 양동이를 다시 집어 들고 수레의 손잡이와 무릎 사이에 고정시키고는 말했다 "빌스드루프의 서기가 말들을 드레스덴의 트롱카 집으로 데리고 오라고 말했소. 그러나 내가 명령을 받은 융커는 쿤츠라고 한다오." 그는 이 말을 하고 말들이 양동이에 남긴 나머지 물을 들고 몸을 돌려 그것을 길에 쏟아 부었다. 회계 출납관은 비웃는 사람들의 시선에 둘러싸여, 자신은 돌아보지도 않고 무표정하게 자기 일에만 몰두하고 있는 그 녀석에게 말했다. "나는 회계 출납관 쿤츠 폰 트롱카다. 내가 찾는 말들은 내 사촌 융커의 것이어야 한다. 그 말들은 트롱켄부르크의 화재 때 도망친 하인의 손에서 빌스드루프의 양치기의 손에 들어갔다. 그리고 원래 두 마리는 말 장수 콜하스의 말들이다!" 그는 다리를 벌리고 바지를 추켜올리는 가죽 장수에게 그에 대해 아무것도 알지 못하는지 물었다. 그리고 무엇보다 하이니헨의 돼지치기가 빌스드루프의 양치기에게서 그 말을 산 것인지, 아니면 그 양치기한테서 그 말들을 산 제삼자에게서 산 것은 아닌지 물었다. 가죽 장수는 마차 옆에 서서 소변을 보면서 말했다 "나는 폰 트롱카 가에서 돈을 받으려고 말들과 함께 드레스덴으로 오라는 명을 받았소. 그곳에서 일어난 일에 대해서는 알지 못합니다. 그리고 훔친 것이 아닌 한, 하이니헨의 돼지치기가 소유하기 전에 그 말들이 베드로나 바울의 것이었든, 빌스드루프의 양치기의 것이었든 내게는 아무런 상관이 없습니다." 그는 이 말을 하고 채찍을 자신의 넓은 등에 비스듬히 얹고는 주린 배를 채우러 광장에 있는 술집으로 갔다. 회계 출납관은 하이니헨의 돼지치기가 되벨른의 가죽 장수에게 판 말들을 도대체 어떻게 해야 할지 알 수 없어서, 융커에게 이것이 그 악마가 타고 작센으로 들어온 말들이 아니라면, 무슨 말이라도 해보라고 요구했다. 그러나 융커는 창백하고 떨리는 입술로 콜하스의 것이건 아니건 간에 가장 좋은 방법은 말들을 사는 것이라고 대답했다. 그래서 회계 출납관은 융커를 낳은 어미, 아비를 저주하면서 외투를 다시 걸치고 어떻게 해야 할지 또는 무엇을 시켜야 할지 모른 채 사람들의 무리에서 물러났다. 그때 사람들이 뻔뻔하게 자신을 쳐다보면서 자기가 떠나기만을 기다렸다가 박장대소라도 할 듯 수건으로 입을 가리고 있었으므로, 쿤츠는 그 자리를 떠나지 않으려고 말을 타고 지나가던 폰 벤크 남작을 불러, 그에게 법원장인 브레데 백작의 집 앞에 내려서 콜하스가 말들을 보도록 주선할 것을 부탁했다. 콜하스는 뤼첸에서의 공탁금과 관련해서 설명을 해야 했으므로 마침 정리의 부름을 받고 법원장의 집에 있었다. 그때 남작이 이미 말한 일을 처리하기 위해 그의 방에 들어섰다. 법원장이 불쾌한 얼굴로 의자에서 일어서는 동안 말 장수는 서류를 손에 들고 한 편에 서 있었고, 말 장수를 모르는 남작은 법원장에게 트롱카가 처한 난처함에 대해 설명했다. 빌스드루프 법정의 미흡한 요청으로 인해 되벨른의 가죽장수가 말들과 함께 나타나기는 했으나 말들의 상황이 구제할 길이 없어 융커 벤첼이 그들을 콜하스의 말들로 인정하는 것을 연기하는 수밖에 없었다. 그럼에도 만약 기사들의 마구간에서 말들을 다시 원래대로 회복시키기 위해 가죽장수에게서 말들을 사들여야 한다면, 그 전에 이미 말한 모든 의심을 풀기 위해 콜하스가 직접 볼 필요가 있다는 것이었다. 그러니 보초를 시켜 말 장수를 집에서 말들이 있는 광장으로 데려 오도록 선처해달라고 말을 맺었다. 대법관은 안경을 코에서 벗으면서 말했다. 남작은 두 가지 오해를 하고 있습니다. 하나는 언급한 상황을 콜하스가 확인할 수 있다고 생각하는 것이고, 또한 대법원장에게 보초병을 시켜 융커가 원하는 곳으로 콜하스를 보낼 권한이 있다고 생각하는 것입니다. 이 말을 하면서 대법원장은 남작에게 뒤에 서 있는 말 장수를 소개하고는 앉아서 안경을 다시 얹으면서 이 일을 말 장수에게 직접 말하라고 요청했다. 콜하스는 심경의 변화를 드러내지 않고 아무런 표정 없이 자신은 박피장이가 도시로 데리고 온 말들을 보기 위해 광장으로 갈 준비가 되어 있다고 말했다. 남작이 당황하면서 그에게로 돌아서는 동안 콜하스는 다시 법원장의 탁자로 다가갔다. 그리고 법원장에게 가방의 서류들 중 뤼첸의 공탁금과 관련된 것을 건네준 다음 그 자리를 떠났다. 남작은 얼굴이 붉어진 채 창가로 갔고 역시 법원장에게 인사를 하고 떠났다. 두 사람은 프리드리히 폰 마이센 왕자가 부른 세 명의 군졸을 데리고 사람들에게 둘러싸여 성의 광장으로 갔다. 회계 출납관 쿤츠는 그동안 주위에 몰려든 여러 친구들의 의견을 물리치고 되벨른의 박피장이와 마주한 채 군중들 가운데 자리를 차지하고 있었는데, 남작이 말 장수와 함께 나타나자 자부심과 긍지를 가지고 칼을 팔 아래에 끼고 말 장수에게 다가가서 물었다. "마차 뒤에 서 있는 말들이 네 것인가?" 말 장수는 질문을 던지는 이 낯선 귀족을 향해 겸손하게 돌아서서는 모자를 들어 인사를 하고는, 대답을 하지 않은 채 모든 기사들을 이끌고 수레로 다가갔다. 그리고 자신이 서 있는 곳에서 열두 걸음 정도 떨어져서 박피장이가 주는 건초를 먹지도 않고 머리를 땅바닥으로 숙이고 후들거리는 다리로 서 있는 말들을 흘깃 훑어보았다. 그는 다시 회계 출납관에게로 몸을 돌렸다. "자비로운 나리! 박피장이의 말이 맞습니다. 그 수레에 묶여 있는 말들은 제 것입니다!" 그리고 그는 기사들이 몰려 있는 것을 둘러보고는 모자를 벗어 다시 한번 인사를 하고는 호위병을 동반하고 광장에서 물러났다. 이 말을 듣자마자 회계 출납관은 투구가 흔들리는 빠른 걸음으로 박피장이에게로 가서 그에게 돈 주머니를 던졌다. 한편 박피장이는 돈 주머니를 손에 들고 양철로 된 빗으로 머리를 이마 뒤로 빗어 넘기면서, 돈을 살펴보았다. 쿤츠는 하인에게 말들을 풀어서 집으로 데려가라고 명했다. 하인은 주인의 부름을 받고 군중 속에 있던 친구들과 친척들의 무리에서 나오더니, 얼굴에 홍조를 띤 채 자신의 발밑에 있는 커다란 오물 더미 위를 지나 말들에게로 다가갔다. 그러나 말들을 풀려고 재갈을 붙잡자마자 하인의 사촌인 마이스터[9] 힘볼트가 그의 팔을 붙잡더니 "말에 손을 대지 마라!"라고 말하면서 그를 수레로부터 밀어냈다. 힘볼트는 불안한 걸음으로 오물을 건너와서 이 불상사에 할 말을 잃고 서 있던 회계 출납관에게로 몸을 돌리면서 덧붙였다. "그런 심부름을 시키려면 박피장이의 조수를 데리고 와야 할 것입니다!" 회계 출납관은 분노로 거품을 문 채 잠시 마이스터를 바라보고는, 몸을 돌려 자신을 둘러싸고 있는 기사들의 머리 너머로 호위병을 불렀다. 남작 폰 벤크의 명령을 받고 한 대위가 제후의 호위병 몇몇을 데리고 성에서 나타나자마자, 쿤츠는 그에게 시민들이 일으킨 수치스러운 선동에 대해 간략하게 설명한 뒤 주모자인 마이스터 힘볼트를 체포하라고 요구했다. 그는 마이스터의 멱살을 움켜쥐고는 마이스터가 자신의 명령을 받고 수레에서 말을 풀던 하인을 집어던지고 가혹 행위를 했다고 고발했다. 마이스터는 능숙한 솜씨로 회계 출납관의 말을 부정하면서 말했다.

"자비로운 나리! 스무 살의 녀석에게 무엇을 해야 하는지를 가르쳐주는 것은 가혹 행위가 아닙니다! 먼저 하인에게 물어보십시오. 관습과 예절을 어기면서까지 수레에 매어 있는 말들을 만질 거냐고요. 제가 이 말을 한 후에도 하인이 그렇다고 대답한다면, 내버려두지요! 이제 말들의 살을 분리하고 가죽을 벗겨내게 하십시오!" 이 말에 회계 출납관은 하인을 돌아보며 물었다. "콜하스의 말들을 풀어서 집으로 데리고 가라는 내 명령을 수행하겠는가?" 하인은 소심하게 사람들 사이로 섞여들면서 대답했다. "그 일을 시키기 전에 먼저 말들의 권리가 회복되어야 합니다."[10] 그러자 회계 출납관은 하인을 뒤쫓아 가서 가문의 문장이 장식되어 있는 그의 모자를 벗겨 발로 짓밟은 후, 가죽집에서 칼을 뽑아 칼날을 마구 휘두르며 하인을 광장에서 쫓아내고 해고시켰다. 힘볼트가 외쳤다. "저 살인마를 타도하라!" 이 일을 지켜보던 사람들이 크게 흥분하여 몰려들어 보초들을 밀쳐내는 동안, 그는 회계 출납관을 뒤에서 밀어뜨리고는 그에게서 외투와 깃, 투구, 칼을 빼앗아 광장 저쪽으로 멀리 집어 던졌다. 융커 벤첼은 이 소동에서 빠져나와 사촌을 도와달라고 기사들을 불렀으나 소용이 없었다. 기사들이 돕기도 전에 그들은 이미 몰려드는 사람들에 의해 흩어져버렸고, 사람들의 분노에 내맡겨진 회계 출납관은 넘어져서 머리를 다치고 말았다. 우연히 광장으로 행진한 기마병 부대와 장교의 구원 요청으로 달려온 제후의 근위병만이 그를 도울 수 있었다. 장교가 무리들을 쫓아내고, 성난 힘볼트를 붙잡아 몇 명의 기사들로 하여금 그를 감옥으로 호송하게 하는 동안, 두 친구들은 피로 뒤덮인 불행한 회계 출납관을 바닥에서 일으켜서 집으로 데리고 갔다. 말 장수가 입은 불의를 보상하려던 선의의 겸손한 시도는 이렇게 불행하게 끝이 났다. 되벨른의 박피장이는 자신의 용무가 끝났고 더 이상 머무르고 싶지 않았기에 사람들이 흩어지기 시작하자 말들을 가로등 기둥에 묶어두었다. 거기서 말들은 하루 종일 아무런 보살핌도 받지 못한 채 길거리의 아이들과 소매치기들의 조롱을 받으면서 서 있었다. 아무도 보살피거나 돌보지 않았으므로 경찰이 말들을 인수할 수밖에 없었다. 경찰은 밤이 시작될 무렵 드레스덴의 박피장이를 불러서 다른 조처가 있기 전까지는 도시 근처의 말가죽 다루는 곳에서 말들을 돌보도록 했다.

이 일은 실제로 말 장수에게는 아무런 책임도 없었지만, 그에게 객관적이거나 호의적이었던 사람들 사이에서조차 소송 결과에 아주 치명적인 분위기를 조장했다. 사람들은 국가와 말 장수의 관계가 이미 참을 수 없는 상태에 빠져들었다고 생각했다. 사적인 또는 공개적인 장소에서 무력 행위도 불사하는 그의 정신 나간 고집을 충족시켜주려고 정의를 실현시키느니, 공공연하게 그를 불법으로 대하고 모든 소송을 다시 기각하는 것이 낫겠다는 의견들이 나왔다. 대법원장의 지나친 공정성과 또 거기에서 비롯된 트롱카 가문에 대한 증오가 이런 분위기를 굳히고 널리 퍼뜨리는 데 기여하였고 이는 불행한 콜하스의 완전한 파멸이 될 터였다. 드레스덴의 박피장이가 지금 돌보고 있는 말들을 콜하젠브뤼크의 마구간에서 나온 상태 그대로 회복시키는 것은 거의 불가능했다. 숙련된 솜씨와 지속적인 보살핌으로 그것이 가능하다 하더라도, 현재 상황에 따른 트롱카 가문의 수치는 너무나 엄청난 것이어서, 세력 있는 귀족 중 하나로서 그 가문이 나라에서 차지하는 비중을 염두에 둘 때, 말들을 금전적으로 보상하는 것 외에 다른 정당하고 적당한 방법은 없는 듯 보였다. 며칠 후 칼하임 백작은 와병 중인 회계 출납관의 이름으로 대법원장에게 서신으로 이런 제안을 했고, 이에 대해 대법원장은 콜하스에게 편지로, 그러한 제안이 전달되면 거절하지 말라고 경고했다. 그러나 대법원장은 백작에게 그다지 친절하지 않은 간략한 답신에서 자신에게 이러한 일로 개인적인 부탁은 하지 말아달라고 부탁하고, 회계 출납관에게는 말 장수를 지극히 정당하고 겸손한 사람으로 묘사하면서 그와 직접 말하라고 했다. 말 장수는 광장에서 일어난 사건으로 의지가 꺾여 있었고, 대법원장의 충고에 따라 융커 또는 그 가족들의 해명이 있기를 기다리면서 모든 일들을 용서하고 받아들일 준비가 되어 있었다. 그러나 해명을 하는 것은 자존심 센 기사들에게는 너무나 민감한 일이었다. 그들은 법원장에게서 받은 대답에 너무나 분노하여 다음 날 다쳐서 누워 있는 회계 출납관을 방문한 제후에게 그 서신을 보여주었다. 회계 출납관은 작고 떨리는 목소리로 자신의 소망에 따라 이 일을 해결하기 위해 목숨을 걸었고 게다가 자신의 명예도 세상의 질책을 받고 있는데, 자신과 가족에게 심각한 수치와 치욕을 가져다준 한 남자 앞에 타협과 관용을 간청하면서 나서야 하는지를 제후에게 물었다. 제후는 그 편지를 읽고 나서 당황하면서, 콜하스와 상의 없이 말들이 더 이상 회복될 수 없다는 정황을 바탕으로, 마치 말들이 죽은 것으로 취급해 이를 금전으로 보상하라는 판결을 내릴 권한이 법정에 있지는 않은지, 칼하임 백작에게 물었다. 백작은 대답했다. "자비로운 전하. 말들은 죽었습니다. 법률 상으로는요. 말들은 이제 실제로 아무런 가치가 없기 때문에, 그것들은 박피장에서 나와서 기사들의 마구간으로 가기 전에 이미 물리적으로도 죽은 것입니다." 이 말을 들은 제후는 편지를 넣으면서 자신이 직접 법원장과 이야기할 것이라고 말하고는, 반쯤 몸을 일으키고 감사해하면서 자신의 손을 잡는 회계 출납관을 위로하고 건강을 돌보라고 다시 한번 당부한 뒤 의자에서 일어서서 방을 나갔다.

   드레스덴의 상황이 이렇게 흐르고 있을 때 불쌍한 콜하스에게는 뤼첸으로부터 더 중대한 폭풍우가 몰려들었고, 교활한 기사들은 교묘하게도 그 폭풍우의 번개를 불행한 뤼첸의 우두머리에게 떨어지게 했다. 말 장수가 모은 용병들 중 제후의 사면을 받고 일을 그만둔 요한 나겔슈미트는 몇 주 후에 뵈멘 국경에서 파렴치한 일이라면 무엇이든 하는 무리들 일부를 새로 모아 콜하스가 끌어들였던 그 일을 자신의 손으로 계속하는 것이 좋겠다고 생각했다. 이 쓸모없는 놈은 자신을 쫓고 있는 형리들에게 겁을 주고 민병들을 자기편으로 끌어들이기 위해 스스로를 콜하스의 대리인이라고 칭했다. 그는 주인에게서 배운 영리함을 이용해 고향으로 돌아간 용병들에게 사면이 지켜지지 않았다고 전했으며, 콜하스도 드레스덴에 도착하는 즉시 감금되어 보초에게 넘겨졌다는 헛소문을 퍼뜨렸다. 뿐만 아니라 콜하스의 것과 아주 유사한 벽보로 자기네 방화범들 무리는 하느님의 영광을 위해 일어선 전사들이며, 제후가 약속한 사면이 지켜지는지를 감시할 소명을 받은 자들이라고 했다. 그러나 이미 말한 대로, 이것은 모두 하느님의 영광도 콜하스를 따르는 것도 아니었다. 그들은 콜하스의 운명에 대해 아무런 관심도 없었고, 이는 오히려 그럴싸한 핑계로 보호를 받으면서 처벌 없이 더 편안하게 방화하고 약탈하기 위함이었다. 그 소식이 드레스덴에 전해지자, 기사들은 전체 협상을 다른 모양새로 만드는 이 사건에 기쁨을 감추지 못했다. 그들은 현명하면서도 불만스러운 듯 곁눈질을 하면서 다급하게 재차 경고를 했음에도 콜하스에게 사면을 내린 것은, 마치 모든 종류의 악한들에게 그 길을 따르라고 신호하는 것과 다름없다면서 그 조치가 실수였음을 상기시켰다. 그들은 억압받는 주인의 재기와 안전을 위해 무기를 들었다는 나겔슈미트의 핑계를 믿는 것에 만족하지 않고, 나겔슈미트의 등장이 콜하스의 사주에 의한 것이며, 이런 행동이 정부에게 압력을 가하여 법원의 판결을 자신의 광기 어린 고집에 맞게 조목조목 관철시키고 진행시키기 위한 책략이라는 견해도 피력했다. 그렇다. 식사 후 제후의 현관에 모인 사냥 귀족들과 궁정 귀족들에게 음료 담당관 힌츠는 뤼첸의 도적 떼들의 해산은 괘씸한 속임수일 뿐이라고 말하기에 이르렀다. 힌츠는 정의에 대한 대법원장의 애정을 조롱하면서, 여러 상황들을 우스꽝스럽게 짜 맞추어 이 무리들이 불과 칼을 쥐고 다시 일어서기 위해 이전처럼 제후의 숲에서 말 장수의 신호만을 기다리고 있다고 증명했다. 크리스티에른 폰 마이센 왕자는 자신의 명성에 심각한 오점을 남길 수 있는 이런 움직임에 심히 불쾌해하면서, 곧 제후의 성으로 갔다. 그리고 가능한 한 새로운 범행을 근거로 콜하스를 곤경에 빠뜨리려는 기사들의 이해관계를 간파하고는, 즉시 말 장수에 대한 심문을 허락해줄 것을 제후에게 요청했다. 정리에 의해 관청으로 호송된 말 장수는 뭔가 의아해하면서 자신의 아들 하인리히와 레오폴드를 안고 나타났다. 며칠 전 하인 슈테른발트가 메클렌부르크에 있던 그의 다섯 아이들을 데리고 온 것이다. 콜하스는 한마디로 설명할 수 없는 여러 갈래 생각들에 사로잡혔고, 떠나려는 그에게 눈물을 흘리면서 함께 심문에 데리고 가달라고 청하는 아이들을 데리고 온 것이었다. 왕자는 콜하스 곁에 앉아 있는 아이들을 따뜻하게 바라보고는 친절하게 이름과 나이를 물어본 후에 전에 콜하스의 하인이었던 나겔슈미트가 에르츠 산맥 기슭에서 자행하고 있는 일들에 대해 알려주었다. 그리고 나겔슈미트의 명령문을 건네주면서 변호를 할 수 있도록 그에 대처하라고 요구했다. 말 장수는 이 수치스런 배신자의 글에 놀라면서 곧 공정한 왕자에게 자신에게 제기된 누명이 근거가 없음을 어렵잖게 충분히 설명했다. 그는 상황이 보여주듯, 자신의 소송이 아주 잘 진행되고 있어 판결에 제삼자의 도움은 필요치 않다고 대답했다. 그와 더불어 그는 자신이 가지고 있던 몇몇 편지를 왕자에게 보여주었는데, 거기에서 나겔슈미트가 자신을 도우려고 마음먹는다는 것이 지극히 불가능하다는 사실이 드러났다. 콜하스가 뤼첸에서 무리들을 해산시키기 직전에 나겔슈미트가 저지른 성폭행과 다른 악행을 근거로 그를 교수형 시키려고 했으나, 마침 제후의 사면령이 내려져 나겔슈미트는 목숨을 구했으며, 그로 인해 이틀 후에는 서로 철천지원수 사이가 되어 헤어졌기 때문이다. 콜하스는 왕자의 제안에 따라 나겔슈미트에게 보내는 편지를 썼다. 서신에서 그는 자신과 자신의 무리에게 내려진 거짓된 사면령을 바로잡기 위해 일어섰다는 나겔슈미트의 핑계를 수치스럽고 비열한 변명이라고 했다. 자신은 드레스덴에 도착하여 감옥에 들어가거나 호위병에게 넘겨지지도 않았으며, 자신의 소송도 원하는 대로 진행되고 있다고 했다. 그리고 나겔슈미트 주위에 모인 무리들에게 경고하기 위해, 나겔슈미트는 사면이 공표된 후 에르츠 산맥에서 자행한 살인 방화에 대한 법적인 보복을 받을 것이라고 했다. 그러면서 이미 말했듯이, 나겔슈미트는 그 당시에도 이미 교수형이 확정된 상태였지만 제후의 칙서로 간신히 목숨을 구했으며, 이 쓸모없는 놈의 실체를 백성들에게 알리기 위해 그가 저지른 범죄와 관련해서 말 장수가 뤼첸 성에서 완수하지 못한 몇 가지 범죄 재판을 언급했다. 왕자는 어쩔 수 없는 상황 때문에 콜하스를 심문하면서 말할 수밖에 없었던 혐의에 대해 그를 안심시켰다. 그리고 자신이 드레스덴에 있는 동안에는 콜하스에게 내려진 사면이 결코 파기되지 않을 것이라고 보장했다. 그러고는 탁자에 있던 과일을 아이들에게 주고, 콜하스에게 다시 한번 손을 내밀어 인사를 하고 그를 내보냈다. 대법원장은 말 장수를 위협하는 위험을 금방 알아채고는, 새로 벌어진 사건들로 소송 사건이 더 복잡해지기 전에 말 장수의 소송을 끝내려고 최선을 다했다. 그러나 바로 이것이 정략적인 기사들이 바라고 의도하던 바였다. 그들은 이전처럼 조용히 죄를 인정함으로써 오로지 단순하게 법률적인 판결 안에서만 저항을 하는 대신, 이제는 악의적으로 법을 왜곡하여 죄 자체를 완전히 부정하고자 했다. 그들은 콜하스의 말들은 관리인과 집사가 독자적으로 처리하여 억류한 것이므로, 융커는 이 일을 아무것도 또는 아주 조금밖에 알지 못한다고 둘러댔다. 그리고 말들은 트롱켄부르크에 도착했을 때 이미 치명적인 기침을 하며 병든 상태였다고 증언했고, 그 증인들을 소환했다. 그들은 이 증인들을 찾아내야 할 터였다. 상세한 조사와 의견을 나눈 뒤 자신들의 주장이 기각되자, 그들은 십이 년 전 전염병 때문에 브란덴부르크에서 작센 지역으로 말들을 들여오는 것을 금지했던 제후의 칙령까지 들고 나왔다. 그것은 콜하스가 국경을 넘어 데려온 말들을 막을 융커의 권한일 뿐 아니라, 심지어 융커의 의무라는 것을 말해주는 명백한 증거라고 했다. 콜하스는 그동안 콜하젠브뤼크의 정직한 영지주무관에게 약간의 손해를 배상하고 자신의 경작지를 다시 사고, 이 거래를 법적으로 매듭짓기 위해 며칠간 드레스덴을 떠나 자신의 고향으로 여행하기를 희망했다. 우리가 믿어 의심치 않는 바에 따르면, 이 결정은 물론 겨울 모종을 주문하는 것이 실제로 급한 것이라고는 해도, 위에 말한 거래보다는 기묘하고 심각한 상황에서 자신의 처지를 시험해보려는 의도가 더 컸다고 볼 수 있다. 그 결정에 다른 이유가 작용했는지, 그 대답은 본인만이 알 것이고, 그것을 밝히는 것은 그에게 맡기기로 하자. 따라서 그는 자신에게 배당된 호위병을 남겨두고, 관리의 편지들을 가지고 대법원장에게로 가서 다음과 같이 설명했다. 법정에서 자신을 필요로 하지 않는 듯하니, 자신은 도시를 떠나 여드레 또는 열흘 정도 브란덴부르크로 여행하려고 하며, 그 기간 내에 다시 돌아올 것을 약속한다는 것이었다. 법원장은 불쾌하고 심각한 얼굴로 땅을 내려다보면서 대답을 했다. "당신의 존재가 바로 어느 때보다 더 필요하다고 인정해야만 하오. 도무지 앞을 내다볼 수 없는 이 소송에서 상대방의 간교하고 야비한 이의 때문에 법정에서 당신의 진술과 해명을 필요로 하오." 그러나 콜하스는 자신의 송사를 잘 알고 있는 자신의 변호사가 있다면서, 그렇다면 그 기간을 다급하게 팔 일로 줄이겠노라 겸손하게 약속하면서 자신의 간청을 고집했다. 대법원장은 잠시 후에 이를 허락하면서 짧게 말했다. "그렇다면 크리스티에른 폰 마이센 왕자에게 비자를 청하기를 바라오." 대법원장의 얼굴 표정을 잘 이해한 콜하스는 자신의 결정을 굳히고 그 자리에 앉아서, 이유는 기재하지 않고 관청의 장인 마이센 왕자에게 팔 일간 콜하젠브뤼크로 가는 비자를 요청하고 돌아갔다. 이 청에 대해 그는 성의 수비대장 폰 벵크 남작이 서명한 다음과 같은 내용의 답변서를 받았다. "콜하젠브뤼크로의 비자 요청은 제후 폐하에게 제출되었고, 폐하의 고귀한 허락으로 그 요청이 수락되는 대로 통행증이 송부될 것이다." 콜하스는 관청의 답신이 어떻게 자신이 청원했던 크리스티에른 폰 마이센 왕자가 아니라 폰 벵크 남작의 서명으로 되어 있는지를 변호사에게 물었고, 왕자가 사흘 전에 자기 영지로 여행을 떠났으므로, 그가 없는 동안 위원회의 일이 동일한 성의 귀족의 사촌이자 성의 수비대장인 지그프리트 폰 벵크 남작에게 넘겨졌다는 답변을 들었다. 이러한 상황으로 마음이 불안해지기 시작한 콜하스는 여러 날 동안 군주의 신하에게 장황한 내용으로 제출한 소청에 결정이 내려지기를 기다렸다. 그러나 한 주가 흘러갔는데도 이에 대한 결정이나 법정의 어떠한 판결도 내려지지 않은 채 시간이 흘러갔다. 십이 일째 되는 날 그는 자신에 대한 정부의 견해가 무엇이든 그것을 표명받기로 결정하고, 자리에 앉아서 다시 한번 더 필요한 통행증을 요청했다. 그러나 다음 날 저녁까지도 마찬가지로 기대했던 응답이 없자, 그는 자신의 처지를 생각하면서 특히 루터 박사의 힘으로 내려진 사면을 골똘히 생각하면서 뒷방의 창가로 걸어갔다. 그가 호위병들에게 내어준 뜰의 작은 옆채에는 그의 도착과 함께 왕자가 세운 호위병이 보이지 않았고 그는 매우 당황했다. 콜하스는 관리인 토마스를 불러 "이게 무슨 일인가?"라고 물었다. 그러자 토마스는 흐느끼면서 대답했다. "나리, 여느 때와 다른 것은 이뿐만이 아닙니다. 밤이 되자 여느 날보다 더 많은 병졸들이 집 주위로 흩어져서 둘은 창과 방패를 들고 길거리의 앞문에 서 있고, 둘은 정원의 뒷문에 서 있습니다. 또 둘은 현관에서 짚을 깔고 누워 그곳에서 밤을 새우겠다고 합니다." 콜하스는 낯빛이 창백해지더니 몸을 돌려 말했다 "그곳에만 있다면 상관없다. 병졸들이 복도로 나가면 앞을 볼 수 있도록 불을 밝혀주어라." 콜하스는 물을 버린다는 핑계로 앞 창문을 열고는 노인이 말한 상황이 사실임을 확인했다. 막 보초 교대가 소리 없이 이루어지고 있었는데, 사실 이런 장면은 그 동안에는 생각지도 못했던 것이었다. 그는 그다지 자고 싶지 않았지만 침대에 누웠고, 다음 날 무엇을 할 것인지 결정을 내렸다. 그는 자신이 상대하고 있는 정부가 실제로는 사면을 깨뜨리면서 정의를 가장하는 것이 너무나 싫었다. 만약 자신이 의심할 나위 없이 정말 죄인처럼 구금된 것이라면, 그는 그것이 사실이라는 정부의 정확하고 정직한 설명을 얻어내고 싶었다. 다음 날 날이 밝자, 그는 하인 슈테른발트를 시켜 마차에 말을 매고 로커비츠의 관리에게 갈 채비를 하라고 시켰다. 그는 며칠 전에 드레스덴에서 만났을 때 아이들과 함께 방문해달라면서 자신을 초대한 오랜 지인이었다. 집 안에 일어나는 움직임을 감지한 병졸들은 숨어 있던 호위병들과 함께 그들 중 하나를 몰래 시내로 보냈다. 몇 분 후 관청의 장교가 여러 형리들을 데리고 마치 용무가 있어서 온 듯이 맞은편 집으로 들어갔다. 아이들에게 옷을 입히고 있던 콜하스는 이런 움직임을 금방 알아채고는 필요한 시간보다 더 오래 마차를 집 앞에 머물게 하고는 경찰들의 일이 끝나는 것을 보자마자 그에 개의치 않고 아이들과 함께 집 앞으로 나갔다. 그리고 문 아래에 서 있던 병졸들을 지나면서 자신을 따를 필요가 없다고 말하고는 아들들을 마차에 태우고, 그의 지시로 관리인 곁에 남게 되어 울고 있는 어린 딸들에게 입을 맞추었다. 그가 마차에 타자마자, 관청의 장교는 형리들 무리와 함께 건너편 집에서 나와 그에게로 다가왔다. "어디로 가려는가?" 며칠 전에 자신과 두 아들을 집으로 초대한 친구, 로커비츠의 관리에게 가려고 한다는 콜하스의 대답에 위원회의 장교는, 이 경우에는 잠시 기다려야 하며, 마이센 왕자의 명에 따라 기병 몇 명이 동반할 것이라고 말했다. 콜하스는 웃으면서 마차에서 내리며 물었다. "자기 집에서 함께 식사를 하면서 하루를 보내자고 청한 친구의 집이 제게 안전하지 않을 거라고 생각하는 겁니까?" 장교는 쾌활하고 편안한 자세로 그런 위험은 그다지 크지 않다고 대답했다. 그러면서 병졸들은 절대로 그에게 부담을 주지 않을 거라고 덧붙였다. 콜하스는 진지하게 말했다. "마이센 왕자는 제가 드레스덴에 도착했을 때, 호위병을 쓸 것인지 아닌지 결정권을 제게 주셨습니다." 장교는 이러한 상황에 놀라면서, 조심스럽게 자신이 있던 기간 동안의 관행을 증거로 들이댔다. 그래서 말 장수는 보초를 세우면서 이 집에 생긴 일들을 이야기했다. 장교는 현재 경찰 수장인 성의 수비대장 폰 벤크 남작의 명령에 따라 말 장수를 계속 보호하는 것이 자신의 의무라고 말했다. 그리고 만약 동행하는 것이 마음에 들지 않으면, 관청으로 가서 있을지도 모르는 오해에 대해 직접 보고하라고 말했다. 콜하스는 할 말이 가득한 시선을 장교에게 던지면서, 이 일을 피하거나 어기기로 결심하곤 말했다. "그렇게 하겠습니다." 그러고는 뛰는 가슴으로 마차에서 내려 관리인에게 아이들을 복도로 데려가게 한 뒤, 하인이 마차를 집 앞에 세우는 동안 장교와 호위병들과 함께 관청으로 갔다. 성 수비대장 폰 벤크 남작은 전날 저녁 라이프치히 근교에서 잡혀서 호송된 나겔슈미트의 무리를 보느라 분주했다. 마침 그 자리에 있던 기사들은 그들에게서 얻고 싶어하던 여러 정보를 얻기 위해 심문을 하고 있었다. 바로 그때 말 장수가 동행과 함께 남작이 있는 홀로 들어섰다. 갑자기 조용해지면서 기사들은 하인들에 대한 심문을 중단했다. 남작은 말 장수를 보자마자, 그에게로 가서 무슨 일인가 하고 물었다. 말 장수는 공손하게 로커비츠의 관리 집에서 식사를 하려는 계획을 들려주고는, 자신은 호위병이 필요하지 않으므로 그들이 집에 남아 있기를 바란다고 밝혔다. 폰 벤크 남작의 안색이 변하더니 하고픈 말을 삼키는 듯이 보였다. "조용히 집에 머무르고, 당분간 로커비츠의 관리 집에서 식사를 하지 않는다면 그렇게 할 것이다." 그는 말을 끊고 장교에게로 몸을 돌리면서 말했다. "내가 콜하스와 관련해서 내린 명령이 옳다면, 콜하스는 여섯 명의 기병을 동반하고 이 도시를 떠날 수는 있다." 콜하스는 "제가 죄인입니까? 세상이 보는 앞에서 엄숙하게 약속된 사면이 이제 깨졌다고 생각해도 됩니까?"라고 물었다. 남작은 갑자기 얼굴이 붉어지더니 "그럼! 그럼! 그럼!" 하고 대답하고는 콜하스를 세워둔 채 등을 돌리면서 다시 나겔슈미트의 잔당에게로 갔다. 콜하스는 방을 나오면서 곧장 자신이 살 수 있는 유일한 방법인 도주가 이제는 자기가 벌인 일 때문에 어렵게 되었다는 것을 알게 되었으나, 그래도 이렇게 하기를 잘했다고 생각했다. 지금부터는 자신도 사면 조항의 의무에서 자유롭다고 생각했기 때문이다. 그는 집에 도착하여, 마차에서 말을 풀게 하고 관청의 장교와 동행한 채 매우 슬프고 혼란스러워져서 방으로 들어갔다. 장교는 말 장수의 비위를 상하게 하는 태도로 모든 것이 단지 오해에서 비롯된 것이며 이 오해는 곧 풀릴 것이라고 말했고, 형리들은 그의 눈짓에 정원으로 통하는 모든 출구의 고리를 잠갔다. 그러면서 장교는 어떠한 용도로 사용하든 정문은 예전처럼 열려 있을 거라고 보증했다.

그동안 나겔슈미트는 에르츠 산맥의 숲에서 형리들과 군졸들에 의해 수세에 몰려, 자신이 계획한 역할을 할 수 있는 어떠한 수단도 없음을 알고는 실제로 콜하스를 끌어들여야겠다고 생각하게 되었다. 그는 도로를 지나는 여행객들을 통해 드레스덴에서의 소송 상황에 대해 꽤 정확하게 듣고 있었기 때문에, 콜하스와의 사이에 존재하는 분명한 적대관계에도 불구하고 그와 새로운 관계를 맺을 수 있을 것이라고 생각했다. 이에 따라 그는 졸개에게 거의 읽을 수 없을 정도로 형편없이 씌어진 다음과 같은 내용의 편지를 들려 콜하스에게 보냈다. "만약 당신이 알텐부르크로 와서 흩어진 무리들을 모아 지휘를 맡는다면, 드레스덴의 구금 상태에서 도주할 수 있도록 말과 사람, 자금을 댈 것입니다. 그리고 앞으로 전보다 더 복종하고 질서를 지키고 더 나아질 것을 약속하며, 충직함과 충성심에 대한 증거로써, 당신을 감옥에서 구하기 위해 직접 드레스덴 근방으로 올 것을 약속합니다." 그런데 이 편지를 가지고 심부름을 가던 하인이 불행하게도 드레스덴 가까운 어느 마을에서 어렸을 때부터 시달리던 심한 경련으로 쓰러지고 말았다. 그가 가슴에 지니고 있던 편지는 그를 돕기 위해 달려온 사람들에게 발견되었고 하인도 회복되자마자 체포되어 여러 사람이 동행하는 가운데 호위병에 의해 관청으로 압송되었다. 성의 수비대장 폰 벤크는 이 편지를 읽자마자 지체하지 않고 성의 제후에게로 갔다. 그곳에는 상처에서 회복된 쿤츠와 힌츠, 내각총리 칼하임 백작이 있었다. 그들은 나겔슈미트와 비밀리에 내통한 콜하스를 곧 체포하여 재판해야 한다고 입을 모았다. 그들은 그러한 편지는, 말 장수가 먼저 편지를 하지 않고서는 씌어질 수 없으며, 그들이 새로운 범죄를 꾸미기 위해 불법적인 관계를 맺지 않고서는 있을 수 없는 일이라고 주장했다. 제후는 이 편지만을 근거로 콜하스에게 약속한 자유 호송을 깨기를 단호히 거부했다. 오히려 그는 나겔슈미트의 편지에서 이전에 그들 사이에는 어떠한 관계도 없었을 가능성이 드러난다는 의견이었다. 그리고 몹시 주저한 후에 이를 밝혀내기 위해 내각총리의 제안에 따라 결정을 내렸는데, 그것은 나겔슈미트가 보낸 졸개가 잡히지 않은 것처럼 꾸며서 그 편지를 진짜로 콜하스에게 전하여, 콜하스가 그 편지에 답을 하는지 시험하기로 했다. 그에 따라 감옥에 갇혔던 졸개는 다음 날 관청으로 호송되었고, 거기서 성의 수비대장은 그에게 편지를 다시 주며 그것을 마치 아무 일도 없었다는 듯이 말 장수에게 전하면 자유를 얻고 지은 죄를 사면해주겠다고 약속했다. 이런 나쁜 술수에 이놈은 쓸모가 있었다. 졸개는 겉으로는 비밀스러운 방법으로, 관청의 장교가 장에서 마련해 준 가재를 판다는 핑계를 대고는 콜하스의 방으로 들어섰다. 콜하스는 아이들이 가재를 가지고 노는 동안 그 편지를 읽었는데, 만약 다른 상황이었다면 그는 사기꾼의 멱살을 잡아 문 앞에 서 있던 군졸들에게 넘겼을 것이다. 그러나 그것도 설명을 해야 하고 그 설명은 아무 소용도 없을 거라는 심정이었고, 자신이 휘말린 일로부터 자신을 구할 수 있는 것은 이 세상에서 아무 것도 없다고 확신했기에, 그는 슬픈 눈으로 어딘가 낯익은 그 졸개를 바라보며 어디에 사는지 묻고는, 그의 주인에 관한 자신의 결정을 밝힐 테니 몇 시간 후에 다시 오라고 말했다. 그때 우연히 슈테른발트가 들어오자, 콜하스는 그 자에게서 가재를 사라고 일렀다. 두 사람이 서로 알아보지 못한 채 방을 나가자, 콜하스는 나겔슈미트에게 보내는 다음과 같은 내용의 편지를 썼다. "알텐부르크의 무리들을 이끌어 달라는 네 제안을 받아들이겠다. 그러니 다섯 아이들과 함께 지금의 구금 상태에서 벗어날 수 있도록 내게 말 두 마리와 마차 한 대를 드레스덴 근방의 노이슈타트로 보내라. 이 일은 속히 진행되어야 하므로, 비텐베르크로 가는 길목에서 말 두 마리가 더 필요하다. 설명하기에는 장황하여 언급하지 않지만, 어쨌든 나는 우회로를 통해야만 너에게 갈 수 있을 것이다. 나를 감시하고 있는 군사들은 뇌물로 따돌릴 수 있으리라 생각하지만, 무력이 필요한 경우를 대비해 몇 명의 용감하고 영리한 부하들을 무장시켜 노이슈타트에 대기시키기 바란다. 그리고 이 일의 모든 비용에 필요한 비용으로 금화 이십 크로네를 하인에게 보내니, 일이 끝난 후 정산하기를 바란다. 내가 드레스덴을 탈출하는 데 네가 직접 여기까지 오는 것은 원치 않으며, 우두머리가 없으면 안 되므로 당분간은 무리들을 이끌며 알텐부르크에 남아 있기를 명한다." 저녁 무렵 하인이 오자, 콜하스는 이 편지를 그에게 전했다. 그리고 넉넉하게 사례를 하고 그에게 그 편지에 주의를 기울이라고 엄중하게 말했다. 그의 의도는 자신의 다섯 아이들과 함부르크로 가서 그곳에서 레반테[11]나 동인도 또는 더 멀리, 아무도 아는 이가 없는 파란 하늘이 있는 곳으로 배를 타고 가는 것이었다. 그는 나겔슈미트와 함께 일을 하는 데 대한 불쾌함과는 상관없이 슬픔에 잠겨 낙담하여 말을 살찌우는 것을 포기했던 것이다. 하인이 이

답신을 성의 수비대장에게 전하자마자 대법원장은 파면되었고 그 자리에 내각총리 칼하임 백작이 임명되었다. 제후의 내각회의 명령에 따라 콜하스는 체포되고 사슬로 포박되어 성탑으로 호송되었다. 그는 도시 곳곳에 붙여진 이 편지를 근거로 재판을 받았다. 그리고 법정에서 편지를 내보이는 위원들이 자필임을 인정하느냐고 묻자 "네"라고 대답했다. 그러나 자신의 변호를 위해 할 말이 있는가라는 질문에는 시선을 바닥으로 떨구며, "아니요!"라고 대답했다. 따라서 그는 박피장이의 빨갛게 달군 집게로 고문하고 능지처참하여 그 몸뚱이를 바퀴와 단두대 사이에서 화형에 처하라는 판결을 받았다.

불쌍한 콜하스의 일이 드레스덴에서 이렇게 진행되고 있을 때, 브란덴부르크의 제후는 지나친 권력과 횡포로부터 그를 구하기 위해 제후의 법정에 제출한 문서에서 콜하스가 브란덴부르크의 신하임을 요구하고 나섰다. 씩씩한 시(市) 수비대장 하인리히 폰 고이자우가 슈프레 강가를 산책하는 길에 이런 특이하고 비난할 수 없는 남자의 이야기를 제후에게 보고했고, 이에 놀란 군주의 질문 공세에 몰려, 제후의 인격에 부담을 주는 대법원장 지그프리드 폰 칼하임 백작의 부당함으로 인한 잘못을 언급하지 않을 수 없게 되었다. 이에 대해 제후는 심히 격분하여 대법원장과 이야기를 한 후 트롱카 가문과의 인척관계가 모든 것에 책임이 있음을 알아내고는, 불쾌한 기색으로 단호하게 그를 파면하고 하인리히 폰 고이자우를 대법원장으로 임명했다.

무엇 때문인지 우리는 알 수 없지만, 당시 작센 왕가와 분쟁 중이었던 폴란드 왕가는 브란덴부르크 제후에게 재차 급하게 작센 왕가에 대항해서 동맹을 맺자고 요청했다. 따라서 이런 일에 능통한 대법원장 폰 고이자우는 전체의 안녕을 위험하게 하지 않고도 개인을 고려하여, 어떤 대가를 치르더라도 콜하스에게 정의를 이루어주려는 군주의 소망을 실현시킬 수 있게 된 것이다. 따라서 대법원장은 이것이 신과 인간 모두에게 불만스러운 독단적인 소송이라고 비난하면서, 만약 콜하스에게 죄가 있다면 브란덴부르크의 법에 따라 재판할 것이니 드레스덴 궁은 고소 조항을 제후가 보내는 검사를 통해 제기하면 된다고 했다. 그러면서 대법원장은 콜하스를 즉시 넘겨줄 것과 드레스덴으로 파견할 검사의 통행증을 요구했다. 이는 작센의 영토에서 빼앗긴 말들과 융커 벤첼 폰 트롱카에 의한 다른 천인공노할 가혹 행위와 폭력 행위에 대해 콜하스의 권리를 찾아주기 위함이었다. 회계 출납관 쿤츠는 작센의 관리들이 바뀌면서 내각총리로 임명되었지만, 여러 가지로 궁지에 몰려 베를린 궁정의 심기를 건드리지 않으려고 도착한 문서에 대해 매우 낙담한 군주의 이름으로 다음과 같이 대답했다. "이 나라에서 콜하스가 저지른 범죄를 법에 따라 재판할 권리를 드레스덴 궁에서 빼앗는 브란덴부르크의 무례와 부당함에 대해 놀라움을 표한다. 이는 콜하스가 드레스덴에 땅을 소유하고 있고 스스로 작센의 백성임을 부인하지 않는다고 세상에 널리 알려져 있기 때문이다." 그러나 폴란드 왕은 그들의 요구를 전쟁으로 관철시키기 위해 오천의 군사들을 작센의 국경에 집결시키고, 대법원장 폰 고이자우는 "말 장수의 성(姓)이 유래된 콜하젠브뤼크는 브란덴부르크에 있으므로, 그에게 내려진 사형 판결을 집행하는 것은 국제법을 어기는 것이다"라고 선언했으므로, 작센 제후는 이 일에서 손을 떼고자 하는 회계 출납관 폰 쿤츠의 충고에 따라 크리스티에른 폰 마이센 왕자를 영지에서 불러내 사려 깊은 왕자의 충고에 따라 콜하스를 베를린 궁으로 넘기기로 결정했다. 왕자는 석연치 못한 이 일에 불만이 가득했지만 위기에 몰린 군주의 소망에 따라 콜하스의 소송을 넘겨받아야 했으므로, 이제 어떤 근거로 말 장수를 베를린의 법정에서 고소하려는지 물었다. 콜하스가 나겔슈미트에게 보낸 편지는 그것을 쓰게 된 상황이 애매하고 불분명하다는 이유로 증거가 될 수 없고, 그 이전의 약탈과 방화 행위는 사면되었기 때문에 다시 언급할 수 없었다. 따라서 제후는 콜하스가 무장 하에 작센을 침략했음을 빈의 황제 폐하에게 보고하기로 결정하고, 그가 공적인 평화를 붕괴시킨 것을 비난하고, 당연히 사면과 연관이 없는 베를린의 궁정 법원에서 제국의 검사를 통해 황제 폐하에게 콜하스의 문책을 청하기로 결정했다. 일주일 후 말 장수는 빈 틈없는 브란덴부르크 제후가 여섯 명의 기사와 함께 드레스덴으로 보낸 프리드리히 폰 말찬에 의해 다섯 아이들과 함께 마차에 태워져서 베를린으로 호송되었다. 아이들은 콜하스의 간청에 따라 고아원에서 다시 찾아왔다. 작센 제후는 당시 작센 국경에 상당한 토지를 소유하고 있던 지방군수 알로이지우스 폰 칼하임 백작의 초대로 회계 출납관 쿤츠와 지방군수의 딸이면서 내각총리의 여동생인 쿤츠의 아내, 엘로이제 부인과 다른 화려한 귀족들과 귀부인들, 사냥 융커와 궁정의 귀족들을 동반하고 제후의 기분을 풀기 위해 개최한 노루 사냥에 참가하려고 다메로 향하고 있었다. 언덕길을 가로지르면서 세워진 깃발 달린 천막들의 지붕 아래에서 사냥터의 먼지를 뒤집어쓴 채 모든 사람들이 떡갈나무 아래로 음악이 밝게 울려 퍼지는 가운데 시종들과 시동[12]들의 시중을 받으면서 식탁에 앉아 있을 때, 말 장수가 천천히 기사들의 호위를 받으면서 드레스덴에서 오고 있었다. 콜하스의 작고 약한 아이들은 병이 나서 콜하스를 수행하는 기사 폰 말찬은 사흘 동안 헤르츠베르크에 남아 있어야 했다. 군주를 섬기는 그는 이 조치에 혼자 책임이 있었으므로 드레스덴 정부에는 보고할 필요가 없다고 생각했다. 제후는 사냥꾼처럼 깃털 달린 모자를 소나무 가지로 장식하고 가슴을 반쯤 열어젖힌 채, 유년 시절의 첫사랑이었던 엘로이제 부인 곁에 앉아 자신을 유혹하는 우아한 축제에 기분이 좋아져서 말했다. "누구인지는 모르지만 우리 저 불쌍한 사람에게 가서 와인을 건넵시다!" 엘로이제 부인은 그에게 따뜻한 눈길을 던지면서, 곧 일어나서 어린 시동이 건넨 은 식기에 식탁에 있는 과일과 케이크, 빵을 가득 담았다. 지방군수가 당황한 얼굴로 마주 오면서 사람들에게 남아 있으라고 부탁했지만, 이미 사람들은 모두 온갖 종류의 음료를 들고 시끌벅적하게 막사를 떠나고 있었다. "무슨 일이 있기에 그렇게 당황해하는가?" 놀라는 제후의 질문에 지방군수는 회계 출납관 쪽으로 몸을 돌리면서, 마차 안에 콜하스가 있다고 더듬거리면서 대답했다. 말 장수가 이미 엿새 전에 길을 떠났다는 것은 세상이 다 아는 사실이기에, 회계 출납관 쿤츠는 이해할 수 없는 이 보고에 잔을 집어 들고는 막사를 등진 채 와인을 모래에 뿌렸다. 제후는 회계 출납관의 눈짓에 벌겋게 달아오르는 얼굴로 시동이 내민 접시에 잔을 놓았다. 기사 프리드리히 폰 말찬이 자신도 모르는 사람들의 정중한 인사를 받으면서 길을 따라 지어진 막사를 지나 천천히 다메로 향하는 동안, 지방군수의 초대를 받은 귀족들은 더 이상 신경 쓰지 않고 막사 안으로 물러갔다. 제후가 앉자마자, 지방군수는 말 장수가 그냥 지나가도록 손을 쓰기 위해 몰래 다메의 시장에게 사람을 보냈다. 그러나 말찬은 너무 늦은 시간이라 그곳에 묵겠다고 말했다. 그래서 사람들은 그들을 덤불 속에 가려져 눈에 잘 띄지 않는 시장 소유의 농장으로 조용히 옮기게 했다. 저녁 무렵, 귀족들은 와인과 호화로운 후식에 빠져 이 모든 일을 잊어버렸으며, 지방군수는 출몰한 노루 떼의 길목을 지키자는 아이디어를 냈다. 모두 이 제안을 쾌히 받아들여 쌍쌍이 횃불을 들고 무덤과 덤불을 지나 서둘러 가까운 숲으로 달려갔다. 이 구경거리를 보기 위해 제후의 팔짱을 낀 엘로이제 부인은 그들을 맡은 전령에 의해, 놀랍게도 마당을 지나 콜하스와 브란덴부르크의 기사들이 있는 집으로 안내되었다.

부인은 그들의 소리를 듣고는 말했다 "이리 오세요, 폐하, 오세요!" 그러고는 장난을 치면서 그의 목에 걸려 있는 목걸이를 벗겨 그의 비단 가슴 주머니 안에 숨겼다. "우리, 사람들이 따라와서 농장으로 몰래 들어오기 전에 이곳에 묵고 있는 놀라운 남자를 살펴봐요!" 제후는 얼굴을 붉히면서 그녀의 손을 잡고는 말했다. "엘로이제! 무슨 생각을 하는 것이오?" 그러나 그녀는 그가 당황하는 것을 보고는 대답했다. "사냥 복장을 하고 있으니 아무도 폐하를 알아보지 못할 것입니다!" 그리고 그를 잡아끌었다. 이때 이미 몇 명의 사냥 융커들이 호기심을 만족시키고 집에서 나오면서, 기사들이나 말 장수는 지방군수의 행사에 어떤 사람들이 모였는지 전혀 모를 것이라고 장담해주었다. 그래서 제후는 웃으면서 모자를 눈까지 눌러쓰면서 말했다. "어리석은 것, 그 아름다운 입으로 너는 세상을 지배하는구나!" 제후와 엘로이제 부인이 말 장수를 방문하기 위해 농장으로 들어섰을 때, 말 장수는 벽에 등을 대고 짚더미 위에 앉아 헤르츠베르크에서 병이 난 아이에게 빵과 우유를 먹이고 있었다. 부인은 그에게 말을 시키려고 "너는 누구인가? 그리고 아이에게 무슨 일이 있는가?"라고 물었다. 그리고 무슨 죄를 지었는지, 어디로 호송되어 가는지를 물었다. 그는 자신의 가죽 모자를 살짝 들고 그녀에게 인사를 하고 하던 일을 계속하면서, 그 모든 질문에 충분하지 않지만 만족스러운 대답을 했다. 사냥 융커들 뒤에 서 있던 제후는 캡슐이 비단 끈으로 말 장수 목에 매달려 있는 것을 보았다. 그리고 다른 화젯거리가 없었으므로 그에게 이것이 무엇인지, 그 안에 무엇이 들었는지 물었다. 콜하스는 대답했다. "네, 전하, 이 통 말씀입니까!" 그러고는 그것을 목에서 벗어서 열고 봉인이 되어 있는 작은 쪽지를 꺼내었다. "이 통에는 놀라운 사연이 있습니다! 아마도 일곱 달은 되었을 것입니다. 제 아내의 장례를 치른 다음 날, 저는 제게 불의를 행한 융커 폰 트롱카를 잡기 위해 길을 떠났습니다. 무슨 일인지는 모르겠지만, 어떤 협상 때문에 작센과 브란덴부르크의 제후가 위터복의 작은 장터에 머무르고 있었는데, 그때 제가 그곳을 지나갔습니다. 제후들은 원하던 대로 합의했고 그래서 저녁 무렵 다정하게 대화를 나누면서 그곳에서 열리고 있던 대목장을 구경하기 위해 길을 지나고 있었습니다. 그때 집시 여인 하나가 간이의자에 앉아서 자신을 둘러싸고 있는 사람들에게 달력으로 점을 치고 있었는데, 제후들은 그녀에게 농담조로 자기들에게 해주고 싶은 말은 없는지 물었습니다. 저는 막 객주에 내려서 일행과 함께 광장에 있었는데, 사람들 뒤쪽의 교회 입구에 서 있었으므로 그 놀라운 여인이 제후들에게 무슨 말을 하는지 들을 수 없었습니다. 사람들은 웃으면서 그녀는 아무에게나 자신이 아는 것을 알려주지 않는다고 서로 속삭이더군요. 저는 그다지 호기심도 없었고 이 구경거리 때문에 매우 혼잡했기에 교회 입구에서 쏟아져 나오는 호기심어린 사람들에게 자리를 내주려고 벤치 위에 서 있었습니다. 이곳에서는 시야가 트였고 그 여인이 귀족들과 그들 앞 의자에 앉아서 무엇인가를 끄적이는 듯이 보였습니다. 그때 그 여인이 갑자기 사람들을 둘러보고는 목발에 의지하고 일어섰습니다. 그리고 한 마디 말도 나누지 않고, 그 여인의 일에 시간을 내지도 않은 저를 보더군요. 그러고는 빽빽한 사람들의 무리를 헤치고 제게 다가와서 말했습니다. '자! 알고 싶은 것은, 이 사람에게 물어야 할 것이오!' 나리, 그 여인은 그 말을 하고 뼈만 남은 깡마른 손으로 이 쪽지를 제게 건네주더군요. 그리고 모든 사람들이 저를 돌아보는 동안, 저는 당황해서 말했습니다. '아주머니, 내게 무슨 선물을 하는 것이오?' 그 여인은 알 수 없는 수많은 일들 가운데 놀랍게도 제 이름을 말하면서 대답했습니다. '부적이다, 말 장수 콜하스여, 그것을 잘 간직하라, 그것은 네 목숨을 구할 것이다!' 그러고는 사라졌습니다." 콜하스는 호기 있게 말을 이어나갔다. "그러니까 진실을 말하자면, 드레스덴의 그 위험한 상황에서도 저는 목숨을 부지했습니다. 그리고 베를린에서 어떻게 될 것인지, 그리고 그곳에서도 이것이 지속될는지는 앞날이 가르쳐주겠지요!" 이 말을 들은 제후는 의자에 주저앉았다. 엘로이제 부인이 당황하여 무슨 일이냐고 묻자 그는 "아니, 아무것도 아니오!"라고 대답하고는 그녀가 달려가 팔로 안기도 전에 실신하여 바닥에 쓰러졌다. 이 순간 일 때문에 말찬의 기사가 방으로 들어왔다. "맙소사, 무슨 일입니까?" 기사가 놀라 물었다. 엘로이제 부인은 소리쳤다. "물을 가져오세요!" 사냥 융커들은 제후를 일으켜 옆방의 침대로 데리고 갔다. 그가 정신을 차리도록 여러모로 애를 썼지만 허사였고, 시동이 불러온 회계 출납관이 제후가 졸도한 것으로 보인다고 말하자 경악은 절정에 이르렀다. 궁정 음료 담당관이 의사를 데려오기 위해 루카우로 파발을 보내는 사이, 제후가 눈을 떴으므로 지방군수는 그를 마차로 옮겨 천천히 그 근처에 있는 사냥 움막으로 모셨다. 그러나 도착하자마자 그는 이동으로 인해 다시 정신을 잃었다. 다음 날 아침 늦게 루카우에서 의사가 도착하자 그는 거의 신경열과 유사한 증상을 나타내면서 어느 정도 회복되었다. 정신을 차려 침대에서 몸을 일으키자마자 그가 한 첫 질문은 콜하스가 어디에 있는가 하는 것이었다. 그의 질문을 잘못 이해한 회계 출납관은 그의 손을 잡고 말했다. "이 끔찍한 남자 때문이라면 진정하셔야 합니다. 그는 기이하고 이해할 수 없는 사건 이후, 운명에 따라 브란덴부르크의 보호 아래 다메의 농장에 남아 있습니다." 그는 제후를 말 장수와 만나게 한 아내의 무책임한 경솔함을 심하게 질책했다고 열변을 토하고 열렬하게 유감을 표하면서 그에게 물었다. "도대체 그와 대화하던 중에 폐하를 그렇게 놀라게 하고 경악하게 한 것이 무엇입니까?" 제후는 말했다. "내가 고백할 수 있는 것은, 그 남자가 몸에 지니고 있던 캡슐에 넣어 간직하고 있던 하찮은 쪽지를 본 것이 내게 닥친 이 모든 불쾌한 일에 책임이 있다는 것이오." 그는 다시 이 상황을 설명하기 위해 몇 가지를 덧붙였으나 회계 출납관은 그 말을 이해할 수 없었다. 제후는 갑자기 그의 두 손을 꼭 잡으면서, 그 쪽지를 손에 넣는 것은 너무나 중요하다고 말했다.

그리고 그에게 지체하지 말고 다메로 말을 타고 가서 어떤 대가를 치르고라도 쪽지를 얻으라고 말했다. 회계 출납관은 당황한 기색을 숨기려고 노력하면서 만약 그 쪽지가 제후에게 어떠한 가치가 있다면, 콜하스에게는 이를 말하지 않는 것이 무엇보다 중요하다고 단언했다. 섣불리 한 말로 말 장수가 이를 알게 된다면, 이 끔찍하고 복수욕으로 성이 차지 않는 놈에게서 그것을 사들이는 데에 제후의 전 재산을 써도 모자랄 것이라는 말이었다. 그는 제후를 안심시키기 위해 다른 수단을 생각해내야 할 것이며, 아마 상관없는 제삼자를 통해 술수를 써서 그 악당에게는 그다지 중요치 않으나 제후에게는 중요한 그 쪽지를 얻을 수 있을 것이라고 덧붙였다. 제후는 땀을 닦으면서, 혹시 이를 위해 곧 사람을 다메로 보낼 수 있을지, 그리고 어떤 방법으로든 쪽지를 입수할 때까지 말 장수가 호송되는 것을 잠시 멈출 수 있는지를 물었다. 회계 출납관은 자신의 귀를 의심하며 대답했다. "유감스럽게도 모든 가능한 계산에 따르면 말 장수는 이미 다메를 떠났고 국경 너머 브란덴부르크 지역의 땅에 있습니다. 그곳에서 말 장수의 호송을 지체시키거나 또는 취소시키려는 계획은 아마도 해결할 수 없는 불쾌하고 장황한 수많은 문제점들을 일으킬 것입니다." 그때 제후가 침묵하면서, 완전히 절망한 사람의 몸짓으로 쿠션에 몸을 기대었다. 그는 제후에게 쪽지의 내용이 무엇인지, 그리고 어떤 기이하고 설명할 수 없는 우연으로 제후와 연관되는 그 쪽지의 내용을 알게 되었는지를 물었다. 그러나 제후는 회계 출납관의 호의를 믿지 못하고 그에게 애매한 시선만 던질 뿐 대답을 하지 않았다. 그는 불안하게 뛰는 가슴으로 누워서 딱딱하게 굳은 몸으로, 들고 있던 손수건의 한쪽 끝만 내려다보고 있었다. 그러고는 갑자기 다른 일을 함께 마무리 지어야 한다는 핑계를 대면서, 자신에게 비밀스러운 일을 가끔 해주었던 젊고 씩씩하고 능력 있는 사냥 융커 폰 슈타인을 방으로 불러 달라고 부탁했다. 제후는 사냥 융커에게 상황을 자세히 설명한 후, 콜하스가 지닌 쪽지의 중요성을 말해주고 나서, 말 장수가 베를린에 도착하기 전에 쪽지를 가져다주어 자신의 우정에 대한 영원한 권리를 얻겠는지 물었다. 융커가 이 기이한 상황을 어느 정도 이해한 후에 전력을 다해 봉사하겠다고 말하자, 제후는 말을 타고 콜하스를 뒤쫓으라고 주문했다. 그리고 말 장수는 돈으로는 어떻게 할 수 없을 것이므로 그 대신 영리하게 협상을 해서 쪽지 대신 자유와 생명을 제안하고, 그가 고집할 경우 직접, 그러나 조심스럽게 그를 호송하는 브란덴부르크 기사들의 손에서 도망칠 수 있도록 말과 돈으로 도와주라고 말했다. 사냥 융커는 제후의 신임장을 요청하고 곧 몇 명의 부하들과 함께 길을 떠났고, 숨 가쁘게 달려서 다행히도 국경 마을에서 콜하스를 만날 수 있었다. 그곳에서 말 장수는 기사 폰 말찬과 다섯 아이들과 함께 어떤 집 문 앞에서 점심 식사를 하고 있었다. 융커는 기사 폰 말찬에게 자신은 여행 중이며, 기사가 데리고 가는 그 기묘한 남자를 직접 보고자 하는 이방인이라고 소개했다. 폰 말찬 기사는 친절한 태도로 그에게 콜하스를 소개하면서 식탁에 앉도록 했다. 이윽고 기사는 길 떠날 채비로 왔다갔다했고, 기병들은 다른 편에 있는 식탁에서 식사를 하고 있었다. 그래서 융커는 말 장수에게 자신이 누구이며 어떤 일로 그에게 왔는지를 밝힐 기회를 갖게 되었다. 말 장수는 이미 화제의 대상이었던 캡슐을 보는 순간 실신한 사람의 지위와 이름을 알고 있던 터라, 흥분을 정점에 이르게 하기 위해서는 쪽지를 들여다보기만 하면 된다는 것을 알고 있었다. 그러나 그는 여러 가지 이유에서, 단순한 호기심 때문이라면 그 쪽지를 펴보지 않기로 결심했다. 말 장수는 "저는 드레스덴에서 가능한 모든 희생을 할 준비가 되어 있었습니다. 그럼에도 불구하고 파렴치하고 제후답지 않은 행동을 경험해야만 했습니다. 이를 잊지 않기 위해 이 쪽지를 잘 간수하고 싶습니다"라고 대답했다. "자유와 생명까지 제안하는데, 이렇게 기이하게 거절을 하는 것은 왜인가?"라는 사냥 융커의 질문에 콜하스는 대답했다. "나리, 만약 당신의 군주가 내게 와서 '내게 왕위를 행사하도록 도와준 모든 추종자들과 함께 나를 파멸시키겠어'라고 말한다면——파멸 말입니다. 파멸이라는 말을 이해하시겠습니까? 이것이야말로 제 마음 속의 가장 큰 소망입니다——그렇더라도 나는 그에게 그의 존재보다 더 가치가 있는 이 쪽지를 주기를 거절하고 이렇게 말할 것입니다. '당신은 나를 형장으로 이끌 수 있습니다. 그러나 나는 당신에게 고통을 줄 수 있습니다. 그리고 그렇게 할 것입니다!'라고요!" 콜하스는 이렇게 말하고는 창백해진 얼굴로 기병을 불러서 그릇에 남아 있는 좋은 음식을 먹으라고 말했다. 그리고 그곳에 있는 동안 그는 마치 식탁에 앉은 융커가 없는 듯이 행동했고, 마차에 타자 비로소 작별의 눈길을 그에게로 던졌다. 이 소식을 듣고 제후의 상태는 더 나빠졌다. 의사는 사흘간의 고비 동안 그의 생명이 사그러들까 매우 걱정하고 있었다. 그러나 천성적으로 건강한 제후는, 고통스럽게 보낸 몇 주가 지나자 병상에서 다시 정신을 차렸다. 적어도 쿠션과 담요를 준비하여 마차로 옮기고, 드레스덴의 통치 업무로 돌아갈 수 있을 만큼 회복되었다. 드레스덴에 도착하자마자 제후는 곧 크리스티에른 폰 마이센 왕자를 불러, 콜하스 사건의 변호인으로서 황제 폐하에게 제국의 평화가 깨진 것을 이유로 콜하스를 제소하기 위해 빈에 보내기로 결정한 법률고문 아이벤마이어의 파견 준비가 어떻게 되었는지 물었다. 왕자는, 그 법률고문은 제후가 다메로 떠날 때 내린 명령에 따라 빈으로 향했다고 대답했다. 브란덴부르크의 제후가 말들 때문에 융커 벤첼 폰 트롱카를 고소하기 위해 드레스덴에 파견했던 변호사 초이너가 도착하자마자 빈으로 떠났다는 것이었다. 제후는 얼굴을 붉히면서 책상으로 다가가, 이런 성급함에 대해 놀라움을 표시했다. 자신이 알기로는, 그 전에 콜하스에게 사면이 내려지도록 한 루터 박사와 논의할 필요가 있어서 아이벤마이어의 최종적인 출발에 대한 더 자세하고 정확한 명령은 유보하려 했다는 것이었다. 그는 불쾌감을 누르면서 책상 위에 놓여 있던 몇 개의 편지와 서류들을 던졌다. 왕자는 놀란 눈으로 그를 쳐다보더니 잠시 후에, 이 일로 만족하지 못하신다니 유감이라고 말했다. 왕자는 이어서, 그동안 자신은 정부의 결정을 제시하고자 하며, 그 결정에 따라 제후는 앞서 말한 시간에 판사를 보낼 의무가 있다고 했다. 그는 내각회의에서도 루터 박사와 의논하는 경우에 대해서는 전혀 언급하지 않았다고 덧붙이고, 콜하스에게 도움을 준 이 성직자도 고려할 필요가 있지만, 온 세상이 보는 가운데 사면을 깨고 그를 체포하여 사형을 선고하기 위해 브란덴부르크의 법정으로 호송한 지금은 더 이상 그럴 필요가 없다고 했다. 제후는 말했다. "아이벤마이어를 보낸 실수는 그다지 크지 않다. 다만 나는 소송인으로서, 별도의 명령이 있을 때까지 콜하스를 고소하는 것을 기다리기를 바란다. 곧 이런 취지를 설명한 명령문을 빈에 있는 아이벤마이어에게 보내라." 왕자는 대답했다. "이 명령은 유감스럽게도 이미 하루가 늦었습니다. 오늘 도착한 소식에 따르면 그동안 아이벤마이어는 이미 변호사로 출두했으며, 빈의 법정에 항의서를 이미 전달했습니다." 제후가 당황하면서, 어떻게 이 모든 일이 그리 빨리 진행될 수 있었는지 물었다. 왕자는 "이미 그가 출발한 지 삼 주가 흘렀으며, 그가 받은 지시는 빈에 도착하자마자 지체없이 일을 처리하라는 것이었습니다"라고 답했다. 왕자는 부연 설명도 했다. "브란덴부르크의 변호사인 초이너가 단호하고 대담하게 융커 벤첼 폰 트롱카에 대한 소송을 진행 중입니다. 그는 말들을 회복시키기 위해 박피장이에게서 말들을 회수하겠다고 법정에 제안하고, 상대방의 이의 제기를 무시한 채 이를 관철시켰어요. 따라서 이 경우 지체하는 것은 바람직하지 않습니다." 제후는 종을 당기면서 "그렇더라도, 그것은 중요치 않을 거야!"라고 말했다. 그는 왕자에게 몸을 돌리면서 드레스덴의 일은 어떻게 되어가고 있는지, 자기가 없는 동안 무슨 일이 있었는지 무관심하게 묻고는 내심을 숨기지 못하고 악수를 청한 뒤 그를 떠나가도록 했다. 제후는 이 일이 정치적으로 중요하므로 자신이 직접 서신으로 처리하겠다는 핑계를 대면서, 왕자에게 콜하스에 관한 모든 서류를 가져오도록 했다. 유일하게 쪽지의 비밀을 알려줄 수 있는 콜하스를 파멸시킨다는 생각은 견딜 수가 없었으므로, 그는 황제에게 다급하게 편지를 썼다. 그는 편지로, 중요한 이유가 있으니 아이벤마이어가 콜하스를 상대로 제기한 고소를 다른 결정이 내릴 때까지 철회해주실 것을 간절히 요청했다. 그 이유에 대해서는 곧 설명을 하겠다고 덧붙였다. 황제는 내각에서 작성된 문서를 통해 그에게 대답을 전했다. "갑자기 제후의 마음에 일어난 그 변화는 매우 이례적이오. 작센은 이미 콜하스의 소송을 전체 신성 로마제국의 일과 관련된 것으로 본다는 보고서를 내게 제출했소. 그에 따라, 황제인 나는 신성 로마제국의 수장으로서 이 소송에서 브란덴부르크의 고소인으로 출두할 의무가 있소. 이미 궁정 시보인 프란츠 밀러는 검사의 자격으로 콜하스가 공개적으로 제국의 평화를 깨뜨린 것을 처벌하기 위해 베를린으로 갔으며, 고소는 이제 어떤 식으로도 철회되지 않을 것이오. 이 소송은 적법하게 진행되어야 하오." 얼마 후 제국 법정에서 소송이 시작되었고, 변호사의 모든 노력에도 불구하고 콜하스가 아마도 교수대에서 생을 마감할 것이라고 덧붙이는 사적인 서신이 베를린에서 도착했다. 이는 제후를 더욱 낙담시켰다. 그래서 이 불행한 군주는 한 번 더 노력을 해보기로 결정하고 브란덴부르크의 제후에게 직접 편지를 써서 말 장수의 구명을 부탁했다. 그는 말 장수에게는 이미 사면이 내려지기로 약속되었으므로, 사형 집행이 사실상 허용되지 않는다고 구실을 댔다. 제후는, 자신이 비록 말 장수에 대한 소송 과정을 가혹하게 진행시켰지만 그를 죽게 할 의도는 전혀 없었다고 단언했다. 그리고 베를린에서 그에게 허용한다던 보호가 결국 예기치 못한 국면의 전환으로 인해 드레스덴에 머무르면서 작센의 법의 따라 판결받는 경우보다 더 불리하다면, 자신은 얼마나 실망할 것인지를 설명했다. 브란덴부르크의 제후에게 이 내용은 불분명하고 애매하게 여겨졌고, 제후는 다음과 같이 대답했다. "황제 폐하의 변호사가 강력하게 추진하는 바에 따라 제후께서 제게 표명하신 청을 따르기 위해 법 규정을 벗어나는 것은 허용되지 않습니다. 제후의 걱정은 실제로는 지나친 것으로 생각됩니다. 사면으로 용서받은 콜하스의 범죄에 대한 제후의 소원은 사면을 내린 제후가 아니라, 어떤 방식으로도 그와 관련되지 않은 제국의 수장에 의해 베를린에 있는 제국의 법정에서 다뤄질 것입니다. 나겔슈미트의 무력 사용이 계속되고 대담하게도 브란덴부르크까지 이르른 이 시점에서, 경각심을 일깨울 본보기가 필요합니다. 만약 이 모든 것을 고려하지 않을 경우, 황제 폐하께 직접 문의하기를 청하며, 만약 콜하스에게 유리한 명령이 내려진다면, 이 또한 황제에 의해서만 이루어질 수 있을 것입니다."
제후는 모든 시도들이 실패하여 비탄과 분노로 다시 병이 들었다. 그리고 회계 출납관이 어느 날 아침 그를 방문했을 때, 콜하스가 가진 쪽지를 손에 넣기 위해 조금이라도 시간을 벌고자 그의 사형 집행을 유예해 달라는 내용으로 빈에 보냈던 편지를 보여주었다. 회계 출납관은 제후 앞에 무릎을 꿇고, 그 무엇보다 신성하고 귀하다는 이 쪽지의 내용이 무엇인지 말해달라고 간청했다. 제후는 방문을 잠그고 침상에 앉으라고 말했다. 그리고 한숨을 지으며 그의 손을 가슴에 갖다대면서 다음과 같이 말을 시작했다. "이미 자네 아내로부터 들었겠지만, 나는 브란덴부르크의 제후와 위터복에 머무른 세 번째 날 어느 집시 여인을 만났다네. 그 제후는 원래 활달한 사람으로, 연회에서 이 진기한 여인의 명성과 재주에 대해 지나치게 이야기가 오가자, 장난삼아 모든 사람들이 보는 앞에서 그녀의 명성을 깨뜨리자고 결정했네. 그래서 그는 팔장을 끼고 그녀의 탁자로 나서서 자신에게 말할 예언은 꾸밀 수 있으니, 오늘 시험이 가능한 예언의 어떤 신호를 달라고 요구했어. 제후는 그렇지 않으면 그녀가 로마의 시빌레[13]라 해도 그 말을 믿을 수 없다고 핑계를 댔지. 그 여인은 우리를 머리부터 발끝까지 흘낏 보더니 말하더군. '그 징후는 다음과 같습니다. 당신들이

장을 떠나기 전에 정원사의 아들이 공원에서 키우는, 뿔 달린 커다란 노루를 만나게 되는 것입니다.' 자네도 알겠지만, 드레스덴의 요리용 노루들은 공원의 떡갈나무들이 그늘을 드리우고 있고, 판자로 울타리가 높이 쳐진, 고리와 열쇠로 잠긴 창고에 보관되지. 게다가 다른 작은 야생동물들과 가금류 때문에 공원과 그리로 향하는 정원도 잠겨 있어. 그러니까 이 기묘한 예언대로 그 동물이 어떻게 우리를 향해 우리가 있는 광장으로 올 것인지 전혀 알 수가 없었지. 그래서 제후는 그 뒤에 숨겨져 있을 장난이 걱정이 되어 나와 잠시 의논한 후에, 여전히 그 여인이 하는 예언을 재미로라도 깨뜨리기 위해 성으로 사람을 보내 수노루를 당장 죽여서 다음 날 식사로 준비하라고 명령했네. 이 모든 일을 그 여인이 보는 앞에서 진행하면서, 그는 그 여인에게 '자, 나의 미래에 대해서는 무슨 말을 하겠는가?' 하고 물었네. 그 여인은 그의 손을 보더니, '제후 폐하에게 영광이! 폐하는 오래도록 은총으로 통치할 것이며, 가문은 오래 지속될 것이며 모든 세상의 군주와 통치자 앞에서 권력을 쥐게 될 것입니다!'라고 했네. 제후는 생각에 잠겨 그 여인을 쳐다보더니, 잠시 후 나에게 한 걸음 다가서면서 나지막이 말하더군. 예언을 깨기 위해 그 전령을 보낸 것이 이제는 유감스럽다고 말이야. 그를 따르던 기사들은 사람들의 환호 속에서 그 여인의 품에 듬뿍 돈을 던졌고, 나도 주머니에서 금화를 꺼내 얹으면서 그 여인에게 물었네. '혹시 내게 할 인사가 그보다 덜한 것은 아니겠지?' 그 여인은 한 쪽에 놓여 있는 상자를 열더니, 돈을 종류와 크기에 따라 세심하게 분류하고 나서 다시 상자를 닫고는, 마치 햇볕이 귀찮다는 듯이 손으로 해를 가리고 나를 바라보았어. 내가 질문을 반복하자 여인은 내 손을 살펴보더니 농담조로 제후에게 말했네. '그다지 기분 좋을 만한 것은 알려줄 게 없습니다.' 그 여인은 목발을 짚고는 천천히 의자에서 일어나서 은밀하게 내게로 다가오더니 귀에 분명하게 속삭이더군. '그렇습니다!' '그래?'라고 나는 당황해서 말했고, 여인 앞에서 한 걸음 물러섰지. 여인은 마치 대리석으로 만든 눈에서 나오는 듯한 냉담하고 생기 없는 시선으로, 뒤에 서 있는 의자에 다시 앉았네. '어떤 쪽에서 내 가문에 위기가 닥치는가?' 여인은 목탄과 종이를 손에 쥐고 무릎을 꼬더니 물었어. '그것을 써 드려야 합니까?' 나는 당황해서, 그 상황에서는 어떻게 할 수가 없어 '그렇게 하라!'라고 대답했네. 그녀가 말했네. '그렇다면! 당신에게 세 가지를 써드리겠습니다. 당신 가문의 마지막 통치자의 이름, 나라를 잃게 되는 연도, 그리고 무력을 통해 제국을 빼앗는 자의 이름.' 이것을 모든 사람들 눈앞에서 쓰고 나서, 그녀는 주름진 입에 밀랍을 적셔 쪽지를 봉인하고 중지에 끼고 있던 봉인 반지로 눌렀지. 자네도 쉽게 알겠지만, 형용할 수 없는 호기심에 내가 그 쪽지를 붙잡으려니까 그 여인이 말을 하더군. '안 됩니다, 폐하.' 그러고는 몸을 돌려 목발 하나를 높이 올렸네. '저기 교회의 문 앞, 모든 사람들 뒤에서 깃털 모자를 쓰고 의자에 서 있는 저 남자에게서, 원한다면 이 쪽지를 얻을 것입니다!' 내가 무슨 말인지 이해하기도 전에, 그 여인은 놀라서 말을 하지 못하는 나를 광장에 남겨두고는 뒤에 있던 상자를 닫아 어깨에 메고는 우리를 둘러싸고 있던 사람들 사이로 섞여 들어갔네. 나는 그 여인이 무슨 일을 하는지 알지 못했네. 이때 제후가 성으로 보낸 기사들이 나타났고 입가에 웃음 띠면서 수노루가 죽임을 당했고, 자신들이 보는 앞에서 두 사냥꾼이 부엌으로 끌고 갔다고 제후에게 알렸네. 이것은 내게 참으로 위로가 되었지. 제후는 나를 광장에서 데리고 나가려고 활기차게 내 팔짱을 끼면서 말했네. '자 이제! 예언이란 것은 일상적인 속임수일 뿐, 우리가 들인 시간과 돈의 가치는 없는 것입니다!' 그런데 이 말을 하는 동안 광장 주변에서 소란이 일더니 모든 시선이 성의 뜰에서 달려오는 커다란 사냥개에게로 쏠렸네. 그 개는 부엌에서 좋은 먹이 감으로 수노루의 목덜미를 물고 나왔고, 하인들과 시녀들에 쫓겨서 우리로부터 세 걸음 떨어진 바닥에 노루를 떨어뜨렸네. 그 여인의 예언은 약속대로 이루어졌고, 수노루는 광장까지, 죽어서 이긴 하지만, 우리를 향해 온 거지. 내게는 어느 겨울 하늘에서 떨어진 번개도 이 광경보다 더 섬뜩하지는 않을 거야. 모임이 끝나자마자 나는 제일 먼저 그 여인이 말했던 깃털 모자를 쓴 남자에 대해 알아보려 노력했네. 사흘 동안 계속 수소문을 하려고 보낸 이들 중 누구도 그에 대한 정보를 주지 못했네. 그런데, 나의 친구 쿤츠, 몇 주 전에 다메의 농장에서 나는 그 남자를 내 눈으로 직접 보았다네." 이 말과 함께 그는 회계 출납관의 손을 놓았다. 그리고 회계 출납관이 땀을 닦는 동안, 그는 다시 침상으로 쓰러졌다. 회계 출납관은, 자신의 견해로는 이 사건에 대해서 제후가 품고 있는 견해를 바로잡으려는 노력이 아무런 소용이 없었으므로, 그 쪽지를 얻으려면 다른 방법을 강구하라고, 그 후에 그놈은 그의 운명에 맡기라고 제후에게 청했다. 그러나 제후는 방도가 전혀 보이지 않으며, 그자가 죽을 것이고, 아니 그와 더불어 쪽지의 내용도 사라지는 것을 보아야 한다는 생각만으로도 자신은 비탄과 절망에 빠진다고 말했다. "집시 여인에 대해서 조사할까요"라는 친구의 질문에 제후가 대답했다. "거짓 핑계를 대고 오늘까지 제후령의 모든 곳에서 이 여인을 추적하라는 명령을 내렸지만, 소용이 없었네. 아직 자세히 설명할 수 없는 여러 근거들이 있는데, 이에 따르면 그 여인을 작센에서 찾을 수 있으리라는 것은 거의 절망적이야." 때마침 회계 출납관은 파직 후 얼마 안 되어 세상을 떠난 대법원장 칼하임 백작으로부터 상속을 받아 자기 아내의 소유가 된, 노이마르크의 상당한 영지들 때문에 베를린으로 떠나려던 참이었다. 그는 제후를 정말 사랑하고 있었으므로, 잠시 생각을 한 후 그에게 물었다. "저에게 이 문제를 완전히 맡겨주실 수 있겠습니까?" 제후는 그의 손을 가슴에 갖다대면서 대답했다. "네가 나라고 생각하라. 그리고 쪽지를 손에 넣어라!" 회계 출납관은 자신의 일을 인계하고, 출발을 서둘러 며칠 동안 아내를 남겨두고 시종들만 동행한 채 베를린으로 길을 떠났다.

그동안, 콜하스는 이미 말한 대로, 베를린에 도착하여 제후의 특명에 따라 기사 감옥으로 호송되었다. 그 감옥에서 그는 다섯 아이들과 함께 가능한 범위 내에서 편안한 대우를 받았다. 빈에 황제의 판사가 나타나자마자, 제국 법원은 그에게 황제의 공적인 제국 평화를 깨뜨린 데 대한 죄를 물었다. 회계 출납관은 책임을 다하여, 작센 제후가 뤼첸과 체결한 화해는 효력이 있으므로 콜하스가 작센에서 무장 습격을 한 것과 무력 행사에 대해 기소할 수 없다고 이의를 제기했지만, 소송을 진행시키는 황제의 판사로부터는 그것은 고려될 사항이 아니라는 답변을 들었다. 판사는 그에게 상황을 설명한 뒤, 융커 벤첼 폰 트롱카에 대한 소송에서는 드레스덴에 의해 완전한 보상이 이루어질 것이라고 선언하면서 소송을 기각했다. 따라서 회계 출납관이 도착한 바로 그날, 법률에 따라 말 장수에게는 교수형이 내려졌다. 형(刑)의 가벼움은 아랑곳하지 않고, 이 복잡한 상황에서 어느 누구도 그 형이 집행될 것이라고 생각하지 않았고, 모든 시민들은 콜하스에 대해 호의를 가진 제후가 직권으로 사형을 장기징역형으로 바꾸기를 바랐다. 회계 출납관은 군주가 내린 임무를 이루기 위해서는 허비할 시간이 없음을 알아채고, 어느 날 아침 늘 입고 있던 궁정 복장 그대로 감옥의 창가에 서서 지나가는 사람들을 물끄러미 쳐다보는 콜하스에게 자신의 모습을 드러내는 것으로 일을 시작했다. 콜하스가 갑자기 머리를 움직였고, 더구나 만족하면서 무의식적으로 캡슐이 있는 가슴 근처를 손으로 더듬었으므로, 회계 출납관은 콜하스가 자신을 보았다고 생각했다. 그는 이 순간 콜하스의 심경을 파악하고 그 쪽지를 얻기 위한 충분한 준비를 위해 계획을 한 걸음 미루기로 했다. 그는 베를린 길거리에서 넝마를 파는 무리들 속에서 목발을 짚고 돌아다니는 나이 든 고물장수 여인을 발견하고는 그 여인을 불렀다. 여인은 나이와 차림새로 보아 제후가 말한 여인과 매우 비슷해 보였다. 갑자기 나타나서 쪽지를 건네준 여인의 생김새가 콜하스의 인상에 깊이 남아 있지 않을 거라고 가정하고, 회계 출납관은 이 여인을 집시 여인 대신 슬쩍 밀어 넣어, 될 수 있으면 콜하스 앞에서 집시 여인의 역할을 하게 하려고 작심했다. 그는 여인에게 위터복에서 제후와 그 집시 여인 사이에 있었던 일을 자세하게 설명했다. 그는 집시 여인이 콜하스에게 얼마나 설명을 했는지 알 수 없었으므로, 특히나 쪽지 안에 담겨진 세 가지 비밀스러운 조항을 부각시키는 것을 잊지 않았다. 그는 그녀에게 작센 궁정에게 매우 중대한 그 쪽지를 힘이나 술수로 손에 넣으려고 일을 꾸미고 있다는 정보를 콜하스에게 자연스럽게 흘리라고, 산만하고 애매하게 설명한 후에, 그 쪽지가 콜하스에게서 더 이상 안전하지 않다는 핑계를 대고 며칠 동안 대신 보관하겠다고 요구하라고 지시했다. 회계 출납관은 고물장수 여인의 요구에 따라 대가의 일부를 미리 지불했고, 그 여인은 상당한 대가를 약속받고 이미 말한 일을 맡기로 했다. 뮐베르크에서 전사한 하인 헤르제의 모친이 정부의 허락을 받고 가끔씩 콜하스를 방문했는데, 마침 몇 달 전부터 고물장수 여인은 그 모친을 알고 지냈다. 그래서 며칠 후 어느 날 아침 고물장수는 간수에게 작은 선물을 하고 말 장수의 방으로 들어갈 수 있었다. 콜하스는 그 고물장수가 자신에게 다가오자, 여인이 끼고 있는 봉인 반지와 목의 산호 목걸이에서 자신이 알고 있는, 쪽지를 건네준 나이 든 집시 여인을 알아보았다. 그러나 그럴듯하다고 해서 그것이 항상 진실은 아니기에, 여기에서 일어난 일에 대해 보고하겠다. 이것을 마음에 들어 하는 사람에게도 이를 믿지 않을 자유는 허용되어야 하기 때문이다. 회계 출납관은 끔찍한 실수를 했다. 그가 집시 여인으로 꾸미기 위해 베를린의 길거리에서 찾은 나이 든 고물장수 여인은 그가 꾸몄다고 생각한, 그 비밀스러운 집시 여인이었다. 그 여인은 목발에 의지한 채, 그녀의 이상한 모습에 당황해서 아버지에게 바짝 기댄 아이들의 뺨을 어루만지면서 다음과 같이 알려주었다. 자신은 이미 오래 전에 작센에서 브란덴부르크로 돌아왔으며, 베를린 길거리에서 회계 출납관이 대담하게도 조심성 없이 지난해 봄에 위터복에 있던 집시 여인에 대해 묻기에, 그에게 다가가서 거짓 이름을 대고 그가 꾸미는 일을 하겠다고 했다고. 말 장수는 그 여인과 자신의 죽은 아내가 비슷하다는 것을 발견했다. 아내의 어머니냐고 물을 수 있을 정도였다. 여인의 얼굴 생김새나 손, 골격은 아름다웠고, 특히 말을 할 때의 손짓은 너무나 생생하게 아내를 기억나게 했기 때문이다. 여인의 목에 있는 점도 아내와 같았다. 말 장수는 이런 묘한 생각을 하면서 앉으라고 의자를 권하고는, 도대체 회계 출납관의 일로 자신에게 오게 된 일이 무엇인지 물었다. 콜하스의 늙은 개가 그녀의 무릎 주위를 킁킁거리자, 그녀는 개를 쓰다듬었고 개가 꼬리를 흔들었다. 노파는 대답했다. "회계 출납관이 내게 부탁한 것은 작센 궁정에 중대한 세 가지 질문에 대한 쪽지의 대답이 무엇인지 알아내라는 것과 그 쪽지를 얻기 위해 베를린에 있는 사신을 경계하라는 것, 그 쪽지를 가슴에 지니는 것이 더 이상 안전하지 않다는 핑계로 당신에게서 그 쪽지를 달라고 요구하라는 것이었소. 그러나 내가 온 진정한 이유는, 당신에게서 술수와 무력으로 그 쪽지를 가져가려는 위협은 황당한 거짓임을 말하기 위함이오. 당신은 브란덴부르크 제후의 보호 아래 감금되어 있으니 그런 일은 두려워할 필요가 없어요. 그리고 그 쪽지는 나보다는 당신이 지니고 있는 것이 더 안전하니, 누구에게든, 어떤 핑계로든 쪽지가 그에게 넘어가는 것을 조심하기 바랍니다." 그녀는 결과적으로, 자신이 위터복 장터에서 전해준 쪽지를 써먹는 게 현명할 거라고 말했다. 국경에서 융커 폰 슈타인을 통해 전달한 제안에 귀를 기울여서, 그에게는 전혀 쓸모없는 쪽지를 자유와 생명의 대가로 작센 제후에게 넘기는 것이 현명할 거라는 얘기였다. 여인이 가려는 순간, 콜하스는 적의 아킬레스건에 치명적인 상처를 줄 수 있는 힘이 자신에게 주어진 것에 환호를 올리면서 대답했다. "절대로요! 아주머니, 절대로 넘기지 않겠습니다!" 그러고는 여인의 손을 잡고 그 끔찍한 질문에 대해 어떤 대답이 쪽지에 담겨 있는지 알고자 했다. 그 노파는 발 아래로 기어온 막내를 무릎에 안고는 말했다. "절대로라니! 콜하스, 말 장수여. 그렇지만 이 예쁘고 어린 금발의 아이를 위해서라면!" 그러고는 웃으면서 아이를 어르고 입을 맞추었다. 아이는 커다란 눈으로 노파를 쳐다보았고, 노파는 여윈 두 손으로 주머니에 있던 사과를 아이에게 주었다. 콜하스는 혼란스러워하면서 말했다. "아이들은 성장하면 소송 때문에 나를 칭송할 것이며, 아이들과 그 손자들을 위해서라면 쪽지를 간직하는 것만큼 좋은 일은 없을 것입니다." 그러면서 그 모든 일을 겪은 후에도 누가 새로운 술수로부터 내 안전을 보장할 것이며, 얼마 전 뤼첸에서 모은 병사들처럼 결국 그 쪽지도 아무 쓸모없이 제후의 제물이 되는 것은 아닌지 물었다. "한 번이라도 약속을 깨뜨린 사람과는 어떤 것도 주고받지 않을 것이오. 그리고 좋은 분인 아주머니, 오로지 당신의 요구만이, 확고하고도 분명하게, 쪽지로부터 나를 떼어 놓을 수 있습니다. 놀랍게도 이 쪽지로 내가 당한 모든 일이 보상받았습니다." 여인은 아이를 바닥에 내려놓고는 말했다. "여러 면에서 그 말은 옳습니다. 그리고 당신이 원하는 대로 할 수 있습니다!" 그러고는 목발을 짚고 다시 가려고 했다. 노파가 대충 대답을 하자, 콜하스는 쪽지의 내용에 관련해서 자신의 질문을 되풀이했다. "비록 단순한 호기심이라도, 가기 전에, 다른 수천 가지에 대한 열쇠를 얻기 위해 도대체 당신은 누구인지, 당신은 어떻게 그것을 알고 있으며, 왜 제후를 위해 쓴 쪽지를 제후에게 주기를 거부하고 하필 수천 명 중에서 당신의 지식을 전혀 탐내지 않는 나에게 그 놀라운 종이를 건네주었는지, 밝힐 수 있는지요?" 이때 몇 명의 순찰 장교들이 계단을 올라오는 소리가 들렸다. 그래서 그 노파는 이 방에서 그들을 만날까 갑자기 걱정이 되어 대답했다, "안녕, 콜하스, 안녕! 우리가 다시 만난다면, 이 모든 것에 대한 대답을 얻게 될 것입니다!" 그러고는 문을 향하면서 말했다. "안녕, 얘들아, 안녕!" 그리고 아이들에게 하나씩 입을 맞추고는 가버렸다.

그동안 작센 제후는 비참한 생각에 사로잡혀, 자신과 모든 후손에게 그렇게도 중대한 쪽지의 비밀스러운 내용에 대해 조언을 구하기 위해 그 당시 작센에서 명성 있는 점성술사 두 명, 즉 올덴흘름과 올레아리우스를 불렀다. 이들은 여러 날 동안 드레스덴의 성탑에서 진행된 조사가 끝나고도 그 예언이 다음 세대인지 또는 현재에 관한 것인지, 또는 점점 더 전운이 감도는 폴란드의 왕좌와 관계된 것인지, 의견 일치를 보지 못했다. 이 현학적인 다툼으로 불행한 군주의 절망이 해결되기는커녕 더욱 심해져서 결국 그의 영혼이 견딜 수 없는 지경이 되었다. 게다가 이때, 회계 출납관은 자신을 따라 베를린으로 가려던 아내에게 길을 떠나기 전에 어떤 여인과 자신이 했던 시도가 실패로 돌아가고 그 여인은 그 이후로 더 이상 모습을 드러내지 않고 있다는 소식을 전했다. 그는 그 뒤로 콜하스가 가진 쪽지를 입수할 희망은 거의 없으며, 서류를 자세히 검토한 결과 브란덴부르크 제후가 콜하스의 사형 판결에 서명을 했고, 처형은 부활절 월요일로 정해졌다는 것을 요령껏 제후에게 알리라고 부탁했다. 이 소식에 제후의 마음은 근심과 후회로 미어지는 듯했다. 제후는 완전히 정신 나간 사람처럼 자신의 방에 틀어박혀 이틀 동안 삶에 지쳐서 식음을 전폐하더니, 사흘째가 되는 날 갑자기 사냥을 하러 데사우의 제후에게로 간다고 내각에 알리고는 드레스덴에서 사라졌다. 그가 도대체 어디로 갔는지, 그가 데사우로 갔는지 어떤지는 불확실한 그대로 내버려두는데, 그 이유는 우리들이 비교하면서 보고하는 연대기의 기록이 이상하게도 이 부분에서 서로 엇갈리고 모순되기 때문이다. 확실한 것은 이 시기에 데사우의 제후가 병이 나서 사냥을 할 수 없었고 그는 브라운슈바이크의 숙부 하인리히 공작에게 가 있었다는 것이다. 엘로이제 부인은 다음 날 저녁 자신의 사촌이라고 소개한 폰 쾨니히스베르크 백작과 함께 베를린에 있는 남편, 회계 출납관 쿤츠의 집에 도착했다. 그동안 제후의 명령에 따라 콜하스에게 사형이 선고되었고, 콜하스의 쇠사슬이 벗겨졌으며 드레스덴에서 박탈당했던 재산 증서가 다시 그에게 송달되었다. 법원이 파견한 위원들이 그에게 죽은 뒤 재산을 어떻게 하기를 바라는지 묻자, 콜하스는 변리사의 도움으로 아이들을 위해 유언장을 작성하고 자신의 정직한 친구인 콜하젠브뤼크의 영지주무관을 아이들의 후견인으로 지정했다. 어떤 것도 그의 마지막 며칠 동안의 안정감과 만족감에 비견되지 않았다. 왜냐하면 제후의 특별 명령에 따라, 도시에 있는 여러 친구들이 낮이건 밤이

건 그가 머물던 츠빙거 궁으로 자유롭게 그를 방문하도록 허락받았던 것이다. 그는 다른 보상도 받았는데, 루터 박사의 사절로 온 신학자 야코프 프라이징이 루터 박사의 자필임을 의심할 수 없는 중요한 편지를 가지고 그의 감옥으로 들어오는 것을 보았던 것이다. 그 편지는 그러나 소실되고 없다. 그를 도우려고 온 두 명의 브란덴부르크의 수석 사제가 있는 가운데 콜하스는 이 성직자에게서 신성한 성찬식을 받았다. 콜하스를 구명할 수 있는 칙명에 대한 희망을 아직 포기하지 못한 시민들의 일반적인 여론 속에서, 부활절 월요일이 되었다. 이 날은 콜하스가 자신의 권리를 실현하려고 너무나 성급한 시도를 했던 세상에 속죄해야 하는 숙명적인 날이었다. 그는 많은 호위병들을 동반하고 두 아들을 팔에 안고 (왜냐하면 이런 호의를 베풀어줄 것을 그가 법정에 간곡하게 청했으므로) 신학자 야코프 프라이징에 이끌려 감옥 문에서 나왔다. 그때 악수를 하면서 그에게 작별하고 슬퍼하는 지인들의 무리 속에서 제후의 성에 있는 집사가 당황한 얼굴로 다가와서는 그에게 쪽지를 건넸다. 그것은 그의 말에 따르면, 어느 나이 든 여인이 콜하스에게 주라고 보낸 것이었다. 콜하스는 낯선 그 남자를 의아하게 쳐다보면서 밀랍에 도장이 찍힌 쪽지를 펼쳤고 곧 자신이 아는 집시 여인을 기억해냈다. 그러나 그 안에서 다음과 같은 내용의 소식을 발견했을 때의 놀라움을 누가 표현할 수 있겠는가. '콜하스, 작센 제후가 베를린에 있어요. 그는 이미 처형장으로 갔고 푸른색과 흰색의 깃털이 달린 모자로 알아볼 수 있어요. 그가 온 의도는 당신에게 말할 필요가 없을 것입니다. 그는 캡슐을 원하고 당신이 죽는 대로 시신을 파내어 그 안에 있을 쪽지를 열어보게 할 것입니다. 당신의 엘리자베트.' 콜하스는 너무나 당황하여 집사에게 몸을 돌리며 물었다. "당신에게 쪽지를 건네준 그 놀라운 여인을 알고 있는가?" 그러나 집사는 "콜하스, 그 여인은…"이라고 말하다가 이상하게 말문이 막혔고, 말 장수는 이 순간 다시 시작된 행렬에 떠밀려서 온몸을 떠는 듯이 보이는 그 남자가 무슨 말을 하는지 알아들을 수가 없었다. 그가 처형장에 도착했을 때, 그는 말을 탄 브란덴부르크 제후가 신하들과 함께 수많은 사람들 가운데에 있는 것을 보았다. 그 가운데에는 대법원장, 하인리히 폰 고이자우가 있었다. 그 오른편에는 황제의 변호사인 프란츠 밀러가 사형 판결문을 손에 들고 있었고 왼편에는 그의 변호사이자 법률고문인 안톤 초이너가 드레스덴 궁정 법원의 판결문을 갖고 서 있었다. 군중들이 만든 반원의 한가운데에는 의전관이 한 꾸러미의 물건을 들고 있었고, 건강하게 윤이 나는 말 두 마리가 발굽으로 땅을 차고 있었다. 대법원장 하인리히가 제후의 위임을 받아 융커 폰 트롱카에게 어떠한 유보 조건도 두지 않고 드레스덴에서 제기한 소송을 조목조목 관철시켰던 것이다. 즉 말들은 기수들의 깃발들이 흔들리는 가운데 권리가 회복되었으며, 융커의 사람들이 그들을 키우던 박피장이에게서 말들을 데려와 살을 찌웠고, 드레스덴의 장에서 이를 위해 조직된 위원회가 있는 자리에서 변호사에게 인계되었다. 콜하스가 호위병들에 이끌려 언덕 위의 제후에게로 오자 제후가 말했다. "자 콜하스, 오늘이 너의 권리가 이루어지는 그날이다! 보라, 여기에 나는 네가 트롱켄부르크에서 강압적으로 잃은 모든 것들을 돌려주고, 너의 군주로서 네게 빚진 것을 다시 돌려주노라. 말들, 목도리, 금화, 옷가지, 심지어 뮐베르크에서 목숨을 잃은 너의 하인 헤르제의 요양비까지. 이제 만족하는가?" 대법원장의 신호에 따라 전달된 판결문을 빛나는 두 눈을 크게 뜨고 읽는 동안, 콜하스는 안고 있던 두 아이들은 옆에 내려놓았다. 그는 판결문에서 융커 벤첼에게 징역 이 년형을 내린다는 조항을 발견하고는 멀리서나마, 감정에 북받쳐서 두 손으로 가슴에 십자가를 긋고는 제후 앞에 꿇어앉았다. 그는 기뻐하면서 다시 일어나, 두 손을 무릎 위에 놓으면서 지상에서의 자신의 소망은 모두 이루어졌다고 대법원장에게 말했다. 그리고 말들에게로 다가가 그들을 훑어보고 우람한 목을 두드렸다. 그리고 대법원장 하인리히 폰 고이자우에게로 돌아와서 밝게 말했다. "저는 말들을 두 아들 하인리히와 레오폴드에게 선물하겠습니다!" 대법원장 하인리히 폰 고이자우는 말에서 내려, 부드럽게 몸을 돌리면서 그에게 약속했다. "제후의 이름으로 너의 마지막 뜻은 신성하게 지켜질 것이다. 그리고 다른 꾸러미 속의 물건들에 대해서는 잘 생각한 후에 처리하라." 이에 콜하스는 헤르제의 노모가 광장에 있는 것을 알고, 백성들의 무리에서 불러내어 물건들을 주면서 말했다. "아주머니, 이것은 당신 것입니다!"

주머니에는 헤르제의 보상금과 노모를 보살피고 위로할 돈도 함께 들어 있었다. 제후는 말했다. "자, 콜하스, 말 장수여. 네게 보상을 했다. 황제 폐하의 판사가 여기 있으니, 제국의 평화를 깨뜨린 것에 대해 네 쪽에서도 보상할 준비를 하라!" 콜하스는 자신의 모자를 벗어 땅에 던지고 말했다. "그럴 준비가 되었습니다!" 그는 아이들을 다시 한번 바닥에서 올려 가슴에 안고 나서 콜하젠브뤼크의 영지주무관에게 건네주었다. 주무관이 조용히 눈물을 흘리면서 아이들을 광장에서 데리고 가자, 그는 단두대로 갔다. 그가 막 목에서 목도리를 벗고 앞섶을 열었을 때였다. 그는 흘낏 사람들을 쳐다보다가, 얼마 떨어지지 않은 곳에서 기사 두 명 사이에 반쯤 몸을 숨기고 있는 푸른색과 흰색의 깃털을 단 남자를 알아보았다. 콜하스는 자신을 둘러싸고 있는 호위병들을 놀라게 하면서 갑작스레 빠른 걸음으로 그 사람 앞으로 나아가더니, 가슴에서 캡슐을 떼어 그 안의 쪽지를 꺼내 봉인을 뜯고 그것을 읽어 내려갔다. 그리고 이미 달콤한 희망에 잠기기 시작한 푸른색과 흰색 깃털의 남자에게 시선을 고정시킨 채 몸을 돌려 쪽지를 입에 넣고 삼켜버렸다. 푸른색과 흰색 깃털의 남자는 이 순간 정신을 잃고 경련을 일으키면서 쓰러졌다. 쓰러진 그 남자의 일행이 몸을 굽혀 바닥에서 그를 일으키는 동안 콜하스는 처형대로 향했고, 거기서 형리의 도끼에 그의 머리가 떨어졌다. 여기에서 콜하스의 이야기는 끝이 난다. 백성들의 애도 속에서 콜하스의 시신은 입관되었다. 근교의 교회 묘지에서 걸맞게 장례를 치르기 위해 관이 옮겨지는 동안, 제후는 죽은 자의 아들들을 불러 대법원장에게 이들을 근위대 학교에서 교육시키라는 명을 내리고 아들들을 기사로 임명했다. 작센 제후는 곧 정신이 나간 상태로 드레스덴으로 돌아왔다. 그 이후의 이야기는 역사 속에서 읽어야만 할 것이다. 콜하스에 관해서라면, 지난 세기까지도 쾌활하고 힘센 몇몇 후손들이 메클렌부르크 지방에 살았다고 한다.

O... 후작 부인
―북부에서 남부로 무대가 옮겨진 실화

　　　　　　　　북부 이탈리아의 주요 도시 M...에서 명망을 지닌 미망인이자 아이들을 잘 키워낸 어머니, O... 후작 부인이 신문에 광고를 냈다. 자신도 모르게 임신이 되었으니, 자신이 낳게 될 아이의 아버지는 연락을 해달라고. 또한 자신은 가문을 생각해서 그 사람과 결혼할 결심을 했다고. 막다른 상황에 몰려, 세인의 조롱을 받을 만한 그 기이한 조치를 단호하게 내린 그 부인은 M...에 있는 요새 지휘관 폰 G...의 딸이었다. 매우 애틋한 사이였던 남편 O... 후작은 대략 삼 년 전쯤에 집안일로 파리로 여행하던 중에 세상을 떠났다. 그녀는 기품 있는 어머니 폰 G... 부인의 소망에 따라 남편이 죽은 후, 그때까지 살던 V... 근처의 사유지를 떠나 두 아이와 함께 아버지가 있는 지휘관의 공관으로 옮겼다. 그러고는 몇 년간 부모님을 돌보면서 예술과 독서, 교육에 전념하며 조용히 은둔하며 살았다. 갑작스러운 전쟁으로 그 일대가 열강들과 러시아 군대들로 둘러싸일 때까지 말이다. 폰 G... 대장은 요새를 사수하라는 명령을 받고, 아내와 딸에게 V... 근처에 있는 딸의 사유지나, 아들의 사유지로 몸을 피하라고 했다. 그렇지만 적군이 몰려오는 요새 안과 바깥 벌판에 대한 공포 사이에서 가늠하면서 여자들이 결정을 내리기도 전에, 요새는 이미 러시아 군대의 손에 불타기 시작했고, 곧이어 항복하라는 요구를 받았다. 지휘관은 가족들에게, 자신은 가족이 없는 것처럼 행동하겠다고 천명하고는 총알과 수류탄으로 응사했다. 이에 적은 요새를 폭발시켰다. 적군은 화약고에 불을 질러 바깥 요새를 점령했고, 재차 항복을 요구하는데도 지휘관이 주저하자, 밤에 기습을 감행하여 단번에 요새를 점령했다.

격렬한 포화와 함께 러시아 군대가 몰려 들어온 바로 그때, 지휘관 공관의 왼쪽 부분이 불타기 시작해 여자들은 그곳을 떠나야만 했다. 지휘관 부인은 아이들을 데리고 계단을 달려 내려가는 딸을 뒤쫓아 가면서 우리는 함께 있어야 한다, 아래층으로 피신하자고 소리쳤다. 그 순간 집 안에서 폭탄이 터졌고, 혼란은 극에 달했다. 후작 부인은 두 아들과 함께 격렬한 전투 속에서 불을 뿜는 총포가 어둠을 밝히는 요새의 앞마당으로 나왔다. 부인은 총성에 쫓겨 정신없이 어떻게 해야 할지 모른 채 다시 불타는 건물로 들어갔다. 뒷문으로 숨어 들어가려던 순간 그녀는 불행하게도 총을 어깨에 멘 적군의 사수들과 마주쳤고, 그들은 그녀를 보고 갑자기 조용해지더니 그녀를 우악스럽게 끌고 갔다. 끔찍한 폭도들이 서로 싸우는 와중에 이리저리로 끌려 다니던 후작 부인은 덜덜 떨면서 뒷문으로 도망치는 하녀들에게 도움을 청했지만 아무 소용이 없었다. 그들은 그녀를 뒤뜰로 끌고 가, 파렴치하고 난폭하게 그녀를 다루면서 땅바닥에 팽개치려 하고 있었다. 마침 그때 도움을 요청하는 부인의 비명소리를 듣고 러시아 장교가 나타나, 약탈한 먹이로 재미를 보려던 짐승들을 칼을 휘둘러 흩어지게 했다. 후작 부인은 그가 하늘에서 내려온 천사처럼 보였다. 그는 부인의 날씬한 몸을 휘감고 있던 짐승 같은 마지막 살인마의 얼굴을 단검으로 찔렀고, 그 살인마는 입에서 피를 쏟아내면서 뒤로 물러섰다. 그는 부인에게 정중하게 프랑스어로 말을 걸면서 팔을 내밀었다. 그런 뒤 이 모든 상황에 망연히 할 말을 잊은 그녀를 아직 불이 옮겨 붙지 않은 저택의 곁채로 안내했다. 그녀는 그곳에 도착하자 곧바로 의식을 잃고 쓰러졌다. 여기에서——장교는 뒤이어 놀란 하녀들이 달려오자 의사를 부르도록 조처하고, 모자를 쓰면서 부인이 다시 회복될 것이라고 장담하고는 다시 전쟁터로 갔다.

얼마 안 되어 요새는 완전히 점령당했다. 아군들의 목숨이 보장되지 못해서 아직 저항하던 지휘관은 기력이 소진되어 현관문으로 물러났다. 그때 러시아 장교가 상기된 얼굴로 집 안에서 나오면서 그에게 항복하라고 외쳤다. 지휘관은 그 요구만을 기다렸다면서 그에게 칼을 건네고는, 성으로 가서 가족을 볼 수 있도록 허락해달라고 요청했다. 하는 역할로 보아이 작전의 지휘관 중 하나로 보이는 그 러시아 장교는 지휘관에게 호위병을 딸려 보내는 조건으로 그 요구를 허락했다. 그러고는 별동대의 선두에 서서, 조금은 성급하게 아직 승패가 판가름 나지 않은 곳의 싸움을 매듭짓고, 속히 요새의 거점에 병력을 배치했다. 그는 무기고로 돌아와 주위를 격렬하게 휘감기 시작한 불길을 잡으라고 명령했고, 사람들이 그 명령을 성심껏 따르지 않자 직접 놀라운 모습을 보여주었다. 호스를 손에 잡고는 불타고 있는 기와 주위를 돌아다니면서 물줄기를 뿌렸던 것이다. 그뿐 아니라, 그는 러시아인의 기질을 무섭게 발휘하면서, 병기창으로 들어가 화약통을 굴리고 포탄을 끌고 나오기도 했다. 그 사이 지휘관은 집으로 들어가서 후작 부인이 당한 일을 전해 듣고는 몹시 당황했다. 후작 부인은 이미 의사의 도움 없이, 러시아 장교가 말한 대로 기절 상태에서 완전히 깨어났고, 그녀의 건강이 염려되어 침상을 지키고 있던 이들은 모두 기뻐했다. 그녀는 가족들의 지나친 걱정을 잠재우기 위해, 아버지에게 자신을 구해준 사람에게 감사를 전하기 위해 일어나고 싶을 뿐이라고 말했다. 그녀는 그가 t...n 부대의 대위면서 공로를 세우고 여러 훈장을 받은 F... 백작이라는 것을 이미 알고 있었다. 그녀는 아버지에게 그를 빨리 찾아서, 병영을 떠나기 전에 잠깐이라도 성에 모습을 보이게 해달라고 부탁했다. 지휘관은 딸의 기분을 존중하여 지체하지 않고 진지로 돌아갔으나, 대위가 전투 지시를 내리느라 분주했으므로 기회를 찾을 수 없었다. 이윽고 지휘관은 성벽에서 대위가 방금 총에 맞은 부하들을 검열하는 틈을 타, 그에게 감동한 딸의 희망 사항을 전했다. 백작은 그녀에게 경의를 표하기 위해 자신의 일이 끝날 순간만을 기다리고 있노라고 지휘관에게 말했다. 그는 부인의 상태가 어떤지 듣고 싶어 했지만, 그때 여러 장교들의 보고가 그를 다시 전쟁의 소란스러움으로 끌어들였다. 날이 밝자, 러시아군의 사령관이 나타나 진지를 돌아보았다. 그는 지휘관에게 경의를 표하고 그의 용기에 행운이 더 따르지 않은 것을 유감스러워하면서 자신의 명예를 걸고 그에게 가고 싶은 곳으로 갈 수 있는 자유를 주었다. 지휘관은 그에게 감사를 표하고, 러시아군 특히 t...n 부대의 젊은 대위 백작 F...에게 많은 빚을 지게 되었다고 말했다. 장군은 무슨 일이 있었는지 물었다. 그리고 지휘관의 딸이 파렴치한 습격을 받았다는 보고에 몹시 격분했다. 그는 F... 백작의 이름을 불렀다. 장군이 그의 고귀한 행동에 간단히 칭찬을 하자, 이에 백작의 얼굴이 빨개졌다. 장군은 황제의 이름에 먹칠을 한 악당들을 사살하기로 결정했다면서, 백작에게 그들이 누구인지를 물었다. F... 백작은 당황하면서, 성 뜰에 있던 희미한 불빛으로는 시야가 흐릿했으므로 그들의 얼굴을 알아보는 것이 불가능했고 따라서 그들의 이름을 말할 수 없다고 대답했다. 장군은 그 당시 성이 이미 불길에 휩싸여 있었다는 소리를 들었기 때문에 이 말에 놀랐다. 장군은 아는 사람이라면, 목소리만으로도 알아낼 수 있지 않느냐고 덧붙이면서 당황한 얼굴로 어깨를 들썩이는 백작에게 이 사건을 가장 먼저 엄중하게 조사하라고 명령했다. 이 순간 누군가 뒤에서 나오면서 놈들 중 하나가 F... 백작의 칼에 맞아 회랑에 쓰러져 있다가 지휘관의 부하들에게 감금되었고, 아직도 그 안에 있다고 보고했다. 장군은 호위병을 시켜 그를 데려오게 했다. 짧게 심문을 끝낸 장군은 그자가 이름을 댄 다섯 명의 무리를 총살시켰다. 이 일이 끝나고 장군은 소규모 점령군만 남겨두고 다른 부대들은 출발하라고 명령했다. 장교들은 각자 부대로 흩어졌다. 백작은 군대가 서로 분주하게 흩어지느라 소란스러운 와중에 지휘관에게로 가더니, 이런 상황에서 후작 부인에게 삼가 작별을 고해야만 하는 것이 유감이라고 말했다. 그러고는 몇 시간도 되지 않아 러시아의 모든 병영은 비었다.

가족들은 앞으로도 백작에게 감사를 표시할 기회가 있을 것으로 생각했지만, 백작이 병영에서 출발한 날 적군과의 싸움에서 목숨을 잃었다는 말을 들었을 때 너무나 놀랐다. M...으로 이 소식을 가져온 전령은 백작이 가슴에 치명적인 총상을 입고 P...로 호송되는 것을 두 눈으로 직접 보았으며, 확실한 소식통에 따르면, 그가 실린 들것이 내려지는 순간에 숨을 거두었다는 것이다. 지휘관은 직접 우편국으로 달려가서 이 사건의 자세한 정황에 대해 알아보았고, 전쟁터에서 총알에 맞는 순간 백작이 "율리에타, 이 총알은 당신의 복수요!"라고 외쳤고, 그 후 영원히 입술을 다물었다는 소식을 듣게 되었다. 후작 부인은 그의 발아래에 엎드릴 기회를 놓쳐버렸다는 생각에 울적해 있었다. 그녀는 그 백작이 겸손 때문인지 성에 나타나기를 거절했을 때, 자신이 직접 그를 찾아 나서지 않은 것을 스스로 심하게 질책했다. 이 불행한 여인은 그가 죽을 때 생각한, 자신과 이름이 같은 그 여인이 안타까웠고, 이 불행하고 감동적인 사건을 알리기 위해 그 여인이 어디에 머무르는지 알아보려고 노력했지만 허사였다. 그리고 그를 잊지 못한 채 여러 달이 지났다.

가족들은 이제 러시아 사령관이 주둔하도록 지휘관 관사를 비워야 했다. 처음에는 후작 부인이 애착을 갖고 있는 지휘관의 소유지로 갈까 생각했지만, 지휘관이 전원생활을 좋아하지 않았기에 도시로 집을 옮겨 그 집을 영구적인 거처로 꾸몄다. 이제 모든 것이 이전 질서로 되돌아갔다. 후작 부인은 오랫동안 중단했던 아이들의 교육을 다시 시작했고, 여가 시간에는 이젤과 책들을 꺼냈다. 그때, 평소에는 건강의 여신 그 자체였던 그녀가 사교 생활에 지장이 있을 정도로 일주일 내내 반복되는 몸의 이상을 느꼈다. 그녀는 구토와 현기증, 졸도에 시달렸고, 이런 특이한 상황에서 어떻게 해야 할지 모르고 있었다. 어느 날 아침, 가족들이 차를 마시려고 모여 있을 때, 아버지가 잠시 방을 나갔고, 후작 부인은 오랫동안 멍하니 있다가 정신을 차리고는 어머니에게 말했다. "어떤 부인이 찻잔을 쥐고 있는 지금의 제 기분과 같은 것을 느낀다면, 저는 그녀가 임신했다고 생각할 거예요." 폰 G... 부인은 이해를 못하겠다고 말했다. 후작 부인은 다시 한번 설명을 하면서 둘째 딸을 임신했을 때, 지금과 같은 느낌이었다고 말했다. 폰 G... 부인은 그녀가 아마 판타수스를 낳을 것이라고 말하면서 웃었다. 후작 부인도 웃으면서, 적어도 모르피우스나 아니면 꿈에 같이 나오는 그의 수행원 중 하나가 배 속 아이의 아버지일 거라고 대꾸하면서 역시 농담을 했다.[14] 그러나 지휘관이 와서 대화는 중단됐고, 며칠 후 후작 부인이 다시 회복했기에 모든 일은 잊혀졌다.

 마침 지휘관의 아들인 산림감독관 폰 G...가 집에 돌아와 있을 때, 시종 하나가 방으로 들어와 F... 백작이 왔음을 알리는 것을 듣고 가족들은 깜짝 놀랐다. "F... 백작!" 아버지와 딸은 동시에 외쳤다. 그들은 놀라움에 모두 할 말을 잃었다. 시종은 자신이 똑바로 보고 들었으며 백작이 이미 이 방 앞에서 기다리고 있노라고 분명하게 말했다. 지휘관은 직접 문을 열어주려고 일어섰고, 이윽고 백작이 멋진 모습으로, 마치 젊은 신처럼 약간 창백한 얼굴로 들어왔다. 영문을 몰라 놀라는 장면들이 지나가자, 백작은 죽은 것이 아니었느냐는 부모의 말에 자신은 살아 있노라고 말했다. 그리고 매우 감동한 얼굴로 몸을 돌려 딸을 향했다. 그의 첫 질문은 곧바로 그녀의 몸이 어떠한가 하는 것이었다. 후작 부인은 아주 좋다고 말하고 그가 어떻게 살아났는지 알고자 했다. 그러나 그는 그 질문에 집착하면서 대답했다. "당신은 저에게 사실을 말하지 않고 있군요. 당신의 안색은 특이하게 윤기가 없습니다. 이 모든 것은 제 착각이거나, 혹 당신 몸이 좋지 않거나 아픈 것은 아닌가요?" 후작 부인은 상냥한 이 말에 기분이 좋아서 대답했다. "네, 말씀하시는 대로 윤기가 없는 것은 아마 몇 주 전 앓았던 병의 후유증일지도 모릅니다. 그러나 이제는 병이 계속될 것이라고 걱정하지 않습니다." 그 대답에 그는 뛸 듯이 기뻐하면서, 대답했다. "저도 걱정하지 않습니다!" 그러고는 덧붙였다. "저와 결혼하지 않겠습니까?" 후작 부인은 이 일을 어떻게 생각해야 할지 모르고 있었다. 그녀는 새빨개져서 어머니를 바라보았다. 어머니는 당황해서 아들과 아버지를 바라보았다. 백작은 후작 부인 앞으로 나서서 입을 맞추려는 듯이 그녀의 손을 잡으면서 되풀이했다. "제 말이 무슨 말인지 아시겠습니까?" 지휘관은 자리에 앉지 않겠느냐고 말했다. 그리고 정중하고 진지한 태도로 그에게 의자를 권했다. 지휘관 부인은 말했다. "실제로 P...에 안장된 당신이 어떻게 살아났는지를 설명하기 전까지는, 우리는 당신이 유령이라고 생각하겠어요." 백작은 부인의 손을 놓으면서 앉았고, 여러 사정 때문에 간단히 이야기하겠다고 했다. "저는 가슴에 치명상을 입고 P...로 이송되었고, 거기서 여러 달 동안 목숨이 위태로웠습니다. 그동안 오직 후작 부인만을 생각했고, 그 생각을 할 때 저를 사로잡은 기쁨과 고통은 이루 표현할 수 없었습니다. 저는 회복이 되었고 마침내 군대로 돌아갔습니다. 그렇지만 여전히 격한 동요를 느꼈고, 지휘관과 부인에게 편지로라도 이 마음을 털어놓고 홀가분해지려고 여러 번 펜을 잡았습니다. 그런데 전령과 함께 갑자기 나폴리로 파견되었고, 이제는 콘스탄티노플로 가라는 명령을 받게 될지도 모릅니다. 아마 상트페테르부르크까지 가야 할지도 모르고요. 그 사이 제 영혼이 명하는 것을 해결하지 않고는 더 이상 살 수 없습니다. 저는 M...을 지나면서 이 목적을 위해 몇 가지 일을 하려는 욕구를 억제하지 못했습니다. 간단히 말해 저는 후작 부인의 손을 잡고 행복해지길 원하며, 이에 대해 선처해주시길 정중하지만, 간절하고 간곡하게 청합니다."

지휘관은 한참 후에 대답했다. "의심하는 것은 아니지만, 이 청혼이 진지한 것이라면 매우 기분 좋은 것이오. 내 딸은 남편 O... 후작이 죽을 때, 절대로 재혼하지 않겠다고 결정했소. 얼마 전 당신이 딸에게 그렇게 큰 호의를 베풀었으니, 당신의 소망에 따라 딸의 결정이 바뀌는 것이 불가능하지는 않을 거요. 그동안 딸을 위해서 얼마 동안 조용히 생각해볼 수 있는 시간을 허락해주시오." 백작은 "다른 상황이었다면 이런 호의적인 말에 제 모든 희망은 충족되고 제 자신은 온전히 행복해졌을 것입니다. 그러나 무례하지만, 그것만으로 안심할 수 없습니다. 제가 자세히 설명할 입장은 아니지만 다급한 상황들이 있어 저는 더 확실한 확답을 요구합니다. 저를 나폴리로 데리고 갈 말들은 마차에 매여 있으니——그러면서 그는 후작 부인을 바라보았다——진심으로 청하건대, 이 집안에서 제게 조금이라도 호의가 있다면 긍정적인 대답을 듣고 떠나게 해주십시오"라고 말했다. 지휘관은 이 상황에 적잖이 당황해서, "후작 부인이 당신에게 감사하고 있고 당신은 어느 정도 기대를 할 수 있지만, 그렇게 지나치게 큰 것을 바라서는 안 되오.

인생의 행복이 달린 결정에 대해 내 딸은 신중하게 행동할 것이오. 내 딸이 허락하기 전에 우선 당신에 대해 잘 알아야 하지 않겠소"라고 했다. 지휘관은 백작에게 업무상 여행이 끝난 후 M...으로 돌아오기를 청하면서 얼마 동안 자신의 집에 손님으로 묵어달라고 초대했다. 그러고 나서 만약 후작 부인이 그를 통해 행복해질 수 있다는 희망을 가져 그에게 확실한 대답을 준다면 아버지인 자신도 그것을 기쁨으로 받아들이겠지만, 그 전에는 어떤 것도 받아들일 수 없다고 했다. 백작은 얼굴에 홍조를 띠면서 말했다. "여행하는 동안 내내, 제 성급한 소망이 이루어지지 않을 것을 예견했습니다. 그래서 그동안 심각한 근심에 빠져 있었습니다. 그러나 비록 제가 지금 여기서 불쾌한 역할을 하고 있긴 하지만, 가까이 교제하게 되면 제게 틀림없이 유리할 수밖에 없을 것입니다. 모든 것 중 가장 모순적인 성격을 가진 명예에 대해 달리 고려해야 한다 하더라도, 저는 제 명예를 보증해도 된다고 생각합니다. 제가 살면서 행한 단 한 가지 파렴치한 행동을 세상에 알리지 않고 다시 보상하려는 것입니다. 한마디로, 저는 정직한 사람입니다. 그리고 이것이 진실임을 받아주시기를 청합니다." 지휘관은 비웃는 것은 아니지만, 약간 웃음을 띠면서 말했다. "그 모든 말에 동의하오. 짧은 시간 동안 이렇게 훌륭한 면들을 많이 보여 준 젊은이를 알게 되기는 처음이오. 잠깐 생각할 시간을 갖는다면 아직도 주저하고 있는 마음이 없어지리라 믿소. 그러나 내 가족은 물론 당신 가족과 의논하기 전에는, 이미 말한 것이외에 다른 어떤 약속도 할 수 없소." 이에 백작은 부모님이 계시지 않으며 자신은 자유롭다고 말했다. 숙부인 K... 장군이 있는데, 그의 허락은 보장한다는 것이었다. 또한 자신에게 상당한 재산이 있으며, 이탈리아를 조국으로 삼는 결정도 내릴 수 있다고 덧붙였다. 지휘관은 친절하게 그에게로 몸을 숙이면서, 자신의 뜻을 다시 한번 더 설명했다. 그리고 그에게 여행이 끝날 때까지 이 일과는 거리를 둘 것을 부탁했다. 백작은 매우 불안한 모습을 보이고 난 뒤, 어머니에게로 몸을 돌리면서 자신은 이 업무상 여행을 피하기 위해 최선을 다했다고 말했다. 이를 위해 자신이 대장군, 즉 숙부 K... 장군에게 감행한 일은 자신이 한 일들 중 가장 중대한 일이었다고 말했다. 사람들은 자신이 아직도 후유증으로 인한 우울증에 빠져 있고, 이 여행을 통해 우울증을 털어낼 것이라고 믿었지만 자신은 오히려 불행으로 빠져들었다고 말했다. 가족들은 이 말에 무어라고 해야 할지 알 수 없었다. 백작은 이마를 문지르면서 자신이 소망하는 목표에 다가갈 수 있는 어떠한 희망이라도 있다면 자신은 그것을 시도하기 위해 하루나 또는 더 길게 여행을 미룰 수 있다고 말했다. 이 말을 하면서 그는 차례로 지휘관과 후작 부인, 그리고 어머니를 바라보았다. 지휘관은 불만스러운 모습으로 아래를 내려다보고 있었고, 그에게 아무런 대답을 하지 않았다. 지휘관 부인은 말했다. "가세요. 가세요, 백작님. 나폴리로 떠나세요. 그리고 돌아와서 당신이 있어 우리가 기뻐할 수 있게 해주세요. 그러면 다른 일도 해결될 것입니다." 백작은 잠시 앉아서 어떻게 해야 할지 생각하는 듯이 보였다. 곧 그가 일어서서 의자를 밀어내고 말했다. "제가 이 집에 들어올 때 가졌던 희망들이 성급했다는 것을 인정하며, 가족들이 저를 좀더 알기를 고집하는 데 반대하지 않습니다. 그러면 제 공문서를 다른 방법으로 Z...의 사령부로 되돌려 보내겠습니다. 그러니 몇 주 동안 댁의 손님이 되기를 자청하니 이를 허락해주십시오." 그러고 나서 그는 의자를 손에 들고 벽 앞에 서서 한동안 머뭇거리더니 지휘관을 바라보았다. 지휘관은 대답했다. "내 딸에게 가진 감정으로 심각한 불상사가 일어난다면 참으로 유감스러운 일이오. 지금 당장은 그동안 무엇을 해야 하고 시켜야 하는지 잘 알기를 바랍니다. 당신이 원한다면 전보를 돌려보내고 당신을 위해 마련한 방에 들기를 바라오." 가족들은 이 말에 백작이 창백해지면서 어머니의 손에 정중하게 입을 맞추고 나머지 가족들에게 고개를 숙이고 나가는 것을 보았다.

그가 방을 나가자, 가족들은 이 일을 어떻게 해야 할지 알 수 없었다. 어머니는 그가 나폴리로 가지고 가야 할 공문서를 Z...로 되돌려 보내는 것은 아마 불가능할 것이라고 말했다. 단순히 M...을 지나는 길에 오 분 동안의 대화로 낯선 여인에게서 청혼 수락을 받지 못했다는 이유로 말이다. 산림 관리관은 그런 경솔한 행위는 구금형의 처벌을 받아야 한다고 말했다. 게다가 파면감이라고 지휘관은 덧붙였다. 그러나 그로 인한 어떠한 위험은 없을 것이라고 말을 이었다. 이는 단지 점령

전에 공포탄을 쏘는 것과 같다. 백작은 전보를 보내기 전에 다시 정신을 차릴 것이라고 말이다. 이런 위험에 대해 익히 알던 어머니는 백작이 공문서를 돌려보낼까봐 걱정했다. 어머니는 오직 한 가지를 향한 그의 격한 의지가 얼마든지 그런 행위를 하게 할 수 있을 것 같다고 말했다. 그녀는 산림 관리관에게 빨리 그를 뒤따라가서 불행을 자초하는 그런 행동을 말리라고 말했다. 그러나 산림 관리관은 그것이 오히려 역효과를 낼 것이며, 전략을 통해 승리를 거두려는 그의 희망을 부추길 것이라고 말했다. 후작 부인도 같은 생각이었지만, 백작은 스스로 약점을 드러내기보다는 차라리 불행해지려고 하기 때문에, 백작 없이도 공문서는 틀림없이 되돌아갈 것이라고 말했다. 다들 그의 행동이 너무 이상하며, 마치 돌진하여 요새를 함락하듯 여인의 마음을 정복하는 데도 익숙한 듯이 보인다고 입을 모았다. 이 순간, 지휘관은 여행 준비를 마친 백작의 마차가 문 앞에 서 있는 것을 보았다. 그는 가족들을 창가로 불렀고, 놀라면서 막 들어오는 시종에게 백작이 집 안에 있는지 물었다. 시종은 그가 하인방에서 부관과 함께 편지를 쓰고 있으며 서류 묶음을 봉인하고 있다고 대답했다. 지휘관은 당황함을 억누르면서 산림 관리관과 함께 아래층으로 달려가 백작이 편하지 않은 탁자에서 그 일을 하고 있는 것을 보았고, 그에게 방으로 들어오지 않겠느냐고 물었다. 그리고 다른 시킬 것이 있는지 물었다. 백작은 열심히 써나가면서 너무나 감사하다고, 자신은 일을 마쳤노라고 대답했다. 그러고는 편지를 봉인하고 시간을 묻더니 부관에게 자신의 모든 서류철을 넘기고는 잘 다녀오라고 말했다. 지휘관은 자신의 눈을 믿을 수가 없었다. 부관이 집을 나서는 동안, 그가 말했다. "백작님, 만약 정말 중요한 이유가 없다면……." "결정적인 이유입니다!"라고 백작이 말을 가로막더니, 부관을 마차까지 동행하고는 그에게 문을 열어주었다. "이 경우 나라면 최소한 공문서는……"이라고 지휘관은 말을 이어나갔다. "그것은 불가능합니다"라고 백작은 부관을 자리로 밀어 올려주면서 대답했다. "공문서는 저 없이는 나폴리에서는 아무런 의미가 없겠지요. 저도 그 생각은 했습니다. 자, 출발하라!" "그런데 숙부님의 편지는요?"라고 부관이 문 밖으로 몸을 내밀며 말했다. "M...에서 받겠네"라고 백작은 대답했다. 부관이 "말을 달리게!"라고 말했고, 마차가 굴러갔다.

백작 F...는 지휘관에게 몸을 돌리면서 괜찮으시다면 자신이 묵을 방을 가르쳐달라고 말했다. 당황한 지휘관은 "물론이오"라고 말했다. 그는 자신과 백작의 하인들을 불러 백작의 짐을 받게 했다. 그리고 백작을 손님방으로 안내했고, 그곳에서 굳은 얼굴로 백작에게 인사를 했다. 백작은 옷을 갈아입고는 그곳 총독에게 신고를 하려고 집을 나섰다. 그날 그는 더 이상 집 안에서 보이지 않았고, 저녁 식사 직전에야 돌아왔다.

그동안 가족들은 극도의 혼란에 휩싸였다. 산림 관리관은 아버지가 몇 가지 질문을 했으나, 백작이 대답을 하지 않았다고 말했다. 그리고 그가 완전히 아무 생각도 없는 사람처럼 행동한다고 덧붙이고는, 도대체 파발마를 타고 가는 도중에 갑작스레 청혼을 하는 이유가 무엇이냐고 물었다. 지휘관은 자신은 이 일을 전혀 이해하지 못하겠으니, 자기 앞에서는 더 이상 이 일을 거론하지 말라고 가족들에게 요구했다. 어머니는 혹시 백작이 돌아와서 자신의 경솔한 행동을 후회하고 이를 만회하지 않을까 하는 마음으로 계속 창밖을 내다보았다. 마침내 날이 어두워졌고 어머니는 탁자에서 열심히 일을 하면서 대화를 피하는 듯이 보이는 후작 부인 곁에 앉았다. 아버지가 이리저리 왔다갔다하는 동안, 어머니는 작은 소리로 이 일이 어떻게 될지 알고 있느냐고 물었다. 후작 부인은 수줍게 지휘관을 쳐다보면서 대답했다. "만약 아버지께서 그를 나폴리로 가도록 하셨다면, 모든 일은 잘 되었을 텐데……." 이 말을 듣고 지휘관이 "나폴리로!"라고 소리쳤다. "내가 신부님이라도 모셔 와야 했단 말이냐? 아니면 체포하여 구금해두고 호위병을 붙여 나폴리로 보내야 했단 말이냐?" "아니에요"라고 후작 부인이 대답했다. 아버지의 격하고 성급한 반응은 효력이 있었다. 후작 부인은 조금 기분이 상해 다시 자기 일감을 내려다보았다. 밤 무렵에 백작이 나타났다. 가족들은 인사를 나눈 뒤, 이 일이 다시 화제에 오르리라 예상하고는, 그렇게 되면 서로 힘을 합쳐 백작을 굴복시키고 아직 가능하다면 그가 한 일을 되돌리리라 생각했다. 그러나 저녁 식사 내내 그 순간이 오기를 기다렸지만, 헛수고였다. 백작은 교묘하게 그 이야기로 이어질 수 있는 모든 대화를 피했고, 지휘관에게는 전쟁에 대해, 산림 관리관에게는 사냥에 대해 이야기를 했다. 그가 부상당한 P... 전투 이야기에 이르자, 어머니는 그의 투병 생활 이야기로 그를 끌어들이면서, 그렇게 작은 마을에서 어떻게 지냈는지, 지내기는 편했는지를 물었다. 이에 그는 후작 부인을 열정적으로 사모하게 되어 벌어진 여러 가지 흥미로운 이야기들을 했다. 이를테면 자기가 병상에 있을 때 후작 부인이 줄곧 자기 침상을 지켰으며, 부상으로 인한 고열에 시달릴 때는 그녀의 모습과 어린 시절 숙부 댁에서 본 적 있는 백조의 모습이 혼동되었다고 말했다. 그는 백조에게 오물을 집어 던진 적이 있었는데, 그때 백조가 조용히 물 속으로 잠수하더니 이내 깨끗한 모습으로 다시 솟아올랐다며 이것이 그에게는 매우 감동적인 기억이라고 했다. 후작 부인이 항상 불바다 위를 헤엄치고 다녀서 그녀를 자기 쪽으로 부를 상황은 아니었지만, 그녀를 그 백조의 이름인 팅카[15]라고 불렀다고. 그녀는 헤엄을 치면서 가슴을 펴고 뽐내면서 즐거워했다고 말했다. 그러다가 백작은 갑자기 얼굴을 붉히더니, 부인을 정말로 사랑한다고 말했다. 그러고는 다시 접시를 내려다보더니 침묵했다. 마침내 모두 식탁에서 일어섰다. 백작은 어머니와 잠시 이야기를 나누더니, 곧 가족들에게 인사를 하고는 다시 자기 방으로 돌아갔다. 다른 사람들은 어떻게 해야 할지 몰라, 제자리에 서 있을 뿐이었다. 지휘관이 말했다. 이 일은 그냥 흘러가는 대로 두어야겠다. 백작은 아마도 이렇게 행동하면서 자기 친척을 염두에 두고 있는 듯하다. 그렇지 않다면, 불명예스러운 파면이 뒤따를 텐데 말이다. 폰 G... 부인은 딸에게 백작을 어떻게 생각하느냐고 물었다. 그리고 불행을 피할 수 있는 그 말에 동의할 준비가 되었는지를 물었다. 후작 부인은 대답했다, "사랑하는 어머니! 그건 불가능합니다. 감사하는 제 마음이 그런 혹독한 시험을 받아야 한다는 것이 유감이에요. 그렇지만 재혼을 하지 않겠다는 것이 제 결정이었습니다. 저는 제 행운을, 그것도 그렇게 경솔하게 두 번이나 도박에 걸기는 싫습니다." 산림 관리관은 이것이 그녀의 확고한 의지라면, 이 말이 백작에게 도움을 줄 수 있을 것이고, 그에게 어떤 특정한 말을 해주는 것이 필요한 것 같다고 말했다. 지휘관 부인은 여러 모로 특이한 성격을 가진 이 젊은이가 이탈리아에 머무르겠다고 말했기 때문에, 자기 생각에는 그의 청혼을 고려해볼 만하며 후작 부인의 결정은 생각해볼 일이라고 말했다. 산림 관리관은 그녀 곁에 앉으면서 백작이 마음에 드는지 물었다. 후작 부인은 잠시 당황하면서 대답했다. 마음에 들기도 하고 들지 않기도 합니다. 그런 다음 그녀는 다른 사람들의 느낌을 물어보았다. 지휘관 부인은 말했다. 만약 그가 나폴리에서 돌아오면, 그리고 그 사이에 우리가 그에 대해 알아본 것과 네가 그에게서 받은 인상이 그다지 다르지 않고, 만약 그가 다시 청혼을 한다면 너는 어떻게 하겠느냐? "그럴 경우 저는." 후작 부인이 말했다. "그의 소망이 매우 간절해 보였으므로, 그의 소망을." 이 부분에서 그녀는 말을 멈추고, 눈을 반짝거렸다. "그에게 진 빚이 있으므로 이루어줄 것입니다." 어머니는 딸의 재혼을 항상 바라왔기 때문에 이 말에 기쁨을 감추지 못하며, 이 일을 어떻게 해야 할지 생각했다. 산림 관리관은 불안하게 자리에서 일어서면서, 만약 후작 부인이 청혼을 받아들여서 그가 베푼 친절에 보답할 가능성을 생각한다면, 그의 정신 나간 행동이 가져올 결과를 미연에 방지하기 위해 지금 당장 적절한 조치를 취하지 않으면 안 된다고 말했다. 어머니도 같은 생각이었고, 요새가 러시아군들에 의해 습격당하던 날 밤 백작이 보여주었던 좋은 면들을 보면 그의 처신이 그다지 달라질 것을 걱정할 필요가 없으며, 결국 위험은 그다지 크지 않다고 했다. 후작 부인은 불안한 표정으로 앞을 내려다보았다. 어머니는 그녀의 손을 잡으면서, 그가 나폴리에서 돌아올 때까지 다른 사람과 혼인하지 않을 거라는 말이라도 해줘야 하지 않느냐고 말을 이었다. 후작 부인은 말했다. "어머니, 그 약속은 해줄 수 있어요. 저는 단지 그것이 그를 안심시키지 않고 오히려 우리에게 부담이 될까 걱정이 됩니다." "그건 내 걱정이기도 하단다!"라고 어머니는 매우 기뻐하면서 대답했다. "로렌조! 당신은 어떻게 생각해요?" 그녀는 남편에게 묻고는 일어서려 했다. 모든 것을 들은 지휘관은 창가에 서서 길가를 내다보면서 아무런 말도 하지 않았다. 산림 관리관은 악의가 없는 이 말로 백작을 집에서 내보낼 수 있을 것으로 믿는다고 말했다. "그럼 그렇게 하거라! 그래! 해!"라고 아버지는 몸을 돌리면서 외쳤다. "나는 이 러시아인에게 두 번이나 항복을 해야 하는구나!" 이 말에 어머니는 자리에서 뛰어 올라 남편과 딸에게 입을 맞추었고, 아버지는 그녀의 이러한 행동에 웃었다. 어머니는 지금 이 소식을 어떻게 백작에게 전해야 할지 물었다. 그들은 산림 관리관의 제안에 따라 그가 아직 옷을 입고 있다면 부디 잠깐만이라도 가족들에게 와주기를 청하자고 결정했다. 그는 곧 가족들을 뵐 것이라는 답을 전했다. 하인이 이 전언을 가지고 오자마자, 백작은 이미 기쁨으로 날 듯한 걸음걸이로 방 안에 들어서고 있었다. 그는 아주 감격해하며 후작 부인의 발치에 엎드렸다. 지휘관이 무엇인가를 말하려고 하자, 그는 일어서면서 이미 충분히 알고 있다고 말했다. 그는 지휘관과 어머니에게 입을 맞추고 형제를 끌어안고는 곧 마차를 준비하도록 허락해달라고 말했다. 후작 부인은 이 모습에 감동되어 말했다. "백작님, 저는 걱정하지 않습니다 다만 당신의 성급한 희망이 너무 멀리……." "아무것도! 아무것도! 아무 일도 일어나지 않았습니다!"라고 백작은 대답했다. "당신이 하려고 하는 말이 당신이 있는 이 방으로 다시 나를 부른 감정과 모순된다 하더라도 말입니다." 이 말에 지휘관은 그를 따뜻하게 끌어안았고, 산림 관리관은 그에게 자신의 마차를 권했다. 사냥꾼 복장의 시종 하나가 파발마를 예약하기 위해 역참으로 달려갔다. 그가 길을 떠날 때의 기쁨은 그를 맞이할 때와는 달랐다. 백작은 B...에서 파발을 따라잡을 수 있기를 기대하며, 그곳에서 M...을 통과하는 것보다 나폴리로 향하는 지름길을 택할 것이라고 말했다. 나폴리에서 자신은 콘스탄티노플로 가기로 예정되어 있는 여행을 취소하기 위해 가능한 한 모든 일을 할 것이며, 최악의 경우에는 와병을 핑계 댈 것이고, 어쩔 수 없는 사정이 가로막지 않는다면 육 주가 되기 전에 틀림없이 다시 M...으로 돌아올 것이라고 말했다. 이때 시종이 마차가 준비되었다고 알렸고 길을 떠날 모든 준비가 되었다고 말했다. 백작은 그의 모자를 집어 들고 후작 부인 앞으로 나가서 그녀의 손을 잡았다. "자, 율리에타, 이제 어느 정도 안심이 되오!" 그는 그녀의 손에 자기 손을 얹었다. "길을 떠나기 전에 당신과 혼인을 하는 것이 나의 간절한 소망이기는 했지만 말이오!" "혼인이라니!"라고 가족들이 소리쳤다. 백작은 후작 부인의 손에 입을 맞추면서 다시 말했다. "결혼이오." 그러고는 후작 부인이 제정신이냐고 묻자, 확고하게 대답했다. "당신이 나를 이해할 날이 올 것이오!" 가족들은 그에게 화가 났다. 그러나 그는 곧 모든 사람과 따뜻하게 작별을 하고 이 말에 대해 더 이상 아무런 생각도 하지 말아달라고 부탁하곤 길을 떠났다.

여러 주가 흘렀고 가족들은 그동안 여러 갈래 감정 속에서 이 이상한 일의 결론이 어떻게 될지 몰라 긴장하고 있었다. 지휘관은 백작의 숙부인 K... 장군으로부터 정중한 편지를 받았다. 백작도 직접 나폴리에서 편지를 보냈다. 백작에 대해 알아본 것은 그에게 유리한 것이었다. 간단히 말해, 가족들은 약혼이 마치 기정사실인 것으로 생각했다. 그때 후작 부인의 증세는 다시, 전보다 더 심해졌다. 그녀는 이해할 수 없는 몸의 변화를 감지했다. 그녀는 허물없이 어머니에게 이를 밝히고 자신도 이 상태를 어떻게 생각해야 할지 모르겠다고 말했다. 어머니는 딸의 몸에 나타난 기묘한 증상에 걱정을 했고, 곧 의사에게 조언을 구하라고 했다. 후작 부인은 자연스럽게 이겨낼 것이라고 믿고 어머니의 제안에 반대했다. 그녀는 며칠 동안 어머니의 충고를 따르지 않은 채, 계속적으로 반복되는 이상한 그 느낌들이 그녀를 불안하게 만들 때까지 민감한 고통에 시달리고 있었다. 마침내 후작 부인은, 어머니가 집을 비운 사이 아버지가 신뢰하는 의사를 불렀다. 그녀는 의자에 누워 의사에게 증상을 설명한 뒤, 농담하듯 이를 어떻게 생각해야 할지 모르겠다고 말했다. 의사는 그녀를 요리조리 살피는 듯한 시선을 던지더니, 여러 가지 진찰을 한 후 한동안 침묵하고 있었다. 그러고는 진지한 표정으로 후작 부인이 제대로 알고 계시다고 대답했다. 이를 어떻게 생각하느냐는 부인의 질문에 의사는 웃음을 참지 못하고 부인은 건강하며, 어떤 의사도 필요치 않다고 분명히 말했다. 후작 부인은 그를 엄중하게 쳐다보다가, 종을 당기고는 물러갈 것을 청했다. 그녀는 아무 말도 할 가치가 없다는 듯이 나지막이, 이런 종류의 일로 의사와 농담을 할 기분이 아니라고 중얼거렸다. 의사는 감정이 상해서 대답했다. 항상 지금처럼 그렇게, 별로 농담할 기분이 아니셨기를 바란다고. 그러고는 지팡이와 모자를 집어 들고 곧 인사하고 물러날 채비를 했다. 후작 부인은 이런 모욕을 아버지에게 알릴 것이라고 단호하게 말했다. 의사는 자신의 진술은 법정에서도 맹세할 수 있다고 대답했다. 그리고 문을 열고 고개를 숙이고는 방을 떠나려고 했다. 그가 떨어뜨린 손수건을 바닥에서 줍고 있었기 때문에 후작 부인은 "임신이 가능한 그 원인은요, 선생님?"이라고 물었다. 의사는 그녀에게, 그것의 궁극적인 원인을 그녀에게 설명할 필요는 없을 거라고 대답하고는 방을 나갔다.

  후작 부인은 깜짝 놀라 서 있었다. 그녀는 정신을 가다듬고 아버지에게 가려고 했다. 그러나 자신을 모욕한 그 남자의 진지함 또한 그녀의 사지를 마비시켰다. 그녀는 긴 의자에 몸을 던졌다. 그녀는 자기 자신을 믿지 못하면서, 지난 한 해 동안의 모든 순간들을 더듬어보았다. 곧 최후의 가능성에 생각이 미치자, 그녀는 스스로 정신이 나갔다고 생각했다. 마침내 어머니가 모습을 드러냈고, 놀라면서 왜 그리 불안해하느냐고 물었다. 딸은 방금 의사가 한 이야기를 전했다. G... 부인은 그를 파렴치하고 비열한 인간이라 부르면서, 그런 치욕을 아버지에게 전하려던 딸의 결정에 힘을 실어주었다. 후작 부인은 의사가 매우 진지했으며, 아버지의 얼굴 앞에서 그 정신 나간 주장을 되풀이할 듯이 보였다고 말했다. G... 부인은 적지 않게 놀라서 그런 상황의 가능성을 믿느냐고 물었다. 후작 부인은 대답했다. "차라리 무덤에서 임신이 되어서 시체의 품에서 아이가 생긴다면 모를까!"[16) 지휘관 부인은 그녀를 꼭 안으면서 말했다. "그렇다면, 이 이상한 것아! 널 불안하게 하는 것이 무엇이냐? 네 의식이 네가 결백임을 말해주는데, 설사 모든 의사들이 그렇게 말한다 한들, 그런 진단에 신경쓸 필요가 있겠느냐? 그 진단이 의사의 착각이든 혹은 악의에 의한 것이건 간에, 너와는 아무 상관이 없는 게 아니냐? 그래도 아버지께는 그 사실을 말씀드리는 게 좋을 것 같구나." "아, 하느님!" 후작 부인은 경련하듯 말했다. "제가 어떻게 안심할 수 있겠어요? 제 내면의, 제게 너무나 당연한 저만의 느낌이 저를 거스르고 있지 않나요? 만약 다른 여자가 제가 가진 이 느낌을 가졌다면, 그 느낌대로 판단하고 그것이 옳다고 하지 않을까요?" "끔찍하구나!" 지휘관 부인이 말했다. "악의! 착각입니다!"라고 후작 부인은 말을 이었다. "오늘까지도 칭송받을 만하던 그분이 저를 그렇게 경솔하고 파렴치한 방법으로 모욕할 이유가 무엇이겠습니까? 저는 그분을 한 번도 모욕한 적이 없는데요? 그분을 믿고 감사한 마음으로 맞은 저를요? 그때 그분은 제가 느낀 것보다 더한 고통을 일깨우려는 것이 아니라, 저를 돕기 위해 순수하고 꾸밈없는 의지로 오셨다고 말씀하셨는데요?" 어머니는 움직이지 않았고, 딸은 말을 이었다. "할 수 없이 착각이라는 것을 믿어야 한다면, 보통 실력의 의사도 그런 경우에 착각을 할 수 있을까요?" 지휘관 부인은 약간 신랄하게 말했다. "그래도 이것 아니면 저것이겠지." "그래요! 소중한 어머니"라고 후작 부인은 품위를 상했다는 표정으로, 얼굴이 달아오르면서 어머니의 손에 입을 맞추었다. "그래야겠지요! 비록 상황이 이상해서, 제가 그 상황을 의심하더라도 말이지요. 제 양심은 제 아이들의 양심처럼 깨끗합니다. 존경하는 어머니, 당신의 양심도 이보다 더 결백하지는 않을 것입니다. 그렇지만 확인이 필요하니, 어머니, 부탁드립니다. 산파를 불러주세요. 그것이 무엇이건 간에 저는 산파에게서 제가 확신하는 것을 확인하고, 안심하고 싶습니다." "산파라고!" 폰 G... 부인은 위엄을 잃고 소리쳤다. "순결한 양심이라면서도 산파라니!" 어머니는 말문이 막혔다. "소중한 어머니, 산파를"이라고 후작 부인은 어머니 앞에서 무릎을 꿇으면서 다시 한번 말했다. "그것도 빨리요! 그렇지 않으면 저는 미쳐버릴 것입니다." "기꺼이 그러마"라고 지휘관 부인은 말했다. "하지만 해산만큼은 내 집에서 하지 않기를 바란다"라고 어머니는 말하며 일어서서 방을 떠나려고 했다. 후작 부인은 팔을 벌려 어머니를 따라가, 어머니 앞에 쓰러져 무릎을 껴안았다. 그녀는 고통스럽게 말을 쏟아냈다. "만약 어머니를 본받아 모범적으로 살아온 죄 없는 이 삶이 어머니의 존경을 받을 권리가 있다면, 또 저의 죄가 명백하게 판가름 나지 않은 한, 가슴 속에서 어머니로서 저를 위하는 감정이 조금이라도 있다면, 이 끔찍한 순간에 저를 버리지 마세요!" 그녀는 고통스럽게 말했다. "너를 불안하게 하는 것이 무엇이냐?" 어머니가 물었다. "그것은 단지 의사의 말뿐이지 않느냐? 네 내면의 느낌 말고는 아무것도 없지 않느냐?" "맞아요, 어머니." 후작 부인은 대답했다. 그러고는 가슴에 손을 얹었다. "그 외에는 아무것도 없지, 율리에타?" 어머니는 말을 이었다. "정신을 차리거라! 만약 한 번의 실수라면, 그것이 말할 수 없이 고통스러울지라도 나는 네 실수를 용서할 것이다. 그러나 만약 네가 너를 믿고자 하는 내 마음에 짐을 지운다면, 마치 이 세상의 질서가 뒤집혔다는 등의 동화를 꾸며내거나, 불경한 맹세를 계속한다면, 그것은 수치스러운 일이 될 것이다. 나는 너를 결코 용서할 수 없을 거야." "제 영혼이 어머니에게 열려 있는 것처럼, 구원의 나라도 저에게 열려 있기를"이라고 후작 부인은 소리쳤다. "저는 어머니에게 아무것도 숨기지 않았어요, 어머니." 격정에 찬 이 말은 어머니의 마음을 흔들어 놓았다. "아, 하늘이시여!"라고 그녀는 소리쳤다. "내 사랑스런 자식! 네가 나를 감동시키는구나!" 그러고는 이윽고 그녀를 일으켜 입을 맞추고 가슴에 끌어안았다. "도대체, 무엇이 두려운 게냐? 이리 오렴, 너는 아픈 게다." 어머니는 딸을 침대로 데리고 가려고 했다. 그러나 후작 부인은 눈물을 흘리면서, 자신은 아무렇지 않으며 이상하고 이해할 수 없는 몸 상태 외에는 아픈 데가 없다고 단호하게 말했다. "몸 상태라!"라고 어머니는 다시 말했다. "어떤 상태를 말하는 것이냐? 그 일에 대한 네 기억이 그렇게 확실하다면 왜 두려움의 광기에 사로잡힌 것이냐? 내면의 느낌이란 알 수 없이 생기는 것이어서 틀릴 수도 있는 것이 아니냐?" "아닙니다! 아닙니다!"라고 후작 부인은 말했다. "그것은 저를 속이지 않습니다! 그리고 어머니가 산파를 불러주시면 들으실 겁니다. 저를 파멸시킬 그 끔찍한 말이 사실이라는 것을." "이리 오렴, 내 사랑하는 딸아." G... 부인이 말했다. 그녀는 딸의 상태가 걱정되기 시작했다. "뭐라고 했지? 의사가 네게 무어라 했다고? 얼굴에 열이 나는구나! 온몸을 떨고 있구나! 의사가 네게 무어라 말한 것이냐?" 그리고 딸이 자신에게 말한 모든 일을 믿지 못하면서, 후작 부인을 재촉했다. 후작 부인은 말했다. "사랑하는 어머니! 존경하는 어머니!" 그녀는 눈물을 흘리면서 미소 지었다. "저는 제 감각을 믿어요. 의사가 제게 말했습니다. 제가 임신을 했다고. 산파를 불러주세요. 만일 산파가 사실이 아니라고 말한다면 저는 다시 진정할 거예요." "그래, 좋다!" 지휘관 부인은 두려움을 누르면서 말했다. "산파가 곧 올 게다. 네가 산파의 조롱을 받고 싶다면, 곧 산파가 와서 말할 것이다. 너는 꿈을 꾸고 있으며 그다지 영리하지 않다고 말이다." 그러고는 종을 잡아 당겨 사람을 보내 산파를 불렀다.

후작 부인은 불안하게 요동치는 가슴으로 어머니의 팔에 누워 있었다. 그때 산파가 나타났고 지휘관 부인은 산파에게 딸이 이상한 생각으로 아파서 누워 있다고 이야기했다. 후작 부인은 자신이 바르게 행동했다고 맹세하며, 어떤 이해할 수 없는 느낌에 속아서 전문적인 여인에게 자신의 상태를 진찰 받는 것이 필요하다고 생각한다고 말했다. 산파는 그 설명을 들으면서 젊은 혈기에 대해, 그리고 세상 사람들의 간계에 대해 말했다. 산파는 진찰을 마치고 자신도 이와 비슷한 경우를 이전에 여러 번 겪었다고 말했다. 젊은 미망인들은 그녀와 같은 상황에 처하게 되면 그들은 자신이 무인도에 살았다고 생각한다는 것이었다. 산파는 후작 부인을 안심시키며, 어느 날 밤 시간에 상륙했던 건장한 해적이 곧 나타날 거라고 말했다.

이 말에 후작 부인은 정신을 잃었다. 지휘관 부인은 이 모습에 모성을 억누르지 못하고 산파의 도움을 받아 딸이 다시 정신을 찾도록 했지만, 딸이 깨어나자 곧 분함이 앞섰다. 어머니는 격정적인 고통으로 "율리에타!" 하고 불렀다. "나한테 털어놓아라. 아이 아버지가 누구인지 말하겠느냐?" 어머니는 딸을 용서하려는 듯 보였다. 그러나 후작 부인이 미쳐버릴 것 같다고 말하자, 딸을 긴 의자에서 일으키면서 말했다. "가거라! 가! 뻔뻔스럽구나. 내가 너를 낳은 그 시간을 저주한다!" 그러면서 어머니는 방을 떠났다.

  후작 부인은 햇볕에 다시 정신을 잃을 듯했다. 그녀는 산파를 앞으로 불러 그녀의 가슴에 기대면서 심하게 몸을 떨었다. 그녀는 제대로 말을 잇지 못하며 자연의 법칙이 어찌 그럴 수 있는지, 혹시 자신도 모르는 새 임신할 가능성이 있는지 물었다. 산파는 웃으며, 머리 수건을 풀더니 후작 부인의 경우는 아니라고 말했다. "아니, 아니요"라고 후작 부인이 대답했다. "나는 나도 모르게 임신을 했고, 나는 통상적으로 이런 일이 자연에서 가능한지를 알고 싶은 거예요"라고 말했다. 산파는 대답했다. "성모 마리아 외에는 세상의 어떤 여인에게도 일어나지 않은 일입니다." 후작 부인은 점점 더 심하게 몸을 떨었다. 그녀는 지금 해산할 것 같다면서, 몸이 굳어질 것 같은 두려움으로 산파를 붙잡으면서 자신을 떠나지 말라고 부탁했다. 산파는 그녀를 진정시켰다. 그녀는 해산이 아직도 한참 남았으며, 이런 경우 세상의 험담을 피할 수 있는 방법을 알려주고, 모든 것이 잘 될 것이라고 말했다. 그러나 이 불행한 여인을 위로하기 위한 말들이 오히려 비수처럼 여인의 가슴을 파고들었다. 그녀는 정신을 가다듬고, 이제 괜찮아졌으니 가달라고 부탁했다.

산파가 방을 나가자마자 어머니에게서 편지가 왔다. 어머니는 다음과 같이 말하고 있었다. "폰 G... 씨는 이 상황에서 네가 이 집을 떠나기를 바란다. 그는 네 재산에 대한 서류를 여기에 함께 보내고, 하느님께서 너를 다시 보게 되는 비참함을 덜어주시길 바란다." 편지는 눈물에 젖어 있었다. 그리고 구석에는 대필이란 단어가 뭉개져 있었다. 후작 부인은 고통의 눈물을 쏟았다. 그녀는 부모의 오해에 대해, 그리고 이 모범적인 분들이 저지른 부당함에 격하게 흐느끼면서 어머니의 방으로 갔다. 어머니는 아버지 방에 계시다는 것이었고, 그녀는 휘청거리면서 그곳으로 갔다. 그러나 문이 잠겨 있는 것을 보고는 흐느끼는 목소리로 자신의 결백에 대한 증인으로 모든 성인들의 이름을 부르면서 그 앞에서 쓰러졌다. 아마 그렇게 몇 분간을 쓰러져 있었을 것이다. 그때 산림 관리관이 방에서 나오더니 그녀에게 성난 얼굴로 말했다. "지휘관께서 너를 보지 않으려 한다고 듣지 못했느냐." 후작 부인이 말했다. "사랑하는 오라버니!" 그녀는 흐느끼면서 방으로 들어가서 말했다. "사랑하는 아버지!" 그리고 두 팔을 아버지를 향해 뻗었다. 지휘관은 그녀를 보고는 등을 돌렸다. 그리고 침실로 달려갔다. 그녀가 따라오자, 그는 소리쳤다. "가라!" 그리고는 문을 세차게 달으려고 했다. 그러나 그녀가 흐느끼고 애원하면서 그것을 막자, 돌연 이를 포기했고 후작 부인이 침실로 들어서는 동안 뒷벽으로 갔다. 그녀는 등을 돌리고 있는 아버지의 발 아래로 몸을 던지고 떨면서 그의 무릎을 껴안았다. 그 순간 그가 벽에서 내린 권총이 발사되었고 총알은 큰 소리를 내면서 천장에 가서 박혔다. "하느님!" 후작 부인이 소리치면서, 창백한 얼굴로 아버지의 무릎에서 몸을 일으키며 서둘러 방에서 나왔다. 후작 부인은 자기 방으로 들어가면서 곧 마차를 준비하라고 시켰다. 그런 다음 죽은 사람처럼 표정 없이 의자에 앉았고 아이들에게 서둘러 옷을 입히고, 짐을 싸게 했다. 길 떠날 채비가 되었기에, 그녀는 마차에 타기 위해 막내를 두 무릎 사이에 끼고 목도리를 둘러주고 있었다. 그때 산림 관리관이 들어와서 지휘관의 명에 따라 아이들을 남겨두고 갈 것과 아이들을 넘겨 줄 것을 요구했다. "이 아이들을요?" 그녀가 묻고는 일어섰다. "오라버니의 비인간적인 아버지에게 말씀하세요! 와서 나를 쏴죽일 수 있을지언정 내게서 아이들을 빼앗을 수는 없다고!" 그러고는 결백하다는 자부심으로 무장을 하고 아이들을 마차에 태우고 길을 떠났다. 오빠도 이를 막을 수 없었다.

이 힘든 일을 통해 자신을 인식하게 된 그녀는, 스스로 운명이 밀어 넣은 심연으로부터 홀연히 일어섰다. 그녀의 가슴을 찢어놓은 동요는 야외로 나오자 가라앉았고, 그녀는 사랑하는 아이들에게 입을 맞추면서 자신의 결백에 대한 굳은 믿음으로 오빠에게 승리를 거두었다고 만족스러워했다. 그녀의 이성은 이런 이상한 상황에서도 흔들리지 않을 정도로 충분히 강인했으나, 위대하고 신성하고 설명할 수 없는 이 세상의 질서 앞에서는 그런 이성도 아무런 힘이 없다는 것을 알고 있었다. 그녀는 가족들에게 자신의 결백을 믿게 하는 것이 불가능하다는 것을 알았고, 나락으로 떨어지지 않으려면 이 상황을 극복해야 된다는 것을 알게 되었다. V...에 도착해서 며칠 후 곧, 그녀는 고통 대신 세상의 적대적인 공격에 맞서 스스로 자부심으로 무장을 하려는 영웅적인 결심을 하게 되었다. 그녀는 내면으로 침잠해서 열심히 아이들의 양육에만 헌신하고, 신이 내리신 세 번째 선물을 모성으로 돌보리라 결정했다. 그녀는 몇 주 후 해산을 하고 나면, 아름다웠으나 오랫동안 비워둔 탓에 조금 낡은 별장을 다시 손볼 계획을 세웠다. 그녀는 정자에 앉아서 아기에게 맞는 모자와 양말을 짜면서, 방을 어떻게 하면 편리하게 배치할까 그리고 어떤 곳을 책으로 채우고, 어떤 곳에는 이젤이 멋있게 어울릴까 등을 생각하고 있었다. F... 백작이 돌아오기로 한 날짜가 되기도 전에, 그녀는 영원히 수녀원 같은 은둔 속에서 살 자신의 운명과 이미 친숙해져 있었다. 그녀는 문지기에게 어떠한 사람도 집 안에 들이지 말라고 명했다. 그녀는 자신이 결백함과 순수함으로 아기를 가진 것이고, 그 근원 또한 다른 사람보다 비밀스러워서 신적인 것으로 여겼지만, 아이가 시민 사회의 수치라는 오명을 쓰고 살 거라는 생각만은 견딜 수가 없었다. 그때 그녀의 머릿속에 생부를 찾을 기묘한 방법이 떠올랐다. 그 방법을 처음 생각해냈을 때, 그녀는 하마터면 자기 자신도 너무 놀라 뜨개질감을 손에서 놓칠 뻔했다. 그녀는 밤새 잠을 이루지 못하고 이런저런 핑계를 대면서 여러 날을 보낸 후, 마침내 자신의 내면의 느낌과는 모순되는 이 방법을 선택했다. 아직도 그녀는 자신을 속인 인간과 어떤 관계를 가졌었다는 생각을 하기를 꺼렸다. 그녀는 그 사람도 구제할 길 없는, 형편없는 인간일 것이라고 결론을 내리고, 세상 어느 곳에 그 사람이 있는지 모르지만 그는 짓밟히고 불결한 진창에서 났을 것이라고 생각했다. 그러나 자립심이 점점 더 강해지면서, 그녀는 어떠한 원석이라도 가장자리 장식과는 상관없이 그 가치가 있을 것이라는 생각에, 어느 날 아침 뱃속의 어린 생명을 느끼고는 용기를 내어 M...의 소식지에 그 기묘한 광고를 냈다. 이 광고가 이 이야기의 시작 부분에 나온 것이다.

  F... 백작은 나폴리에서 불가피한 용무로 지체하고 있었고 그동안 후작 부인에게 두 번의 편지를 보내, 어떤 이상한 사태가 생기더라도, 자신에게 한 침묵의 약속을 지켜달라고 부탁했다. 그는 멀리 콘스탄티노플로 가는 여행을 취소하고 그 밖의 상황이 허락하자, 즉시 나폴리를 떠났다. 그러고는 약속 날짜를 며칠 넘기지 않고 M...에 도착했다. 지휘관은 당황한 얼굴로 그를 맞으면서, 급한 용무로 외출해야 한다며 산림 관리관에게 그와 얘기를 나누고 있으라고 했다. 산림 관리관은 그를 자기 방으로 안내하여 간단하게 인사를 건넨 뒤, 백작이 없

는 동안 이 집에서 일어난 일에 대해 들었는지 물었다. 백작은 순간 창백해지더니, 아니라고 대답했다. 그러자 산림 관리관은 후작 부인이 가족들에게 안겨준 수치에 대해 이야기하고는, 독자들이 이미 들은 그 이야기를 해주었다. 백작은 손으로 이마를 쳤다. "왜 이렇게 많은 장애물이 나를 가로막고 있는가?" 그는 산림 관리관이 있다는 것도 잊고 소리쳤다. "만약 결혼을 했더라면 이 모든 수치와 불행도 없었을 텐데!" 산림 관리관은 그를 빤히 쳐다보면서 물었다. "혹시 그 뻔뻔스러운 여자와 결혼하기를 바랄 정도로 정신이 나간 것입니까?" 백작은 대답했다. "그녀는 그녀를 경멸하는 온 세상보다 더 값진 사람입니다. 그녀가 자신의 결백에 대해 말한 것을 저는 완전히 믿습니다. 그리고 저는 오늘 중으로 V...로 떠나서 그녀에게 다시 청혼할 것입니다." 그는 모자를 집어 들고 자신을 완전히 정신 나간 사람으로 취급하는 산림 관리관에게 인사를 하고 길을 떠났다.

그는 말에 올라타고 V...로 달렸다. 그가 정문 앞에서 내려서 앞뜰로 들어가려 하자, 문지기가 그에게 후작 부인은 어느 누구와도 만나지 않는다고 말했다. 백작은 낯선 손님에게 해당되는 조처가 이 집 안의 친구에게도 통용되는지 물었다. 이에 문지기는 어떠한 예외도 없다고 대답하고, 곧 애매한 태도로 덧붙였다. "혹시 F... 백작이십니까?" 백작은 눈치를 살피며 "아니요"라고 대답하곤 자기 하인에게 몸을 돌려, 문지기도 들을 수 있도록, 이런 상황에서는 여인숙에 내려서 후작 부인에게 편지로 알리는 게 상책이라고 말했다. 그 사이 그는 문지기가 사라지는 것을 보고는 구석으로 돌아가 집 뒤편에 펼쳐져 있는 넓은 정원의 담을 몰래 넘었다. 그는 정원으로 들어가는 문이 열려 있는 것을 보았고, 정원에 난 길을 지나 뒤편 계단을 올라가려 했다. 그때 한 쪽에 있는 정자에서 후작 부인이 아름답고 신비스러운 자태로 작은 탁자에서 열심히 일을 하고 있는 것이 보였다. 그는 그녀에게로 조용히 다가갔다. 그녀는 그가 그녀 앞 세 걸음 떨어진 정자 입구에 설 때까지 그가 다가오는 것을 모르고 있었다. "F…백작님!" 그녀는 눈을 크게 뜨면서 말했다. 그녀의 얼굴에는 놀라운 홍조가 스쳐 지나갔다. 백작은 웃으면서 정자 입구에서 잠깐 동안 움직이지 않은 채 서 있었다. 그러고는 그녀가 놀라지 않도록, 겸손하지만 재빠르게 그녀 곁에 앉았고, 그녀가 자신의 기묘한 상황 때문에 어떤 결정을 내릴지 주저하기도 전에, 부드럽게 그녀의 몸을 껴안았다. "어디서, 백작님, 어떻게 된 것입니까?" 후작 부인이 물으면서 수줍게 바닥을 내려다보았다. 백작이 말했다. "M…에서." 그리고 살짝 그녀를 자신 쪽으로 잡아 당겼다. "열려 있는 뒷문을 통해, 나는 당신의 용서를 받을 것으로 믿었기에 들어왔소." 그녀는 "M…의 가족들이 당신에게 말을 해주지 않았나요?"라고 묻고 그의 팔에서 움직이지 않았다. "전부다, 내 사랑"이라고 백작은 대답했다. "그렇지만 나는 당신의 결백을 확신하오." "뭐라고요?" 후작 부인이 일어서면서 팔을 풀고 소리쳤다. "그런데도 오셨다고요?" "이 세상을 무시하고!"라고 그는 그녀를 붙잡으며 말을 이었다. "그리고 당신 가족의 말에도, 그리고 이 사랑스러운 당신 모습까지 무시하고 말이오." 그러면서 그는 그녀의 가슴에 뜨거운 입맞춤을 했다. "가세요!" 후작 부인은 소리쳤다. 그가 말했다. "율리에타, 나는 모든 것을 알고 있는 양, 마치 내 영혼이 당신 가슴 속에 있는 양 그것을 확신하오." 후작 부인이 말했다. "저를 놓아주세요!" 그는 그녀를 놓지 않은 채 "나는 다시 청혼하기 위해 온 것이오! 만약 당신이 내 말을 들어준다면, 당신의 손에서 축복받는 운명을 위해서요"라고 말했다. "당장 놔주세요!"라고 후작 부인은 말했다. "당신에게 명령합니다!" 그리고 억지로 그의 팔을 풀고는 도망을 갔다. "내 사랑! 훌륭한 사람!" 그는 이렇게 속삭이면서 자리에서 일어나더니 그녀를 따라갔다. "놓아 주세요!" 후작 부인이 그렇게 말하고는 돌아서면서 그를 피했다. "비밀스럽게, 단 한마디만 속삭여주오!" 백작이 말했다. 그리고 성급하게 그에게서 빠져나간 그녀의 날씬한 팔을 붙잡았다. "나는 아무것도 알고 싶지 않아요!" 후작 부인은 그를 가슴에서 밀어 내면서 말하고 계단을 달려 올라가서 사라졌다.

백작도 어떤 대가를 치르든지 그녀의 주의를 끌려고 계단을 반쯤 올라왔지만, 그때 그의 앞에서 문이 닫히면서 부인이 서둘러 문고리를 거는 소리가 났다. 한동안 그는 이런 상황에서 어떻게 해야 할지 결정을 하지 못한 채 서서, 옆에 열려 있는 창문으로 들어가 자신의 목적을 달성할 때까지 쫓아가야 할지 말아야 할지를 생각했다. 그러나 아무리 생각해도 이대로 돌아서기 힘들었지만, 이번에는 어쩔 수 없이 돌아서야만 할 것 같았다. 그리고 그는 그녀를 놓아준 자신에게 화를 내면서 계단을 조용히 내려와, 말을 찾으려고 정원을 떠났다. 그녀의 가슴에 기대어 고백을 하려던 시도는 실패한 것 같았다. 지금은 편지를 쓸 수밖에 없다고 생각하면서 그는 M...으로 말을 타고 갔다. 저녁에 그는 매우 기분이 상해 있었고 밖에서 식사를 하다가 산림 관리관을 만났다. 산림 관리관은 곧 그에게 V...에서의 청혼이 성공했는지 물었다. 백작은 간단히 "아니요!"라고 대답했다. 그는 비꼬는 말로 그를 어서 쫓아내고 싶었다. 그러나 예의를 차리기 위해 잠시 후에 덧붙였다. "저는 그녀에게 편지를 하기로 결정했으며 곧 모든 것을 밝힐 것입니다." 산림 관리관이 말했다. "후작 부인에 대한 정열이 당신의 이성을 앗아간 것을 보니 안타깝습니다. 그동안 그녀는 이미 다른 선택을 하는 와중에 있다는 것을 저는 당신에게 확실히 말해 두어야겠습니다." 그는 초인종을 울려 신문을 가져오게 하고 그에게 신문을 내밀었다. 그 안에는 후작 부인이 아이의 아버지를 찾는다는 내용이 들어 있었다. 그 기사를 읽는 동안 백작의 얼굴에는 피가 솟구쳐 올랐다. 여러 감정들이 교차되었다. 산림 관리관이 물었다. "후작 부인이 찾는 그 사람이 나타나리라고 생각하십니까?" "물론이지요!"라고 백작은 모든 정신을 신문에 쏟고 그 의미를 열심히 짜 맞추면서 대답했다. 그는 잠시 동안 신문을 접고 창가로 가서 말했다. "잘 되었군요! 이제 제가 해야 할 일을 알겠습니다!" 백작은 산림 관리관에게 "다시 볼 수 있겠지요"라고 공손하게 말하고는 자신의 운명에 완전히 순응한 채 작별 인사를 하고 떠나갔다.

그동안 지휘관의 집에서는 소동이 일어나고 있었다. 지휘관 부인은 남편의 파괴적인 과격함과 딸이 폭군에게 쫓겨나는 동안 보고만 있었던 자신의 유약함에 참으로 씁쓸해하고 있었다. 지휘관의 침실에서 총알이 발사될 때, 그리고 딸이 그 방에서 뛰쳐나올 때 그녀는 정신을 잃었고 곧 정신을 차렸다. 그러나 지휘관은 그녀가 깨어난 순간, 놀라게 해서 미안하다는 말 외에는 더 이상 아무런 말도 없이 발사된 총을 책상 위로 던졌다. 그 후 아이들을 빼앗으려고 했을 때에도, 그녀는 자신들에게 그럴 권리는 없다고 소심하게 말했을 뿐이었다. 그때 그녀는 기절한 상태에서 막 깨어난지라, 약하고 떨리는 목소리로 집 안에서 더 이상의 소동은 피해달라고 부탁했다. 지휘관은 화가 나서 산림 관리관에게 몸을 돌리면서 "가라! 가서 아이들을 데리고 와!"라는 말 외에는 더 이상 대답을 하지 않았다. F... 백작의 두 번째 편지가 도착하자, 지휘관은 그 편지를 V...에 있는 후작 부인에게 보내라고 명령했다. 그 후에 전령에게 전해들은 바에 따르면, 후작 부인은 그 편지를 옆에 치워놓고, 알았다고 했다 한다. 지휘관 부인에게는 이 일들 중 많은 점이, 특히 아무래도 상관없다는 듯 다시 결혼하겠다는 마음을 먹은 후작 부인이 이해가 되지 않았기에, 이 상황에 대해 말을 꺼내려고 애를 썼다. 지휘관은 여전히 명령조로 아무 말 하지 말라고 부탁했다. 그는 일찍이 그런 일을 겪고 벽에 걸려 있던 딸의 초상화를 떼어내면서, 딸에 대한 기억을 완전히 지워버리고 싶다고 말했다. 그리고 자신에게는 더 이상 딸이 없다고 말했다. 그때 후작 부인의 이상한 호소문이 신문에 났다. 지휘관 부인은 지휘관에게서 받은 신문을 들고 이 일에 매우 당황하며 그의 방으로 들어섰다. 지휘관은 책상에서 일을 하고 있었고, 부인은 그에게 이것을 어떻게 생각하느냐고 물었다. 지휘관은 무언가를 계속 쓰면서 말했다. "아, 그 아이는 결백하오!" "뭐라고요?" 폰 G... 부인은 소스라치게 놀라 물었다. "결백하다고요?" "그 아이는 자는 동안 그렇게 된 거요"라고 지휘관은 부인을 올려다보지도 않고 말했다. "자는 동안요?" 폰 G... 부인은 말했다. "그럼 그 끔찍한 사건이?" "바보 같으니!" 지휘관은 외치면서 신문을 밀어 놓고 그대로 방에서 나갔다.

다음 날 두 사람이 식사 중일 때, 지휘관 부인은 방금 인쇄소에서 나온 소식지에서 다음과 같은 회신을 읽었다.

"만약 O... 후작 부인이 삼 일 오전 열한 시에 아버지 폰 G...의 집에 나타난다면 그녀가 찾는 그 사람은 그녀 발아래 엎드릴 것이다."

지휘관 부인은 이 전대미문의 기사를 절반도 읽기 전에 말문이 막혔다. 그녀는 마지막을 훑어보고 그 신문을 지휘관에게 건넸다. 지휘관은 마치 자신의 눈을 믿지 못하겠다는 듯이 그 기사를 세 번 읽었다. "자, 말해봐요, 로렌조"라고 지휘관 부인이 말했다. "어떻게 생각해요?" 지휘관이 대답했다. "아, 이 파렴치한 것!" 그러고는 일어섰다. "오, 교활한 사기꾼 같으니! 뻔뻔한 암캐보다 열 배는 교활하고 거기다 여우의 꾀를 열 배 더해도 그 애를 따라가지 못할 게야! 그 표정이라니! 그런 두 눈으로! 천사도 그런 순진한 눈을 하고 있지는 않을 것이야!" 그는 흐느끼면서 진정하지 못했다. "그렇지만 그게 술수라면 도대체 그 목적이 무얼까요?" 지휘관 부인이 물었다. "무슨 의도냐고? 그 애는 그 쓸모없는 속임수를 억지로 관철시킬 거요." 지휘관은 대답했다. "그 아이와 그자는 삼 일 아침 열한 시에 우리 두 사람에게 털어놓을 이야기를 이미 다 외웠을 것이오. 내 사랑스런 딸이, 내가 무슨 말을 하겠소. 나는 몰랐소. 누가 그것을 생각이나 했겠소. 용서해주오. 내 축복을 받으면 다시 모든 게 좋아지겠지. 그러나 삼 일 아침에 내 집 문턱을 들어서는 자에게는 총알이 날아갈 것이오! 하인들을 시켜 그자를 집에서 쫓아내는 게 좋을 거요." 폰 G... 부인은 다시 한번 신문 기사를 읽은 후에 만약 자신이 두 가지 이해할 수 없는 일 중 하나를 믿어야 한다면, 평상시 모범적이던 딸의 파렴치한 짓을 믿기보다는 차라리 들어보지 못한 운명의 장난을 믿겠다고 말했다. 그러나 그녀가 채 말을 끝내기도 전에 지휘관이 소리쳤다. "부탁이니 입을 다물어주시오! 듣기만 해도 역겨워지오." 그러고는 방을 나갔다.

며칠 후 지휘관은 이 신문 기사에 대해 후작 부인으로부터 편지를 받았다. 그녀는 편지에서 공손하고 감동적인 어조로, 자신에게는 지휘관의 집에 나타날 자비가 거부되었으니, 삼 일 아침에 그 집에 나타나는 사람을 부디 V...로 보내달라고 간청했다. 지휘관이 이 편지를 받았을 때 그곳에 함께 있던 지휘관 부인은, 그의 얼굴에서 분명히 감정의 혼란을 읽었다. '그것이 거짓이라면 도대체 동기가 무엇일까? 내게는 전혀 용서를 구하지 않는 듯이 보이지 않는가?' 그래서 지휘관 부인은 대담하게, 자신이 오랫동안 의심하며 마음속에 품고 있던 계획을 털어놓았다. 지휘관이 아직도 무표정하게 편지를 내려다보자 그녀가 말했다. "내게 생각이 있어요. 하루나 이틀 정도 V...로 가는 것을 허락해주겠어요? 만약 그 애가 신문에 익명으로 답을 한 그 사람을 정말로 이미 알고 있다면, 만약 그 애가 교활한 배신자라면 나는 그 애가 영혼의 비밀을 털어놓아야만 할 상황을 만들 수 있어요." 지휘관은 갑자기 격한 몸짓으로 편지를 찢으면서, 자신은 어떤 일도 꾸미고 싶지 않다는 것을 알지 않는가, 그러면서 부인에게 딸과 만나는 것을 금했다. 그는 찢어진 조각들을 봉투에 넣어 후작 부인의 주소를 써서 전령에게 답장으로 돌려보냈다. 지휘관 부인은 사건을 해명할 모든 가능성을 막아버리는 남편의 고집에 내심 씁쓸해져서, 그의 뜻을 거스르고 자신의 계획을 진행하기로 결정했다. 다음 날 아침 부인은 남편이 침대에 있는 동안 지휘관의 사냥꾼들 중 하나를 데리고 V...로 향했다. 그녀가 별장 정문에 도착했을 때 문지기는 누구도 후작 부인의 집에 들어갈 수 없다고 말했다. 폰 G... 부인은 그것은 알고 있으니, 가서 폰 G.... 부인이 왔다고 알려달라고 말했다. 여기에 문지기는 후작 부인은 세상 어느 누구와도 말을 하지 않을 것이며, 아무 소용이 없을 것이라고 말했다. 폰 G... 부인은 자신은 후작 부인의 어머니이고 자신과는 말을 할 것이니, 더 이상 지체하지 말고 그 일을 하라고 재촉했다. 문지기가 아무리 그래도 아무 소용없는 일이라며 집으로 들어가자마자, 후작 부인이 문으로 달려 나와 지휘관 부인의 마차 앞에서 무릎을 꿇었다. 폰 G... 부인은 사냥꾼의 도움을 받아 마차에서 내려, 떨리는 마음으로 후작 부인을 바닥에서 일으켰다. 후작 부인은 감정에 북받쳐 몸을 숙이고 한없이 눈물을 흘리면서 정중하게 어머니를 방으로 모셨다. 그녀는 부인을 앉힌 후 여전히 눈물을 닦으면서 "소중한 어머니!"라고 말했다. "이 얼마나 행복한 우연입니까. 너무나 소중한 어머니를 제게로 오게 한 그 행운이 얼마나 감사한지요." 폰 G... 부인은 따뜻하게 딸을 안으면서 "이곳에 온 것은 네가 아버지에게 쫓겨날 때 겪었던 혹독함에 대해 용서를 빌기 위함이다." "용서라니요!"라고 후작 부인은 말을 가로 막고 어머니의 손에 입을 맞추려고 했다. 그러나 부인은 그녀의 입맞춤을 피하면서 계속 말을 이었다. "그리고 지난번 소식지에 난 공고에 대한 회신이 나와 너의 아버지에게 네 결백이 입증되었기 때문이다. 그래서 네게 말해야겠다. 너무나 기쁘고 놀랍게도 그가 이미 어제 집에 나타났다는 것을." "누구?"라고 후작 부인이 어머니 앞에 무릎을 꿇었다. "누가 스스로 나타났다는 것입니까?" 그녀는 기대감에 가득 차 긴장된 표정이 되었다. "그 사람"이라고 폰 G... 부인이 대답했다. "네가 호소한, 그리고 너의 호소문에 개인적으로 직접 답장을 쓴 바로 그 사람 말이다." "그래서요?"라고 후작 부인은 불안함으로 울렁거리는 마음으로 물었다. "그게 누구예요?" 그러고는 다시 한번 "누구지요?"라고 재차 물었다. "그것은……." 폰 G... 부인은 대답했다. "네가 맞춰보거라. 생각해보렴. 우리가 어제 차를 마시고 있는데, 그리고 그 이상한 신문 기사를 읽고 있는데, 우리도 잘 아는 한 남자가 절망적인 몸짓으로 방으로 달려 들어와서는 아버지와 내 발 앞에 엎드리더구나. 우리는 무슨 영문인지 몰라 그에게 말을 하라고 다그쳤다. 곧 그가 말하더구나. 양심의 가책이 그를 내버려두지 않는다고. 자신이 후작 부인을 속인 파렴치한이며, 자신의 범죄 행위가 어떤 심판을 받을지, 보복이 이루어진다면 자신을 복수에 내맡기기 위해 왔노라고." "하지만 누가요? 누구? 누구?" 후작 부인이 말했다. "이미 말했듯이……." 폰 G... 부인이 말을 이었다. "젊고 교양 있는 사람이다. 우리는 그가 그런 파렴치한 행동을 하리라고는 생각지 않았다. 그런데, 내 딸아, 그 사람이 낮은 신분이고 네 신랑감이 될 만한 조건을 전혀 갖추지 않은 것을 알게 되더라도 놀라지 마라." "괜찮아요, 훌륭하신 어머니"라고 후작 부인이 말했다. "저보다 부모님께 먼저 엎드렸다니 그다지 나쁜 사람은 아닐 것입니다. 그런데 누구예요? 누구요? 말씀해주세요. 누구에요?" "그러니까, 사냥꾼 레오파르도야. 아버지가 최근에 티롤 지방에서 그를 데리고 오시지 않았느냐. 너도 예감하겠지만, 나는 그 사람을 네 신랑감으로 소개하기 위해 데리고 왔단다." "레오파르도, 그 사냥꾼이요?"라고 후작 부인이 소리쳤다. 그리고 절망하여 손으로 이마를 눌렀다. "왜 그리 놀라느냐?"라고 지휘관 부인이 물었다. "그것을 의심할 만한 근거라도 있느냐?" "어떻게요? 어디에서? 언제요?" 혼란스러워진 후작 부인이 물었다. "그것은 그 사람이 네게 직접 털어놓을 것이다." 어머니가 대답했다. "부끄러움과 사랑 때문에 너 아닌 다른 사람에게는 그에 대해 말할 수 없다는 구나. 그렇지만 네가 원한다면, 지금 뛰는 가슴으로 결과를 기다리고 있는 그 사람이 있는 앞방의 문을 열자꾸나. 그리고 내가 자리를 피한 동안 그 사람이 네게 비밀을 털어놓을지 보렴." "맙소사, 아버지!"라고 후작 부인이 말했다. "제가 한 번은 정오의 뜨거운 열기에 잠이 든 적이 있습니다. 그리고 깨어났을 때 그 사람이 제가 있던 안락의자로부터 가는 것을 보았지요!" 그 말을 하면서 그녀는 부끄러움으로 달아 오른 그녀의 얼굴에 작은 두 손을 갖다 대었다. 이 말에 어머니는 딸 앞에 무릎을 꿇었다. "아, 내 딸!" 하고 그녀는 소리쳤다. "오, 나무랄 데 없는 것!" 그리고 그녀를 두 팔로 안았다. "아, 나는 비열하구나!" 라며 부인이 딸의 무릎에 얼굴을 숨겼다. 후작 부인이 당황해서 물었다. "무슨 일이에요, 어머니?" 어머니가 말했다. "생각해보렴. 너는 천사보다 더 순수한데! 아, 내가 말한 것은 모두 사실이 아니다. 내 더럽혀진 영혼이 네 주위를 빛내고 있는 결백함을 믿을 수 없어서, 나는 그것을 확인하기 위해 이런 파렴치한 술수를 생각해낸 거다." "내 소중한 어머니." 후작 부인은 기쁜 감동으로 벅차 어머니에게로 몸을 숙이면서 어머니를 일으키려고 했다. 이에 어머니가 말했다. "아니다. 나는 네 발치에서 물러나지 않을 것이다. 영광스러운 천상의 존재인 네가 내 비천한 행동을 용서한다고 말하기 전에는!" "제가 어머니를 용서한다고요? 일어나세요!" 후작 부인이 말했다. "제발 간청합니다." 폰 G... 부인이 말했다. "나는 네가 나를 아직도 사랑하는지, 다른 때보다 더 존경할 수 있는지 알고 싶구나." "사모하는 어머니!" 후작 부인이 말을 하면서 동시에 어머니 앞에 무릎을 꿇었다. "당신을 향한 존경과 사랑은 제 마음에서 사라진 적이 없어요. 그런 전대미문의 상황에서 누가 저를 믿을 수 있겠어요? 어머니께서 제가 결백하다는 것을 믿으시니 얼마나 행복한지요!" "자, 그럼." 폰 G... 부인이 말하면서 딸의 부축을 받으며 일어섰다. "나는 너를 소중히 여기겠다, 내 사랑스러운 딸아! 너는 집에서 해산을 해야 할 것이다. 상황이 그러한 만큼 나는 네가 아들을 얻기를 바라며, 마음을 다하여 존경심으로 네 아이를 돌볼 것이다. 나는 남은 생애 동안 네 곁을 떠나지 않을 것이다. 나는 온 세상에 맞설 것이다. 나는 내가 너의 수치라는 것 외에 다른 명예는 원하지 않는다. 네가 호의를 베풀어, 내가 가혹하게 너를 쫓아낸 것을 더 이상 생각지 않는다면 말이다." 후작 부인은 어머니를 한없이 쓰다듬고 애원하면서 위로하려 애썼다. 저녁이 되었고, 그녀를 진정시키기도 전에 자정을 알리는 종이 울렸다. 노부인은 흥분으로 밤새 열이 나서 누워 있었다. 다음 날 어머니와 딸, 뱃속의 손자는 꿈을 꾸듯 M...으로 돌아갔다. 여행을 하면서 그들은 매우 기분이 좋아 앞의 마부석에 앉은 사냥꾼 레오파르도에 대해 농담을 했다. 어머니는 후작 부인이 그의 넓은 등을 볼 때마다 얼굴을 붉히는 것을 보았다고 말했다. 후작 부인은 흥분하여 반은 흐느끼면서 또는 웃으면서 대답했다. "모르죠. 누가 삼 일 열한 시에 우리 집에 나타날지!" M...에 가까이 갈수록 앞으로 다가온 중대한 등장에 대한 예감으로 분위기가 심각해졌다. 폰 G... 부인은 자신의 계획에 대해서는 아무 말도 하지 않고, 집 앞에 내려서 딸을 다시 이전 딸의 방으로 안내했다. 그리고 다시 올 테니 편히 있으라고 말하고 달려 나갔다. 한 시간 후 어머니는 달아오른 얼굴로 돌아왔다. "아니, 저런 토마스[17] 같으니!" 어머니가 만족스런 목소리로 말했다. "정말 의심 많은 토마 같은 사람이야! 나는 그를 설득하느라 한 시간이 걸렸어. 그런데 이제 그는 앉아서 울고 있구나." "누가요?"라고 후작 부인이 물었다. "그이"라고 어머니가 대답했다. "가장 큰 원인인 그 사람 말고 누가 있겠느냐?" "아버지가요?"라고 후작 부인이 물었다. "그것도 어린애처럼 말이다." 어머니가 대답했다. "만약 눈물을 닦아내지 않았다면, 나는 문 밖으로 나오자마자 웃음을 터트려버렸을 거야." "그게 저 때문이라고요?" 후작 부인이 일어나서 물었다. "그러면 제가 지금?" "이 자리에서 움직이지 마!" 폰 G... 부인이 말했다. "그는 왜 내게 편지를 받아

쓰게 했을까? 내가 살아 있는 동안 아버지가 나를 다시 보려면 여기에서 너를 찾아야 할 것이다." "소중한 어머니." 후작 부인이 애원했다. "어림없다!"라고 폰 G... 부인이 말을 가로막았다. "그는 왜 총을 잡았을까." "제발이요······." "그러지 마라." 폰 G... 부인이 딸을 의자에 다시 앉히면서 말했다. "그러면 안 된다. 아버지가 오늘 저녁때까지 오지 않는다면 나는 내일 너와 함께 짐을 옮길 것이다." 후작 부인은 이 조처가 잔인하고 부당하다고 말했다. 그러나 어머니가 "진정해"라고 말했다. 누군가가 멀리서 흐느끼는 소리가 들렸기 때문이다. "벌써 오나 보다!" "어디요?"라고 후작 부인이 묻고, 귀를 기울였다. "문 밖에 누가 있나요? 그럼 이 흐느낌은?" "물론" 하고 폰 G... 부인이 대답했다. "아버지는 우리가 문을 열기를 바라신다." "제가 할게요!"라고 후작 부인이 의자에서 재빨리 일어서면서 말했다. 그러나 어머니는 "만약 날 믿는다면, 율리에타, 그냥 앉아 있어"라고 했다. 이때 지휘관이 수건으로 얼굴을 가리고 들어섰다. 어머니는 딸 앞에 버티고 서서 그에게 등을 돌렸다. "내 소중한 아버지!" 후작 부인이 소리쳤다. 그리고 두 팔을 아버지에게로 뻗었다. "내 말 들어! 가만히 있으라니까!" 어머니가 말했다. 지휘관은 방 한가운데 서서 울고 있었다. "그가 네게 용서를 빌어야 해." 폰 G... 부인이 말을 이었다. "어쩜 저리도 과격한지! 그리고 웬 고집이 그리 센지! 나는 아버지를 사랑하지만 너도 사랑해. 나는 아버지를 존중하지만 너도 존중한단다. 선택을 해야 한다면, 네가 아버지보다 더 훌륭해. 그리고 네 곁에 남겠어." 지휘관은 몸을 완전히 구부리고 소리 내며 울었다. 벽이 울렸다. "아니, 세상에!" 후작 부인이 소리치며, 갑자기 어머니의 말에 동의하더니 손수건을 받고 눈물을 닦았다. 폰 G... 부인이 말했다. "그는 말도 할 수 없구나!" 그러면서 잠시 옆으로 비껴 섰다. 후작 부인이 일어나서 지휘관을 안고 그에게 진정하라고 말했다. 그녀도 흐느껴 울었다. 그녀는 아버지에게 앉지 않겠느냐고 물었다. 그러고는 아버지를 의자에 끌어 앉히려고 의자를 밀어서 앉도록 했다. 그러나 그는 대답도 하지 않은 채 움직이지 않았다. 그는 앉지도 않고 그냥 서서 얼굴을 바닥으로 향한 채 울고 있었다. 후작 부인은 그를 바로 일으키면서 반쯤 어머니를 향하면서 말했다. "이러다 아버지께서 병이 나시겠어요." 아버지가 경련을 일으키며 떨었기 때문에 어머니는 단호함을 잃은 듯이 보였다. 지휘관은 마침내 딸의 계속된 청에 자리에 앉았고, 딸은 그에게 입을 맞추면서 발아래에 엎드렸다. 그러자 어머니는, 그가 그렇게 된 것은 당연하며 아마 정신을 차릴 것이라고 말하고 둘만 남겨둔 채 방을 나갔다.

밖으로 나오자마자 지휘관 부인은 눈물을 닦고, 자신이 그를 너무 격하게 몰아친 탓에 혹시 건강을 해치지는 않을까, 의사를 부르는 것이 좋지 않을까? 하고 생각했다. 그녀는 부엌에서 저녁식사로, 원기를 북돋고 진정시킬 수 있는 것은 뭐든 만들었다. 그가 딸의 손을 잡고 나타나면 금방 누울 수 있도록 침대를 준비하고 자리를 데웠다. 그러나 저녁 식탁이 이미 차려졌는데도 아직 그가 오지 않았으므로, 어찌 된 일인지 살피기 위해 살며시 후작 부인의 방으로 갔다. 그녀는 조용히 문에 귀를 갖다대고 마침 들려오는 나지막한 속삭임을 들었는데, 목소리로 보아 후작 부인 같았다. 그녀가 열쇠 구멍을 통해 보았을 때, 후작 부인은 지휘관의 무릎에 앉아 있었다. 이는 지휘관이 평상시에는 결코 허락하지 않는 일이었다. 마침내 그녀가 문을 열고 보았다. 기쁨으로 그녀의 심장이 뛰었다. 딸은 조용히 눈을 감고 고개를 숙이고 지휘관의 팔에 기대어 있었다. 지휘관의 큰 눈에는 눈물이 가득 차서, 그는 의자에 앉아 오랫동안 딸의 입술에 갈망하는 듯한 뜨거운 입맞춤을 하고 있었다. 마치 연인들처럼! 딸은 말을 하지 않았고, 그도 말을 하지 않았다. 그는 그녀에게로 얼굴을 숙이고 앉아서, 마치 자신의 첫사랑인 소녀에게 하듯이, 그녀의 입술에 바로 입을 맞추었다. 어머니는 축복을 받은 듯이 느껴졌다. 그녀는 눈에 띄지 않게 그의 의자 뒤에 섰다. 자신의 가족에게 다시 찾아온 하늘의 축복과 같은 기쁨을 방해하고 싶지 않았다. 마침내 그녀는 아버지에게 다가갔고, 말할 수 없는 기쁨으로 그가 다시 손가락과 입술로 딸의 입술에 몰두할 때, 의자로 몸을 숙였고, 그를 옆에서 보게 되었다. 지휘관은 그녀를 보자 얼굴을 다시 아래로 떨구고 무언가를 말하려고 했다. 그러나 그녀가 소리쳤다. "아니, 이 얼굴 좀 보게!" 그리고 그에게 입을 맞추고, 농담을 하면서 그 감동적인 장면을 끝맺었다. 그녀는 마치 신혼부부처럼 걸어가는 두 사람을 식탁으로 안내했다. 지휘관은 식사하는 동안 매우 명랑했지만, 점차 다시 흐느끼더니 별로 먹지도, 말을 하지도 않고 접시만 내려다보면서 딸의 손을 만지작거렸다.

다음 날 동이 트자 누가 도대체 열한 시에 나타날 것인가 하는 관심이 커졌다. 그 다음 날이 삼 일이었기 때문이다. 아버지와 어머니, 그리고 아버지의 화해에 동의한 오빠는 만약 그 사람이 웬만하다면 무조건 결혼해야 한다고 의견을 모았다. 후작 부인을 행복하게 하기 위해 가능한 모든 것을 해야 하는 것이다. 그러나 그 사람의 상황이 후작 부인보다 한참 조건이 뒤쳐져서 그를 도와야 한다면, 부모는 그 결혼에는 반대였다. 그 경우 부모는 후작 부인을 이전처럼 데리고 있을 것이며, 아이는 입양하기로 결정했다. 반대로 후작 부인은 어떤 경우에든 그 사람의 평판이 나쁘지만 않다면, 자신의 약속을 지키고 어떤 대가를 치르든지 아이에게 아버지를 만들어줄 생각이었다. 어머니는 그 사람을 어떻게 맞아야 할지 물었다. 지휘관은 열한 시에 후작 부인을 혼자 두는 것이 가장 좋을 것이라고 말했다. 후작 부인은 반대로, 부모님과 오빠도 함께 있기를 바란다고 고집했고, 자신은 그 사람과 어떤 비밀도 가지고 싶지 않다고 말했다. 자신의 이런 소망은 그 사람이 지휘관의 집에서 자신을 만날 것을 제안한 대답 속에서도 이미 표현된 듯하다며, 그 때문에 바로 이 대답이 매우 마음에 든다고 인정할 수밖에 없다고 말했다. 어머니는 아버지와 아들이 그 상황에서 하게 될 역할에 서투를 것임을 알고, 딸에게 남자들을 내보내고 그 대신 딸의 소망대로 자신은 그 사람을 맞을 때 함께 있겠다고 말했다. 딸은 잠시 생각하고, 결국 이 마지막 제안을 받아들였다. 긴장된 기대감 속에서 밤이 지나가고 곧 두려워하던 삼일 아침이 되었다. 열한 시 종이 울리자, 두 여인은 마치 약혼식을 위한 듯이 화려하게 차려입고 손님방에 앉아 있었다. 그들의 심장소리는 일상적인 소음이 없다면, 다른 사람이 들을 수 있을 정도였다. 열한 번째 종이 울렸고, 그때 아버지가 티롤에서 데리고 온 사냥꾼 레오파르도가 들어왔다. 그를 보고 두 여인은 얼굴이 창백해졌다. "F... 백작이 오셨다고 전하라 하십니다." 레오파르도가 말했다. 두 사람은 "F... 백작이라고!"라고 동시에 소리치면서 혼란에 빠졌다. 후작 부인은 소리쳤다. "문을 잠그라! 우리는 지금 집에 없다." 그러고는 일어서서 직접 문을 잠그고 자신을 막고 서 있는 사냥꾼을 몰아내려 했다. 그때 이미 백작은 요새를 점령할 때 입었던 당시의 전투복장과 휘장, 무기를 들고 그녀에게로 다가왔다. 후작 부인은 당황해서 땅바닥에 주저앉을 뻔했다. 그녀는 의자에 놓아둔 숄을 갖고 옆방으로 도망치려 했다. 그러나 폰 G.... 부인은 그녀의 손을 잡으면서 소리쳤다. "율리에타!" 그러고는 여러 가지 생각에 숨이 막혀 말을 잇지 못했다. 그녀는 백작에게 시선을 고정하고 다시 되풀이했다. "부탁이다, 율리에타!" 그녀는 딸을 자기 쪽으로 잡아끌면서 물었다. "도대체 우리가 누구를 기다리고 있었던 게냐?" 후작 부인은 갑자기 몸을 돌리면서 말했다. "아니? 그 사람은 아니에요?" 그러고는 번개처럼 번뜩이는 시선을 그에게 던지는 사이, 죽음의 창백함이 그녀의 얼굴을 스쳐지나갔다. 백작은 그녀 앞에 무릎을 꿇었다. 오른손을 심장에 얹고, 머리는 부드럽게 가슴 쪽으로 숙이고는 아무 말을 하지 않았다. 지휘관 부인은 조여드는 목소리로 말했다. "이 사람 말고 도대체 누구를, 정신 나간 우리들이!" 후작 부인은 그의 앞에서 굳은 채 서서 말했다. "미쳐버릴 것 같아요, 어머니!" "이 바보야." 어머니가 말하면서 그녀를 잡아당기고 그녀의 귀에 뭐라고 속삭였다. 후작 부인이 두 손으로 얼굴을 감싸고 몸을 돌려 소파 위로 쓰러졌다. 어머니는 소리쳤다. "불쌍한 것! 무슨 일이냐? 내가 예상치 못한 무슨 일이 일어난 게냐?" 백작은 지휘관 부인의 곁에서 물러서지 않았다. 그는 아직도 무릎을 꿇은 채 그녀의 옷자락을 잡고 입을 맞추었다. "내 사랑! 귀한 사람! 존경하는 여인!"이라고 그는 속삭였다. 눈물이 그녀의 뺨을 흘러 내렸다. 지휘관 부인이 말했다. "일어나세요. 백작님, 일어나세요! 이 아이를 위로해주세요. 그러면 우리 모두 화해한 것입니다. 모든 것을 용서하고 잊읍시다." 백작이 울면서 일어섰다. 그는 다시 후작 부인 앞에 무릎을 꿇고 마치 자신의 체취(體臭)만으로도 그녀를 슬프게 할 수 있다는 듯, 마치 그것이 금으로 되어 있는 양 그녀의 손을 살며시 잡았다. 그러나 후작 부인은 일어서면서 "가세요! 가요!"라고 소리쳤다. "저는 방탕한 사람에게는 준비가 되어 있었어요. 그러나 악마는 아니에요!" 그녀는 백작이 마치 페스트 환자라도 되는 양 그를 피하면서 방문을 열고는 소리쳤다. "아버지를 불러다오!" "율리에타!" 지휘관 부인이 놀라서 외쳤다. 후작 부인은 죽일 듯이 사납게 백작과 어머니를 번갈아 쳐다보았다. 그녀의 가슴은 뛰었고, 얼굴은 벌겋게 타올랐다. 복수의 여신도 이보다 더 무시무시하게 쳐다보진 않을 것이다. 지휘관과 산림 관리관이 왔다. 아직 문에 서 있는 아버지에게 후작 부인이 말했다. "이 남자와는 결혼할 수 없습니다!" 그녀는 문 뒤에 붙어 있던 성수(聖水) 용기를 떼 내어 멀리 아버지, 어머니와 오빠를 향해 뿌리고는 사라졌다.

지휘관은 이런 이상한 모습에 당황하여 무슨 일인지 묻다가, 이 결정적인 순간에 F... 백작이 방에 있는 것을 보고는 창백해졌다. 어머니는 백작의 손을 잡고 말했다. "대답하지 마세요, 이 젊은이는 마음속 깊이, 일어난 모든 것을 후회하고 있어요. 당신의 축복을 주세요. 그러면 모든 것은 행복하게 끝날 거예요." 백작은 벼락을 맞은 듯이 서 있었다. 지휘관은 자신의 손을 그에게 얹었다. 그의 눈썹은 경련을 일으켰고 그의 입술은 백묵처럼 창백해졌다. "하늘의 저주가 이 머리를 피하소서!"라고 그는 말했다. "언제 결혼할 생각인가?" 백작이 아무런 말을 할 수 없었기 때문에 어머니는 백작 대신 "내일, 내일이든 오늘이든 자네 원하는 대로 하게" 라고 대답했다. 자신의 과오를 다시 되돌리기 위해 그렇게 서두르던 백작에게는 시일이 가까울수록 좋을 터였다. "그럼, 내일 아우구스티누스 교회에서 열한 시에 보게 되길 바라네!"라고 지휘관이 말했다. 그리고 백작에게 목례를 하고, 후작 부인의 방으로 가려고 아내와 아들을 부르고는 백작을 남겨둔 채 떠나갔다.

그들은 후작 부인이 이상하게 행동하는 이유를 듣고자 했지만, 아무런 소용이 없었다. 그녀는 고열로 누워 있었고, 결혼에 대해서는 알고 싶어하지 않았다. 그리고 혼자 있게 해달라고 부탁했다. 결정을 그렇게 갑자기 바꾼 이유가 무엇이냐? 백작이 다른 사람보다 그렇게 혐오스러운 점은 무엇인가? 하는 물음에 그녀는 눈을 크게 뜨고는 아버지를 멍하게 쳐다보더니 아무런 대답을 하지 않았다. 지휘관 부인이 말했다. "네가 임신한 사실을 잊었느냐?" 이에 후작 부인은 이 경우 아이보다는 자신을 생각해야 하며, 다시 한번 모든 천사들과 성자들을 증인으로 부르면서 자신은 결혼하지 않겠다고 단호하게 말했다. 아버지는 그녀가 몹시 흥분 상태인 것을 보고 약속은 지켜야 한다고 말했다. 그리고 그녀를 남겨두고, 백작과 혼인에 필요한 서류들에 관해 의논한 후에 혼인을 위한 모든 것을 준비했다. 그는 백작에게 혼인 계약서를 제시했는데, 그에 따르면 백작은 남편으로서의 모든 권리를 포기하고 그와 반대로 자신이 해야 하는 모든 의무에 동의해야 했다. 백작은 눈물로 젖어버린 그 서류에 서명을 해서 보냈다. 지휘관은 다음 날 아침 후작 부인에게 이 서류를 건넸고, 그녀 마음은 어느 정도 안정되었다. 그녀는 침대에 앉은 채 서류를 여러 번 읽었다. 그녀는 생각을 하면서 그것을 다시 접었다가 펼치고 다시 읽었다. 이윽고 그녀는 열한 시에 아우구스티누스 교회에 갈 것이라고 말했다. 그녀는 일어서서 아무 말 없이 옷을 입고 종이 울릴 때 마차에 올라 길을 떠났다.

   교회의 제단에서 비로소 백작은 가족의 일원이 될 것을 허락받았다. 후작 부인은 예식 동안 굳은 채 성상(聖像)을 바라보았다. 자신과 반지를 교환하는 백작에게는 눈길조차 던지지 않았다. 예식이 끝났고, 백작은 그녀에게 팔을 내밀었다. 그러나 교회를 나오자마자, 그녀는 백작 부인으로서 그에게 작별 인사를 했다. 지휘관은 때때로 딸의 방에서 백작을 볼 수 있겠느냐고 물었다. 이에 백작은 무어라고 중얼거렸지만 아무도 알아듣지 못했고, 그는 사람들에게 모자를 벗어 인사하고 사라졌다. 백작은 M...의 집으로 옮겼다. 그곳에서 그는 여러 달을 보냈고 백작 부인이 머무르는 지휘관의 집에는 발을 들이지 못했다. 가족과 만날 때마다 보여준 부드럽고 점잖고 모범적인 행동 덕택에, 그는 백작 부인이 해산을 하자 어린 아들의 세례식에 초대받을 수 있었다. 담요를 덮고 침대에 누워 산후 조리를 하던 백작 부인은 그가 문을 들어서면서 멀리서 정중하게 인사를 하자 그를 잠시 쳐다보았다. 손님들이 새로 태어난 아이를 축하하는 선물들 속에 그도 두 개의 문서를 아이의 요람 위에 놓았다. 그가 가고 나서 그 내용이 알려졌는데, 그중 하나는 아이에게 이만 루블을 증여한 것이었고 다른 하나는 그가 죽을 경우, 부인을 전 재산의 상속인으로 정한다는 유언장이었다. 이날부터 그는 폰 G... 부인의 주선으로 자주 초대를 받았다. 이제 그에게 문은 항상 열려 있었고, 그는 저녁마다 모습을 보이게 되었다. 무너지기 쉬운 세상의 질서

덕분에 그는 모두에게서 용서를 받았다고 생각했기에, 백작은 아내인 백작 부인에게 청혼을 다시 시작하여 일 년이 지나고 나서 두 번째 대답을 받고, 두 번째 결혼식은 첫 번째보다 더 기쁘게 치러졌다. 결혼식이 끝나고 모든 가족이 V...로 옮겼다. 젊은 러시아 후손들이 첫 번째 아이의 뒤를 이었다. 그리고 행복하던 어떤 순간에 백작은 아내에게 그 끔찍한 삼 일 날, 어떤 나쁜 놈이라도 각오한 듯이 보였던 그날에 왜 마치 악마라도 되는 듯이 자신에게서 도망쳤느냐고 물었다. 그녀는 그의 목에 매달리면서 대답했다. "당신이 내 앞에 처음 나타났을 때 천사처럼 보이지만 않았더라면, 그 당시 당신이 악마처럼 보이지는 않았을 거예요."

칠레의 지진

1647년 칠레 왕국의 수도 산티아고에서 일어난 대지진으로 수천 명의 사람들이 죽어가던 바로 그 순간, 죄인으로 기소당하여 옥에 갇힌 헤로니모 루게라라는 어느 스페인 청년이 감옥 안의 기둥에 목을 매려 하고 있었다. 그 도시의 부유한 귀족 중 한 사람인 돈 엔리코 아스테론은 그를 가정교사로 고용했다가 일 년 전쯤에 내쫓은 바 있었다. 그가 자신의 외동딸인 돈나 호세페와 은밀한 관계를 맺었기 때문이었다. 늙은 아스테론은 딸에게 분명하게 경고를 했지만 둘은 계속 만났고, 이들의 비밀스런 만남은 거만한 아들의 심술궂은 감시로 들통이 났다. 아스테론은 격분한 나머지, 딸을 산상(山上)의 우리 사랑스런 여인들이 있는, 카르멜 수녀원에 데려다 놓았다.

헤로니모는 운 좋게도 그곳에서 다시 만남을 지속할 수 있었고, 어느 고적한 밤 수녀원의 뜰을 자신의 충만한 행복의 무대로 만들었다. 성체축일, 견습수녀들이 뒤따르는 가운데 수녀들의 장엄한 행렬이 시작되었을 때, 이를 알리는 종소리와 함께 불행한 호세페는 산고로 대성당의 계단에 쓰러졌다.

이 사건은 비상한 관심을 불러일으켰다. 사람들은 그녀의 상황은 고려하지도 않고 곧 젊은 죄인을 감옥에 가두었고, 그녀가 해산을 하자마자 주교의 명령에 따라 매우 엄중한 재판을 했다. 이 스캔들은 도시에서도 엄청난 증오와 함께 사람들의 입에 오르내렸고, 사건이 일어난 수녀원에 대해서도 독설이 난무했다. 아스테론 가의 간청이나 심지어 평소에는 나무랄 데 없는 그 젊은 여인을 귀여워한 원장 수녀의 희망도 그녀를 위협하는 수도원 법규의 엄격함을 누그러뜨릴 수는 없었다. 기껏 일어날 수 있었던 것은 섭정[18]의 직권으로 그녀에게 내려진 화형이 교수형으로 바뀌는 것뿐이었다.

사람들은 교수형의 행렬이 지나가게 될 거리로 난 창문을 빌리고, 집의 지붕을 내렸으며, 도시의 경건한 딸들은 하나님의 복수에 내맡겨진 연극에 자매로서 동참하고자 여자 친구들을 초대했다.

그동안 감옥에 있던 헤로니모는 끔찍하게 돌아가는 상황을 전해 듣고는 이성을 잃을 지경이었다. 그는 탈출을 생각했지만, 소용없는 짓이었다. 이 대담한 생각의 날개가 그를 데려가는 곳마다 그는 창살과 담에 부딪혔고, 격자창을 뚫으려는 시도는 발각되어 더 깊숙이 감금되었다. 그는 성모 마리아 상 앞에 엎드려 한없는 열정으로 자신에게 유일한 구원자가 될 성모 마리아에게 기도를 드렸다.

그러나 두려워하던 그날이 되었고, 이제 그의 가슴은 자신의 상황이 절망적임을 확신하게 되었다. 호세페를 처형장으로 인도하는 종소리가 울렸고, 절망이 그의 영혼을 엄습했다. 그는 자신의 삶이 증오스러웠고, 우연히 얻은 노끈으로 자신을 죽음에 내맡기기로 결정했다. 이미 말했듯이, 그는 어느 벽기둥에 서서 이 비참한 세상에서 자신을 데려갈 끈을 벽의 돌림띠에 끼워져 있는 쇠고리에 막 고정시키려 하고 있었다. 바로 그때, 갑자기 마치 하늘이 무너지는 듯한 엄청난 폭음과 함께 도시 대부분이 내려앉았다. 그리고 숨을 쉬는 모든 것은 그 잿더미 아래에 파묻혔다. 헤로니모 루게라는 놀라서 몸이 굳어버렸다. 그리고 마치 의식이 모두 산산조각이 나버린 듯이, 이제는 넘어지지 않으려고 자신이 죽으려던 기둥을 꽉 붙잡았다. 그의 발아래에서 땅이 흔들렸고 감옥의 벽들은 모두 갈라져서, 건물 전체가 거리 쪽으로 무너지려는 듯 기우뚱해졌지만, 서서히 무너지던 맞은편 건물이 천천히 쓰러지던 이 건물과 만나면서 완전히 무너지는 것을 막아 주었다. 헤로니모는 머리칼이 곤두섰고 후들거리는 무릎으로 비스듬하게 꺼진 바닥 위에서 두 집채가 맞부딪치면서 전면 벽이 뜯겨져 나가면서 생긴 출구로 미끄러졌다.

그가 밖으로 나오자마자, 이미 무너진 거리 전체가 두 번째 지진으로 완전히 내려앉았다. 이 파멸에서 어떻게 살아날 수 있을지 생각할 겨를도 없이, 사방에서 죽음이 그를 덮치는 가운데, 그는 잿더미와 건물의 뼈대들 위를 지나 도시의 다음번 성문으로 달렸다. 집 한 채가 무너졌고, 건물의 잔해가 소용돌이치며 그를 샛길로 몰았다. 그곳에서는 모든 박공에서 불길이 번쩍이며 솟아올라, 그를 다른 길로 내몰았다. 그러자 이곳에서는 해안에서 솟아오른 마포초 강물이 그를 향해 밀려왔고, 물길이 솟아올라 성난 듯이 그를 또 다른 길로 몰았다. 그곳에는 쓰러진 사람 한 무리가 있었다. 잿더미 아래에서 신음 소리가 들려왔으며, 불붙은 지붕에서 사람들이 소리를 질러 대고 있었다. 사람들과 동물들은 파도와 싸우고 있었으며, 한 용감한 남자가 이들을 도우려고 애쓰고 있었다. 어떤 사람은 죽은 사람처럼 창백하게 서서 아무 말 없이 떨리는 두 손을 하늘을 향해 뻗고 있었다. 헤로니모가 성문에 도착해서 성문 저편의 언덕에 올라갔을 때, 그는 정신을 잃고 쓰러졌다.

  아마도 십오 분쯤 정신을 잃고 있었던 것 같다. 마침내 정신을 차렸을 때, 그는 시내 쪽으로 등을 돌린 채 몸을 절반쯤 일으켰다. 그는 이 상황에서 무엇을 해야 할지 알지 못한 채 자기 이마와 가슴을 만져보고는 말할 수 없는 희열에 사로잡혔다. 그때 다시 살아 돌아온 그의 생명을 향해 바다에서 서풍이 불어왔다. 그는 온통 불길에 휩싸인 산티아고 지역으로 눈을 돌렸다. 도처에서 혼란에 빠진 사람들만이 눈에 띄었고 그의 마음이 좁아들었다. 무엇이 그와 이 사람들을 여기로 오게 했는지 알 수 없었다. 그러다 마침내 돌아서서 도시를 내려다보앉을 때 비로소 자신이 겪었던 끔찍한 순간이 기억났다. 그는 이마가 땅에 닿을 정도로 낮게 엎드려 기적적으로 목숨을 구한 데 대해 하느님께 감사했다. 그리고 마음속 깊이 박힌 끔찍한 인상이 이전의 모든 기억들을 몰아낸 듯이, 다양한 현상으로 가득 찬 사랑스러운 삶을 아직 기뻐할 수 있다는 즐거움에 눈물을 흘렸다.

그는 자신의 손가락에 있는 반지를 발견하고, 문득 호세페를 기억해냈다. 더불어 지나간 파괴의 순간 이전에 자신이 있던 감옥, 들었던 종소리를 기억해냈다. 깊은 슬픔이 다시 그의 가슴을 채웠다. 그는 자신의 기도를 후회하기 시작했다. 그리고 구름 위에서 지배하는 그 존재가 끔찍하게 여겨졌다. 그는 가재도구를 챙겨 성문 밖으로 빠져나가느라 정신없는 사람들 틈으로 섞여 들어가 조심스럽게, 아스테론의 딸에 대해, 그리고 그녀의 처형이 집행되었는지 물었다. 그렇지만 아무도 자세한 소식을 알려주지 못했다. 엄청난 양의 가재도구를 짊어지고 몸이 거의 땅에 닿을 정도로 구부러진 한 여인이 가슴에 두 아이를 매달고 지나가면서, 마치 자기 눈으로 직접 본 것처럼 호세페가 처형당했다고 말했다. 헤로니모는 돌아섰다. 시간을 계산해보니 처형이 이루어졌다는 것을 의심할 수 없었기에, 그는 한적한 들판에 주저앉아 고통에 휩싸였다. 그는 자연의 파괴적인 힘이 다시 자신에게 닥치기를 바랐다.

사방에서 자신을 구출하려는 듯이 보인 그 순간에, 자신의 비참한 영혼이 그토록 갈구하던 죽음으로부터 왜 도망을 쳐버렸는지 알 수가 없었다. 비록 지금 떡갈나무가 뿌리째 뽑혀서 그 우듬지가 머리 위를 덮치더라도, 그는 흔들리지 않기로 결심했다. 그는 실컷 울었고, 뜨거운 눈물 속에서 다시 희망이 솟았기에, 일어서서 사방으로 들판을 훑으며 다녔다. 사람들이 모여 있는 모든 산꼭대기에 가보았고, 피난민들의 물결이 아직 움직이는 길에도 모두 가보았다. 여인의 옷자락이 바람에 흔들리는 곳이면 어디든지 후들거리는 걸음을 옮겼다. 그러나 어떤 옷도 사랑하는 아스테론의 딸을 덮고 있지 않았다. 해가 기울었고, 그의 희망도 함께 다시 기울어갔다. 그때 그가 바위의 가장자리로 들어서자, 사람들이 별로 없는 탁 트인 골짜기가 보였다. 무엇을 해야 할지 결정하지 못한 채 모여 있는 사람들 사이를 돌아다니다가, 그는 곧 몸을 돌리려고 했다. 그때, 젊은 여인이 골짜기를 적시는 개울에서 아이를 씻기고 있는 것이 보였다. 이 광경에 그의 마음이 뛰었다. 그는 어떤 예감에 가득 차 바위를 뛰어 내려가면서 외쳤다. "오, 성모 마리아여!" 그의 소리에 수줍게 뒤를 돌아보는 여인은 다름 아닌 호세페였다. 하늘의 기적으로 목숨을 구한 이 불행한 이들은 더 없는 기쁨으로 서로를 껴안았다!

호세페가 죽음을 향해 가던 도중 처형장에 아주 가까워졌을 때, 갑자기 건물이 와르르 무너졌고 처형 행렬이 흩어졌다. 그녀는 두려움에 가득 차 가장 가까운 다음 성문으로 걸음을 내디뎠다. 그러나 다시 정신이 돌아오자, 몸을 돌려 수녀원으로 향했다. 그곳에는 의지할 곳 없는 자신의 어린 사내아이가 남아 있었던 것이다. 수녀원은 온통 불길에 휩싸여 있었고, 갓난아이를 돌보기로 약속했던 원장 수녀는 자신의 최후가 될 그 순간에 정문 앞에 서서 아이를 구하려고 도움을 청하며 소리를 지르고 있었다. 호세페는 솟구쳐 오르는 화염과 연기에도 아랑곳하지 않고, 이미 사방에서 무너져 내리기 시작하는 건물 안으로 황급히 뛰어 들어갔다. 그리고 마치 하늘에 있는 모든 천사들의 비호를 받는 듯, 아이를 안고 상처 하나 없이 문 밖으로 나왔다. 그녀는 두 손을 머리 위로 모으고 있는 원장 수녀의 품에 안기려고 했지만 이때 원장 수녀는 다른 수녀들과 함께 무너져 내리는 건물 지붕에 비참하게 깔리고 말았다. 호세페는 이 끔찍한 장면에 몸을 떨면서 물러났다. 그녀는 재빨리 원장 수녀의 눈을 감겨주고는, 두려움에 사로잡힌 채 하늘이 자신에게 다시 선사한 아이를 이 파멸로부터 구해내기 위해 멀리 도망쳤다.

채 몇 걸음도 못 가, 그녀는 사람들이 대성당의 잿더미에서 막 끄집어낸 갈가리 찢긴 대주교의 시체와 마주쳤다. 섭정의 궁은 무너졌고, 그녀에게 판결을 내린 법원은 화염에 휩싸였으며, 아버지의 집이 서 있던 자리에는 바닷물이 들어와서 붉은 연기가 솟아나오고 있었다. 호세페는 자신을 지탱하기 위해 전신의 힘을 모았다. 그녀는 마음으로부터 슬픔을 떨어내면서 아이를 데리고 용감하게 이 길에서 저 길로 걸음을 옮겼으며, 성문에 가까워졌을 때, 헤로니모가 갇혀 흐느끼고 있던 감옥이 이미 잿더미로 변해 있는 것을 보게 되었다. 그녀는 이 광경에 비틀거리면서, 정신을 잃고 한 구석에 쓰러질 뻔했다. 그러나 그 순간 지진으로 이미 금이 간 건물이 뒤편에서 무너지면서, 그녀를 향해 다시 몰려왔다. 그녀는 놀라서 아이에게 입을 맞추고, 눈에서 눈물을 훔쳐냈다. 그녀는 자신을 감싸고 있던 아수라장에 더 이상 개의치 않고 곧바로 내달려 성문에 도달했다. 그러고는 성 밖으로 나와서, 무너진 건물에 살던 사람이라고 해서 반드시 그 아래 파묻히지는 않았을 거라고 결론지었다.

다음번 갈림길에서 그녀는 가만히 서서, 세상에서 가장 사랑스러운 작은 필리페를 닮은 한 사람이 나타나지 않을까 기다렸다. 그러나 아무도 오지 않고 사람들의 혼잡만 더했으므로, 그녀는 계속 걸었다. 그녀는 또 다시 돌아보고 기대를 가졌다. 그러고는 눈물을 흘리면서 자신을 떠난 것으로 생각되는 그 사람의 영혼을 위해 기도하기 위해 잣나무로 그늘진 어두운 골짜기로 기어 들어갔다. 그런데 여기, 골짜기에서 그녀는 그를, 사랑하는 이, 그리고 축복을 발견한 것이다. 마치 에덴의 골짜기인 듯한 이곳에서.

그녀는 감격에 북받쳐 이 모든 것을 헤로니모에게 이야기했고, 말을 끝내고는 입을 맞출 수 있도록 아들을 그에게 건넸다. 헤로니모는 아이를 받고는 형용할 수 없는 아버지의 기쁨을 만끽하면서 아이를 얼렀다. 그리고 낯선 얼굴에 울음을 터뜨린 아이에게 한없이 애정 어린 입맞춤을 퍼부었다. 그러는 사이 부드러운 향기로 가득 차고 은빛으로 은은히 빛나며 고요한, 시인만이 꿈꿀 수 있는 가장 아름다운 밤이 찾아왔다. 사람들은 고통으로 가득 찼던 그날에서 벗어나 휴식을 취하려고 은은한 달빛 속에서 골짜기의 샘물을 따라 곳곳에 자리를 잡았고, 이끼와 낙엽으로 부드러운 잠자리를 만들었다. 이 사람은 집을, 저 사람은 아내와 아이를, 또 어떤 사람은 모든 것을 잃었다. 여기저기서 불쌍한 사람들이 여전히 흐느끼고 있었으므로, 헤로니모와 호세페는 무성한 덤불 속으로 들어갔다. 그들의 영혼에서 터져 나오는 비밀스러운 환호성이 다른 이들을 슬프게 하지 않게 하기 위해서였다. 그들은 풍성한 사과나무를 발견했다. 향기로운 과일이 무성한 그 나무는 가지들을 넓게 펴고 있었다. 그리고 나무 꼭대기에서 종달새가 기쁨에 가득 찬 노래를 부르고 있었다. 헤로니모는 기둥에 기대고 앉았고, 호세페는 그의 무릎에, 필리페는 호세페의 무릎에 안겨, 헤로니모의 외투를 덮고 휴식을 가졌다. 나무 그늘이 흩어진 빛을 받으며 그들 위를 지나갔고, 그들이 잠들기도 전에 달빛은 이미 여명 앞에서 희미해져갔다. 수녀원의 정원과 감옥, 그리고 그들이 당한 괴로움에 대해서 서로 할 이야기가 끝이 없었기 때문이다. 그리고 자신들이 행복해지기 위해 세상에 얼마나 많은 불행이 닥쳐야만 했는지를 생각할 때면 가슴이 뭉클해졌다!

그들은 이 지진이 지나가면, 라 콘셉시온[19]으로 가기로 결정했다. 그곳에는 호세페의 믿을 만한 여자 친구가 살고 있는데 그 친구에게서 돈을 조금 받아서 헤로니모의 외가 쪽 친척이 사는 스페인으로 가서 삶을 마칠 때까지 행복하게 살기로 결정했다. 그들은 입맞춤을 하며 잠이 들었다.

그들이 깨어났을 때 태양은 이미 하늘 높이 떠 있었고, 주위에 있던 많은 가족들은 불가에서 간단하게 조반을 마련하느라 분주했다. 헤로니모 역시 가족들의 끼니를 어떻게 마련할까 생각하던 참에, 잘 차려입은 젊은 남자가 한 팔에 아이를 안고 호세페에게로 다가오더니 그녀에게 겸손하게 물었다. "혹 이 불쌍한 아이에게 잠깐 젖을 물릴 수 없을까요? 아이의 어머니는 심하게 다쳐 저 나무 아래 누워 있습니다." 호세페는 그가 낯이 익은 사람임을 알고는, 잠시 당황했다. 그러나 그는 그녀의 당황함을 오해하고, 계속 말을 이었다. "잠시면 됩니다, 호세페 양. 그리고 이 아이는 우리 모두를 불행하게 만든 그 시간 이후로 아무것도 먹지 못했답니다." 그러자 그녀가 말했다. "제가 대답을 하지 않은 것은 다른 이유에서입니다, 돈 페르난도. 이 끔찍한 시기에 자신이 소유한 것을 나누기를 거부하는 사람은 없지요." 그러고는 자기 아이는 아버지에게 주고, 낯선 아이를 받아서 젖을 물렸다. 돈 페르난도는 이 선행에 매우 감사하면서 물었다. "저와 함께 제 가족들과 합류하지 않겠습니까?" 그의 가족들은 지금 불가에서 조촐한 아침식사를 준비하고 있다는 것이었다. 호세페는 이 간청을 기꺼이 받아들이겠다고 말했다. 그리고 헤로니모도 반대하지 않았기 때문에 그의 가족이 있는 곳으로 그를 따라갔다. 그곳에서는 돈 페르난도의 두 처제들이 따뜻하고 부드럽게 그들을 맞았다. 호세페는 그들이 매우 예의바른 젊은 여인임을 알고 있었다.

돈 페르난도의 아내, 돈나 엘비레는 다리에 심한 상처를 입고 누워 있었는데, 자신의 여윈 아이를 가슴에 안고 있는 호세페를 보더니 상냥하게 자기 쪽으로 끌어 앉혔다. 어깨를 다친 그녀의 친정 아버지도, 호세페에게 다정하게 고개를 끄덕였다.

헤로니모와 호세페의 마음속에서는 기묘한 생각이 떠올랐다. 저토록 허물없이 선의를 가지고 자신들을 대하는 것을 보니, 지난 일, 처형장, 감옥과 종소리에 대해 어떻게 생각해야 할지 알 수 없었다. 그것들은 단지 꿈이었던가? 그들을 위협한 그 끔찍한 지진의 충격 이후로 사람들의 마음은 모든 것을 용서한 듯이 보였다. 그들은 지진이 일어난 그 순간 이전으로는 기억이 거슬러 올라갈 수 없었다. 어제 아침 친구한테서 처형장 구경에 초대받았지만 이를 거절했던 돈나 엘리자베트만이 가끔 꿈꾸는 듯한 시선을 호세페에게 던졌다. 그러나 다른 끔찍한 불행에 대한 소식은 현실에서 도망친 그녀의 영혼을 또다시 현실로 끌어내렸다.

사람들은 첫 번째 지진 직후 이 도시가 남자들의 눈앞에서 해산하는 여자들로 가득 찼다고 말했다. 또 십자가를 손에 든 수도자들이 돌아다니면서, 세상의 종말이 왔다고 외쳤다고 말했다. 그리고 섭정의 명령으로 교회를 비우라고 요구하는 호위병들에게 사람들이 칠레에는 더 이상 섭정이 존재하지 않는다고 대답했다고 했다. 섭정은 그 끔찍한 순간에 약탈을 막으려고 교수대를 세우게 했다고도 했다. 그리고 불타는 집 뒷문으로 빠져나가 목숨을 건진 어느 사람이, 무고한데도 성급한 주인에게 잡혀서 교수형을 당했다는 것 등을 이야기했다.

이야기가 열기를 띠는 순간에 호세페에게 상처를 치료받던 돈나 엘비레는 그녀에게 물어볼 기회를 갖게 되었다. 그 끔찍한 날 그녀에게 어떤 일이 있었는지. 이때 호세페는 조여드는 마음으로 그에 관해 몇 가지 중요한 것을 이야기했으며, 곧 부인의 눈에서 눈물이 흐르자 몹시 기뻤다. 돈나 엘비레는 호세페의 손을 꼭 잡으면서 아무 말도 하지 말라고 눈짓을 했다. 호세페는 자신이 축복받은 사람들 속에 있다고 생각했다. 또한 세상에 엄청난 불행을 가져다준 어제를, 하늘이 지금껏 자신에게 베풀지 않았던 은혜라고 칭하고 싶은 마음을 억누를 수 없었다. 그러나 실제로, 사람들의 세속적인 재산이 모두 파괴되고, 자연이 모두 파묻힐 위기에 처한 이 끔찍한 순간에, 인간의 정신만은 아름다운 꽃처럼 피어나는 듯했다. 눈에 들어오는 들에는 온갖 신분의 사람들이 뒤섞여 있었고, 제후들과 거지들, 귀부인들과 농가 여인들, 관리와 삯군들, 신부들과 수녀들이 서로 동정을 베풀면서 도움을 주고, 자신의 생계를 위해 건진 것들을 기쁘게 나누니, 마치 모든 이의 불행이 불행으로부터 도망친 모든 이들을 한 가족으로 만든 것 같았다.

평소 차를 마시면서 화제로 삼는 무의미한 이야기 대신, 사람들은 엄청난 일들에 대해 이야기했다. 보통 사회의 존경을 받지 않던 사람들이 로마인 같은 위대함을 보였다. 그러니까 물러서지 않고 기꺼이 위험을 감수하면서, 자신을 버리고, 하느님과 같은 희생으로, 마치 도처에 깔린 듯한 아무런 가치가 없는 것인 양 목숨을 초개와 같이 버린 수많은 사람들 이야기였다. 사실 이날 감동적인 일을 겪거나, 또는 스스로 용감한 일을 한 이들은 한 사람이 아니었다. 따라서 고통은 모든 사람들의 마음속에서 달콤한 기쁨과 뒤섞여서, 그들이 말하듯이, 일반적인 행복의 총합이 어느 한편에서 줄어든 만큼 다른 편에서는 늘어난 것은 아닌지, 말로는 결코 표현할 수 없는 것이었다.

말없이 이런 모습들을 보고나서, 헤로니모는 호세페의 팔짱을 끼고 사과나무 가지로 그늘진 곳을 이리저리 거닐었다. 그는 그녀에게 사람들의 마음이 이렇게 바뀌고 모든 것들이 붕괴된 이 상황에, 유럽으로 가려는 결정을 포기하겠다고 말했다. 그는 자신의 일에 호의를 보인 섭정이 만약 살아 있다면 그에게 애원을 하겠으며, (그녀에게 키스를 하면서) 그녀와 함께 칠레에 남기를 희망한다고 말했다. 호세페는 자기에게도 그와 비슷한 생각이 떠올랐노라고 대답했다. 만약 아버지가 살아 계신다면 당신을 용서할 것을 의심치 않는다고 말했다. 하지만 그녀는 섭정에게 애원하기보다는 차라리 라 콘셉시온으로 가서 거기서 편지로 섭정에게 사면을 청원하자고 했다. 그곳에서는 여하간 항구가 가까우니, 일이 바라는 대로 되면, 쉽게 다시 산티아고로 돌아올 수 있다는 것이었다. 헤로니모는 잠시 생각에 잠겼다가 이 영리한 생각에 동의하고, 기쁜 미래를 생각하면서 그녀와 잠시 걷다가 일행들이 있는 곳으로 돌아왔다.

그 사이 오후가 되었고 지진도 그쳤으므로, 모여 있던 이재민들의 마음은 다시 진정되었다. 그러자 곧 지진의 피해를 입지 않은 유일한 교회인 도미니크 수도원에서 앞으로의 불행을 막아달라고 하느님께 간청하기 위해 고위 성직자의 미사가 거행될 것이라는 소식이 전해졌다.

모든 지역에서 사람들이 출발했고, 서둘러 도시로 몰려갔다. 돈 페르난도의 일행은 이런 축제에 참가해야 할 것인지, 그래서 이 행렬에 동참해야 하는지 의문을 제기했다. 돈나 엘리자베트는 가슴을 조이면서, 어제 교회에서 어떤 불행이 있었는지를 상기시켰다. 그녀는 그런 감사의 축제는 다시 되풀이될 것이고, 위험이 완전히 지나가고 나면 아마 더 큰 기쁨과 고요함으로 감사 미사를 드릴 기회가 있을 것이라고 말했다. 호세페는 약간 동요되어 일어나면서, 자신은 지금 창조주가 헤아릴 수 없는 숭고한 힘을 펼치는 바로 이 순간만큼 창조주 앞에 겸허하게 얼굴을 숙이고 싶은 충동을 강렬하게 느껴본 적이 없다고 말했다. 돈나 엘비레는 호세페의 생각에 강하게 동조했다. 그녀는 미사에 가야 한다고 주장하면서, 돈 페르난도를 불러 일행을 이끌라고 말했다. 여기에 모두, 돈나 엘리자베스까지도 자리에서 일어났다. 이때 돈나 엘리자베트가 몹시 동요하면서 출발할 채비를 머뭇거리는 것이 보였다. 무슨 일이냐는 질문에 그녀는, 왜 이리 불길한 예감이 드는지 자신도 잘 모르겠다고 대답했다. 그래서 돈나 엘비레는 그녀를 진정시키며 자신과 함께 부상당한 아버지 곁에 남아 있으라고 말했다. 호세페가 말했다.

"그러면, 돈나 엘리자베트, 아이를 다시 받아주세요, 당신이 보다시피, 이 아이는 제 품에서 너무나 편히 있군요." "물론이죠"라고 돈나 엘리자베트가 대답했다. 그리고 그 아이를 잡으려고 했다. 그런데 아이가 이런 부당함에 울부짖으며, 어떤 경우에도 떨어지려고 하지 않았기에, 호세페는 웃으면서 아이를 데리고 있겠다고 말했다. 그리고 아이에게 다시 조용히 입을 맞추었다. 돈 페르난도는 그녀의 품위 있고 우아한 행동이 마음에 들어 그녀에게 팔을 내밀었다. 헤로니모는 작은 필리페를 안고, 돈나 콘스탄세를 이끌었다. 다른 사람들은 그 뒤를 따랐다. 그리고 이 순서로 일행은 도시로 향했다.

그들이 오십 보쯤 걸었을 때, 그 사이 돈나 엘비레와 격하고 비밀스럽게 이야기를 나누던 돈나 엘리자베트가 "돈 페르난도"라고 부르는 소리가 들렸다. 그녀는 불안한 걸음으로 행렬을 뒤쫓았다. 돈 페르난도가 멈추었고, 뒤를 돌아보았다. 그는 호세페를 놓지 않고 엘리자베트를 기다렸다. 그리고 그녀가 마치 자신에게로 마주 오기를 바라는 것처럼 몇 걸음 떨어져서 있는 것을 보자 물었다. "무슨 일이지요?" 돈나 엘리자베트는 내키지 않는 듯이 그에게 다가가더니, 호세페가 듣지 못하도록 그의 귀에 대고 몇 마디를 속삭였다. "그래요? 그곳에서 생길 수 있는 불행이란?" 돈 페르난도가 물었고 돈나 엘리자베트는 계속 심란한 얼굴로 그의 귀에 속삭였다. 돈 페르난도의 얼굴에는 불쾌한 홍조가 나타났다. 그리고 대답했다. "좋아요! 진정해요." 그리고 호세페를 계속 이끌었다.

그들이 도미니크 교회에 도착했을 때, 오르간의 화려한 선율이 들렸고, 수많은 사람들이 그 안에서 물결치고 있었다. 인파는 정면의 교회 앞 광장까지 뻗어 있었고, 벽에 높이 걸려 있는 그림 액자에는 아이들이 매달려서 기대에 가득 찬 눈빛으로 모자를 손에 쥐고 있었다. 모든 샹들리에 불빛이 아래를 비추고 있었고, 저녁 어스름이 막 찾아들자 기둥들은 신비한 그림자를 던지고 있었다. 색유리로 만든 커다란 장미창은 교회의 뒤편에서 마치 자신이 그 빛을 받고 있는 저녁 햇살인 양 불타고 있었다. 오르간 소리가 멈추자 교회 전체에 고요가 찾아들었다. 마치 아무도 숨소리를 내지 않는 것처럼. 오늘 산티아고의 도미니크 교회에서 하늘을 향해 타오르는 열정의 불꽃은 어느 그리스도교 대성당에서도 타오른 적이 없었다. 그리고 헤로니모와 호세페만큼 거기에 더 뜨거운 불꽃을 더한 사람은 없을 것이다!

의식은 연단에서 성장을 한 합창단의 가장 나이 든 성당 참사회원이 설교를 하는 것으로 시작되었다. 그는 합창복의 넓은 소매에서 두 손을 꺼내 하늘을 향해 펼치더니, 이 무너진 세상의 잿더미 속에서 신을 향해 모일 수 있는 사람들이 있음에 감사하고 칭송하고 축복한다고 외쳤다. 그는 전능자의 신호로 어떤 일이 일어났는지를 서술하고 최후의 심판도 더 이상 끔찍할 수는 없을 것이라고 말했다. 어제의 지진으로 생긴 대성당의 균열을 가리키면서, 신은 단지 최후의 심판에 대한 경고를 준 것에 불과하다고 말하자 좌중에는 전율이 퍼져나갔다. 곧 그는 장광설을 쏟아내면서 도시의 타락을 언급했다. 소돔과 고모라가 그들의 죄악을 보지 않았던 것처럼, 하느님은 이 도시의 타락에 벌을 내린 것이다. 그리고 이 도시가 아직 지상에서 완전히 사라지지 않은 것은 하느님의 한없는 참을성의 덕분이라고 말했다.

그렇지만 이 설교로 이미 마음이 갈가리 찢겨나간 불행한 두 사람에게 성당 참사회원이 카르멜 교단 수녀원 정원에서 벌어진 그 악행을 언급하자, 그것은 마치 비수처럼 그들을 꿰뚫고 지나갔다. 그는 이들이 세상에서 용서받는 것은 신성 모독이며, 저주로 가득 찬 비유 속에서 이 죄인들의 이름을 대면서, 이들의 영혼은 지옥의 제후에게 던져질 것이라고 말했다! 콘스탄세는 헤로니모의 팔을 잡아끌면서 "돈 페르난도!"라고 소리쳤다. 그러나 그가 단호하게 그러나 너무나 은밀하게 대답했다. "조용히 하세요, 돈나. 눈썹도 까딱해서는 안 됩니다. 그리고 정신을 잃은 것처럼 행동하세요. 그러면 우리는 교회를 빠져나갈 것입니다." 그러나 콘스탄세가 탈출을 위해 생각해낸 중요한 방법을 써보기도 전에 이미 어떤 목소리가 성당 참사회원의 설교를 큰소리로 중단시키면서 외쳤다. "물러서라, 산티아고의 시민들이여! 여기에 그 타락한 사람들이 있다!" 주위가 놀라움과 혼란에 휩싸이는 동안 다른 목소리가 두려움에 가득 차서 "어디?"라고 묻자 제삼의 목소리가 "여기!"라고 대답하며 극악무도하게 호세페의 머리채를 잡아 당겼다. 페르난도가 그녀를 붙잡지 않았더라면 그녀는 그의 아들과 함께 바닥으로 내동댕이쳐졌을 것이다. "당신들 미쳤습니까?" 어느 젊은이가 소리쳤다. 그러고는 호세페를 팔로 안으면서 "나는 돈 페르난도 오르메스. 너희들이 알고 있는 이 도시 지휘관의 아들이다." 그의 바로 곁에 서 있던 어느 구두장이가 말했다. "돈 페르난도 오르메스라고?" 그는 호세페를 위해 일을 했었고 그녀의 작은 발만큼이나 그녀를 잘 알고 있는 사람이었다. "누가 이 아이의 아버지인가?" 하고 그는 뻔뻔스럽게 아스테론 가의 딸을 향해 물었다. 페르난도는 이 물음에 창백해졌다. 그는 곧 망설이며 헤로니모를 쳐다보고는 곧 자신을 아는 사람은 없는지 좌중을 훑어보았다. 호세페는 이 끔찍한 상황에 몰려서 "이 아이는 당신이 생각하듯, 내 아이가 아닙니다. 마이스터 페드릴로"라고 소리쳤다. 그녀는 두려움에 페르난도를 쳐다보았다. "이 젊은 분은 당신들이 모두 알고 있는 도시의 지휘관의 아들 돈 페르난도요!" 구두장이가 물었다. "여러분! 당신들 중 누가 이 젊은이를 압니까?" 그러자 둘러서 있던 여러 사람들이 되풀이했다. "헤로니모 루게라를 아는 사람이 있습니까? 그 사람은 앞으로 나서시오!" 바로 그 순간 어린 주앙이 소란에 놀라서 호세페의 품에서 떨어져 돈 페르난도의 품으로 가려고 했다. 이에 "바로 이자다!"라는 목소리가 들렸다. 그러자 "그가 헤로니모 루게라다!"라는 또 다른 목소리가 들려왔고, "이들이 그 타락한 자들이다!"라는 세 번째 목소리가 들려왔다. "돌을 던져라! 돌을 던져라! 예수의 성전에 모인 그리스도인들이여!" 일이 이 지경에 이르자 헤로니모가 외쳤다. "잠깐! 이 짐승 같은 자들! 너희들이 헤로니모 루게라를 찾는다면 그는 여기에 있소! 그 죄 없는 사람을 풀어주시오!"

성난 무리들은 헤로니모의 말에 혼란스러워져서 멈칫거렸다. 여러 명이 돈 페르난도를 풀어주었다. 그리고 이 순간, 높은 계급의 해군 장교가 사람들을 밀치면서 달려와 물었다. "돈 페르난도 오르메스! 무슨 일입니까?" 페르난도는 완전히 자유로워져서 진정한 영웅다운 신중함으로 대답했다. "네, 보십시오. 돈 알론소, 이 살인마들을! 나는 이 존경스러운 분이 성난 무리들을 가라앉히기 위해 스스로 루게라라고 하지 않았다면 이미 죽었을 것이오. 만약 호의를 베푸시려면 안전을 위해 그와 이 여인을 체포하시오." 그리고 페드릴로를 붙잡으면서 "이 소란을 부채질한 이 몹쓸 인간도 체포하시오!"라고 말했다. 구두장이는 말했다. "돈 알론소 오노레하. 당신의 양심에 묻겠소! 이 여인이 호세페 아스테론이 아니란 말이오?" 이미 호세페를 잘 알고 있던 돈 알론소가 대답을 주저하는 사이, 여러 목소리들이 다시금 격분해서 소리쳤다. "저 여자다! 저 여자다!", "저 여자를 죽여라!" 그러자 호세페는 헤로니모가 지금까지 데리고 있던 필리페와 주앙을 돈 페르난도의 팔에 한꺼번에 넘기면서 말했다. "가세요, 페르난도. 당신의 두 아이들을 구하세요. 그리고 우리는 운명에 맡기세요!"

돈 페르난도는 두 아이를 받아 들고는 자기 일행이 무슨 일을 당하게 하느니 차라리 자기가 죽겠노라고 말했다. 그는 해군 장교에게 군도를 달라고 하더니 호세페에게 팔을 내밀고, 뒤에 있던 두 사람에게는 자신을 따르라고 말했다. 그 모습에 사람들이 충분한 존경심을 보이며 비켜섰고, 그들은 정말 교회에서 나왔다. 그리고 살았다고 생각했다. 그러나 그들이 사람들로 가득 찬 광장에 도착하자마자, 그들을 뒤쫓던 어떤 목소리가 성난 군중들 속에서 소리쳤다. "이자가 헤로니모 루게라다. 시민 여러분, 내가 그의 아버지요!" 그러고는 무시무시한 몽둥이를 내려쳐 돈나 콘스탄세 곁에 있던 그를 쓰러뜨렸다. "성모 마리아여!" 돈 콘스탄체는 소리치면서 그의 형부에게로 달려갔다. 그러자 "수녀원의 매춘부!"라는 소리가 울려 퍼지더니 다른 쪽에서 두 번째 몽둥이가 날아와서 그녀를 헤로니모 옆으로 내동댕이쳤다. "무지막지한 놈! 이건 콘스탄세 사레스잖아!" 어느 목소리가 외쳤다. "왜 우리를 속이는 거야?"라고 구두장이가 말했다. "진짜를 찾아라. 그리고 그들을 죽여라!" 돈 페르난도는 콘스탄세의 시체를 보고 분노로 불탔다. 그는 칼을 꺼내 휘둘렀고 찔러댔다. 이 만행을 일으킨 광적인 살인마가 몸을 돌려 그 성난 칼을 피하지 않았더라면, 그는 아마 산산조각이 났을 것이다. 그러나 페르난도가 자신을 향해 몰려드는 사람들을 이겨낼 수 없게 되자, 호세페는 "아이들과 함께 잘 사세요! 페르난도!"라고 소리치면서 "여기 있는 나를 죽여라. 피에 굶주린 표범들아!" 하고 외쳤다. 그녀는 성난 군중 틈으로 자진해서 몸을 던졌다. 페드릴로는 그녀를 몽둥이로 내려쳤다. 페드릴로는 그녀의 피를 뒤집어 쓴 채 "저 놈도 뒤따라 지옥으로 보내라!"라고 소리치면서, 아직 채워지지 않은 살인욕으로 다시 덤벼들었다.

신과 같은 영웅 페르난도는 이제 교회를 등지고 서서 왼손에는 아이들을, 오른손에는 칼을 들고 있었다. 그가 칼로 찌를 때마다 한 사람씩 바닥에 쓰러졌다. 사자도 그처럼 잘 막아내지는 못했을 것이다. 일곱 명의 피투성이 개가 그의 앞에 죽은 채 누워 있었다. 악마 무리의 수장도 부상을 입었다. 그러나 페드릴로는 한 아이의 다리를 잡고 페르난도의 가슴에서 떼내어 빙빙 돌리다가 마침내 교회 모서리에 던져 박살을 내고 말았다. 그 광경을 보자, 주변이 조용해지면서 모두들 흩어졌다. 페르난도는 어린 주앙이 뇌수를 흘리면서 자기 앞에 누워 있는 것을 보고는 형언할 수 없는 고통에 가득 차 하늘을 올려다보았다.

해군 장교가 다시 그의 곁으로 와 그를 위로하려고 애쓰면서, 비록 여러 가지 정황으로 미루어 그것이 정당화될지라도, 이런 참극에 자신이 아무런 도움을 주지 못한 것이 후회스럽다고 말했다. 그러나 페르난도는 그를 조금도 비난할 수 없다고 말하고, 시신을 거둘 수 있도록 도와달라고 부탁했다. 밤이 되어 어두워진 가운데 사람들은 시신들을 돈 알론소의 집으로 운반했다. 페르난도는 작은 필리페의 얼굴 위로 눈물을 떨어뜨리면서 그들을 따랐다. 그는 알론소의 집에서 밤을 보냈고, 오랫동안 아내에게 거짓 핑계를 대면서 이 불행한 사건의 전말을 이야기해주지 않았다. 그녀가 병중이기도 하고 또 이 사건에서의 자신의 행동을 어떻게 판단할지 알 수 없었기 때문이다. 그러나 얼마 후 그날 무슨 일이 있었는지, 모든 상황을 방문객으로부터 전해 들은 이 훌륭한 부인은 어머니로서의 고통을 조용히 눈물로 씻어내고는, 어느 날 아침 울면서 남편의 목을 끌어안고 입을 맞추었다. 돈 페르난도와 돈나 엘비레는 곧 작은 낯선 아이를 양아들로 받아들였다. 그리고 필리페를 주앙과 비교하면서, 그리고 어떻게 두 아이들을 얻게 되었는지 생각하면, 돈 페르난도는 기뻐해야만 할 것 같은 느낌마저 들었다.

산토도밍고 섬의 약혼

　　　　　　　　금세기 초, 산토도밍고 섬의 프랑스 영토인 포르토프랭스[20])에서 흑인들이 백인들을 죽일 때 기욤 폰 빌뇌브 씨의 농장에는 늙고 끔찍한 흑인, 콩고 호앙고가 살고 있었다. 그는 아프리카의 황금해안 출신으로, 일찍이 어릴 때부터 성실하고 정직하게 보였고, 쿠바로 항해하던 도중 주인의 목숨을 구해주어 주인의 한없는 자비를 받았다. 기욤 씨는 그 자리에서 그에게 자유를 주었을 뿐 아니라 산토도밍고로 돌아와서는 집과 농장까지 주었다. 심지어 일 년 뒤에는 그 나라의 관습과 달리 그를 자신의 넓은 소유지의 관리인으로 만들었고, 재혼하려 하지 않는 그에게 아내 대신 호앙고의 사별한 첫 번째 아내와 먼 친척뻘 되는 나이 든 물라토[21]) 바베칸을 자신의 농장에서 데려와 짝지어 주었다. 그리고 흑인 호앙고가 예순이 되었을 때 상당한 봉급을 주어 그를 은퇴시켰고, 심지어 유언장으로 그에게 유산을 남기기까지 하였다. 그러나 고마움을 표하는 이 모든 증거들도 빌뇌브 씨를 이 잔인한 인간의 분노로부터 보호하지는 못했다. 성급한 국민의회의 조치에 이 농장도 복수의 대상에 포함되었고, 콩고 호앙고는 가장 먼저 무기를 든 사람들 속에 속해 있었다. 그는 자신을 조국으로부터 떼어놓은 악행을 떠올리고는 주인의 머리에 총을 쏘았다. 그리고 주인의 아내와 세 아이들 그리고 농장의 나머지 백인들이 피신한 집에 불을 질렀고, 포르토프랭스에 사는 자식들이 상속권을 주장할 수 있을 만한 모든 농장을 쑥대밭으로 만들었다. 그리고 토지에 있는 모든 건물을 깡그리 부순 다음, 자신이 모아 무장시킨 흑인들을 대동하고 백인에 대항해 싸우는 동족을 지원하고자 주변 지역을 함께 이동했다. 그는 잠복하고, 무장을 한 채 그곳을 지나는 무리들을 노렸다. 또는 밝은 대낮에 자신들의 농장에서 보루를 쌓고 숨어 있는 농장주들을 습격하여 그 안에 있는 사람들을 깡그리 총으로 날려버리기도 했다. 이 무시무시한 싸움으로 젊은 혈기를 찾은 그는 비인간적인 복수욕으로 심지어 바베칸과 그녀의 어린 딸, 열다섯 살짜리 메스티소[22] 토니도 여기에 동참할 것을 요구했다. 그리고 자기가 살고 있는 농장의 주요 건물이 한적한 지방 도로에 있어 먹을 것과 잠자리를 찾는 백인 도망자나 크레올[23] 도망자들이 자주 찾아오는 것을 알고는, 여자들에게 이 백인 놈들에게 도움을 주고 호의를 베풀어 자기가 돌아올 때까지 붙잡아두라고 시켰다. 그럴 때면, 어릴 때 가혹한 형벌을 받아 그 후유증으로 폐결핵을 앓고 있던 바베칸은 거의 황색에 가까운 피부색 때문에 이런 추한 술수에 특히 쓸모가 있는 어린 토니에게 가장 좋은 옷을 입혔다. 바베칸은 토니에게 금지된 최후의 것은 목숨을 걸고 지키지만, 그것을 제외한 이방인의 애무는 그 어떤 것도 거절하지 말라고 부추겼다. 콩고 호앙고가 흑인 부대와 함께 그 근방을 수색하고 돌아오면, 이 속임수에 속은 불쌍한 사람들의 운명은 곧 죽음이었다.

1803년 데살린 장군[24]이 삼만 명의 흑인과 함께 포르토프랭스로 진격했을 때, 모든 백인들이 포르토프랭스를 지키려고 이곳으로 집결한 사실은 다들 알고 있을 것이다. 왜냐하면 그곳은 이 섬에서 프랑스군의 마지막 보루였고 그곳이 함락된다면 그곳에 있는 모든 백인은 구출되지 못하고 전멸하기 때문이었다. 늙은 호앙고가 자신이 거느리던 흑인들과 함께 프랑스 초소를 통과하여 데살린 장군에게 화약과 총알을 수송하려고 길을 떠나 집을 비운 동안, 폭풍우가 불던 어느 날 밤에 누군가 문을 두드렸다. 벌써 잠자리에 들었던 늙은 바베칸은 일어나서 치마만 걸치고는 창문을 열고 누구냐고 물었다. 낯선 사람은 창문으로 몸을 들이밀면서 나지막하게 말했다. "제가 대답을 하기 전에 성모 마리아와 모든 성인을 걸고, 질문에 대답해주시오." 그러고는 그는 어둠 속으로 늙은 여인의 손을 잡으려고 손을 뻗으면서 물었다. "당신은 흑인이오?" 바베칸이 말했다. "자, 당신은 백인이 틀림없군요. 이렇게 칠흑 같은 밤에 흑인 여인을 보기 전에 낯빛부터 살피다니 말이오. 두려워 말고 들어오시오." 그녀는 덧붙였다. "여기에는 물라토가 살고 있소. 그리고 나 말고 이 집에는 유일하게 내 딸만 있고, 그 아이는 메스티소요!" 그러면서 그녀는 내려와서 문을 열려는 듯이 창문을 닫았다. 그러나 열쇠를 금방 찾을 수 없다는 핑계를 대면서 옷장에서 재빨리 옷가지들을 꺼내어 방으로 올라가서 딸을 깨웠다. "토니!" 그녀가 딸을 깨웠다. "토니!" "무슨 일인가요, 어머니?" "어서!"라고 그녀가 말했다. "일어나서 옷을 입거라! 여기 옷이 있다. 흰 옷과 스타킹이다. 쫓기고 있는 백인 하나가 들어오려고 문 앞에서 기다리고 있어!" 토니가 침대에서 반쯤 몸을 일으키면서 물었다. "백인요?" 그녀는 노인이 손에 들고 있는 옷을 받고는 말했다. "그 사람 혼자인가요, 어머니? 그를 집 안으로 들이면, 우리가 걱정할 일은 없는 건가요?" "없어, 없단다!" 노인은 불을 밝히면서 대답했다. "그 사람은 무기도 없고 혼자야. 그리고 우리가 그를 덮칠까봐 두려워서 온몸을 떨고 있어!" 토니가 일어나서 치마와 스타킹을 신고 있는 동안, 그녀는 구석에 서 있는 커다란 등에 불을 붙이고, 그 지방의 풍습에 따라 소녀의 머리를 재빨리 묶어 올리고 모자를 씌워주었다. 그러고 나서 딸에게 등불을 쥐어주고 뜰로 내려가서 낯선 사람을 들이라고 시켰다.

그러는 사이 개가 짖었고, 호앙고가 어떤 흑인 여인에게서 낳은 사생아 난키라는 사내아이가 동생 제피와 옆 건물에서 자다가 그 소리에 잠에서 깼다. 그리고 달빛에 한 남자가 집 뒤편 계단에 서 있는 것이 보였다. 그는 그런 경우 해야 할 행동지침대로, 그 남자가 들어온 뜰 문을 자물쇠로 채우기 위해 문을 향해 달려갔다. 이런 조치가 무슨 뜻인지 눈치 채지 못한 이방인은 소년이 다가갔을 때 그가 흑인임을 보고 놀라면서 물었다. "이 농장에 누가 살고 있지?" 그는 "빌뇌브 씨가 죽은 후로 흑인 콩고 호앙고의 소유가 되었죠"라는 대답에 소년을 내동댕이치고, 그의 손에 있던 정문 열쇠를 빼앗아 멀리 던져 버리려고 했다. 그때 토니가 등불을 손에 들고 집 앞으로 나왔다. "빨리, 빨리 들어오세요!" 그녀는 그의 손을 잡고 문 쪽으로 잡아당기면서 말했다. "이리로 들어오세요!" 그녀는 이 말을 하면서 불빛의 광채가 자기 얼굴을 향하도록 신경을 썼다. "너는 누구냐?" 낯선 사람은 당황하면서 말했다. 그는 여러 가지 이유로 당황해서 그녀의 어리고 사랑스러운 모습을 바라보며 날카롭게 물었다. "내가 피신해도 된다고 말한 이 집에 누가 살고 있는 거지?" "분명 어머니와 저 말고는 아무도 없어요!"라고 대답하면서, 그녀는 그를 계속 끌고 가려고 애썼다. "뭐라고? 아무도 살지 않는다고!"라고 이방인이 한 걸음 뒤로 물러나면서 소녀의 손을 뿌리쳤다. "이 소년이 방금 내게 호앙고라는 흑인이 이 집에 살고 있다고 말했는데?" "제가 아니라고 말씀드리지 않았어요?" 소녀가 말했다. 그녀는 불쾌한 표정으로 발을 구르면서 "만약 여기가 그 이름을 가진 악한의 집이라 해도, 그는 지금은 이곳에 없고 십 마일은 떨어져 있어요!"라고 말하고는 두 손으로 이방인을 집 안으로 밀었다.

그리고 소년에게 누가 왔는지 아무에게도 말하지 말라고 명령하고, 문에 이르자 이방인의 손을 잡고 어머니의 방이 있는 쪽, 계단 위로 안내했다.

창문가에서 내려다보면서 이 모든 이야기들을 듣고 불빛으로 그가 장교라는 것을 알게 된 노파가 물었다. "당신 팔 밑에 차고 있는, 언제든 찌를 준비를 하고 있는 그 칼은 무엇인가요?" 그녀는 안경을 끼면서 덧붙였다. "우리는 생명의 위협을 무릅쓰고 당신이 우리 집에 피신하는 것을 허락했는데, 당신은 이런 호의를 당신 나라의 관습대로 배신으로 보답하려는 겁니까?" 이방인은 그녀가 앉아 있는 의자로 가까이 다가서면서 대답했다. "하늘이시여, 보살펴주소서!" 그는 노파의 손을 잡아 자신의 가슴에 갖다대고, 방 안을 조심스레 둘러보고는 허리에 차고 있던 칼을 벗고 말했다. "당신은 당신 앞에 배은망덕하고 나쁜 사람이 아니라, 가장 고귀한 사람을 보고 있소!" "당신은 누구요?"라고 노파가 물었다. 그러면서 그녀는 발로 의자를 밀어주며, 딸에게 부엌으로 가 서둘러 저녁식사로 빵을 준비하라고 일렀다. 이방인이 대답했다. "나는 프랑스 군대의 장교지만, 보다시피 프랑스인은 아니오. 내 조국은 스위스고 나의 이름은 구스타프 폰 데어 리트요. 아, 결코 내 나라를 떠나 이 불행하고 비참한 곳에 오지 말았어야 했는데! 나는 포르 도팽에서 왔고, 당신도 알겠지만, 그곳의 백인들은 모두 살해당했소. 그리고 내 목적은 포르토프랭스로 가는 것이오. 데살린 장군이 군대를 이끌고 합류해서 그곳을 점령하기 전에 말이오." "포르 도팽에서!"라고 노파가 소리쳤다. "그리고 당신의 피부색으로 분노로 휩싸인 흑인들의 땅을 지나는 이 무서운 여정에 성공했단 말이오!" "하느님과 모든 성인들이 저를 지켜주셨습니다!"라고 이방인은 대답했다. "그리고 저는 혼자가 아닙니다, 아주머니. 제가 남겨둔 저의 일행 중에는 존경스러운 어른, 제 백부와 그의 부인과 다섯 아이들이 있습니다. 그 가족에 속하는 여러 시종들과 하녀들도 있고요. 모두 열두 명입니다. 저는 불쌍한 노새 두 마리의 도움으로 밤에만 길을 걸어서 이루 말할 수 없을 만큼 힘들게 그들을 데리고 왔습니다. 낮에는 길거리에 몸을 드러낼 수 없었기 때문입니다." "맙소사!" 노파는 동정하듯 머리를 흔들면서 담배 한 갑을 꺼내면서 말했다. "일행은 지금 어디에 있소이까?" 이방인은 잠시 생각에 잠긴 뒤 대답했다. "당신은 믿을 수 있을 것 같습니다. 당신의 얼굴색에는 나와 같은 색깔도 엿보이니까요. 가족들은 당신들도 아는, 이곳에서 일 마일 떨어진 곳, 갈매기 못에서 가까운 숲과 접한 외딴 곳에 있습니다. 그저께 굶주림과 갈증에 지쳐 그 피신처를 찾았고, 지난밤에는 하인들을 보내 조금이라도 이곳 주민들에게서 빵과 와인을 구하려고 노력했지만 아무 소용이 없었지요. 잡혀서 죽임을 당할까 두려워서 주민들은 그런 일을 할 엄두를 내지 못했고, 그래서 오늘 직접 목숨을 걸고 제 행운을 시험하기 위해 길을 나설 수밖에 없었습니다." 그는 노파의 손을 잡으면서 말을 이었다. "만약 모든 것이 거짓이 아니라면, 하늘은 저를 동정심을 가진 사람들에게로 이끈 것입니다. 이 섬의 모든 주민들을 사로잡은 저 끔찍하고 가공할 증오를 갖지 않은 분들에게로. 제게 바구니 몇 개에 먹을 것과 과일들을 채우는 호의를 베풀어주시면, 넉넉하게 사례를 할 것입니다. 우리는 포르토프랭스까지 닷새만 가면 되고, 만약 그 도시에 도착할 방편을 제공해주신다면, 저희들은 당신을 영원히 생명의 은인으로 생각할 것입니다." "그래요. 이 정신 나간 극단적인 투쟁은." 하고 노파는 흐느꼈다. "이것은 마치 한 몸의 두 손들이, 마치 한 입 안의 이빨들이 서로 미쳐서 날뛰는 것과 같습니다. 한 부분이 다른 부분처럼 만들어지지 않았다고 해서 서로 화를 내는 것과 같은 일 아니겠소? 쿠바 섬의 산티아고 출신인 아버지를 둔 내가, 낮이 되면 내 얼굴에 떠오르는 피부색을 어떻게 할 수 있겠소. 그리고 유럽에서 생겨서 태어난 내 딸의 얼굴에 하루 종일 유럽 대륙의 피부 빛이 그대로 나타나는 것을 어찌 하겠소?" "뭐라고요?" 이방인이 말했다. "얼굴로 봐서는 물라토인 당신이, 그리고 아프리카 태생인 당신과 내게 문을 열어준 사랑스러운 어린 메스티소가 우리 유럽인들처럼 박해를 받고 있다고요?" "맙소사!" 노파는 안경을 코에서 떼면서 대답했다. "당신은 지옥에서 온 끔찍한 도적 떼들이 이 힘들고 비참한 시간 동안 우리 손으로 일해서 얻은 재산을 노리지 않을 거라고 생각해요? 힘없는 우리가 궁여지책 끝에 생각해낸 온갖 꾀와 술수로 우리를 그들의 박해에서 보호하지 않았더라면, 우리 얼굴에 있는 비슷한 색깔은 아무런 도움이 되지 않았을 거라오. 믿어주시오!" "아니 그럴 수가!"라고 이방인이 소리쳤다. "이 섬의 누가 당신들을 박해한단 말입니까?" "이 집의 주인인 흑인 콩고 호앙고요!"라고 노파는 대답했다. "폭동이 일어나면서 이 농장의 전 주인인 기욤 씨가 호앙고의 끔찍한 손에 죽은 후로, 친척으로서 그의 집안을 관리하고 있는 우리는 호앙고의 모든 횡포와 폭력에 내맡겨졌소. 우리가 인정에 끌려 때때로 이 거리를 지나는 백인 도망자에게 준 모든 빵 조각과 마실 것에 그는 욕설과 학대를 하면서 우리에게 책임을 물었다오. 그는 우리를 백인 잡종, 크레올레 잡종 개라고 부르는데, 그는 어서 흑인들의 복수가 우리에게 미치기만을 바란다오. 백인에 대한 그의 난폭함을 탓하는 우리를 없애고, 한편으로는 우리가 남길 작은 재산을 차지하기 위해서 말이오." "불쌍한 사람들! 가련한 사람들!" 이방인이 말했다. "그러면 지금 그 악한은 어디에 있습니까?" "데살린 장군의 군대에 가 있소. 이 농장에 딸린 나머지 흑인들과 함께 장군에게 필요한 탄약과 총알을 보급하기 위해서요. 만약 그가 새로운 작전에 들어가지 않으면 열흘이나 십이 일 후에 돌아올 것입니다. 신이 보호해주시겠지만, 만약 그가 온 힘을 다해 이 섬에서 백인종을 없애려고 애쓰는 사이, 우리가 포르토프랭스로 가는 백인에게 잠자리와 은신처를 준 사실을 알게 된다면, 당신도 알다시피 우리는 모두 죽은 목숨이오." 이방인이 대답했다. "인간을 사랑하고 동정을 베푸시는 하느님이 이 불행한 사람을 돕는 일을 보호해주실 것입니다." 그러고는 노파에게 다가가면서 덧붙였다. "한 번이라도 당신이 그 흑인의 비위를 거스른다면, 다시 복종을 한다 해도 아무런 소용이 없을 것입니다. 그러니 원하는 만큼 대가를 드릴 테니, 여행으로 매우 지쳐버린 저의 숙부와 그 가족을 하루나 이틀 동안 당신 집에 묵게 해주면 안 되겠습니까? 그들이 쉴 수 있도록 말입니다." "젊은 나리!" 노파가 당황해서 물었다. "도대체 무슨 말이오? 길가에 서 있는 이 집에, 그렇게 많은 당신 일행을 이곳 주민들에게 들키지 않고 재우는 것이 어떻게 가능하다는 것입니까?" "왜 가능하지 않습니까?" 이방인이 다급하게 대답했다. "만약 제가 곧 못으로 가서 날이 밝기 전에 일행들을 이리로 데려온다면, 만약 주인과 하인들 모두를 이 집에 재운다면, 그리고 최악의 경우, 집의 창문과 문들을 모두 잠그고 조심을 하면 되지 않을까요?" 노파는 이 제안을 잠시 생각한 후에 대답했다. "만약 당신이 오늘 밤 일행을 골짜기에서 이곳으로 데리고 온다면, 돌아오는 길에 틀림없이 무장한 흑인 무리와 마주칠 것입니다. 그들은 앞서 보낸 사수들을 통해 미리 통고를 받고 대로변에 서 있을 테고요." "좋습니다!"라고 이방인이 대답했다. "지금은 불쌍한 사람들에게 빵을 담은 바구니를 보내는 것으로 만족하고 그들을 농장으로 데리고 오는 것은 내일 밤으로 미루지요. 선량한 아주머니, 그렇게 해주시겠습니까?" 이방인이 뼈마디가 드러난 노파의 손 위에 입맞춤을 퍼붓는 동안, 노파가 말했다. "내 딸의 아버지인 유럽인을 위해, 나는 당신과 위기에 처한 당신의 동족에게 호의를 보이겠소. 저기 앉아서 당신 일행들에게 내일 해가 뜨면 이곳 농장으로 오라고 편지하세요. 당신이 마당에서 본 그 남자 아이는 그들에게 얼마간의 식량과 함께 편지를 가져다줄 수 있습니다. 밤 동안은 안전을 위해 산에 머물고, 일행이 그 초대를 받아들인다면 내일 날이 밝을 때 이리로 오는 길을 안내하도록 하지요."

그동안 토니가 부엌에서 준비한 식사를 가지고 돌아왔고, 식탁을 차리는 동안 장난치듯 이방인을 쳐다보면서 노파에게 물었다. "자, 어머니 말씀해보세요! 나리가 문 앞에서 많이 놀랐는데 이제 괜찮으신지요? 그를 기다리는 것이 독약도 단도도 아니고, 흑인 호앙고도 집에 없다는 것을 알게 되었는지요?" 어머니는 한숨을 쉬며 대답했다. "애야, 자라 보고 놀란 가슴, 솥뚜껑 보고 놀란다는 말도 있지 않니. 나리가 집안 사람들이 어떤 인종에 속하는지 확신이 서기 전에 집으로 들어서려 했다면, 그건 어리석은 행동이었을 거야." 소녀는 어머니 앞으로 다가서며, 자신이 등불을 들어 불빛이 온통 얼굴에 내리비치도록 했다고 말했다. 그러나 그는 흑인과 유색인종에 대한 상상으로 가득 차, 파리나 마르세유 여인이 문을 열었더라도 흑인이라 생각했을 것이라고 말했다. 이방인은 그녀 몸에 부드럽게 팔을 두르고는 당황해서 그녀가 쓴 모자가 얼굴을 보는 데 방해가 되었다고 말했다. 그러고는 그녀를 자기 가슴에 힘차게 껴안으면서, "내가 지금처럼 네 눈을 들여다볼 수 있었다면 너의 나머지가 모두 검은 색이라 할지라도 너와

독이 든 잔이라도 함께 마셨을 것이다"라고 말을 이었다. 어머니는 이 말을 하면서 얼굴이 붉어진 그 남자를 자리에 앉게 했고, 토니는 이방인이 식사를 하는 동안 식탁에 앉아서 두 팔을 괴고는 남자의 얼굴을 뚫어져라 들여다보았다. 이방인이 그녀에게 물었다. "몇 살이지? 그리고 조국은 어디지?" 그러자 어머니가 말을 가로막고는 그에게 말했다. "십오 년 전, 저의 후견인이었던 빌뇌브 씨의 부인과 함께 유럽으로 여행할 때, 파리에서 토니가 생겼고, 그곳에서 이 애를 낳았다오. 그 후 나와 결혼한 흑인 코마르는 토니를 자식으로 받아들였죠. 토니의 아버지는 원래는 베르트랑이라는 부유한 마르세유 상인이었습니다. 그래서 이 아이는 토니 베르트랑이라고 하지요." 토니가 그에게 물었다. "혹시 프랑스에 그런 분을 아세요?" 이방인이 대답했다. "아니! 그 나라는 너무나 커서 서인도로 배를 타고 오기 전에 잠깐 머무는 시간 동안엔 그런 이름을 가진 사람을 만나지 못했어." 노파는 자신이 들은 꽤 확실한 소식에 따르면, 베르트랑 씨는 더 이상 프랑스에 있지 않노라고, 그의 명예욕 강하고 출세지향적인 성격은 시민 계급이 하는 일과 맞지 않았다고 말했다. 그는 혁명이 시작될 무렵 공적인 임무에 간여하게 되었고, 1795년 프랑스 사절과 함께 터키 궁정으로 갔으며 자신이 알기로는 그곳에서 아직 돌아오지 않았다고 했다. 이방인은 토니의 손을 잡고 웃으면서 말했다. "그렇다면 너는 양가 댁의 부유한 소녀이겠구나." 그는 그녀에게 이 유리한 점을 이용하라고 용기를 북돋웠고, 아버지의 손을 잡고 지금 사는 세계보다 더 훌륭한 세계로 들어갈 수 있는 희망이 있다고 말했다. 노파가 감정을 억누르며 말했다. "파리에서 내가 임신한 동안 베르트랑 씨는 법정에서 결혼하려던 부유한 젊은 신부 보기가 부끄러워, 이 아이에 대한 부권을 부정했다오. 나는 그가 뻔뻔스럽게 내 면전에서 한 거짓 맹세를 결코 잊을 수 없습니다. 그 일로 나는 신열이 생겼고 곧 빌뇌브 씨에게 채찍 육십 대를 맞았습니다. 그 뒤로 나는 지금까지도 결핵에 시달리고 있고요." 깊은 생각에 잠겨 손으로 머리를 괴고 있던 토니가 이방인에게 물었다. "도대체 당신은 누구세요? 어디에서 왔고 어디로 가는 것인가요?" 격분한 노파의 말에 잠시 당황하던 그가 대답했다. 자신은 백부인 슈트뢰믈리 씨 가족과 함께 포르 도팽에서 왔으며, 일행을 두 젊은 사촌의 보호 하에 갈매기 못가의 숲에 남겨두었다고 했다. 그는 소녀의 간청에, 도시에서 일어난 폭동에 관한 여러 가지 이야기들을 들려주었다. 모두가 잠들어 있던 자정에 배반을 알리는 신호에 따라 흑인들이 백인들을 학살하기 시작했고, 곧 프랑스 공병대의 하사관이었던 흑인 대장이 항구의 모든 선박에 불을 질러 백인들이 유럽으로 도망치지 못하게 하는 만행을 자행했다. 가족들은 몇 가지만을 챙긴 채 성문 앞까지 피난했고, 모든 해안에 폭동이 일어나는 동안 그들이 마련한 두 마리의 노새에 의지해 이 나라를 가로질러, 포르토프랭스로 올 수밖에 없었다. 그곳은 유일하게 강력한 프랑스 군대의 보호를 받는 곳으로, 군대는 이 순간 흑인들의 강대해진 힘에 저항하고 있다. 토니는 어떻게 하여 백인들이 그렇게 증오의 대상이 되었냐고 물었다. 이방인이 당황해서 대답했다. 섬의 주인으로서 백인들이 가진 흑인과의 보편적인 관계 때문이다. 사실을 말하자면 이 관계에 대해서는 자신도 변호하고 싶지 않은데, 이미 여러 세기를 걸쳐 이런 방식으로 유지되어온 것이다! 농장의 모든 이들을 사로잡은 자유의 광기가 흑인들과 크레올들을 억누르던 쇠사슬을 부수게 하고, 백인들 중 몇 명이 자행한 비난받을 만한 여러 만행에 복수를 하도록 만들었다는 것이다. 그는 잠시 침묵한 후에 말을 이었다. "특히 어떤 어린 소녀의 행동은 내게는 참으로 끔찍하고 기이하게 느껴졌소. 이 소녀는 흑인 폭동이 일어났을 때 황열병으로 누워 있었소. 엎친 데 겹친 격으로 황열병은 도시에서 발생한 것이었소. 그 소녀는 삼 년 전에 백인 농장주의 노예로 일했는데, 소녀가 자신이 바라는 대로 고분고분하게 굴지 않자 감정이 상해 그 아이를 심하게 학대했고 그 후 크레올 농장주에게 팔아버렸지요. 폭동이 일어난 날 소녀의 전 주인인 농장주는 흑인들의 분노에 쫓기고 있었고 근처 헛간으로 도망을 쳤답니다. 소녀는 그때의 학대를 생각했고, 동이 트자 자신의 남동생을 그에게 보내 자기 집에 묵으라고 청했답니다. 그 불쌍한 남자는 그 소녀가 병들었고, 그것이 어떤 병인지도 모르고 그녀에게로 와서는 자신을 구해준 데 대한 감사함으로 소녀를 팔에 안았답니다. 그런데 그가 삼십 분 정도 침대에서 소녀를 애무하고 쓰다듬었을 때, 소녀는 갑자기 사납고 차갑게 쏘아부치면서 일어나서 말했답니다. '죽음이 이미 가슴 속에 깃든 역병 환자에게 입을 맞추었구나. 가서 너와 같은 백인들 모두에게 황열을 퍼뜨려라!'라고." 노파가 큰소리로 역겨움을 표하는 동안, 장교가 토니에게 물었다. "너도 그런 행동을 할 수 있겠는가?" "아니요!"라고 토니가 당황해서 앞을 내려다보면서 말했다. 이방인은 냅킨을 식탁 위에 놓으면서 말했다. 자신의 생각으로는, 그렇게 파렴치하고 끔찍한 배신은 백인들이 저지른 어떠한 폭정으로도 정당화될 수 없을 것이다. 그는 격한 몸짓으로 일어서면서 하늘의 복수도 이를 통해 무력해졌을 것이다. 천사도 이에 격분하여 인간과 신의 질서를 바로잡기 위해 불의를 행한 이의 편에 서서 자신의 일을 행할 것이다! 라고 말했다. 이 말을 하면서 그는 순간 창가로 다가갔고 폭풍우를 담은 구름이 달과 별들 위로 지나가는 밤의 광경을 내다보았다. 그리고 그때 어머니와 딸이 서로를 쳐다보는 것 같았으나, 그들이 서로 눈짓을 주고받는 것은 알아채지 못했다. 뭔가 거슬리고 불쾌한 느낌이 그를 사로잡았고 그는 돌아서서 어디서 자야 할지 방을 가르쳐달라고 말했다.

어머니는 벽시계를 보고 자정이 거의 다 된 것을 깨닫고, 등불을 손에 들고 이방인에게 자신을 따르라고 말했다. 그녀는 긴 복도를 지나 그를 위해 준비한 방으로 안내했다. 토니는 이방인의 외투와 그가 벗어 놓은 다른 여러 가지 것들을 들고 있었다. 어머니는 그에게 쿠션으로 편하게 만들어진 침대를 가리키며 거기에서 자라고 했고, 토니에게 나리의 발을 씻어드릴 준비를 하라고 시키고는 인사를 하고 떠났다. 이방인은 자신의 칼을 구석에, 허리에 차고 있던 총 몇 자루를 탁자 위에 놓았다. 그는 토니가 이불을 밀어내고 하얀 천을 그 위에 까는 동안 방 안을 돌아보았다. 그리고 곧 방 안의 화려함과 장식을 보고 이 방이 농장의 전 주인 것이 틀림없다고 생각했다. 독수리가 그의 심장 주위를 맴돌듯 그의 가슴은 불안으로 조여들었다. 그는 이 집에 오기 전의, 배고프고 목마른 상태 그대로 자기 일행이 있는 숲으로 되돌아가기를 바랐다. 그 사이 소녀는 옆에 있는 부엌에서 허브 향이 나는 따뜻한 물이 담긴 대야를 들여왔다. 그러고는 창가에 서 있는 장교에게 그 물로 기운을 차리라고 말했다. 장교는 말없이 넥타이와 조끼를 벗고 의자에 앉았다. 소녀가 그의 앞에서 무릎을 꿇고 엎드려 발을 씻길 준비를 하는 동안, 그는 양말을 벗으면서 소녀의 매력적인 모습을 관찰했다. 검은 곱슬머리로 물결치는 그녀의 머리칼은, 그녀가 엎드리자 가슴께까지 내려왔다. 입술과 내려 깐 눈 위로 솟아오른 긴 속눈썹 위로는 빼어난 우아함이 돋보였다. 거슬리는 피부색만을 뺀다면 이보다 더 아름다운 여인은 보지 못했노라고 그는 맹세할 수 있었을 것이다. 이때 누구인지 확실히 알 수는 없었지만, 그 누구와 아련하게 닮은 점이 그의 눈에 띄었다. 이런 마음은 이 집에 들어올 때 이미 느낀 것으로, 그는 거기에 온통 마음이 빼앗겼다. 그녀가 하던 일을 마치고 일어서자 그는 그녀의 손을 붙잡고, 이 소녀가 자신에게 마음이 있는지 없는지 알아볼 수 있는 방법은 단 한 가지

밖에 없다고 결론 내리고는 그녀를 무릎에 앉혔다. "약혼자가 있느냐?" "아니요!"라고 그녀가 수줍어하면서 커다란 검은 눈을 바닥으로 향하면서 사랑스럽게 속삭였다. 그녀는 그의 무릎 위에서 움직이지 않은 채 덧붙였다. "이웃의 젊은 흑인 코넬리가 두 달 전에 청혼을 했어요. 그렇지만 저는 아직 어려서 청혼을 거절했어요." 이방인은 두 손으로 그녀의 날씬한 몸을 감싸면서 말했다. "내 조국의 속담에 따르면 열네 살에서 칠 주가 지난 소녀는 결혼해도 충분한 나이라고들 하지." 그는 그녀가 그의 목에 걸려 있는 작은 황금 십자가를 살펴보는 동안 물었다. "지금 몇 살인가?" "열다섯 살이에요." 토니가 대답했다. "자 그럼!" 이방인은 말했다. "코넬리한테는 네가 바라는 만큼, 너와 가정을 꾸미고 함께 살 정도의 재산이 없는 것인가?" 토니는 그를 향해 눈을 뜨지 않고 대답했다. "아, 아니에요!" 그녀는 십자가를 손에 쥐고 움직이면서 말했다. "상황이 바뀌면서 코넬리는 부자가 되었답니다. 전에는 그의 주인 소유였던 농장이 모두 그의 아버지 것이 되었답니다." "그럼 너는 왜 그의 청혼을 거절한 거지?" 이방인이 물었다. 그는 그녀의 머리를 이마 위로 다정하게 쓰다듬으면서 말했다. "그가 네 마음에 들지 않아서?" 소녀는 잠시 머리를 흔들면서 웃었다. 이방인은 장난하듯 그녀의 귀에 속삭이면서, 혹 그녀의 호의를 받으려면 백인이어야 하는 것이냐고 물었다. 이 질문에 그녀는 갑자기 꿈을 꾸는 듯 생각에 잠기고는 매혹적인 홍조를 띠면서 얼굴을 붉히더니 그의 가슴에 기댔다. 이방인은 그녀의 매력과 사랑스러움에 감동하여 그녀를 자신의 사랑스러운 소녀라고 부르고, 신의 손길에 이끌린 듯 모든 근심을 훌훌 털고 그녀를 두 팔로 안았다. 그는 그녀의 이 모든 행동이 단순히, 냉혹하고 끔찍한 배신에 대한 비열한 표현이라고는 도저히 생각할 수 없었다. 마치 무시무시한 새떼들이 물러나듯이, 그를 불안하게 만들었던 생각들이 사라졌다. 그는 잠시 그녀의 진심을 알아보지 못했다는 것을 알고는, 무릎 위에서 그녀를 흔들면서 그녀가 내뿜는 달콤한 숨결을 들이마시다가, 화해와 용서의 의미로 그녀의 이마에 입을 맞추었다. 그 사이 소녀는 마치 누군가 복도에서 방으로 가까이 다가오는 것을 느낀 듯이 갑자기 귀를 기울이더니, 몸을 일으켰다. 그녀는 생각에 가득 차 꿈을 꾸듯 가슴 위로 밀려 내려간 머리수건을 바로잡았다. 그리고 그것이 착각이라는 것을 알고는 명랑하게 다시 이방인에게로 돌아가서, 지금 하지 않으면 물이 금방 식을 것이라고 했다. 그때 이방인이 아무 말 없이 생각에 잠겨 그녀를 쳐다보자, 그녀는 당황해서 "왜 그렇게 쳐다보세요?"라고 말했고, 머리끈을 만지작거리면서 당황함을 숨기려고 노력했다. 그녀는 웃으면서 말했다. "이상한 분이네요, 제 얼굴에 뭐라도 있나요?" 이방인은 손으로 이마를 쓰다듬고 흐느낌을 억누르면서, 그녀를 무릎에서 내려놓고 말했다. "내 여자 친구와 놀랄 만큼 닮았어!" 토니는 그의 쾌활함이 사라진 것을 알아채고는 그의 손을 잡고 다정하게 관심을 보이면서 물었다, "누구요?" 이에 그는 잠시 생각을 하고는 말을 시작했다. "그녀의 이름은 마리안 콩그레브, 고향은 스트라스부르지. 프랑스 혁명 전에 나는 그 도시에서 그녀를 알게 되었지. 그녀의 아버지는 상인이었어. 그때 나는 청혼을 해서 그녀와 우선 그녀의 어머니에게서도 승낙을 받게 되어 무척 행복했지. 그녀는 세상에서 가장 헌신적인 사람이었어. 너를 보니 내가 그녀를 잃은 그 끔찍하고 혼란스러운 상황이 더 생생해지면서 그 슬픔에 눈물을 참을 수가 없구나." "어떻게요?" 라고 토니는 그에게 다정하고 따뜻하게 몸을 갖다 대면서 물었다. "그녀는 살아 있지 않나요?" "그녀는 죽었어." 이방인이 대답했다. "그녀가 죽고 나서야 비로소 나는 선함과 훌륭함의 진수가 무엇인지 알게 되었지." 고통스럽게 그녀의 어깨에 머리를 기대면서 그가 말을 이었다. "내가 어떻게 그렇게 경솔할 수 있었는지, 어느 날 저녁 공개적인 장소에서, 나는 막 세워진 혁명 재판의 끔찍함에 대해 말을 해버렸지. 사람들은 나를 고발하고 수배했지. 다행스럽게도 난 근교로 피신할 수 있었지만, 나를 쫓던 성난 무리들은 나를 찾지 못하자 희생양으로 내 약혼녀의 집으로 달려갔어. 내가 어디에 있는지 모른다고 진심으로 단언하는데도 그들은 분노에 휩싸여 나와 내통한다는 핑계를 대면서 제멋대로 나대신 그녀를 처형장으로 끌고 갔어. 이 끔찍한 소식을 듣자마자 나는 은신처에서 나와 사람들을 헤치고 처형장으로 달려가 외쳤어. '여기, 이 폭도들아, 내가 있다!' 그러나 이미 단두대 아래 있던 그녀는, 불행하게도 내 얼굴을 모르는 재판관들의 질문을 받고 내게서 시선을 돌리더니 말했어. '나는 이 사람을 알지 못합니다!' 그때 그녀의 시선은 사라지지 않고 내 영혼에 그대로 박히게 되었지. 잠시 후 북소리와 피를 보려는 참을성 없는 사람들의 소란 속에서 단두대의 칼이 떨어졌고 그녀의 머리가 몸통에서 떨어져나갔지. 내가 어떻게 목숨을 구했는지는 나도 모르겠어. 얼마 후 나는 친구 집에 있었고 그곳에서 다시 정신을 잃고 저녁 무렵에 반은 정신이 나간 채 마차에 올라타고 라인 강을 건너왔어." 이 말을 하고 이방인은 소녀를 두고 창가로 다가갔다. 그녀는 그가 솟구치는 감정으로 얼굴을 수건에 묻는 것을 보고, 자신도 여러 가지로 동요되어 인간적인 감정을 가지게 되었다. 그녀는 갑작스러운 몸짓으로 그를 따라가서 그의 목을 끌어안았다. 그녀의 눈물은 그의 눈물과 뒤범벅이 되었다.

그 이후의 일은 더 이상 말할 필요가 없을 것이다. 이 부분을 읽는 사람은 저절로 알 테니까. 이방인이 다시 정신을 차렸을 때 그는 자신이 한 일 때문에 어떤 일이 닥칠지 알지 못했다. 그동안 그는 자신이 목숨을 구했고 지금 있는 이 집에서 소녀에 대해 더 두려워할 필요가 없다는 정도는 파악하고 있었다. 그는 그녀가 침대에서 팔짱을 끼고 울고 있는 것을 보았기에 그녀를 진정시키기 위해 할 수 있는 모든 일을 했다. 그는 그녀에게 한없는 애무를 퍼부으며, 세상을 떠난 헌신적인 약혼자 마리안의 선물이었던 작은 황금 십자가를 가슴에서 벗어, 약혼녀에게 주는 선물이라며 그녀의 목에 걸어주었다. 그녀가 눈물을 흘리며 그의 말을 듣지 않았기에 그는 침대 맡에 앉아서 그녀의 손을 쓰다듬고 또 입맞춤을 하면서 말했다. 자신은 다음 날 아침 어머니에게 청혼 이야기를 할 것이다. 나는 누구의 구속도 받지 않고 자유롭게, 아르 강가에 자그마한 사유지를 갖고 있으며, 집은 편안하고 넓어서, 만약 어머니의 나이가 여행을 해도 무리가 없다면 너와 너의 어머니도 받아들일 수 있다고 말했다. 들판, 정원, 초원과 포도밭 그리고 나이 드신 존경스러운 아버지는 네가 당신의 아들을 구했으므로 너를 감사와 사랑으로 받아들일 것이라고. 그녀가 한없이 눈물을 흘리면서 베갯잇을 적시고 있었으므로, 그는 그녀를 안고 감동하여 물었다. 내가 네 마음을 아프게 한 것이 무엇이며 자신을 용서해줄 수 없는지? 그는 그녀에 대한 사랑이 결코 자신의 마음에서 사라지지 않을 것이라고 맹세했다. 그리고 그녀가 자신에게 불어넣은 욕망과 두려움이 자신을 유혹하여 이런 행동을 하도록 만들었다고 말했다. 그리고 아침 해가 밝아오고 있으며 그녀가 침대에 더 오래 머무른다면 어머니가 와서 놀랄 거라고 상기시켰고, 그녀의 건강을 염려하여, 일어나서 몇 시간이라도 방에서 쉬라고 말했다. 그는 그녀의 상태가 심히 걱정이 되어, 안아서 방으로 데려다 줄까 하고 물었다. 그러나 그녀는 그가 묻는 모든 말에 대답을 하지 않았고, 조용히 흐느끼면서 머리를 팔에 묻은 채 헝클어진 침대에서 움직이지 않았다. 날이 이미 밝아 창문으로 빛이 스며들고 있었으므로, 그는 되묻지 않고 그녀를 일으키는 것 말고는 다른 수가 없다고 생각했다. 그는 생기 없이 자신의 어깨에 매달려 있는 그녀를 안고 계단을 올라 그녀의 방으로 갔다. 그리고 그녀를 침대에 눕힌 뒤에 수천 번 입을 맞춘 후에 다시 한번 자신이 했던 말을 되풀이하고는, 그녀를 또 다시 자신의 약혼녀라 부르고 뺨에 입을 맞추고는 자기 방으로 돌아갔다.

날이 밝자마자 나이 든 바베칸은 딸에게로 갔고, 딸의 침대에 앉아서 곧 자신이 이방인과 그의 일행에 대해 어떤 계획을 갖고 있는지 설명했다. 그녀는 콩고 호앙고가 이틀 후에나 돌아올 것이고, 그의 가족 일행은 숫자가 많아 위험할 수도 있으므로 그 일행은 못가에 남겨둔 채 그동안 이방인을 집에 붙잡아 두는 것이 관건이라고 말했다. 이를 위해 노파는, 방금 도착한 소식에 의하면 데살린 장군이 군대를 이끌고 이 근방으로 온다고 하며, 너무 위험하니 군대가 지나가고 사흘째 되는 날에 그가 원하는 대로 그의 가족들이 오도록 할 수 있을 거라고 꾸며내자고 했다. 그동안엔 그의 일행이 다시 길을 떠나지 않도록 식량을 보내고, 나중에라도 그들을 제압하려면 그들이 이 집으로 피신할 수 있을 것이라는 생각을 계속 갖도록 해야 한다고 말했다. 그녀는 그의 가족들은 아마도 상당한 재산을 가지고 있을 것이며, 이 일이 너무나 중요하다고 덧붙이면서 온 힘을 다해 자신이 말한 계획을 밀어달라고 요구했다. 토니는 침대에서 몸을 반쯤 일으키며 불쾌감으로 얼굴에 홍조를 띠면서 말했다. "집으로 불러들인 사람이 손님으로서 갖는 권리를 침해하는 것은 수치스럽고 파렴치한 일이에요. 우리의 보호를 믿는 도망자가 우리 집에서 더 안전해야 하지 않나요? 만약 어머니가 제게 말한, 그 피바람 몰아치는 계획을 포기하지 않는다면, 저는 당장 손님에게 가서 자신이 목숨을 구했다고 믿고 있는 이 집이 살인자들의 소굴임을 밝힐 거예요." "토니!" 어머니가 팔을 옆구리에 대면서 눈을 크게 부릅뜨고 말했다. "맞아요!" 토니가 목소리를 낮추면서 대답했다. "우리가 본 대로, 프랑스인도 아니고 스위스 사람인 이 젊은 사람이 우리한테 뭐 그리 잘못한 게 있어서 우리가 도적처럼 그를 습격하고 죽이고 약탈하려고 하는 건가요? 이곳에서 농장주에 대해 퍼붓는 불평들이 그가 온 섬 근방에도 통용되는 것인가요? 모든 것이 그가 고귀하고 점잖은 사람이라는 것을 보여주지 않나요? 그리고 그는 분명 흑인들이 백인들에게 퍼붓는 불의에는 전혀 가담하지 않았잖아요." 노파는 소녀의 이상한 표정을 살펴보면서 떨리는 입술로 놀랍다고 말할 뿐이었다. 그리고 최근에 성문 길 아래에서 몽둥이로 맞아 죽은 젊은 포르투갈 사람의 죄가 무엇인지를 물었다. 삼 주 전에 뜰에서 흑인들의 총알에 맞아 죽은 네덜란드인 두 명이 저지른 범죄는 무엇인지를 물었다. 그녀는 물었다. 폭동이 일어난 후 세 명의 프랑스인과 수많은 백인 피난민들은 무슨 죄가 있어 이 집에서 엽총과 창, 단도로 처형당했단 말인가? "그렇게 끔찍한 일을 상세하게 상기시키다니 어머니는 너무하세요! 제게 강요한 그 비인간적인 일은 일찍이 제 마음을 분노케 했어요. 저는 신의 징벌을 피하고 일어난 모든 일에 대해 용서를 받기 위해 어머니께 맹세하건데, 그 젊은이가 우리 집에 있는 동안 머리칼이라도 건드린다면 차라리 제가 열 번이라도 죽겠어요." "그래." 노파가 갑자기 양보하는 어조로 말했다. "그럼 이방인에게 길을 떠나라고 해라!" 그녀는 방을 떠나기 위해 일어서면서 덧붙였다. "그러나 만약 콩고 호앙고가 돌아와서 백인이 이 집에 묵었다는 것을 알게 된다면 너는 분명한 명령을 거스르고 동정심 때문에 그를 떠나게 한 데 대한 책임을 져야 할 것이다."

부드러운 듯했지만 은근히 분노를 드러내는 어머니의 말에 소녀는 적지 않게 당황해서 방에 남아 있었다. 그녀는 백인에 대한 노파의 증오심을 잘 알고 있었고, 노파가 증오심을 만족시킬 기회를 그냥 넘길 거라고 생각할 수 없었다. 노파가 곧 이방인을 잡으려고 이웃 농장으로 사람을 보내 흑인들을 불러올 것이라는 두려움에, 토니는 지체하지 않고 옷을 입고 어머니를 따라 거실로 내려갔다. 심란해하면서 무슨 일이라도 하는 듯 찬장에 붙어 있던 노파는, 물레에 앉았다. 그때 토니는 문 앞에 붙어 있는 벽보 앞에 다가섰다. 그 벽보는 흑인이 백인에게 은신처를 제공하는 것을 사형으로 금하고 있었다. 마치 자신이 한 부당한 일을 깨달은 듯, 토니는 화들짝 놀라 갑자기 몸을 돌리고는 뒤에서 자기를 관찰하고 있던 어머니의 발아래에 엎드렸다. 그녀는 어머니의 무릎을 감싸 안으며 자신이 이방인의 편을 들어 한 말들을 용서해달라고 간청했다. 아직 침대에 누워서 비몽사몽인 상황에서 어머니가 이방인을 속이려는 제안을 해와 놀랐다고 변명을 하며, 소녀는 이 상황을 이해해달라고 하면서 자신은 그의 죽음을 결정한 이곳의 법적인 처벌에 그를 맡길 것이라고 말했다. 노파는 움직이지 않고 소녀를 살펴보고 잠시 후에 말했다. "맙소사! 너의 그 말로 오늘 하루 동안은 그 사람은 목숨을 구했다. 네가 그를 보호하기 위해 으름장을 놓기에 음식에 독을 탔어. 콩고 호앙고의 명령에 따라 죽여서라도 그를 호앙고에게 넘겨야 하기 때문이야." 그 말을 하면서 그녀는 일어서서 식탁 위에 있던 우유가 담긴 냄비를 창 밖으로 쏟아버렸다. 토니는 자신의 귀를 믿을 수가 없어 놀란 얼굴로 어머니를 쳐다보았다. 노파는 다시 자리에 앉으면서 아직도 무릎을 꿇고 있는 소녀를 바닥에서 일으켜 세우고 물었다. "하룻밤 사이에 갑자기 생각이 달라지다니 어찌 된 게냐? 혹 어제 그에게 목욕물을 준비해주고 나서 오랫동안 그 방에 있었던 게냐? 이방인과 이야기를 많이 한 게냐?" 토니는 뛰는 가슴을 진정시키며, 이에 대해 어떤 말도, 대답도 하지 않았다. 그녀는 눈을 바닥으로 향한 채 일어서서, 머리를 짚으며 꿈을 핑계 댔다. 그녀는 불행한 어머니의 가슴에 시선을 던지고는 재빨리 몸을 굽히면서, 어머니의 손에 입을 맞추고는 말했다. 이 이방인이 속한 인종의 비인간적인 면을 다시 상기하게 되었노라고. 그러고는 몸을 돌려 얼굴을 앞치마에 파묻고는 흑인 호앙고가 돌아오는 대로 어떤 딸을 데리고 있는지 어머니는 직접 보게 될 것이라고 했다.

바베칸은 생각에 잠겨 소녀의 어디에서 그런 기묘한 열정이 솟아났는지 곰곰이 생각했다. 그때 이방인이 그의 가족에게 보내는, 호앙고의 농장에서 며칠을 지내기를 청하는 내용의 쪽지를 써서 가지고 들어왔다. 그는 매우 밝고 다정하게 어머니와 딸에게 인사를 하고 노인에게 쪽지를 건네면서 말했다. 숲으로 사람을 보내어 자신이 약속받은 대로 일행들을 돌보고 싶다고. 바베칸은 일어서서 쪽지를 벽장에 넣고는 불안하다는 듯이 말했다. "나리, 즉시 방으로 돌아가시라고 부탁드리겠습니다. 거리에는 지나가면서 데살린 장군이 군대와 함께 이곳으로 올 거라고 알려주는 흑인 패거리들로 가득 차 있답니다. 이 집은 누구에게나 열려 있어서 당신의 안전을 보장할 수 없습니다. 만약 당신이 정원으로 향한 방에 숨지 않는다면, 문들과 창문도 확실하게 잠그지 않는다면 말입니다." "뭐라고요?" 이방인이 당황해서 말했다. "데살린 장군이 말입니까?" "묻지 마세요!"라고 노파가 지팡이로 세 번 바닥을 두드리면서 말을 가로 막았다. "당신 방에서 모두 설명 드리겠습니다. 제가 뒤를 따르지요." 이방인은 노파에 의해 방에서 쫓겨나와 불안한 몸짓으로 문에서 다시 한번 몸을 돌리고는 외쳤다. "그러나 적어도 누군가 나를 기다리고 있는 가족들에게 소식을 전해야 하잖소?" "그것은 모두 해결될 것입니다"라고 노파가 끼어들었고, 그녀의 노크 소리에 호출을 받고, 우리도 이미 알고 있는 사생아 아들이 들어왔다. 노파는 이방인에게 등을 돌리고는 거울 앞에 선 토니에게 구석에 놓여 있는 먹을 것이 든 바구니를 받으라고 명했다. 그리고 어머니, 딸, 이방인과 남자아이는 방으로 올라갔다.

노파는 편안하게 의자에 앉아서, 지난밤에는 데살린 장군이 지른 불로 지평선을 가르는 산이 밤새 가물거리는 것을 보았다는 사람들의 이야기를 전했다. 비록 이 순간까지는 포르토프랭스를 향해 서남쪽으로 이동하는 데살린 군대의 흑인은 하나도 이 부근에 나타나지 않았지만, 이것은 실제로 근거 있는 상황이었다. 노파는 이를 통해 이방인을 불안에 휩싸이게 하는 데 성공했고, 최악의 경우 자신이 감금되더라도 그를 구출하는 데 도움이 된다면 할 수 있는 모든 것을 하겠다고 장담함으로써 그의 불안을 잠재웠다. 그녀는 이런 상황에서는 최소한 가족들에게 먹을 것이라도 가져다주어야 한다는 것을 다시 상기시키면서 딸의 손에서 바구니를 받아 소년에게 주면서 말했다. "갈매기 못 근처에 있는 숲속으로 가서 그곳에 있는 장교님 가족에게 이것을 가져다주어야 한다. 장교님은 잘 있으며, 백인 편을 들었다고 흑인들로부터 시달림을 받아야했던 백인들의 친구가 동정을 베풀어 그를 집으로 들였다고 전해라." 그녀는 무장을 하고 기다리고 있는 흑인 무리로부터 국도가 안전해지면, 곧 이 집에 가족들의 거처도 마련하겠노라고 말을 맺었다. 말을 마치고 그녀는 "알아들었니?"라고 아이에게 물었다. 아이는 설명 들은 그 못에서 동무들과 자주 낚시를 하곤 해서 그곳 지리를 잘 알고 있으며 자신에게 시킨 모든 것을 그곳에서 지내는 낯선 나리의 가족에게 전하겠노라고 말했다. 더 덧붙일 말이 없느냐는 노파의 질문에, 이방인은 자신의 손가락에서 반지를 빼고 그것을 가족의 수장인 슈트룀리 씨에게 전하라고 부탁했다. 이것은 아이가 전하는 소식이 진짜라는 징표였다. 곧 어머니는 자신이 말한 대로 이방인의 안전을 위해 꾸민 여러 가지 일들을 시작했다. 토니에게 창문 격자를 잠그게 했고 방이 어두웠으므로 어둠을 밝히기 위해 벽난로 위에 있는 등에 간신히 불을 붙였다. 심지에 불이 잘 붙지 않았기 때문이다. 이방인은 이 순간을 이용해서 토니를 부드럽게 팔로 안았고 그녀의 귀에 속삭였다. 잘 잤니? 그리고 무슨 일이 있었는지 어머니가 알고 계시는지? 그러나 이 물음에 토니는 대답을 하지 않았고 다른 질문에는 팔을 풀면서 대답했다. "아니요. 절 사랑한다면 아무 말도 마세요!" 그녀는 이 모든 거짓 행동들로 일깨워진 내면의 두려움을 억눌렀다. 그리고 이방인에게 아침 식사 준비를 한다는 핑계를 대고 서둘러 아래층 거실로 달려갔다.

  그녀는 어머니의 장롱에서 편지를 꺼냈다. 그것은 이 순진무구한 이방인이 소년을 따라 농장으로 올 것을 가족에게 청하는 내용이었다. 어머니가 편지를 찾을지는 행운에 맡기고, 그녀는 최악의 경우 그와 함께 죽기로 결정하고 이미 국도로 들어선 소년을 뒤쫓아 갔다. 이것은 그녀가 하느님 앞에서, 그리고 마음으로 이 젊은이를 그녀가 은신처와 잠자리를 제공한 단순한 손님이 아니라, 약혼자이며 남편으로 보았기 때문이었다. 그녀는 수적으로 그의 편이 강해지는 대로 지체하지 않고 이를 어머니에게 전할 생각이었다. 물론 그 상황에서 어머니가 당황하리라는 것은 예상하고 있었다. 국도에 도달했을 때 그녀는 "난키!"라고 다급하게 숨도 쉬지 않고 말했다. "어머니가 슈트룀리 씨 가족에 관련된 계획을 바꾸셨어. 이 편지를 받아! 이 편지에는 가족의 어른인 슈트룀리 씨에게 그의 일행과 함께 며칠 동안 우리 농장에서 머무르기를 청하는 초대의 내용이 들어 있어. 그러니 똑똑하게 굴어서 이 결정이 이루어지도록 가능한 모든 일을 해야 해. 콩고 호앙고가 다시 돌아오면 네게 상을 내릴 거야!" "좋아. 알았어, 토니 누나." 소년이 대답했다. 그는 조심스럽게 편지를 접어서 주머니에 넣었다. "내가 그 사람들을 안내해야 한다고?" 난키가 물었다. "물론이지." 토니가 대답했다. "당연하지. 그 사람들은 이 근방을 잘 알지 못하니까. 그렇지만 군대가 국도를 지나갈 거니까 자정 전에 길을 떠나면 안 돼. 서두르면 해 뜨기 전에 이곳에 도착할 수 있을 거야. 널 믿어도 되겠지?" 그녀가 물었다. "난키를 믿어!"라고 소년이 대답했다. "나는 왜 이 백인 피난민들을 농장으로 끌어들이려는지 알아. 그리고 흑인 호앙고는 나한테 만족해할 거야!"

뒤이어 토니는 이방인에게 아침 식사를 갖다 주었다. 그리고 식탁을 치우고, 어머니와 딸은 집안일 때문에 거실로 돌아갔다. 어머니는 나중에 장롱을 열어보는 것을 잊지 않았고, 물론 편지를 찾지 못했다. 그녀는 자신의 기억력을 믿지 못하고 잠시 손을 머리에 얹었다. 그러고는 토니에게 물었다. 이방인이 준 편지를 내가 어디에 두었지? 토니는 잠시 후에 바닥을 내려다보면서 대답했다. 자신이 알기로는 이방인이 그 편지를 다시 집어넣더니 위층으로 올라가, 그들 두 사람이 보는 가운데 찢어버렸다고! 어머니는 눈을 둥그렇게 뜨고 소녀를 쳐다보았다. 그녀는 자신이 편지를 그의 손에서 받아 장롱에 넣어둔 것을 정확히 기억한다고 말했다. 여러 번 찾아보았지만 그 안에서 편지를 찾지 못했으므로, 노인은 여러 가지 사고로 인한 자신의 기억력을 의심하게 되었다. 그래서 딸의 말을 믿는 것 외에 다른 도리가 없었다. 그동안 그녀는 이 일에 대한 극도의 불만을 억누르지 못했고 그 가족들을 농장으로 데려오려면 그 편지가 호앙고에게 매우 중요하다고 말했다. 점심과 저녁때 토니가 이방인에게 식사를 갖다 주었고, 식탁 한구석에 앉은 노인은 여러 번 그에게 편지에 대해 물을 기회를 가졌다. 그러나 이런 위험한 대목에 이를 때마다 토니는 능숙하게 화제를 돌리거나 대화를 혼란시켰다. 그래서 어머니는 이방인의 설명을 듣고도 편지의 원래 운명에 대해 분명하게 알아낼 수 없었다. 그렇게 그 날이 지나갔다. 저녁 식사를 마치고 어머니는 자신이 말한 대로 안전을 위해 이방인의 방문을 잠갔다. 그리고 토니와 함께 다음 날 그런 편지를 다시 손에 넣을 계책을 의논한 뒤 쉬러 갔으며, 딸에게도 곧 자라고 명령했다.

 이 순간을 너무나 고대하고 있던 토니는 침실로 가서 어머니가 잠들었음을 확인하고는 자기 침대 곁에 걸려 있던 성모 마리아의 그림을 의자 위에 놓고 두 손을 모으고 그 앞에 무릎을 꿇었다. 그녀는 마리아의 아들이신 구세주께 열정적으로 기도를 올리며, 이제 자신을 소유한 젊은이에게, 자신의 마음을 짓누르는 범죄를 고백할 용기와 의연함을 주십사하고 간청했다. 그리고 그녀의 마음에 빚이 되더라도 그 어떤 것도, 그를 집 안으로 유인한 의도까지도 가차 없이 숨기지 않고 털어놓겠다고 맹세했다. 그러나 그를 구하기 위해 이미 행한 조치를 생각해서, 그가 자신을 용서하고 헌신적인 아내로 맞아 유럽에 데리고 가주기를 바랐다. 이 기도로 놀라울 만큼 용기를 얻은 그녀는 일어서서 집 열쇠를 가지고 등도 들지 않은 채 건물을 가로지르는 좁은 복도를 지나 이방인의 침실로 갔다. 그녀는 조용히 방문을 열고 그가 깊이 잠이 든 침대 앞으로 다가갔다. 달빛이 그의 생기 있는 얼굴을 비추고 열린 창으로 밤바람이 들어와, 그 이마의 머리칼을 살랑거리게 했다. 그녀는 조용히 몸을 굽혀서 그의 달콤한 호흡을 들이쉬면서 그의 이름을 불렀다. 그러나 그는 그녀 꿈을 꾸는지, 단꿈에 잠겨 있었다. 그녀는 여러 번 윤기 있는, 떨리는 입술로 그가 중얼거리는 단어를 들을 수 있었다. "토니!" 형용할 수 없는 슬픔이 그녀를 사로잡았다. 그녀는 그를 사랑스러운 상상의 하늘로부터 야비하고 비참한 현실의 심연으로 끌어내리는 결정을 할 수 없었다. 그리고 그가 조만간 깨어날 것이라고 확신하고, 침대 옆에 무릎을 꿇고 소중한 그의 손에 입맞춤을 퍼부었다.

그러나 잠시 후 그녀를 엄습한 놀라움을 어떻게 표현할 수 있겠는가? 갑자기 마당에서 사람들과 말들, 무기 소리가 들려왔다. 그 가운데에는 분명 흑인 콩고 호앙고의 목소리도 들렸는데, 뜻밖에도 그가 그의 무리들과 함께 데살린 장군의 막사에서 돌아온 것이었다. 그녀는 자신을 드러낼 달빛을 조심스럽게 피하면서 창의 커튼 뒤로 몸을 숨겼다. 그녀는 그동안 있었던 일들과 유럽인 피난민이 집 안에 있다고 그 흑인에게 보고하는 어머니의 목소리를 들었다. 흑인은 낮은 목소리로 무리들에게 정원에서 조용히 하라고 명했다. 그는 노파에게 지금 이방인이 어디에 있는지를 물었다. 그러자 노파는 그 방을 가리키면서, 곧 틈을 타서 피난민에 대해 딸과 나누었던 기이하고 인상적인 대화를 보고했다. 그녀는 그 흑인에게 딸이 배신자며 이 백인을 잡을 모든 계획이 실패할 위험에 처했다고 장담했다. 그 교활한 것은 밤이 되자 몰래 그의 침대로 기어들어가서 지금 이 순간까지 그곳에 편안하게 있다고도 했다. 만약 이방인이 아직 도망치지 않았다면 이제 상황이 급박함을 알고 어떻게 도망갈지 의논하고 있을 거라고 말했다. 그 흑인은 이미 비슷한 경우들에서 소녀의 충성심을 시험한 터라 "그럴 리가?"라고 대꾸했다. 그러고는 화가 나서 "켈리!", "오므라! 너희들 총을 들어라!"라고 외친 후 흑인 부하들을 모두 데리고, 계단을 올라 이방인의 방으로 들어갔다.

  이 모든 일이 눈앞에서 일어난 몇 분 동안, 토니는 마치 벼락에 맞은 듯 사지가 마비된 채 서 있었다. 그녀는 한순간 이방인을 깨울까 생각했다. 그러나 마당에 사람들이 있어 도망치는 것은 불가능했고, 그가 무기를 든다 해도 수적으로 우세한 흑인들에게 당하는 것이 그의 운명임을 예감했다. 그렇다.

이 불쌍한 사람은 이 순간 내가 침대에 있는 것을 발견한다면 나를 배신자로 생각할 것이며, 따라서 내 충고도 듣지 않고 광기에 휩싸여 흑인 호앙고와 대적할 거라는 끔찍한 생각을 하지 않을 수 없었다. 말할 수 없는 불안감 속에서, 정말 하늘만이 알 것인데, 우연히 벽의 고리에 걸려 있던 노끈 하나가 눈에 띄었다. 그녀는 노끈을 내리면서, 하느님이 자신과 약혼자를 구원하기 위해 그것을 이리로 이끌었을 것이라고 생각했다. 그녀는 노끈으로 그 젊은이의 손과 발을 여러 번 묶으면서 매듭을 지었다. 그리고 그녀는 그가 움직이고 뒤척이는 것에 개의치 않고 침대의 틀에 노끈을 묶었다. 그녀는 그 순간을 모면한 것에 기뻐서 그의 입술에 입을 맞추고 이미 덜그럭거리면서 계단을 올라오는 흑인 호앙고를 향해 달려갔다.

토니에 관한 노파의 보고를 아직 믿지 못하던 흑인은 그녀가 그 방을 나서는 것을 보고 혼란스럽고 당황해하면서 횃불을 들고 무장을 한 무리들과 함께 복도에 멈추어 섰다. 그는 "배신자! 맹세를 깨뜨리다니!"라고 외치고, 몇 걸음 앞서 이방인의 방문으로 가는 바베칸을 향해 물었다. "이방인이 도망을 쳤는가?" 바베칸은 들여다 보지도 않고 방문이 열려 있는 것만 보고는 미친 사람처럼 돌아서면서 외쳤다. "사기꾼! 이 아이가 그를 도망가게 했다! 서둘러라, 그가 들에 도착하기 전에 출구를 막아라!" "무슨 일이에요?"라고 토니는 놀란 듯한 표정으로 자신을 둘러싸고 있는 노파와 흑인들을 쳐다보면서 물었다. "무슨 일이냐고?" 호앙고가 되물었다. 그리고 그녀의 가슴팍을 붙잡고 그 방으로 끌고 들어갔다. "정신 나갔어요?" 토니가 이방인을 보고 몸이 굳어버린 노파를 밀치면서 물었다. "저기 이방인은 침대에 묶인 채 누워 있어요. 그리고 맙소사! 이건 제가 살면서 했던 일 중 가장 나쁜 일도 아니잖아요!" 이 말을 하면서 그녀는 이방인에게서 몸을 돌리고는 울음을 터뜨릴 듯하면서 탁자에 앉았다. 늙은이는 당황해서 구석에 서 있는 어머니를 향해 말했다. "오, 바베칸, 무슨 동화 같은 이야기로 나를 속이는가?" "하느님, 감사합니다." 어머니는 당황해서 이방인을 묶은 노끈을 살펴보면서 말했다. "이방인이 여기 있네요, 비록 이 일에 대해서는 아무것도 알 수 없지만." 흑인은 칼을 칼집에 넣고 침대로 다가가서 이방인에게 물었다. "너는 누구냐? 어디에서 왔으며 어디로 가는 길이냐?" 그러나 이방인은 결박에서 벗어나려고 무진 애를 쓰면서 비참하고 고통스럽게 "오, 토니! 오, 토니!"라는 말만 내뱉을 뿐이었다. 그래서 어머니가 말을 가로막으며, 이 자는 스위스인이며 이름은 구스타프 폰 데어 리트, 그리고 지금 못의 언덕 동굴에 숨어 있는 유럽인 가족과 함께 포르 도팽의 해안에서 왔다고 설명했다. 호앙고는 슬프게 두 손으로 머리를 괴고 앉아 있는 소녀를 보고 그녀에게로 가서 '나의 사랑스러운 소녀'라고 불렀다. 그리고 그녀의 뺨을 두드리고 그녀에게 성급하게 내뱉은 의심을 용서해달라고 부탁했다. 노파도 같이 소녀에게로 다가가서 머리를 흔들면서 팔을 옆구리에 댄 채 자신이 처한 위험에 대해 전혀 모르는 이방인을 침대에 결박한 이유가 무엇이냐고 물었다. 토니는 고통과 분노로 눈물을 흘리면서 갑자기 어머니를 향해 돌아서며 대답했다. "어머니가 눈치코치도 없기 때문이에요! 이 사람은 자신이 처한 위험을 잘 알고 있었어요! 그리고 도망을 치려고 했어요. 이 사람은 제게 도망치는 것을 도와달라고 부탁했어요. 어머니의 목숨을 노리는 계획을 세웠고 제가 그를 결박하지 않았다면 그 계획은 날이 밝는 대로 실행되었을 거예요." 호앙고는 소녀를 쓰다듬으면서 위로했고, 바베칸에게 이 일에 대해 더 이상 말하지 말라고 명했다. 그는 이방인에게 적용되는 법을 당장 시행하기 위해 총을 든 사수들을 불렀다. 그러나 바베칸이 그에게 몰래 속삭였다. "아니에요. 맙소사, 호앙고!" 그녀는 그를 구석으로 데리고 가서 설명했다. "처형하기 전에, 그는 그 가족들을 농장으로 유인하는 초대장을 써야만 해요. 그의 가족들과 숲에서 싸울 경우 위험이 따를 테니까요." 호앙고는 그 가족이 아마도 무장을 했을 거라 생각하고 이 제안에 찬성했다. 약속한 편지를 쓰도록 하기에는 시간이 너무 늦었으므로, 그는 호위병 두 명을 백인 피난민에게 붙였다. 그리고 만약을 위해 결박을 검사하고 그것이 너무 느슨했으므로 몇 명을 더 불러 끈을 조인 다음 무리들과 함께 방을 떠났다. 모든 것은 차츰 안정을 찾았다.

   토니는 자신에게 손을 건네는 호앙고에게 밤 인사를 하고 잠자리로 갔고 곧 집 안이 조용해지자 다시 일어나서 뒷문을 통해 들로 나갔다. 그리고 심한 절망감을 안고 근처에 국도를 가로지르는 길로 내달렸다. 그곳으로 슈트륌리 씨 가족이 올 터였다. 침대에서 자신에게 던진 이방인의 경멸에 가득 찬 눈초리가 칼날처럼 예리하게 그녀의 가슴을 관통했다. 뜨거운 씁쓸함이 그에 대한 자신의 사랑과 함께 뒤섞였고, 그녀는 그를 구출하기 위해 생각해낸 계획에 자신이 죽을 수도 있다는 생각에 기뻐했다. 그녀는 가족들을 놓칠 수도 있다는 걱정을 하면서 만약 초대가 받아들여졌다면 그들이 지나게 될 잣나무 기둥에 서 있었다. 지평선에서 어슴푸레하게 동이 터오자 약속한대로 일행을 안내하는 소년 난키의 목소리가 멀리 숲의 나무 아래에서 들려왔다.

  일행은 슈트륌리 씨와 노새를 타고 있는 그의 부인, 그들의 다섯 아이들이었고, 그중 아델베르트와 고트프리트 둘은, 열여덟과 열일곱 살로 노새 옆에서 걸어가고 있었다. 세 명의 시종과 두 명의 하녀가 있었는데, 이중 하나는 가슴에 젖먹이를 안고 있었고 다른 노새를 타고 있었다. 이들은 모두 열두 명이었다. 일행은 길을 뒤덮은 소나무 뿌리를 지나 잣나무 기둥 쪽으로 천천히 움직였다. 그곳에서 토니는 아무도 놀라지 않게 조용히 나무 그늘에서 나와 일행을 불렀다. "잠깐!" 소년은 토니를 금방 알아보았다. "슈트륌리 씨는 어디 있지?"라고 토니가 묻자 남자들과 여자들, 아이들이 그녀를 둘러쌌고, 소년은 나이 든 가족의 수장인 슈트륌리 씨에게 친절하게 토니를 소개했다. "고귀하신 나리!" 토니가 단호한 목소리로 그의 인사를 가로막으면서 말했다. "흑인 콩고 호앙고가 놀랍게도 그의 무리와 함께 돌아왔습니다. 여러분은 지금 생명의 위협 없이는 그곳으로 들어갈 수 없습니다. 네, 당신의 사촌은 불행하게도 그곳에 묵게 되었고, 여러분이 무기를 들지 않는다면, 그리고 그를 붙잡고 있는 호앙고로부터 그를 구출하기 위해 저를 따라 농장으로 가지 않는다면 그는 끝장입니다." "맙소사!" 두려움에 모든 가족들이 외쳤다. 병들고 여행으로 지친 부인은 정신을 잃고 노새에서 떨어졌다. 슈트륌리 씨의 외침에 하녀들이 부인을 부축하기 위해 달려왔고, 그동안 토니는 소년들의 질문 공세를 받고 슈트륌리 씨와 나머지 남자들은 두려워하면서 소년 난키를 구석으로 데리고 갔다. 그녀는 부끄러움과 후회로 눈물을 그치지 못했고, 있었던 모든 일과 젊은이가 도착한 그 순간 집 안의 상황에 대해 이야기했다. 그와 단둘이 있으면서 나눈 대화가 불가사이하게 자신을 바꾸었다는 것, 그 흑인이 도착했을 때 두려움에 거의 정신이 나가서 했던 일, 그리고 이제는 자신이 몰아넣은 포로 상태에서 그를 풀어주기 위해 자기 목숨을 걸겠다고 했다. "내 무기를!" 슈트륌리 씨가 아내의 노새 쪽으로 달려가면서 소총을 잡았다. 그는 자신의 씩씩한 아들들 아델베르트와 고트프리트와 다른 세 명의 용감한 하인들이 무장을 하는 동안 말했다. "사촌 구스타프는 우리의 생명을 여러 번 구했다. 지금은 우리가 그를 위해 같은 일을 할 때다." 그 말을 하면서 그는 정신을 되찾은 아내를 일으켜서 다시 노새에 앉히고 만약을 위해 인질로 소년 난키의 두 손을 묶게 했다. 그리고 열세 살 난 아들 페르디난트를 무장시켜, 여자들과 아이들을 그의 보호 아래 못으로 돌려보냈다. 그는 직접 창을 잡고 투구를 쓴 토니에게 흑인들의 전력과 그들이 정원에 어떻게 배치되어 있는지 묻고 나서, 가능하다면 호앙고와 그녀의 어머니는 해치지 않을 것이라고 약속하고, 하느님을 믿으면서 용감하게 그의 작은 무리의 선봉에 섰다. 그리고 토니의 안내를 받으며 농장으로 출발했다.

  토니는 뒷문을 통해 일행이 몰래 들어오자 곧 슈트룀리 씨에게 호앙고와 바베칸이 자고 있는 방을 가르쳐주었다. 그리고 슈트룀리 씨가 그의 가족들과 함께 열려 있는 집으로 소리 없이 들어오는 동안, 모아둔 흑인들의 무기를 모두 가지고 난키의 다섯 살 난 이복동생 제피가 자고 있는 다른 편 건물로 몰래 들어갔다. 난키와 제피는 나이 든 호앙고의 사생아들이고 호앙고는 특히 얼마 전에 엄마를 잃은 제피를 사랑했다. 토니는 묶여 있는 젊은이가 풀려날 경우, 못 근처로 후퇴하여 그곳에서 포르토프랭스로 도망치기에는 여러 가지 위험들이 있었기 때문에, 두 아이를 인질로 데리고 있으면 이동하는 동안 흑인들이 추적할 경우 도움이 될 것이라고 생각했고 이것은 틀린 것이 아니었다. 그녀는 들키지 않고, 잠이 덜 깬 소년을 침대에서 일으켜 팔에 안고 집 안으로 옮길 수 있었다. 그동안 슈트룀리 씨는 몰래 일행들과 함께 호앙고의 방으로 들어갔다. 그러나 예상과는 반대로, 그와 바베칸은 침대에 있지 않고, 소리에 잠을 깨어 옷을 입지 못한 채로 어쩔 줄 몰라 하며 방 한가운데에 서 있었다. 슈트룀리 씨가 총을 들고 소리쳤다. "항복하라, 아니면 죽임을 당할 것이다!" 그러나 호앙고는 대답을 하기는커녕 벽에서 총을 내려서 일행을 향해 발사했다. 그것은 슈트룀리 씨의 머리를 스치고 지나갔다. 슈트룀리 씨 일행은 이 공격 신호에 격분하여 그에게 달려들었다. 호앙고의 두 번째 총알은 하인의 어깨를 관통했고, 그는 곧 군도에 찔려 손을 다쳤다. 바베칸과 호앙고가 쓰러졌고 두 사람은 커다란 탁자의 다리에 노끈으로 결박당했다. 그동안 스무 명이 넘는 흑인들이 총성에 잠을 깨고 숙소에서 뛰쳐나왔고, 집 안에서 소리치는 늙은 바베칸의 목소리에 격분해서 자신들의 무기를 다시 빼앗기 위해 집으로 몰려갔다. 부상이 미미했던 슈트룀리 씨는 놈들을 제압하려고 일행들을 창가에 배치하고 총을 쏘게 했지만 소용없었다. 그들은 이미 뜰에 널부러져 있는 두 구의 시체들은 아랑곳하지 않고, 도끼와 지렛대를 가져와 슈트룀리 씨가 잠근 현관문을 부수려 했다. 그때 토니가 떨면서 소년 제피를 안고 호앙고의 집으로 들어갔다. 이것을 몹시 기대하던 슈트룀리 씨는 그녀의 팔에서 소년을 잡아챘다. 그는 사냥칼을 빼면서 호앙고에게로 돌아섰다. 그리고 흑인들에게 계획을 포기하라고 외치지 않으면 지금 이 소년을 죽일 것이라고 말했다. 호앙고는 칼을 찌르던 힘으로 인해 손가락이 세 개 이상 부러졌고 이를 거부한다면 자신의 목숨도 위험에 처할 것이므로, 잠시 생각한 후 바닥에서 몸을 일으키면서 "그렇게 하겠다"고 대답했다. 그는 슈트룀리 씨에게 이끌려 창가로 다가갔다. 그리고 왼손에 손수건을 들고 뜰을 향해 흔들면서 흑인들에게 소리쳤다. "내 목숨을 구하기 위해 어떤 도움도 필요치 않으니, 문을 건드리지 말고 숙소로 돌아가라!" 그 후 잠시 싸움이 진정되었다. 호앙고는 슈트룀리 씨의 요구에 따라 집 안에 잡혀 있는 흑인 하나를 뜰에 아직 남아 의논을 하고 있는 무리들에게 보내 다시 한번 이 명령을 반복했다. 흑인들은 상황을 제대로 파악하지 못했고, 단호한 전령의 말을 따라야 했으므로, 이미 준비된 습격을 포기하고 점차 웅성거리고 욕을 하면서 숙소로 돌아갔다. 슈트룀리 씨는 호앙고의 눈앞에서 소년 제피의 두 손을 묶게 하고 그에게 말했다. "내 목적은 농장에 잡힌 조카인 장교를 구해내는 것뿐이다. 아무런 방해도 받지 않고 포르토프랭스까지 도망갈 수 있다면 당신과 아이들의 목숨은 걱정할 필요 없다." 토니는 바베칸에게 다가가 작별을 고하기 위해 감정을 억누르지 못하고 손을 내밀었으나, 바베칸은 그것을 밀어냈다. 그녀는 토니를 뻔뻔스러운 것, 배신자라고 부르고 자신이 묶인 탁자의 다리로 몸을 돌리면서 네가 한 파렴치한 행위에 기뻐하기도 전에 신의 복수가 서둘러 네게로 올 것이라고 말했다. 토니는 대답했다. "저는 당신을 배신하지 않았습니다. 저는 백인이고, 당신들이 붙잡고 있는 젊은이와 결혼을 약속했어요. 저는 당신들이 전쟁을 벌이고 있는 인종에 속합니다. 그리고 하느님 앞에서 그들 편에 선 것에 대한 책임을 질 것입니다." 여기에 슈트룀리 씨는 안전을 위해 다시 결박하여 문설주에 묶게 한 흑인 호앙고에게 감시병 하나를 붙였다. 그리고는 어깨가 부서져 정신을 잃고 쓰러져 있는 하인을 일으켜 옮겼다. 그리고 호앙고에게 며칠 후 생 뤼체에서 두 아이, 난키와 제피를 데려가라고 말하고, 바베칸과 호앙고의 욕설 속에서 여러 갈래 감정에 휩쓸려 눈물을 흘리는 토니의 손을 잡고 침실로 갔다.

그 사이 창가에서 벌어진 첫 싸움이 끝나고 난 뒤 슈트룀리 씨의 아들 아델베르트와 고트프리트는 아버지의 명령에 따라 사촌 구스타프의 방으로 달려갔다. 그리고 다행히도 그를 감시하던 흑인 두 명의 격렬한 저항을 제압했다. 하나는 죽어서 방에 누워 있었고 다른 하나는 심한 총상을 입고 복도까지 나와 있었다. 이때 형은 허벅지에 약간의 부상을 입었고, 형제는 사랑하는 소중한 사촌의 결박을 풀었다. 그들은 그를 끌어안고 입을 맞추면서 환호했고, 그에게 무기와 총을 주면서 이미 승부가 났으니, 그들을 따라 슈트룀리 씨가 후퇴를 위해 모든 것을 지시할 테니 앞방으로 따라오라고 말했다. 그러나 사촌 구스타프는 침대에서 반쯤 몸을 일으키고 그들에게 반갑게 손을 내밀었다. 그 외에 그는 조용하고 정신이 산만해져서 그들이 그에게 건네는 총을 잡는 대신 오른손을 들어 형용할 수 없는 슬픈 표정으로 이마를 쓰다듬었다. 그의 곁에 앉은 젊은이들은 무슨 일이냐고 그에게 물었다. 그는 그들을 껴안고 말을 하지 않은 채 머리를 동생의 어깨에 기대었다. 그래서 아델베르트는 놀라서 정신을 잃으려는 그에게 물을 가져다주려고 일어서려 했다. 그때 토니가 소년 제피를 안고 슈트룀리 씨의 손을 잡고 방을 들어섰다. 구스타프는 이 모습에 안색이 변했다. 그는 일어서면서 마치 쓰러지려는 듯이 친구들을 붙들었다. 그리고 그가 무엇을 할지 사촌들이 미처 알아채기도 전에, 분노로 이를 갈면서 사촌들에게 받은 총을 토니를 향해 발사했다. 총알은 그녀의 가슴을 관통했다. 그녀는 고통으로 끊어지는 목소리로 몇 걸음 그에게로 다가갔고 슈트룀리 씨에게 소년을 넘겨주면서 그 앞에 쓰러졌다. 그는 총을 그녀 위에 던지고 발로 그녀를 차더니 창녀라고 부르면서 다시 침대 위로 쓰러졌다. "이 잔인한 인간!" 슈트룀리 씨와 그의 두 아들이 소리쳤다. 젊은이들은 소녀 쪽으로 몸을 던졌다. 그리고 그녀를 일으키면서, 이와 비슷한 절망적인 상황에서 일행의 치료를 맡았던 나이 든 하인 하나를 불러왔다. 그러나 소녀는 경련을 일으키면서 손으로 상처를 붙잡고는 친구들을 물리치며 말했다. "그에게 말해주세요!" 그녀는 숨이 가빠지며 자신을 쏜 그를 가리키며 되풀이했다. "그에게 말하세요!" "무슨 말을 하라고?" 슈트룀리 씨가 물었을 때 죽음이 토니에게서 말을 앗아갔다. 아델베르트와 고트프리트는 일어서서 이해할 수 없는 그 무시무시한 살인자를 불렀다. 소녀가 너를 구출한 사람이라는 것을 알고 있는지? 그녀는 너를 사랑하며, 부모와 가진 것 모두를 희생하고 너와 함께 프로토프랭스로 도망가려고 했다는 것을 알고 있는지? 그들은 "구스타프!"라고 소리치고는 그에게 물었다. "아무것도 들리지 않는 것인가?" 그가 아무 감정도 없이 그들의 말을 듣지 않고 침대에 누워 있었기 때문에 그들은 그를 흔들고 머리칼을 잡았다. 구스타프는 몸을 일으켰다. 그는 피를 흘리며 요동치고 있는 소녀에게 시선을 던졌다. 그리고 이 일을 초래한 분노는 자연스럽게, 정이라는 감정에 자리를 내주었다. 슈트룀리 씨는 뜨거운 눈물을 손수건에 흘리면서 물었다. "이 불쌍한 녀석. 왜 그랬느냐?" 구스타프는 침대에서 몸을 일으키고 이마에 땀을 닦으면서 소녀를 보고 대답했다. 그녀가 비겁한 방법으로 밤에 자신을 결박했으며, 흑인 호앙고에게 넘겼다고. "아!" 토니가 외쳤다. 그리고 표현할 수 없는 시선으로 그에게로 손을 뻗었다. "당신을, 사랑하는 이여, 결박한 것은, 내가……!" 그러나 그녀는 더 이상 말을 할 수 없었고 손은 그에게 닿지 않았다. 그녀는 갑자기 힘이 빠지면서 다시 슈트룀리 씨의 무릎 위로 쓰러졌다. "왜?" 구스타프는 창백하게 그녀에게로 몸을 숙이면서 물었다. 간간히 가쁜 숨을 내쉬면서 한참 동안 토니가 말을 하지 못하자, 한참 후에 슈트룀리 씨가 말을 받았다. "이 불쌍한 녀석아, 호앙고가 도착하자 너를 구할 별다른 방법이 없었기 때문이지. 너는 분명 싸움을 시작했을 텐데, 그녀는 그 싸움을 피하고 우리가 너를 구할 수 있게, 우리가 무기를 들고 달려올 수 있도록 시간을 벌려고 했던 거다." 구스타프는 손으로 얼굴을 감쌌다. "오!" 그는 올려다보지 않고 소리쳤다. 그리고 땅이 발아래에서 꺼지는 듯하다고 말했다. "내게 말한 것이 정말인가?" 그는 자신의 팔로 그녀를 안고 고통으로 찢어지는 심정으로 그녀의 얼굴을 들여다보았다. "아!" 하고 토니가 외쳤고 그녀의 마지막 말은 이것이었다. "당신은 나를 의심하지 말았어야 했어요!" 그리고 그녀는 마지막 숨을 내쉬었다. 구스타프는 머리칼을 쥐어뜯었다. "그래"라고 그가 말했다. 그때 사촌들이 그를 시신에서 떼어냈다. "나는 너를 의심해서는 안 되었어! 우리가 서로 그에 대해 말을 한 것은 아니었지만, 너는 선서를 하고 나와 약혼을 했어!" 슈트룀리 씨는 흐느끼면서 소녀의 가슴을 감싸고 있는 흉의를 눌렀다. 그는 온전치 않은 몇 개의 응급 도구를 가지고 곁에 서 있던 하인들에게, 가슴뼈에 박힌 총알을 빼내라고 말했다. 그러나 노력은 소용이 없었다. 총알은 그녀를 완전히 관통했고 그녀의 영혼은 이미 지상을 떠나버렸다. 그동안 구스타프는 창가로 갔다. 그리고 슈트룀리 씨와 그의 아들들이 조용히 눈물을 흘리면서 시신을 어떻게 해야 할지, 소녀의 어머니를 불러야 할지 의논을 하는 동안 구스타프는 다른 총으로 자신의 머리를 쏘았다. 새로 벌어진 이 같은 끔찍한 일에 친척들은 모두 정신이 없었다. 이제 모두들 그에게로 달려갔다. 총구를 입 안에 넣었기 때문에 불쌍한 그의 머리는 완전히 박살이 났고 뇌수 일부가 벽에 뿌려졌다. 슈트룀리 씨가 먼저 정신을 차렸다. 이미 창을 통해 밝은 빛이 들어왔고, 흑인들이 다시 뜰에 모습을 나타내기 시작한다는 소식이 전해졌기 때문이다. 따라서 지체하지 않고 후퇴하는 수밖에 없었다. 사람들은 시신 두 구가 악의적인 흑인들에게 넘어가지 않기를 바랐기에, 이들을 판자 위에 올려놓고 새로이 총을 장전했다. 슬픔에 잠긴 행렬은 못을 향해 갔다. 슈트룀리 씨는 소년 제피를 안고 앞장섰다. 어깨에 시신을 짊어진 건장한 두 하인들, 부상당한 사람들이 지팡이에 의지하고 뒤를 따랐다. 그리고 아델베르트와 고트프리트는 총을 장전하고 앞으로 나아가는 긴 장례 행렬 옆에서 걸음을 옮겼다. 흑인들은 이 무리들이 힘이 없다고 보았기 때문에 집에서 꼬챙이와 쇠스랑을 끌고나와 곧 공격할 기세였다. 사람들이 조심스럽게 결박을 풀어준 호앙고는 계단으로 나와서 흑인들에게 조용히 하라고 눈짓했다. "생 뤼체에서!" 그는 시신을 데리고 정문에 가 있는 슈트륌리 씨에게 소리쳤다. 그도 "생 뤼체에서!"라고 대답했다. 행렬은 추격을 받지 않은 채 들로 나가 숲에 도착했다. 그들은 못에서 가족들을 만나 눈물을 흘리면서 묘지를 만들었다. 그리고 두 사람이 손에 끼고 있던 반지를 교환한 뒤에 조용히 기도를 하면서 그들을 영원한 안식처에 안장했다. 다행히 닷새 후에 슈트륌리 씨는 아내와 아이들과 함께 생 뤼체에 도착했다. 그는 약속대로 흑인 아이 둘을 그곳에 남겨두었다. 그는 점령이 시작되기 직전에 포르토 프랭스에 도착했고, 그곳 부둣가에서 백인들을 위해서 싸웠다. 그리고 격렬한 저항 끝에 도시가 데살린 장군에 넘어가자, 영국군 군함에 의해 프랑스 군대와 함께 구조되었고, 그 배를 타고 가족들과 유럽으로 건너가서 더 이상의 사고 없이 조국 스위스에 도착했다. 슈트륌리 씨는 남은 재산으로 리기 근처에 땅을 샀다. 그리고 1807년에도 여전히 정원 덤불 한가운데에는 그의 사촌 구스타프와 그의 약혼녀, 헌신적인 토니를 기리는 기념비를 볼 수 있었다.

로카르노의 거지 노파

알프스 산기슭, 북이탈리아의 로카르노에 어느 후작 소유의 오래된 성이 있었다. 상트 고트하르트에서 오면 이 성이 지금도 폐허로 남아 있는 것이 보인다. 일찍이 문 앞에서 구걸을 하던 어느 병든 노파가 여주인의 동정으로 천장이 높은 많은 방들 중 한 방에서 짚더미를 깔고 묵어가게 되었다. 후작은, 사냥에서 돌아와 우연히 자신의 총을 놓아두는 방으로 들어갔다가 노파에게 화를 내며 누워 있는 구석에서 일어나 화덕 뒤로 가라고 명령했다. 노파는 지팡이를 짚고 일어서다가 미끄러운 바닥에 미끄러졌고, 위험하게도 엉치등뼈를 다쳤다. 그래도 노파는 갖은 애를 쓰면서 일어섰고, 명령대로 방을 가로질러 화덕 뒤로 갔지만, 신음을 하면서 쓰러져 숨을 거두고 말았다.

여러 해가 지나 후작이 전쟁과 흉작으로 심각한 재정 상태에 빠졌을 때, 피렌체에서 온 기사가 그의 집에 들러, 그 성의 위치가 좋다며 사고 싶다고 했다. 이 거래는 매우 중요했으므로, 후작은 아내에게 손님을 앞에서 말한 매우 아름답고 화려하게 꾸민 방으로 모시라고 시켰다. 그런데 한밤중이 되자 기사는 놀라 창백해진 얼굴로 내려오더니, 그 방에 유령이 나타났다고, 뭔가 눈에 보이지 않는 것이 푸석거리는 소리를 내며 방 한쪽 구석에서 일어나더니 다리를 절면서 천천히 방을 가로질러 화덕 뒤로 가서는, 신음소리를 내면서 쓰러졌다고 장담하듯 말하는 것이 아닌가. 부부는 얼마나 놀랐는지 모른다.

후작은 경악했다. 그는 그 이유를 잘 알고 있었지만, 짐짓 태연한 체하면서 기사에게 빙긋이 웃어주고는, 그를 안심시키기 위해 그 방에서 함께 밤을 지내겠다고 말했다. 그렇지만 기사는 후작의 침실 안락의자에서 잘 수 있게 허락해달라고 부탁했고, 아침이 되자 말에 안장을 얹은 뒤 작별 인사를 하고는 길을 떠났다.

이 일은 비상한 관심을 불러 일으켰고, 후작에게는 매우 불쾌하게도, 여러 구매자들이 놀라 도망가게 만들었다. 그의 하인들 사이에서도 자정에 그 방에 유령이 돌아다닌다는 요상하고 이해가 가지 않는 소문이 나돌았기에, 후작은 이에 단호하게 대처하여 소문을 잠재우기 위해 다음 날 밤 이 일을 조사해보기로 결정했다. 따라서 그는 저녁이 되자, 그 방에 자신의 잠자리를 준비시킨 뒤 잠들지 않고 자정까지 기다렸다. 자정을 알리는 종소리가 나자, 실제로 영문을 알 수 없는 소리가 들려 그는 소스라치게 놀랐다. 그것은 마치 누군가가 바스락거리며 건초 더미에서 일어서서 방을 가로질러, 화덕 뒤에서 신음 소리를 내며 쓰러지는 소리였다. 다음 날 아침, 그가 내려오자 후작 부인은 그에게 밤새 조사한 결과가 어떻게 되었느냐고 물었다. 그러자 후작은 겁먹고 불확실한 눈초리로 주위를 돌아보면서, 문을 잠그고는 유령이 틀림없다고 확언했다. 살면서 그렇게 크게 놀란 적이 없었던 부인은, 크게 당황하면서 유령에 대한 소문이 나기 전에 냉정하게 자기와 한 번 더 조사해보자고 후작에게 부탁했다. 그러나 그들을 데리고 갔던 충직한 하인과 함께 그 다음 날 밤에도, 그들은 전날과 똑같은, 알 수 없는 유령 소리를 듣게 되었다. 그리고 그들은 얼마든 간에 이 성을 어서 팔고 싶은 성급한 마음에, 하인들이 있는 곳에서는 놀라지 않은 척하면서, 아무 일도 아니라는 듯 원인을 반드시 밝힐 것이라고 말했다. 사흘째 되는 날 저녁, 두 사람은 사건의 진상을 파악하기 위해 가슴을 졸이면서, 다시 그 이상한 방으로 가는 계단을 올라갔다. 그때 우연히 줄에서 풀린 개가 그 방문 앞에 있는 것이 보였다. 분명한 것을 설명할 수는 없지만 두 사람은 아마 무의식적으로 자신들 외에 제삼의 살아 있는 존재를 데리고 가겠다는 생각이었는지 그 개를 데리고 방으로 들어갔다. 부부는 열한 시경에 탁자 위에 등 두 개를 올려놓고, 후작 부인은 옷을 입은 채, 후작은 장에서 꺼낸 칼과 총을 곁에 두고 각자 침대에 앉아 있었다. 이들이 될 수 있는 한 이야기를 나누면서 시간을 보내는 사이, 개는 머리와 다리를 한데 웅크리고는 방 한가운데에 누워 잠이 들었다. 자정이 되는 순간, 그 끔찍한 소리가 다시 들렸다. 눈에 보이지 않는 무언가가 지팡이를 짚고 방의 구석에서 일어섰다. 밑에 깔린 건초 더미가 바스락거리는 소리가 들렸고 첫 번째 걸음과 함께 뚜벅! 뚜벅! 소리가 났다. 개는 잠에서 깨어 갑자기 귀를 세우면서 바닥에서 일어섰다. 그러고는 으르렁거리고 짖으면서 마치 누군가가 자기를 향해 걸어오는 듯이 뒷걸음질치며 화덕을 비켜섰다. 이 광경을 본 후작 부인은 머리카락을 곤두세우고 방에서 뛰쳐나갔다. 후작은 칼을 잡고 "누구냐?"라고 외쳤지만, 아무도 대답을 하지 않기에 마치 미친 사람처럼 칼로 허공을 갈랐다. 그때 후작 부인은 말에 안장을 얹게 하고는 도시로 출발하기로 결심했다. 그러나 그녀가 물건 몇 가지를 챙겨서 성문 밖으로 나가자마자, 성 주위에서 불길이 피어오르는 것이 보였다. 후작이 너무나 놀라고 흥분한 나머지 삶의 의욕을 잃고, 초를 들고 온통 나무로 되어 있는 성의 구석구석에 불을 붙였던 것이다. 후작 부인은 사람들을 들여보내 그 불행한 사람을 구하려고 했지만 헛수고였다. 그는 비참하게 죽어 있었다. 그의 뼈는 그곳 사람들에 의해 수습되었고, 아직도 로카르노의 거지 노파에게 일어서라고 명령했던 그 방의 구석에 놓여 있다.

버려진 아이

　　　　　　　　로마에 사는 부유한 상인, 안토니오 피아치는 사업상 때때로 긴 여행을 해야 했다. 그럴 때면 그는 젊은 아내, 엘비레를 그녀의 친척들의 보호 아래 로마에 남겨 두곤 했다. 언젠가 그는 열한 살 되는 아들 파올로와 함께 라구사로 여행을 떠났다. 파올로는 첫 번째 부인과의 사이에서 난 자식이었다. 그런데 여행 중에 갑자기 역병이 돌아서, 그 도시와 그 근방을 온통 공포에 몰아넣는 일이 발생했다. 여행 중에 이 소식을 접하게 된 피아치는, 그 돌림병이 얼마나 심각한지 알아보기 위해 근처 도시에 멈추어 섰다. 그러나 상황이 날로 심각해져 성문을 폐쇄하려 한다는 소식을 듣고는, 여행을 계속했다. 아들을 걱정하는 마음이 상인으로서의 이익보다 더 중요했기 때문이다.

　도시를 벗어났을 때, 그는 한 소년이 그의 마차 곁에 서 있는 것을 발견했다. 소년은 애원하듯이 양손을 그에게 내밀었고, 매우 흥분해 있는 듯이 보였다. 피아치는 마차를 멈추고 무엇을 원하느냐고 물었다. 소년은 천진하게도, 자신은 역병에 전염되었으며 형리가 자신을 병원으로 보내기 위해 뒤쫓고 있으며, 자기 어머니와 아버지는 병원에서 이미 죽었으니, 제발 자신을 데려가 달라고 간청했다. 그는 자신을 이 도시 안에서 죽게 내버려두지 말라고 말하면서, 노인의 손을 붙들고 입을 맞추어대면서 울음을 터뜨렸다. 피아치는 놀라서 소년을 멀리 쫓아 보내려 했다. 그러나 바로 그 순간, 소년의 안색이 변하더니 의식을 잃고 땅바닥에 쓰러졌다. 이것이 착한 노인의 동정심을 불러 일으켰고, 그를 어찌해야 할지 알 수 없었지만 노인은 아들과 함께 마차에서 내려서 그 소년을 마차에 태우고, 계속 달렸다.

첫 번째 도착한 곳에서 노인은 자기가 가져온 물건을 어떻게 다시 팔아치울지 여관의 주인 부부와 상의하고 있었다. 그때 이미 그 소식을 들은 경찰이 명에 따라 그와 파올로, 니콜로, 그러니까 감염된 그 소년을 다같이 체포해 라구사로 다시 송환했다. 피아치는 이런 가혹한 처사에 대해 할 수 있는 한 모든 설명을 했지만, 아무 소용이 없었다. 라구사에 도착한 세 사람은 형리의 감시 아래 병원으로 압송되었다. 그곳에서 피아치는 무사했고 니콜로도 다시 회복되었지만, 아들 파올로는 감염되어 사흘 만에 죽고 말았다.

성문이 다시 열렸고, 피아치는 아들의 장례를 치르고 나서,

경찰로부터 여행 허가를 받았다. 슬픔에 잠겨 마차에 올라 텅 비어 있는 옆자리를 보고 그는 눈물을 훔치려고 손수건을 꺼냈다. 그때 모자를 손에 든 니콜로가 마차 곁으로 다가와, 그에게 편안한 여행이 되시라고 기원했다. 피아치는 마차에서 몸을 내밀었고, 흐느낌으로 끊어지는 목소리로 소년에게 같이 여행하지 않겠느냐고 물었다. 노인의 말을 재빨리 이해한 소년은 고개를 끄덕이며 말했다. "네, 물론이죠!" 이 소년을 태워도 되느냐는 상인의 질문에 병원 관리인도 웃으면서 그 아이는 고아여서 아무도 그를 찾지 않을 것이라고 대답했다. 그래서 피아치는 큰 몸짓으로 그 소년을 마차에 들어 올려 자기 아들 대신 로마로 데리고 갔다.

도시로 들어가는 성문 앞의 길에서 상인은 처음으로 소년을 자세히 들여다보았다. 소년은 매우 잘생겼지만 약간 경직되어 있었다. 단정하게 가리마를 한 검은 머리칼은 이마를 덮어 얼굴에 그늘을 드리우고 있었으며, 얼굴은 진지하고 영리해 보였지만, 표정이 전혀 없었다. 노인이 그에게 여러 가지 질문을 했지만, 소년은 짤막하게 대답할 뿐이었다. 소년은 말없이 내면에 잠긴 채, 두 손을 호주머니에 넣고 구석에 앉아서 생각에 잠긴 듯 소심한 눈초리로 마차 옆을 지나가는 것들을 바라보았다. 때때로 소년은 주머니에서 소리 나지 않게 호두를 한 줌 꺼내, 피아치가 흐르는 눈물을 훔치는 사이, 이빨 사이로 딱 하고 깨물어 쪼갰다.

로마에 도착한 피아치는 자신의 젊고 모범적인 아내 엘비레에게 그간 일어났던 일을 간단하게 들려주고는, 소년을 소개했다. 엘비레는 자신이 매우 사랑했던 어린 양아들 파올로 생각에 울음을 참을 수가 없었다. 그렇지만 곧, 그녀 앞에서 낯설어하면서 굳어 있는 니콜로를 껴안았고, 파올로의 침대를 가리키며 그곳에서 자라고 하면서 파올로의 옷들을 선물로 주었다. 피아치는 소년을 학교에 보냈고, 그곳에서 소년은 읽기와 쓰기, 계산을 배웠다. 소년이 제값을 하자 피아치는 어느 정도 소년에게 정이 들게 되었고, 몇 주 되지 않아 선량한 엘비레의 동의를 얻어 소년을 아들로 입양했다. 엘비레가 노인에게서 아이를 얻을 희망은 없었던 것이다. 후에 노인은 여러 가지 이유로 그다지 만족하지 못하던 점원을 해고하고, 그 대신 니콜로에게 회계를 맡겼다. 니콜로가 여러 가지 일들을 열심히, 잘 관리했기 때문에 노인은 아주 기뻤다. 평소 거짓 신앙심을 철저히 싫어했던 아버지가 니콜로에게 트집을 잡을 수 있는 것이라곤 그가 카르멜 교단의 수사들과 왕래를 하는 것이었는데, 수사들은 젊은이가 노인에게서 물려받을 많은 재산을 노리고 일찍부터 그에게 선심을 쓰고 있었다. 어머니 편에서는 너무 일찍 그의 가슴속에 요동치는, 여자에 대한 애착이 불만이었다. 왜냐하면 열다섯 살에 이미 수사들을 방문하면서, 주교의 첩인 사비에라 타르티니의 유혹에 넘어갔던 것이다. 노인의 엄한 꾸중으로 곧 관계를 끊었지만, 엘비레로서는 니콜로가 이 방면에 별로 자제심이 없다고 생각할 만한 여러 가지 이유가 있었다. 스무 살이 되자 니콜로는, 엘비레의 보호 아래 로마에서 자란 엘비레의 조카이자 젊고 사랑스러운 제노바 처녀 콘스탄체 파르퀘트와 결혼했고, 이로써 최악의 사태는 근본적으로 방지된 듯이 보였다. 부모는 니콜로에게 만족했고, 그에게 이를 증명하고자 아름답고 넓은 집안의 상당 부분을 내어주고 그곳을 화려한 가구로 채워 넣었다. 간단히 말해, 피아치는 예순이 되면서 자신이 할 수 있는 최선의 일을 했다. 그는 자신이 가진 약간의 재산을 제외하고는, 토지 매매의 근간이 되는 모든 재산을 법적으로 니콜로에게 양도하고, 별다른 소원이 없는 착한 엘비레와 함께 은퇴했다.

엘비레의 마음속에는 항상 잔잔한 슬픔이 깃들어 있었는데, 이는 그녀의 어린 시절에 있었던 슬픈 사건에서 비롯된 것이었다. 그녀의 아버지인 필리포 파르퀘트는 제노바의 부유한 포목 염색업자로, 사업상 집 뒤편이 돌로 되어 있고 바다와 곧바로 면해 있는 집에서 살았다. 지붕머리에서부터 이어진 큰 발코니는 바다 쪽으로 한없이 뻗어나가 있었고, 거기에는 염색을 한 천들이 걸려 있었다. 일찍이 화재가 집을 삼킨 어느 불행한 날 밤이었다. 저택의 모든 방들은 마치 유황과 역청으로 만들어진 듯 동시에 불타올랐고, 열세 살의 엘비레는 도처에 사리고 있는 불길에 쫓겨 이 계단에서 저 계단으로 도망을 다녔다. 불쌍한 그 아이는 천국과 지옥을 헤매면서 어떻게 해야 할지 몰랐다. 그녀의 뒤편에서는 불길이 바람을 타고 지붕으로 올라 곧 기둥에 옮겨 붙었고, 발치에는 넓고 황량한 바다가 끔찍하게 버티고 있었다. 그녀는 이미 모든 것을 포기하고,

그래도 위험이 덜한 쪽을 택하여 바다로 뛰어들고자 했다. 그때 갑자기 젊은 제노바 귀족이 입구에 나타나, 대들보 위로 외투를 던지고는 그녀를 감싸면서 용감하고 능숙한 솜씨로 늘어져 있는 젖은 천을 붙잡고는 바다로 뛰어 내렸다. 이미 정박해 있던 곤돌라가 그들을 붙잡았고, 사람들의 환호 속에서 그들은 해안가로 옮겨졌다. 그렇지만 젊은이는 집을 통과하면서 지붕에서 떨어진 돌조각에 머리를 맞아 심한 부상을 입었고, 곧 정신을 잃고 바다에 쓰러졌다. 젊은이의 아버지인 백작은 아들을 집으로 옮겼고, 회복이 더디자 이탈리아 각지에서 의사를 불러왔다. 의사들은 여러 번 뇌수술을 하고 여러 개의 뼈 조각들을 제거했다. 그렇지만 알 도리가 없는 하느님의 섭리로 인해, 그 모든 의술은 아무런 소용이 없었다. 그는 어머니가 그의 병간호를 위해 불러들인 엘비레의 손을 잡고 가끔씩 일어날 뿐이었다. 그는 3년을 고통에 찬 병상에서 보낸 끝에, 그동안 한 번도 그의 곁을 떠나지 않았던 엘비레의 손을 상냥하게 잡아주고는 숨을 거두었다.

이 집안과 거래 관계에 있던 피아치는 그곳에서 병간호를 하던 엘비레를 알게 되었고, 이 년 후에 그녀와 결혼했다. 피아치는 그녀 앞에서 그의 이름을 언급하거나, 그를 떠올리는 것을 삼갔다. 왜냐하면 그런 것들이 그녀의 지순하고 민감한 마음을 몹시 흥분시킨다는 것을 잘 알고 있었기 때문이다. 어렴풋하게나마 그 젊은이가 고통 받으며 그녀를 위해 죽어간 그때를 생각나게 하는 것은, 사소한 것이라도 그녀로 하여금 한없이 눈물을 흘리게 했고, 그렇게 되면 그녀에게는 어떤 위로도 소용이 없었다. 그녀는 자신이 있고 싶은 곳으로 떠났고, 아무도 그녀를 따르지 않았다. 그녀 혼자 스스로 그 슬픔을 눈물로 씻어내는 것 이외에는 아무런 방법이 없다는 것을 이미 알고 있었기 때문이다. 피아치 말고는 아무도 이 이상하고 잦은 동요에 대한 원인을 알지 못했다. 그녀는 평생 그 사건에 관해서는 한마디도 입에 올리지 않았던 것이다. 사람들은 그녀의 발작을 결혼 후 그녀가 앓았던 고열로 인해 신경이 극도로 자극받은 후유증의 탓으로 돌리고, 그 원인을 밝히려는 모든 노력을 그만두었다.

　한편 니콜로는 아버지의 금지에도 불구하고, 몰래 사비에라 타르티니와 계속 관계를 맺고 있었으며, 한번은 아내가 눈치 채지 못하게 친구의 초대를 받았다는 핑계를 대고는 타르티니와 카니발에 갔다. 그는 그날 우연히 고른 제노바 기사의 복장으로 모두가 잠든 늦은 밤에 집으로 돌아왔는데, 그때 마침 엘비레는 갑자기 속이 불편해진 남편을 돕기 위해 일어나, 그날은 하녀가 없었으므로 자신이 식초병을 가지러 직접 부엌으로 갔다. 그녀가 의자 위에 서서 구석에 있는 찬장을 열고 병과 유리잔들 사이를 이리저리 뒤적이고 있을 때였다. 바로 그때 니콜로가 문을 살짝 열고는 복도에서 붙인 촛불을 들고 깃털 모자와 외투, 칼을 들고 부엌으로 들어왔다. 그는 엘비레를 보지 못하고 아무런 악의 없이, 자신의 침실로 향하는 문으로 다가섰고, 당황스럽게도 문이 잠겨 있는 것을 발견했다. 그때 그의 뒤에서 병과 컵을 손에 들고 있던 엘비레가 그를 쳐다보았고, 갑자기 보이지 않는 번개에 맞은 것처럼 서 있던 의자에서 바닥으로 쓰러졌다. 놀라서 창백해진 니콜로는 몸을 돌려 그 불쌍한 여인을 도우려고 했으나, 곧 그녀가 낸 소리가 노인을 이리로 오게 할 것이 분명했으므로 그에게 꾸지람을 들을까 겁이 나 다른 것은 생각할 겨를이 없었다. 당황한 그는 엘비레의 허리춤에서 급하게 열쇠 꾸러미를 낚아채 그중 맞는 열쇠를 하나 골라내고는 꾸러미를 부엌에 집어던지고 사라졌다. 피아치는 몸이 좋지 않았지만 곧 침대에서 뛰쳐나와 그녀를 일으켰고, 곧이어 그가 부른 시종과 하녀들도 등불을 들고 나타났다. 니콜로도 잠옷 차림으로 와서는 무슨 일이냐고 물어보았다. 그러나 너무 놀란 엘비레는 얼어붙어 말을 할 수 없었고, 그녀를 빼고는 오직 니콜로만이 이 사태에 대답을 할 수 있었으므로, 이 일은 영원히 비밀로 남게 되었다. 사람들은 사지를 떨고 있는 엘비레를 침대로 옮겼고, 그녀는 고열로 며칠을 누워 있었다. 그러나 그녀는 타고난 건강 덕택에 그 일을 이겨냈고, 이상한 우울증이 남은 것만 빼고는 거의 건강을 회복했다.

그렇게 일 년이 흘렀고, 니콜로의 아내, 콘스탄체는 해산을 하게 되었다. 그러나 그녀는 아이를 낳은 그 주에 아이와 함께 세상을 떴다. 덕성스럽고 교양 있는 콘스탄체가 죽은 것은 정말 유감스러운 일이었지만, 더 슬픈 것은 그녀의 죽음이 니콜로의 두 가지 욕망, 즉 거짓 신앙심과 색욕에 다시금 불을 붙였다는 점이었다. 그는 애도한다는 핑계를 대고는 하루 종일 카르멜 교단의 수사들 거처에서 시간을 보냈고, 사람들은 곧 그의 아내가 살아 있던 동안에도 그가 그녀에게 그다지 애정을 느끼지 않았다는 것과 신의도 지키지 않았다는 사실을 알게 되었다. 그렇다. 콘스탄체가 아직 땅에 묻히기도 전의 일이다. 엘비레가 다가오는 장례 절차를 의논하려고 저녁 시간에 그의 방에 들어섰는데, 거기서 앞치마를 두르고 화장을 한 소녀를 발견했다. 그 소녀는 사비에라 타르티니의 하녀로 익히 알던 소녀였다. 이 광경에 엘비레는 눈을 내리깔고, 말 한마디 없이 돌아서서 방을 떠났다. 그녀는 피아치나 그 어느 누구에게도 자신이 본 장면을 이야기하지 않았다. 그녀는 울적한 마음으로 니콜로를 매우 사랑한 콘스탄체의 시신 곁에 무릎을 꿇고 애도하는 것으로 만족해야했다. 그런데 우연히도 시내에 있던 피아치가 집으로 들어서다가 그 소녀와 마주치게 되었고, 그녀가 이곳에서 무엇을 했을지 짐작한 그는 그 하녀에게 다가가서 반은 으르고 반은 윽박질러서 그녀가 갖고 있던 편지를 빼앗았다. 편지를 가지고 자기 방으로 간 피아치는 편지에서, 예상했던 대로 니콜로가 사비에라에게 몹시 만나고 싶으니 시간과 장소를 빨리 정하라고 급히 청하는 내용을 보았다. 피아치는 자리에 앉아 가짜 필체를 꾸며내어, 사비에라의 이름으로 회신을 썼다. "지금 곧. 밤이 되기 전에, 막달레나 교회에서." 그는 편지를 낯선 인장으로 봉인한 후, 그것이 마치 그 여자에게서 온 것인 양 니콜로의 방에 갖다 놓도록 했다. 이 계획은 성공했다. 니콜로는 곧 외투를 집어 들고, 관 속에 누워 있는 콘스탄체도 잊어버린 채 집을 나섰다. 이에 매우 격분한 피아치는 다음 날로 예정되어 있던 장례식을 취소하고, 콘스탄체의 시신을 짐꾼에게 들려서 운반하도록 시킨 다음, 엘비레와 몇몇 친척들만 대동하고는 이미 준비해놓은 막달레나 교회의 조용한 묘지에 그녀를 묻게 했다. 외투를 입은 니콜로는 교회 현관 앞에 서서, 낯익은 장례 행렬이 다가오는 것을 보고는 놀라서 노인에게 물었다. "이게 무슨 일입니까? 누구를 운구하는 것입니까?" 노인은 기도문을 손에 든 채 고개를 들지 않고 사비에라 타르티니라고 대답했다. 그러고는 니콜로가 마치 그 자리에 없다는 듯, 덮개를 열어 시신을 다시 보여주고는 교회 묘지에 안장했다.

  니콜로는 이 사건으로 매우 수치스러웠고, 그의 마음속에서 엘비레에 대한 불타는 증오심을 불러 일으켰다. 이렇게 많은 사람들 앞에서 노인이 자신을 모욕한 것이 그녀 때문이라고 믿었기 때문이다. 며칠 동안 피아치는 그와 말을 하지 않았다. 그렇지만, 콘스탄체가 남긴 유산을 받으려면 노인의 호의와 동의가 필요했으므로, 니콜로는 어느 날 저녁 노인의 손을 잡고는 후회하는 얼굴로 지금 당장 그리고 영원히 사비에라와 만나지 않겠노라고 서약했다. 그렇지만 그는 약속을 지킬 생각이 별로 없었다. 싹트기 시작한 그의 반항심은 오히려 겸손한 노인의 눈을 피하는 교만함만을 키워 나갔다. 동시에 그는 엘비레가 자신의 방을 열어 하녀를 발견하고 다시 문을 닫은 그 순간보다 그녀가 더 아름다워 보인 적이 없다고 생각했다. 발갛게 달아오른 뺨에 분노로 떨던 그녀의 모습은, 어지간해서는 변하지 않는 그녀의 표정에 무한한 매력을 불어넣었다. 수많은 유혹에도 불구하고 때로 그녀가 방황하지 않는다는 것을 그는 믿을 수가 없었다. 그 꽃을 꺾으려는 그는 바로 그녀에 의해 그렇게 수치스러운 벌을 받았던 것이다. 만약 이게 기회라면, 그는 그녀가 자신에게 한 대로 노인에게 앙갚음을 하리라는 욕망에 몸이 달았다. 그는 이 계획을 실행에 옮길 기회만 찾고 있었다.

일찍이 피아치가 집에 없을 때 니콜로는 엘비레의 방을 지나다가, 이상하게도 방 안에서 누군가가 이야기하는 소리를 들었다. 곧 심술궂은 희망에 사로잡힌 그는 몸을 굽히고, 눈과 귀를 열쇠 구멍에 갖다댔다. 그런데, 맙소사. 자신이 보고 있는 것은? 엘비레가 황홀해서, 누군가의 발아래에 엎드리고 있는 장면이 아니던가. 비록 그 사람이 누구인지 보이지 않았지만, 니콜로는 분명 엘비레가 사랑이 담긴 목소리로 "콜리노" 하고 속삭이는 것을 들을 수 있었다. 그는 두근거리는 마음으로 복도의 창문을 통해 들키지 않고 그 방의 입구를 들여다볼 수 있었다. 문의 손잡이에서 들리는 나지막한 소리에, 그는 거짓 성녀의 가면을 벗길 수 있는 바로 그 순간이 왔다고 생각했다. 그런데 고대했던 낯선 남자 대신에 엘비레 혼자 아주 태연히 그리고 평온하게 멀리서 그를 흘낏 쳐다보면서 방에서 나왔다. 그녀는 손으로 짠 아마포를 팔 밑에 끼고 있었다. 그녀는 허리춤에 차고 있던 열쇠로 방을 잠근 후에 손으로 난간을 잡고 계단을 내려갔다. 이런 위선, 아무 일도 없다는 듯한 태도가 그에게는 무례함과 간사함의 극치로 보였다. 그래서 그녀가 사라지자마자 그는 열쇠를 가지러 달려갔고, 조심스러운 눈초리로 주위를 살핀 후, 그 방의 문을 몰래 열었다. 그런데 비어 있는 그 방을 보고는 얼마나 놀랐던가. 구석구석을 살살이 훑었지만, 사람 비슷한 것은 아무것도 발견할 수 없었다. 다만 젊은 기사를 그린 실물 크기의 초상화만이 붉은 휘장 뒤 니치[25])에 특이한 불빛을 받으면서 세워져 있을 뿐이었다. 니콜로는 놀랐으나 왜 그런지 이유는 알 수 없었다. 자신을 뚫어지게 쳐다보는 커다란 눈을 마주보자 그에게는 수많은 생각들이 스쳐지나갔다. 그렇지만 그 생각들을 모아서 정리하기도 전에, 엘비레에게 들켜서 혼날 것이라는 두려움에 사로잡혔고, 그는 적지 않게 당황해서 문을 다시 잠그고는 그곳을 떠났다.

이 이상한 사건에 대해 생각하면 할수록, 그는 자신이 발견했던 그림이 더욱 중요하게 느껴졌다. 그 기사가 누구인지 알고 싶은 호기심은 더욱 강해져만 갔다. 왜냐하면 그녀가 무릎을 꿇고 있는 것을 보았고, 그녀 앞에 있던 사람이 바로 그 화폭 위의 젊은 기사라는 것만은 분명했기 때문이다. 그는 혼란에 빠져 사비에라에게 가서 자신이 겪은 놀라운 사건을 이야기했다. 그녀는 그들이 만나는 데 방해가 된 것은 모두 엘비레 때문이라고 생각했으므로, 그녀를 파멸시키려는 생각에 그 방에 걸려 있는 그림을 한번 보고 싶다고 말했다. 그녀는 이탈리아 전역의 많은 귀족들을 알고 있었기에, 그들이 찾는 사람이 만약 한 번이라도 로마에 머문 적이 있고 조금이라도 이름이 나 있다면, 그 사람을 알아낼 희망이 있었다. 얼마 후 일요일, 피아치 부부가 친척을 방문하려고 시골로 여행을 떠났다. 니콜로는 집이 비었다는 사실을 알고 곧 사비에라에게 달려갔고, 그녀는 주교와의 사이에서 낳은 어린 딸과 함께 그림과 수예품을 본다는 핑계를 대고는 낯선 여자로 가장해서 엘비레의 방으로 들어섰다. 그런데 휘장이 젖혀지자마자 어린 클라라가(그 딸의 이름이었다) "맙소사, 아빠. 니콜로 씨. 저것은 아저씨가 아닌가요?"라고 외쳤을 때 얼마나 놀랐던가. 사비에라는 입을 다물었다. 실제로 그림을 보면 볼수록 니콜로와 눈에 띄게 흡사한 데가 있었다. 특히나 그녀가 기억하는 한, 몇 달 전 몰래 카니발에 갔을 때, 기사 복장을 했던 그의 모습을 생각해보면 더 그랬다. 니콜로는 갑자기 붉어진 그의 뺨을 웃음으로 숨기려고 했다. 그는 아이에게 입을 맞추면서 "정말이구나, 사랑하는 클라라야. 네가 아빠라고 믿는 사람을 닮았듯이, 그 그림은 정말 나와 닮았구나"라고 말했다. 사비에라의 마음은 쓰디쓴 질투로 불타올랐다. 그녀는 그를 흘낏 보고는 거울 앞에 서서 결국 "그게 누구인지 아무 상관없어요"라고 말하고는 꽤나 싸늘하게 작별 인사를 하고 그 방을 떠났다.

니콜로는 사비에라가 떠나자마자, 이 사건에 대해 격렬한 감정에 휩싸였다. 그는 자신이 환상적인 모습으로 나타나서 엘비레를 놀라게 한 바로 그날 밤에 겪었던 기이한 일이 생생하게 기억났고, 그래서 기뻤다. 그는 미덕의 표본으로 변하는 그 여인에게서 열정을 일깨웠다는 생각에 우쭐해졌고, 이것은 그녀에게 복수하려던 욕구만큼이나 강해졌다. 단번에 이 두 가지 욕구를 다 만족시킬 수 있는 가능성이 열렸기 때문에 그는 참을성 있게 엘비레가 다시 돌아오기를, 그래서 그녀의 눈을 들여다보면서 흔들리는 확신을 매듭지을 시간을 기다렸다. 이런 흥분의 도가니 속에서도 마음에 걸리는 것은, 당시 그가 열쇠 구멍을 통해 엿보았을 때, 엘비레가 그림 앞에 무릎을 꿇고 앉아서 '콜리노'라고 불렀던 기억뿐이었다. 이 나라에서 그다지 흔하지 않은 이름의 울림 속에는, 자신도 잘은 모르겠지만, 단꿈에 젖어들게 하는 무엇인가가 있었다. 자신의 눈을 의심해야 할지 아니면 귀를 의심해야 할지 기로에 서서, 그는 이제 자연스럽게 자신의 욕망을 강하게 불러일으키는 쪽으로 생각이 기울었다.

 그러는 사이 며칠이 지나 엘비레가 시골에서 돌아왔고, 자신이 방문한 사촌의 집에서 로마를 구경하고 싶어하는 젊은 여자 친척을 데리고 왔다. 엘비레는 이 아이를 상냥하게 돌봐주는 데 신경을 쓰면서, 마차에서 내리는 그녀를 부축하던 니콜로에게는 홀끗 지나가는 의미 없는 눈길만 던졌을 뿐이었다. 몇 주간은 그곳에 묵은 손님에게 전념하느라 여느 때와는 달리 온 집 안이 소란했다. 도시 안팎을 보여주었고 젊고 삶에 대한 기쁨을 가진 그 소녀에게는 모든 것이 신기했을 것이다. 니콜로는 회계일 때문에 짧은 외출에 초대받지 못했으며, 엘비레에 대해서는 다시금 최악의 기분 상태가 되었다. 그는 다시 쓰디쓴 괴로움으로, 그녀가 몰래 숭배하는 그 낯선 사람에 대해 생각하기 시작했고, 이 기분은 특히 젊은 친척 처녀가 떠난 날, 그의 사나워진 마음을 찢어 놓았다. 그는 이날을 오래 전부터 갈망하면서 기다렸는데, 엘비레는 그와 이야기하는 대신 조용히 식탁에 앉아서는 내내 수를 놓고 있었기 때문이었다. 그런데 며칠 전 피아치가 상아로 된 작은 철자들이 든 상자를 찾은 적 있었다. 니콜로는 그것으로 어릴 때 글자를 배웠지만, 이제는 아무에게도 쓸모가 없었기에 노인은 상자를 이웃의 어린 아이에게 선물해야겠다고 생각한 것이었다. 오래된 물건들 중에서 그 철자들을 찾으라는 명을 받은 하녀는 그동안 여섯 개의 철자, 그러니까 니콜로의 이름을 만들 수 있는 철자들만 찾아냈다. 아마도 니콜로와 별로 연관이 없는 철자들에는 신경을 쓰지 않아서 어느 땐가 버렸는지도 모를 일이었다. 이제 니콜로는 며칠 전부터 탁자 위에 놓여 있는 철자들을 손에 쥐고는, 한 팔을 탁자에 괴고 울적한 생각에 사로잡혀서 장난을 하고 있었다. 그런데 우연하게도, 그는 그 이름으로 콜리노Colino라는 이름을 만들 수 있다는 사실을 발견했다. 그는 평생, 이렇게 놀란 적이 없었다. 자신의 이름이 가진 철자 배열의 특징은 낯설었고, 그는 다시금 강한 희망에 사로잡혀 불확실하지만 숫기 없는 눈초리로 옆에 앉아 있는 엘비레를 쳐다보았다. 두 단어 사이의 일치는 그에게는 우연 이상으로 여겨졌다. 그는 기쁨을 억누르며 이 기이한 발견이 가진 의미를 가늠해보다가, 탁자에서 손을 치우고는 엘비레가 고개를 들어 탁자 위에 펼쳐져 있는 철자를 쳐다볼 그 순간을 기다렸다. 그를 사로잡은 기대감은 어긋나지 않았다. 잠시 후 엘비레는 철자들의 배열을 보자마자 그것을 읽기 위해, 아무런 뜻이나 의도 없이 더 가까이 몸을 숙였는데, 그것은 그녀가 약간 근시였기 때문이었다. 그때 그녀는 아무렇지도 않다는 듯 그것을 쳐다보던 니콜로의 얼굴을 기묘하게 불안한 시선으로 훑어보더니, 설명할 수 없는 슬픈 감정으로 다시 자기 일을 시작했고, 눈에 띄지 않으려고 애쓰면서, 눈물을 흘리고 얼굴을 붉히더니 다시 집어든 뜨개질감을 무릎에다 떨어뜨렸다. 그녀를 보지 않고도 이러한 내적인 변화를 관찰한 니콜로는 그녀가 이렇게 당황하는 것에서 그 이름 뒤에 자신의 이름이 숨겨져 있다는 것을 믿어 의심치 않았다. 그녀가 그 철자들을 한꺼번에 살며시 겹쳐서 밀어버리고, 일어서서 뜨개질감을 치우고는 침실로 사라지는 것을 보자 그의 사나운 희망은 확신으로 가득 찼다. 니콜로가 곧 일어서서 그녀를 따라가려는 순간 피아치가 들어와 엘비레가 어디 있느냐고 물었다. 몸이 좋지 않아서 누워 있다는 하녀의 대답에 피아치는 별로 당황하는 기색 없이 몸을 돌려, 그녀를 살펴보러 갔다. 15분 후에, 그는 엘비레가 식사를 하지 않을 것이라는 소식을 갖고 다시 돌아왔으며, 이에 대해 더 이상 아무런 말을 하지 않았다. 그래서 니콜로는 자신이 겪었던 비슷한 종류의 수수께끼 같은 모든 일에 관한 해답을 찾았다고 생각했다.

어느 날 아침, 자신이 발견한 것을 써먹으려고 궁리하면서 비열한 기쁨에 잠겨 있던 그는 엘비레에 관해 관심을 가질 만한 얘기가 있으니, 자신을 방문해달라는 사비에라의 편지를 받았다. 사비에라는 자신에게 생활비를 대주는 주교를 통해 카르멜 교단의 수사들과 가깝게 지내고 있었고, 니콜로의 어머니는 이 수도원에 고해성사를 다녔기 때문에, 니콜로는 엘비레가 가진 사연에 얽힌 비밀과 자신의 부자연스러운 희망을 확인시키는 데 관계된 소식을 사비에라가 찾아낸 것이 틀림없다고 생각했다. 그렇지만 사비에라는 비웃듯 이상한 표정을 띠면서 인사를 건넨 뒤, 미소를 지으며 자신이 앉아 있던 긴 의자로 그를 끌어당기더니, 엘비레가 사랑하는 대상이 이미 십이 년 전부터 무덤에서 잠자고 있는 사자(死者)라고 말하지 않을 수 없다고 했다. 그는 꿈에서 깨어났고, 몹시 불쾌했다. 몽페라의 백작, 알로이지우스는 파리에 있는 백부 댁에서 자랐고, 콜린이라는 이름도 갖고 있었는데, 나중에 이탈리아에서 장난삼아 콜리노로 바뀌었고, 바로 그 사람이 엘비레의 방에서 발견한, 붉은 비단 휘장 뒤 니치에 있는 그림의 주인공이다. 그 젊은 제노바 기사는 엘비레가 어렸을 때, 고결하게도 그녀를 불 속에서 구해내고 그때 입은 부상으로 죽었다는 것이었다. 그녀는 이 비밀을 지켜달라고 덧붙였다. 왜냐하면 이 비밀은 침묵의 봉인에도 불구하고, 그 비밀에 대해 전혀 권한이 없는 카르멜 교단의 한 사람으로부터 들었기 때문이라고 말했다. 니콜로는 얼굴이 붉으락푸르락해지면서, 걱정 말라고 했다. 그러고는 완전히 넋을 잃고는, 사비에라의 심술궂은 시선을 향해 이야기를 들었을 때의 당황함을 감추기 위해 일을 핑계대고, 윗입술을 추하게 씰룩거리면서 모자를 집어 들고 작별 인사를 한 뒤 떠나갔다.

  창피함, 쾌락과 복수심이 이제는 하나가 되어 그는 지금까지 행한 것 중 가장 추악한 일을 꾀하려고 했다. 그는 엘비레의 순수한 영혼은 속임수를 통해서만 가까이 갈 수 있다는 것을 잘 알고 있었다. 며칠간 시골로 간 피아치가 자리를 비우자마자, 그는 곧 자신이 생각해낸 사악한 계획을 실행에 옮기기 위해 일을 꾸몄다. 그는 몇 달 전 밤에 사육제에서 몰래 돌아와 엘비레 앞에 나타났을 때 입었던 바로 그 옷을 다시 장만했다. 그림과 똑같이 외투, 상의, 깃털 모자를 제노바식으로 만들어서 잠자러 가기 전에 엘비레의 방으로 숨어 들어가서는, 벽에 걸려 있는 그림 위에 검은 휘장을 치고 자신은 지팡이를 짚고 그림 위의 기사 모습 그대로 서서, 엘비레의 숭배의식을 기다렸다. 그는 이 비열한 열정에 휩싸여서도, 아주 제대로 예상했다. 왜냐하면 엘비레가 들어오자마자, 평상시처럼 조용히 옷을 벗고는 벽을 덮고 있는 비단 휘장을 젖히고 그를 바라보았기 때문이다. 그녀는 곧 "콜리노! 내 사랑!"이라고 소리쳤고, 의식을 잃고 단상의 바닥에 쓰러졌다. 니콜로는 니치에서 나와 그녀의 매력에 빠져 잠시 선 채, 죽음의 입맞춤으로 갑자기 창백해진 그녀의 연약한 모습을 쳐다보았다. 그렇지만 잠시라도 시간을 낭비할 수가 없었기에 그림에서 검은 휘장을 떼어내고 그녀를 팔에 안고 방의 구석에 있는 침대로 데리고 갔다. 이 일을 마치고 그는 문을 잠그기 위해 갔으나, 이미 문은 잠겨 있었다. 그리고 그녀가 혼미해진 감각을 다시 되돌린다 해도, 초자연적이고 환상적인 자신의 모습에 어떤 저항도 하지 못할 것임을 확신하고는, 다시 침대로 돌아와서 가슴과 입술에 뜨거운 입맞춤을 하면서 그녀를 깨우려고 애를 썼다. 그렇지만 악한을 따라 다니는 복수의 여신은 그 불쌍한 인간이 며칠 동안 떠나 있을 거라고 생각한 피아치를 뜻하지 않은 바로 이 시각에 집으로 돌아오게 했다. 피아치는 엘비레가 잠이 들었다고 생각하여 복도를 통해 조용히 살금살금 다가왔고, 항상 열쇠를 지니고 있었으므로 아무 소리도 들리지 않게 문을 열고 갑자기 방으로 들어서는 데 성공했다. 니콜로는 번개에 맞은 듯이 서 있었다. 그는 자신의 악행을 감출 수 있는 방법이 없었으므로, 노인 앞에 엎드려 무릎을 꿇고는 다시는 그의 아내에게 눈을 돌리지 않겠다고 맹세하면서 용서를 빌었다. 실제로 노인도 이 문제를 조용히 해결할 생각이었으므로, 노인의 팔에 안긴 채 정신을 차린 엘비레가 그 불쌍한 놈에게 끔찍한 시선을 던지면서 몇 마디 말한 대로, 말없이 엘비레가 누워 있는 침대의 휘장을 치고 벽에서 채찍을 내려서 문을 열면서 그가 가야할 길을 가리켰다. 그런데, 타르튀프[26] 같은 이 자는 그 길에서 아무것도 할 수 없다는 것을 알아채고는 갑자기 바닥에서 일어서서 노인이야말로 이 집을 떠나야 할 사람이라고 선언했다. 그는 완전한 효력을 지닌 서류에 따라 자신이 소유주로 정해졌으며, 세상의 누구에게건 간에 이를 주장할 수 있다고 말했다. 피아치는 자신의 귀를 믿을 수가 없었다. 생전 들어보지 못한 뻔뻔함에 무기력해져, 그는 채찍을 놓고 모자와 지팡이를 집어 들고는 곧 오랜 친구인 변호사, 발레리오 박사한테 달려갔다. 그리고 나중에 엘비레까지 받아들인 박사는 다음 날 아침, 비록 지옥에서 온 그 악한이 유리한 점이 많지만, 그를 체포하라고 요청하기 위해 서둘렀다. 그러나 피아치가 이전에 자신이 허락했던 소유권을 그에게서 박탈하려고 헛되이 애쓰는 동안에, 니콜로는 전 재산에 대한 위임권을 갖고 그의 친구인 카르멜 교단의 수사들에게 가서 자신을 쫓아내려고 하는 늙은 바보로부터 자신을 보호해달라고 요구했다.

간단히 말해, 주교가 떼어내고 싶었던 사비에라와의 혼인을 니콜라가 원했으므로, 악은 승리를 거두었다. 주교의 주선으로 법원은 니콜로의 소유권을 인정하고 피아치에게는 이 건으로 니콜로를 괴롭히지 말라는 명령을 내렸다.

피아치는 바로 며칠 전, 그 사건에서 얻은 고열에 시달리다 죽은 불쌍한 엘비레를 땅에 묻었다. 이렇게 거듭되는 슬픔에 격분한 그는 판결문을 주머니에 넣고 집으로 가서, 매우 화가 나 천성적으로 약한 니콜로를 내동댕이치고는 그의 머리를 벽에다 눌러댔다. 집에 있던 사람들은 이 일이 일어날 때까지 아무것도 몰랐다. 그들은 니콜로를 무릎 사이에 끼우고는 그의 입에 판결문을 쑤셔 넣는 피아치를 발견했다. 이 일이 끝나자, 피아치는 모든 무기를 집어 던지고 일어섰다. 그는 감옥으로 보내져서 교수형을 선고받았다.

교회 국가에서는 법에 따라 죄인이 종교적으로 사면을 받은 후에 사형에 처하도록 되어 있다. 피아치는 사형 판결이 내려지자, 끈질기게 사면을 거부했다. 사람들은 종교가 할 수 있는 일, 그러니까 그의 행위가 처벌받아 마땅하다는 것을 납득시키려고 시도했으나 모두 소용이 없자, 그를 기다리고 있는 죽음의 순간 앞에서 참회하길 바라면서 그를 교수대 앞으로 데리고 갔다. 한 신부가 나팔 소리 속에서 지금 그의 영혼이 떨어지게 될 지옥의 참혹함을 묘사했다. 다른 쪽에서는 다른 신부가 죄를 사해주는 성체를 들고는 영원한 안식을 찬양했다. "구원을 받겠느냐?" "아니요"라고 피아치가 대답했다. "왜?" "나는 천국으로 가고 싶지 않소. 나는 지옥의 가장 밑바닥으로 갈 것이오. 그리고 천국에는 있지 않을 니콜로를 다시 찾아내어 이 생에서 완전히 하지 못한 복수를 다시 할 것이오!" 그리고 그는 사다리를 올라가 형리에게 책무를 다하라고 요구했다. 사형은 중단되었고, 법의 보호를 받고 있는 그 불행한 자는 다시 감옥으로 보내졌다. 사흘 동안 같은 시도가 있었고, 결과는 같았다. 사흘째 되는 날, 다시 교수대에서 매달리지 못하고 사다리를 내려와야만 했을 때, 피아치는 격렬한 몸짓으로 손을 뻗고는, 자신을 지옥으로 가지 못하게 하는 비인간적인 법을 저주했다. 그는 자신을 데려가라고 모든 악마의 무리를 불렀고, 자신의 유일한 소망은 처형당하고 저주받는 것이라고 맹세했다. 그는 지옥에서 니콜로를 손에 넣기 위해서라면 제일 훌륭한 신부에게라도 달려들 것이라고 맹세했다! 이 일은 교황에게 보고 되었고, 교황은 피아치를 사면 없이 처형하도록 명령했다. 피아치는 신부도 대동하지 않은 가운데, 델 포폴로 광장의 적막 속에서 사형 당했다.

성 세실리아 또는 음악의 힘
―전설

16세기 말경 성상 파괴 운동이 네덜란드를 휩쓸고 있을 때, 비텐베르크 대학을 다니던 젊은 삼형제가 아헨에서 안트베르펜의 부목사로 있는 형제를 만났다. 그들은 그곳에서 그들 모두 잘 알지 못하는 나이 든 숙부가 남긴 유산을 받으려고 했는데, 찾아갈 만한 사람이 아무도 없었기 때문에 여관에 들었다. 며칠 동안 그들은 부목사로부터 네덜란드에서 있었던 기묘한 일에 대한 이야기를 들으면서 보냈는데, 마침 그 도시의 성문 앞에 있던 성 세실리아 수녀원의 수녀들이 성체축일을 성대하게 거행하게 되었다. 이들 네 형제는 젊은 혈기와 네덜란드의 선례에 자극을 받아 아헨 시에도 성상 파괴라는 볼거리를 제공하자고 결정했다. 이미 그런 일을 여러 번 주도했던 부목사는 전날 저녁, 새로운 교리에 빠져 있는 몇 명의 젊은이들, 즉 상인의 아들들과 학생들을 모아 여관에서 식사를 하고 와인을 마시면서 교황을 저주하는 것으로 밤을 보냈다. 태양이 시 첨탑의 요철 모양 성벽 위로 떠오르자, 그들은 그 방자한 일을 시작하기 위해 도끼와 온갖 파괴 도구를 챙겼다. 그들은 기쁨에 들뜬 채 성서 이야기가 그려진 창문을 깨는 것을 시작 신호로 하자고 약속했다. 그리고 민중에게서도 분명 커다란 호응이 있을 것으로 믿고, 모든 것을 남김없이 파괴하기로 결심하고, 종이 울리는 시간에 대성당으로 들어갔다. 동이 틀 무렵 이미 원장 수녀는 지인을 통해 수녀원이 위험에 처했다는 것을 알게 되었고, 여러 번 전령을 보내 그 도시의 지휘권을 가진 황제의 장교에게 수녀원을 보호해 줄 호위병들을 보내달라고 청했지만, 아무런 소용이 없었다. 장교 자신도 교황에 반감을 갖고 있고 새로운 교리를 몰래 지지하는 사람이어서, 원장 수녀가 유령을 본 것이며 수녀원에는 어떤 위험의 그림자도 없다고 능숙하게 펑계를 대면서 호위병 세우기를 거부했다. 그러는 사이 축제를 시작할 시간이 되었다. 수녀들은 두려움 속에서 기도를 올리며 다가올 일을 불안하게 기다리면서 미사를 준비하던 참이었다. 나이 든 칠십 세의 수녀원 집사만이 무장한 하인 몇몇과 성당 입구에 서서 그들을 보호할 뿐이었다. 잘 알려져 있듯이, 수녀원에서는 수녀들이 모든 종류의 악기를 연습해 음악을 직접 연주했다. 때로는 (아마 이 비밀스러운 예술의 여성적인 성격 때문인지) 남성으로만 된 오케스트라에서는 찾아볼 수 없는 섬세함과 오성, 감성이 함께 연주되었다. 그런데 오케스트라의 음악을 지휘하는 악장 안토니아 수녀가 며칠 전부터 발진티푸스를 심하게 앓고 있어서 상황이 매우 난처하게 되었다. 이미 외투로 몸을 감싼 채 성당의 기둥 아래에 모습을 드러낸 네 명의 불경스러운 형제는 그렇다 치더라도, 어떻게 순조롭게 연주를 진행할지 수녀원은 몹시 당황해하고 있었다. 전날 저녁, 원장 수녀는 잘 알려지지 않은 작곡가의 아주 오래된 작품인 이탈리아 미사곡을 연주하라고 명했다. 이 미사곡이 가진 성스러움과 장엄함 때문에 악단은 이 곡을 이미 여러 번 연주하여 그때마다 대단한 성공을 거둔 바 있었다. 원장 수녀는 몇 번이나 자신의 뜻을 고집하면서 다시 한번 안토니아의 안부를 묻기 위해 수녀 하나를 내려 보냈다. 그러나 이 일을 맡은 수녀는 안토니아 수녀가 완전히 의식을 잃은 채 누워 있으며, 따라서 그녀가 그 음악을 지휘한다는 건 생각할 수 없다는 소식을 가지고 돌아왔다. 그 사이에 신분과 연령이 다양한 백여 명의 무뢰한이 도끼와 쇠막대기로 무장한 채 대성당 안으로 모여들었고, 이미 험악한 일이 일어나고 있었다. 사람들은 정문에 서 있던 몇 명의 하인들을 무례하게 놀려댔고, 신성한 미사를 위해 간간이 보이는 수녀들에게 건방지고 파렴치한 말들을 내뱉었다. 그러나 원장 수녀는 흔들리지 않고 하느님의 높은 영광을 위해 정해진 행사는 거행되어야 한다고 고집했다. 원장 수녀는 수녀원 집사에게, 미사와 대성당에서 거행될 장엄한 예배를 목숨을 걸고 지킬 의무가 있음을 상기시켰다. 그리고 막 종이 울렸기 때문에, 원장은 덜덜 떨면서 자신을 에워싸고 있는 수녀들에게 어떤 것이든, 비중이 있건 상관없이 미사곡을 골라 연주를 시작하라고 명령했다.

수녀들이 막 오르간이 있는 제단 위로 올라갔을 때였다. 자주 받았던 작품의 악보들이 나누어졌고 바이올린과 오보에, 베이스가 연습을 하면서 음을 맞추었다. 그때 안토니아 수녀가 갑자기 생기 있고 건강하게, 약간은 창백한 얼굴로 계단에 나타났다. 그녀는 원장 수녀가 연주하라고 급하게 고집한 오래된 이탈리아 미사곡의 악보를 팔 아래에 끼고 있었다. 수녀들이 놀라면서 "어디에서 오는 것입니까? 어떻게 그렇게 갑작스레 회복이 되었는지요?"라고 물었고, 그녀는 대답했다. "아무려면 어때요, 친구들. 아무려면." 그녀는 가져 온 악보를 나누어주고, 감격해서 얼굴이 달아오르면서, 그 훌륭한 작품의 지휘를 맡기 위해 오르간 앞에 앉았다. 곧 경건한 여인들의 마음속에는 경이로운 천상의 위로가 느껴졌다. 수녀들은 재빨리 그들의 악기와 함께 악보 앞에 섰다. 그들의 영혼을 날개를 단 듯이 천상의 울림으로 이끌기 위해 긴장감이 더해졌다. 최고도로 장엄하게, 음악적으로 화려하게 오라토리오가 연주되었다. 연주가 진행되는 동안 홀과 벤치에서는 숨소리도 나지 않았다. 특히 '살베 레기나'[27]와 더 나아가 '글로리아 인 엑스셀지스'[28] 부분에서는 성당 안은 쥐죽은 듯 조용했다. 하느님의 저주를 받은 네 명의 형제들과 그들의 추종자들이 있었는데도, 그들은 바닥의 먼지조차 날려버리지 못했다. 그 수녀원은 그대로 30년 전쟁 말까지 존속되었고, 그 무렵 체결된

베스트팔렌 평화조약에 따라 곧 국가에 귀속되었다.

　육 년 후 이 사건이 완전히 잊혀졌을 때, 헤이그에서 온 네 형제의 어머니는 아헨 시장에게 아들들이 실종되었다고 슬프게 말하면서, 그들이 이곳에서 길을 떠나려 했던 사실을 근거로 법적 조사를 해달라고 요청했다. 고향집이 있는 네덜란드에서 들은 마지막 소식은 그 사건이 있기 전, 성체축일 전날 저녁에 부목사가 안트베르펜의 학교 선생님으로 있는 친구에게 보낸 편지였다. 촘촘하게 쓴 네 장의 편지에서 부목사는 아주 명랑하게 또는 오히려 느긋하게 성 세실리아 수녀원에 대해 자신이 계획하고 있는 것을 미리 알리고 있었다. 어머니는 그에 대해서는 더 자세히 말하려 하지 않았다. 이 가련한 여인은 자신이 찾아낸 여러 사람들에게서 소식을 들으려고 노력했고, 사람들은 마침내 그 시기가 대충 들어맞는 그 해부터 지금까지, 국적과 출신지를 알 수 없는 네 명의 젊은이가 빈민 구호를 위해 황제가 최근에 세운 시립 정신병원에 있다는 것을 기억해냈다. 그러나 이들이 종교적인 사상의 혼란으로 인해 병이 났고, 재판관이 어렴풋하게 들은 바에 따르면, 그들의 모습은 매우 슬프고 우울했다는 것이다. 그 사람들이 가톨릭 신자였다는 것은 거의 확실했고, 이는 어머니가 잘 알고 있는 아들들의 기질과는 전혀 맞아떨어지지 않았기에 어머니는 이 말을 믿을 수가 없었다. 어머니는 사람들이 설명한 여러 특징에 당황해서 어느 날 법원 정리를 동행하고 정신병원으로 가서 관리인들에게 그들이 보호하고 있는 네 명의 정신 나간 불쌍한 남자들을 볼 수 있게 들여보내달라고 부탁했다. 그러나 문으로 들어오는 그들을 첫눈에 알아본 그 가련한 여인의 놀라움을 누가 표현할 수 있겠는가? 그들은 길고 검은 수도복을 입고 십자가가 서 있는 탁자 주위에 앉아서, 말없이 두 손을 펴고 탁자에 팔을 괴고 기도를 하려는 듯 보였다. 힘을 잃고 의자 위에 쓰러진 여인은 그들이 무엇을 하는 것인지 물었고, 이에 관리인들이 대답했다. "이들은 단지 신성한 나라의 영광에 사로잡혀 있을 뿐입니다. 그들의 말을 빌리자면, 저들은 다른 사람들보다 영광의 나라를 더 잘 알고 있다고 믿고 있답니다. 그리고 자신들이 전지전능한 하느님의 진정한 아들이라고 말한답니다." 그들은 덧붙였다. "젊은이들은 육 년 전부터 이런 영적인 생활을 하고 있습니다. 그들은 조금만 자고 많이 먹지도 않습니다. 그들의 입술에서는 거의 아무런 소리도 나오지 않고, 단지 자정에만 한 번 자리에서 일어날 뿐이지요. 그러고는 건물의 창이 흔들릴 정도로 크게 〈하느님께 영광을〉을 노래합니다." 관리인들은 젊은이들이 육체적으로는 완전히 건강하다고 보증하면서 말을 맺었다. "매우 심각하고 장엄하기는 하지만, 그들에게는 심지어 어떤 명랑함이 있음을 부인하지 못할 것입니다. 그들이 미친 것이라는 진단을 받았을 때, 그들은 동정을 하면서 어깨를 으쓱했고 이미 여러 번 이렇게 말하더군요. '만약 우리가 누구인지를 선량한 아헨 시가 안다면, 시는 하던 일을 그만두고 곧 〈하느님께 영광을〉을 부르기 위해 하느님의 십자가 주위에 무릎을 꿇을 것이다'라고요."

 이 불쌍한 아들들의 으스스한 모습을 견디지 못하고 일어선 여인은 부축을 받으며 후들거리는 다리로 다시 집으로 돌아왔고, 이 끔찍한 사건의 원인을 알아보기 위해 다음 날 아침 그 도시의 유명한 직물상인 파이트 고트헬프 씨의 집에 들렀다. 부목사의 편지가 이 남자에 대해 언급했기 때문이다. 그리고 성체축일 날 성 세실리아 수녀원을 파괴하려는 계획에 그가 열심히 가담했다는 사실도 드러났다. 직물장수 파이트 고트헬프는 그동안 결혼하여 아이도 여럿 두었고 부친의 상당한 사업도 물려받았다. 그는 손님을 매우 반갑게 맞았다. 그는 찾아온 용건을 전해 듣자, 문을 잠그고 부인을 앉게 한 후 다음과 같은 이야기를 들려주었다. "친애하는 부인! 저는 육 년 전에 아드님들과 관계가 있었습니다. 그러나 이 일에 대해 부인께서 법적인 조사를 하지 않으신다면, 솔직하게 아무 것도 숨김없이 말씀드리겠습니다. 그렇습니다. 우리는 그 편지에 언급된 일을 계획했습니다! 참으로 불경한 생각으로 그 계획을 실행하기 위해 구체적인 사항을 준비했지만, 이 일은 실패로 돌아갔습니다. 저는 왜 그 일이 실패했는지 이해할 수 없었습니다. 하늘이 경건한 여인들의 수녀원을 신성하게 보호한 것 같습니다. 당신의 아드님들이 이미 더 중요한 일을 개시하기 전에, 미사를 방해하려고 여러 가지 경박한 소동들을 감행했다는 것을 아시는지요. 도끼와 역청을 바른 횃불로 무장한 삼백 명의 악한들이 그 당시 혼란에 빠져 있던 도시의 성벽에서 나와, 대성당을 초토화시키기 위해 부목사가 내릴 신호만을 기다리고 있었습니다. 그런데 그와는 반대로, 음악이 연주되자 당신의 아드님들은 갑자기 함께 움직이면서 우리의 눈에도 띄게 모자를 벗었습니다. 그들은 점차 형용할 수 없는 깊은 감동으로 각자 고개 숙인 얼굴 앞으로 두 손을 가져갔습니다. 잠시 동안의 소란이 지나자 부목사는 갑자기 몸을 돌리면서 우리 모두에게 무시무시한 목소리로 소리쳤습니다. 즉시 모자를 벗어라! 몇 명의 동지들이 속삭이면서 팔로 그를 밀었고, 성상 파괴를 위해 약속된 신호를 내리라고 요구했습니다. 목사는 대답하지 않고 두 손을 가슴에 십자로 얹고 무릎을 꿇더니 다른 형제들과 함께 경건하게 머리를 땅바닥에 대고 중얼거렸습니다. 방금 자신이 조롱하던 기도문을요. 이 모습에 불쌍한 폭도들 무리는 내심 매우 혼란스러워, 우두머리를 잃고 갈팡질팡하면서 제단에서 울려 퍼지는 오라토리오가 끝날 때까지 아무것도 하지 않고 거기에 있었습니다. 그때 지휘자의 명령에 따라 여러 명이 체포되고 소란을 일으킨 몇 명의 폭도들이 호위병에게 잡혀 압송되었으며, 불쌍한 무리들은 재빨리 밀려드는 사람들의 보호 아래 교회를 나올 수밖에 없었습니다. 별다른 방법이 없었죠. 저녁에 저는 몇 번이나 돌아오지 않는 아드님들의 안부를 물었고, 몇몇 친구들과 함께 다시 수녀원으로 가서 황제의 호위병을 도와주고 있던 문지기에게 아드님들에 대해 물어보았습니다. 그런데 부인, 저의 놀라움을 어떻게 표현할 수 있겠습니까? 이 네 형제가 여전히 손을 펴고, 마치 돌처럼 굳어 땅바닥에 가슴과 머리로 입을 맞추면서 열정에 가득 차 교회의 제단에 엎드려 있는 게 아니겠습니까! 그때 지나가던 수녀원의 집사도 그들의 외투를 잡고 팔을 흔들면서, 이미 어두워졌고 아무도 없으니 대성당을 떠나라고 재촉했습니다. 그러나 아무 소용이 없었습니다. 그들은 꿈을 꾸는 듯 반쯤 몸을 일으키면서도, 그의 말엔 아랑곳하지 않았습니다. 집사는 하인들을 시켜 그들의 팔을 붙잡고 그들을 정문 밖으로 데리고 나갔습니다. 그곳에서 그들은 가슴이 찢어질 듯 흐느끼면서, 석양빛에 화려하게 광채를 발하는 대성당을 자꾸 뒤돌아보면서 마침내 우리 뒤에 서서 우리를 따라 도시로 왔습니다. 친구들과 저는 돌아오는 길에 그들에게 도대체 어떤 끔찍한 일이 당신들의 내면을 그렇게 바꾸어놓았느냐고, 여러 번 상냥하고 다정하게 물었습니다. 그들은 우리를 다정하게 쳐다보면서 손을 잡고, 생각에 가득 차 바닥을 내려다보면서 때때로 눈물을 닦았습니다. 아, 그 표정은 아직도 제 가슴을 찢어놓는답니다. 이윽고 숙소에 도착했을 때 그들은 자작나무 가지로 독창적이고 정교한 십자가를 만들고는, 그것을 밀랍으로 만든 작은 언덕에 꽂아, 방 한가운데 있는 커다란 탁자 위에, 하녀가 가지고 온 두 개의 초 사이에 놓았습니다. 시간이 지나자 차츰 친구들이 모여들어 서로 손을 맞잡고 한쪽에 서서는 그들의 유령 같은 행동을 말없이 조용히 쳐다보았지요. 마치 그들의 정신이 모든 다른 것에는 닫혀 있는 듯이, 그들은 탁자 주위에 앉아서 두 손을 펴고 조용히 기도를 하기 시작했습니다. 동료들을 대접하기 위해 아침에 주문했던 대로 하녀가 음식을 가지고 왔지만, 전혀 들지 않았고, 밤이 되자 그들을 위해 옆방에 마련된 잠자리도 원하지 않았습니다. 피곤해 보였는데도 말입니다. 친구들은 여관 주인을 화나게 하지 않으려고 한쪽 구석에 넉넉하게 차려진 탁자에 앉아서, 여러 사람을 위해 마련된 음식들을 씁쓸한 눈물의 소금기로 적시면서 먹을 수밖에 없었습니다. 갑자기 자정을 알리는 종이 울렸습니다. 당신의 네 아드님은 한순간 둔탁한 종소리에 귀를 기울이더니, 갑자기 똑같은 동작으로 일어섰습니다. 우리는 냅킨을 내려놓고 이런 기묘하고 이상한 행동이 어떤 결과를 가져올지 불안해하면서 그들을 건너다보았습니다. 그들은 끔찍하고 엄청난 목소리로 〈하느님께 영광을〉을 부르기 시작했습니다. 만약 그들이 얼어붙은 한겨울에 허공을 향해 울부짖었다면 사자와 늑대도 이를 들었을 것입니다. 집의 기둥이 흔들렸고, 이것은 정말입니다, 그들의 허파에서부터 울려나온 호흡에 마주쳐서 창문도 덜거덕거리면서 부서질 듯했습니다. 마치 무거운 모래를 한 줌 가득 창문에 던지는 듯했습니다. 이런 무시무시한 모습에 우리는 정신이 나가서 머리칼이 쭈뼛 섰습니다. 우리는 외투와 모자도 그대로 두고 근방의 길거리로 흩어졌습니다. 그곳에는 곧 우리 대신 잠이 깬, 백 명이 넘는 사람들로 가득 찼습니다. 사람들은 으스스한 성난 울부짖음이 어디서 오는 것인지 찾기 위해 여관 문을 박차고 홀의 계단으로 몰려들었습니다. 그 울부짖음은 불길로 가득 찬 지옥의 심연으로부터 마치 영원히 저주받은 죄인들의 입술에서 애통하게 하느님의 은총을 갈구하듯이 울려 퍼졌습니다. 그들은 주인의 성난 소리와 그들을 둘러싼 사람들의 웅성거리는 외침도 듣지 않았고, 마침내 한 시를 알리는 종소리와 함께 입을 다물었습니다. 그들은 턱과 가슴으로 흘러내리던 커다란 땀방울을 수건으로 닦았습니다. 그리고 외투를 펴서 그 고통스러운 일로부터 한 시간이라도 쉬기 위해 바닥의 널빤지 위에 누웠습니다. 주인은 이들을 내버려두었고, 그들이 잠든 것을 보고 곧 그들 위에 십자가를 걸었습니다. 그리고 이제는 이 불행이 해결되었다고 기뻐했고 아침에는 이들이 나을 것이라고 확신하면서 그곳에서 웅성거리는 사람들에게 그 방에서 나가라고 했습니다. 그런데! 첫 번째 닭 울음소리와 함께 그 불쌍한 형제들은 다시 일어나서, 탁자 위에 있는 십자가를 마주보고, 황량하고 괴기스러운 수도원 생활을 다시 시작했습니다. 그들은 단지 지쳐서 잠시 동안 그 생활을 중지했던 것입니다. 그들은 그 불쌍한 모습에 이미 마음이 녹아버린 주인에게서 어떤 경고도, 도움도 받으려 하지 않았습니다. 그들은 주인에게 규칙적으로 매일 아침 그 집에 모여드는 친구들을 친절하게 물려달라고 부탁했습니다. 그리고 주인에게서 물과 빵, 그리고 밤을 지내기 위한 건초 외에는 아무것도 요구하지 않았습니다. 그래서 다른 때였다면 그들의 흥청거림 덕분에 많은 돈을 벌었을 그 주인은, 모든 일을 법정에 알려 사악한 정신이 그들을 지배하고 있으니 이 네 사람을 자기 집에서 데려가 달라고 청할 수밖에 없었습니다. 이에 형제들은 시장의 명령에 따라 의사의 진찰을 받았고, 부인도 알다시피 정신병 진단을 받아 정신병원으로 옮겨진 것입니다. 이 병원은 지난번에 돌아가신 황제의 자비심으로 이런 유형의 사람들을 보살피기 위해 시의 성벽 안에 세워졌습니다." 직물장수 파이트 고트헬프는 이것 말고도 여러 가지 이야기를 했지만, 사건의 내적인 연관성을 위해 이미 충분히 이야기되었다고 생각되므로 이는 생략하기로 하겠다. 그는 부인에게 만약 이 사건에 대해 다시 한번 법정의 조사가 진행되더라도 자신은 절대로 연관시키지 말아달라고 부탁했다.

이 이야기에 심한 충격을 받은 부인은, 사흘 후 날씨가 좋아 산책을 나섰다가, 신이 보이지 않는 번개를 통해 자기 아들들을 파멸시킨 그 무시무시한 장소를 직접 보려고 친구의 팔에 의지해 수녀원으로 향했다. 대성당은 마침 공사 중이어서 입구가 판자로 막혀 있었다. 그들은 널빤지를 힘들게 들어 올려 안을 들여다보았지만, 화려하게 광채를 발하는 장미 창 말고는 아무 것도 볼 수 없었다. 일꾼 수백 명이 날씬하고 촘촘하게 짜 맞춘 비계(飛階) 위에서 즐겁게 노래를 부르면서, 현재의 탑을 약 삼분의 일 이상 높이느라 열심이었다. 지금까지 석판으로 덮여 있던 탑의 지붕과 요철 모양의 벽은 햇볕에 번쩍이는 밝은 동판으로 튼튼하게 바뀌어가고 있었다. 그때 가장자리에는 황금빛을 띤, 어둡고 검은 폭풍우가 일어났다. 이미 아헨 근방에는 천둥이 쳤고, 약한 번개가 대성당이 서 있는 방향으로 몇 번 번뜩인 후에 연기처럼 풀어지면서 동쪽으로 사라져갔다. 여인들은 멀리 떨어진 수녀원 건물 계단에서 여러 상념에 잠겨 이 볼거리를 지켜보고 있었다. 이때 지나가던 수녀 하나가 우연히 정문에 서 있는 여인이 누구인지를 듣게 되었다. 원장 수녀는 이 부인이 지니고 있는 성체축일과 관련된 편지 이야기를 들은 적이 있는 터라, 네덜란드에서 온 부인을 찾아 모시고 오도록 했다. 네덜란드 여인은 한순간 당황했지만, 매우 공손하게 그 명을 받았다. 수녀의 안내를 받아 친구가 옆방으로 가는 사이, 사람들은 계단을 올라온 손님을 위해 아름답게 꾸며진 다락방의 양 문을 열어주었다. 왕가의 기품을 지닌 귀부인 같은 원장 수녀가, 용의 발톱 문양이 있는 발판에 발을 올리고 앉아 있는 모습이 보였다. 원장 수녀 옆 악보대에는 악보가 놓여 있었다. 원장 수녀는 손님에게 앉으라고 말한 후, 이미 시장에게서 부인이 시에 도착했다는 소식을 들었다고 말했다. 그리고 친절하게 그녀의 불행한 아들들의 안부를 묻고 이제는 돌이킬 수 없는 아들들의 운명에 대해 가능하면 마음을 굳게 먹으라고 용기를 북돋아주었다. 원장 수녀는 곧 부목사가 안트베르펜의 교사로 있는 친구에게 보낸 편지를 보고 싶다고 말했다. 여인은 이것이 어떤 결과를 가져올지 예견할 만큼 연륜이 있었으므로, 순간 이 말에 당황했다. 그러나 원장 수녀의 위엄 있는 얼굴이 믿음을 주었고 그 내용을 공개적으로 사용할 의도가 없어 보였으므로, 잠시 생각을 해본 후 편지를 가슴에서 꺼내 제후 같은 원장 수녀의 손에 뜨거운 입맞춤을 하면서 건네주었다. 원장 수녀가 이 편지를 읽는 동안, 부인은 편안하게 악보대 위에 펼쳐져 있는 악보에 눈길을 던졌다. 그리고 무시무시한 그날, 자신의 불쌍한 아들들의 정신을 무너뜨리고 혼란스럽게 만든 것이 아마 음악의 힘이었을 거라는 직물장수의 말을 떠올리고는, 의자 뒤에 서 있던 수녀 쪽으로 몸을 돌리면서 수줍게 물었다. "혹시 이것이 육 년 전 그 이상한 성체축일에 대성당에서 연주된 그 작품입니까?" 젊은 수녀는 "네. 그런 말을 들은 기억이 납니다. 그 이후로 이 악보는 사용하지 않을 때면 대개 원장 수녀님 방에 있지요"라고 대답했다. 부인은 이 말을 듣고는 만감이 교차되어, 악보대 앞에 섰다. 그녀는 어마어마한 영감이 은밀하게 사람들을 전염시킨 것으로 보이는 미지의 마술적인 기호들을 살펴보았고, 바로 〈하느님께 영광을〉이 있는 부분을 보고는 땅속으로 꺼지는 듯한 느낌을 받았다. 마치 자신의 아들들을 미치게 한 음악의 모든 전율이 자신 머리 위로 뭉게뭉게 몰려오는 것 같았다. 그녀는 그것을 보는 것만으로도 정신을 잃을 것 같았다. 그녀는 하느님의 전지전능함에 대한 끝없는 겸허함과 복종으로 재빨리 그 악보에 입을 맞추고는 다시 의자에 앉았다. 그동안 원장 수녀는 편지를 다 읽고 접으면서 말했다. "경이로운 그날, 하느님께서는 이 수녀원을 심하게 정신이 나간 당신의 아들들로부터 직접 보호하셨습니다. 하느님이 어떤 방법을 사용하셨는지, 개신교인 부인에게는 아무런 상관이 없겠지요. 제가 말씀드리는 것도 이해하기 힘드실 것입니다. 성상 파괴가 임박해진 그 끔찍한 시간에, 부인께서도 보셨지만 저기 펼쳐져 있는 작품을 평온하게 오르간에 앉아서 지휘한 사람이 누구인지 아무도 모른다는 것을 이해하시겠습니까. 이 작품을 지휘할 수 있는 유일한 수녀 안토니아는 이 곡이 연주되는 동안 심하게 아파 정신을 잃었고, 더구나 수족을 추스르지 못해 자기 방에 누워 있었다는 것이 증명되었습니다. 이것은 다음 날 아침 수녀원 집사와 다른 여러 사람들의 입회 하에 기록되었고 문서로 보관되어 있습니다. 안토니아 수녀의 친척 수녀 하나가 그녀를 돌보라는 지시를 받고, 오전 내내 대성당 안에서 성체축일이 거행되는 동안 안토니아 수녀의 침대에서 떨어지지 않았다고 합니다. 네, 그렇습니다. 상황이 허락하여, 안토니아 수녀가 완전히 의식을 잃었던 그날이 다시 온다면, 그전에는 그다지 심각해 보이지 않았던 신경열 환자가 그날 밤에 바로 죽지만 않았다면, 안토니아 수녀도 그렇게 기묘하고 오묘한 방법으로 오르간 발코니에 나타난 사람이 본인이 아니라는 사실을 스스로 확인하고 증명해주었을 것입니다. 트리어의 주교도 이 일을 보고받고 '성 세실리아[29)]'가 같은 시간에 이렇게 무섭고 장엄한 기적을 일으켰다'는 것만이 이 일을 설명한다고 모두에게 선언했습니다. 그리고 교황에게서도 마찬가지로 이를 확정하는 서신을 받았습니다."

원장 수녀는 이렇게 말하고는 자신이 이미 알고 있던 사건에 단지 더 자세한 정보를 얻으려고 편지의 내용을 공개하는 일은 없을 거라고 약속하면서 편지를 다시 부인에게 돌려주었다. 그리고 부인에게 아들들이 회복될 가능성이 있는지, 자신이 이를 위해 돈이나 다른 것으로 도움이 될 수 있는지 물었다. 부인은 울면서 원장 수녀의 가운에 입을 맞추고는, 그럴 필요는 없다고 정중히 거절했다. 원장 수녀는 부인에게 다정하게 손을 건넸고, 그녀를 물러가게 했다.

이것으로 이 전설은 끝을 맺는다. 부인은 자신의 존재가 아헨에서는 아무런 소용이 없었으므로, 불쌍한 아들들이 잘 지낼 수 있도록 적은 재산이나마 법원에 기탁하고는 헤이그로 돌아갔다. 일 년 후 그녀는 그 사건에 매우 감화되어 가톨릭으로 전향했다. 아들들은 노년까지 살다가, 그들의 습관대로 〈하느님께 영광을〉을 다시 한번 부르고는 만족스럽게 죽었다.

결투

빌헬름 폰 브라이자흐 공작은 그보다 지위가 아래인 듯한 알트 휘닝겐 가문의 백작 부인 카타리나 폰 헤르스브루크와 내연의 관계가 되었고, 이후 이복형제인 붉은 수염 야코프 백작과는 원수로 살고 있었다. 십사 세기 말경 성 레미기우스 축일[30] 밤이 저물기 시작할 때 공작은 보름스에서 독일 황제를 만나고 돌아왔다. 정실 자식이 없던 그는 황제로부터 지금의 부인과 혼전에 얻은 사생아 필리프 폰 휘닝겐 백작을 합법적인 아들로 인정받고 오던 길이었다. 앞날을 생각하니 자신이 통치하던 기간 그 어느 때보다도 기뻐하면서, 그는 자신의 성 뒤에 있는 뜰에 도착했다. 그때 갑자기 어두운 덤불 속에서 화살이 날아와 갈비뼈 바로 아랫부분을 관통했다. 그의 회계 출납관, 프리드리히 폰 트로타는 이 돌발적인 사건에 너무나 놀라서 다른 기사들의 도움을 받아 공작을 성으로 옮겼고, 그곳에서 공작은 급히 가신들을 불러 모이게 하고 황제의 인증서를 발표했다. 그리고 심한 반대가 없었던 것은 아니나, 법에 따르면 왕위가 그의 이복형제인 붉은 수염 야코프 백작에게 넘어가야 하지만 가신들은 공작의 마지막 뜻을 받들어 황제의 허락을 받겠다는 유보 하에 필리프 백작을 후계자로 정했고, 그가 아직 미성년이므로 그의 어머니를 후견인이자 섭정자로 인정했다. 그 후 공작은 슬퍼하는 아내의 팔에 안겨 숨을 거두었다.

공작 부인은 곧 왕위에 올랐고, 몇 명의 신하들을 보내 시동생인 붉은 수염 야코프 백작에게 이 소식을 알렸다. 백작의 폐쇄적인 기질을 꿰뚫어보았다고 생각하는 여러 궁중 기사들이 예언했던 바는 적어도 겉으로는 맞아떨어졌다. 그러니까 붉은 수염 야코프는 현재 상황을 영리하게 심사숙고한 뒤, 형이 자신에게 한 부당함을 참아냈다. 적어도 그는 공작의 마지막 뜻에 거역하는 어떠한 조치든 모두 삼가고, 어린 조카가 왕위를 이은 것을 진심으로 축복해주었다. 그는 연회에 참석한 신하들에게 명랑하고 다정한 태도로, 아내가 왕가의 재산을 많이 남겨두고 세상을 떠난 이후로 자신이 성에서 얼마나 자유롭게 살고 있는지 이야기했다. 이웃의 귀부인들과 와인, 활기찬 친구들과의 사교생활, 사냥을 얼마나 좋아하는지, 그리고 고백하건대, 재빨리 지나간 젊음의 원죄가 유감스럽게도 나이가 들어서도 더해지고 있기에, 팔레스타인으로 향하는 십자군 전쟁 같은 곳에서 그 죗값을 치르려고 생각하고 있으며,

이것이 생이 저물어가는 지금 하려는 모든 계획이라고 말했다. 후계자의 희망을 품고 성장한 그의 두 아들은, 전혀 예상치 못하게 자신들의 기대가 무너지자 아버지에게 심한 비난을 퍼부었지만, 아무런 소용이 없었다. 그는 아직 장성하지 않은 아들들을 꾸짖으며 짧고 조롱 섞인 말투로 권력욕을 가라앉히라고 명령하고는, 장엄한 장례식 날에 자기를 따라 도시로 들어와서는 백부인 늙은 공작의 장례를 지위에 맞게 치르라고 했다. 그는 궁의 대관 홀, 섭정자인 어머니가 있는 자리에서 자신의 조카인 어린 왕자에게 경의를 표하고 곧 궁의 다른 대신들에게도 경의를 표한 뒤에, 섭정자가 그에게 제안하는 모든 관직과 직위를 거절하고, 그의 관대함과 절제를 더 한층 존경하는 백성들의 축복을 받으면서 다시 자신의 성으로 돌아갔다.

공작 부인은 첫 번째 문제가 다행스럽게도 예기치 않게 처리되자 섭정자로서 두 번째 의무, 그러니까 뜰에서 여러 사람이 목격했다는 남편의 살인범들을 찾기 위해 조사를 시작했고, 이를 위해 재상인 고드빈 폰 헤르탈과 함께 남편의 목숨을 앗아간 화살을 조사했다. 그러나 그 화살은 정교하고 화려하게 만들어졌다는 사실 말고는 어디에서도 그 주인을 밝힐 만한 단서를 찾을 수 없었다. 어두운 색 호두나무로 만들어진 날렵하고 힘 있는 화살대에 강하고 곱슬곱슬하고 빛나는 깃털이 박혀 있었다. 앞머리는 빛나는 납으로 그리고 활촉은 물고기의 뼈처럼 날카롭게 쇠로 만들어져 있었다. 그 화살은 아마도 어느 부유한 귀족 집안 남자의 무기고를 채우기 위해 만들어진 듯했다. 그는 아마도 결투에 말려들었거나 또는 사냥을 아주 좋아하는 사람일 것이다. 그리고 끝머리에 새겨진 연도로 보아 이것이 최근에 만들어졌다는 것을 알 수 있었기에, 공작 부인은 재상의 조언에 따라 그 화살에 왕가의 봉인을 찍어서 독일의 모든 공방에 돌렸다. 화살을 깎은 장인을 찾아내고, 또한 그 일이 만약 성공한다면 화살 세공을 부탁한 사람의 이름을 알아내기 위함이었다.

다섯 달이 지난 후, 공작 부인으로부터 사건의 수사를 모두 위임받은 재상 고드빈에게 스트라스부르크의 화살 제작자가 그런 화살 육십 개와 거기 딸린 화살 통을 삼 년 전 붉은 수염 야코프 백작을 위해 만들었다는 편지를 보내왔다. 재상은 편지에 실린 진술에 매우 당황해, 여러 주 동안 그 편지를 비밀 금고에 넣어두었다. 백작이 비록 자유롭고 방종하게 생활하긴 하나, 그에겐 어느 정도 고귀한 품성이 있었으므로 그가 형제를 살해하는 끔찍한 일을 저질렀다고는 생각할 수 없었던 것이다. 다른 한편, 섭정자에게 여러 좋은 면이 있었지만 아직 그 정의감에 대해서는 확신하지 못했으므로, 그는 그녀의 최악의 원수의 생명이 걸린 이런 일에 조심스럽게 행동하지 않을 수 없었다. 그동안 그는 그 이상한 진술에 방향을 맞추어 몰래 조사를 하다가, 성의 집사를 통해 자기 성을 떠나거나 비우는 법이 거의 없는 백작이 공작이 살해당한 날 밤만큼은 성에 없었다는 사실을 우연히 알게 되었다. 그래서 그는 다음번 추밀원 회의에서 공작 부인에게 시동생인 붉은 수염 야코프 백작에게 이 두 가지 이상하고 기이한 용의점이 있다고 상세하게 보고했다.

공작 부인은 시동생과 우호적인 관계를 맺고 있는 것을 다행으로 생각하면서 경솔한 행동으로 자칫 그의 감정을 건드리는 것을 두려워하던 터라, 이 불확실한 설명에 전혀 기쁜 기색이 없었다. 재상에게는 이상한 일이었다. 공작 부인은 오히려 그 서류를 두 번 세심하게 읽은 후, 그렇게 불확실하면서도 신중해야 할 사안을 공개적으로 추밀원 회의에서 언급한 것에 대해 강한 불만을 표시했다. 공작 부인은 거기에는 착각이나 음모가 도사리고 있을 것이니 법정에 기소하지 말라고 명령했다. 백작이 왕좌에서 배제된 뒤 상황이 자연스럽게 변해 그가 백성들로부터 지나치게, 거의 열광적인 존경을 받고 있었으므로, 그녀에게는 추밀원에 이것을 공개한 것 자체가 매우 위험스러운 것이었다. 그래서 그녀는 도시에 떠도는 그에 대한 소문이 백작의 귀에도 들어갈 것으로 예상하여, 정중한 어조로 두 가지 고소 조항을 적은 편지를 이상한 오해의 소행이라고 부르면서 그런 오해가 생기게 된 근거를 밝히고, 자신은 그의 무죄를 확신하고 있으니 앞으로 자신에게 어떤 항변도 하지 말아달라고 부탁하는 편지를 그에게 보냈다.

그때 막 친구들과 함께 식탁에 앉아 있던 백작은, 공작 부인의 서신을 가진 전령이 오자 직접 친절하게 자리에서 일어섰다. 호기 있는 백작은 더 이상 앉으려 하지 않았고, 친구들이 지켜보는 가운데 창문의 아치 아래에서 편지를 읽었다. 곧 그의 안색이 변하더니, 편지를 친구들에게 주면서 말했다. "형제들이여! 보게나. 이런 파렴치한 고소가 있나. 형님이 살해당한 것을 나에게 미루다니!" 친구들이 주위로 모여드는 동안 그는 불꽃 튀는 시선으로 기사의 손에서 화살을 빼앗더니, 자기 영혼이 파멸당하는 것을 감추고는 덧붙여 말했다. "실제로 이 활은 나의 것이며, 성 레미기우스 축일 날 밤에 내가 성에 없었다는 것도 맞다!" 친구들은 이런 야비하고 비겁한 술수에 욕설을 퍼부었다. 그들은 살인 혐의를 악의적인 고소인에게 되돌리면서, 공작 부인을 보호하는 신하들을 모욕하려고 했다. 그때 백작은 다시 한번 더 서류를 읽고는 갑자기 그들 가운데로 나서면서 소리쳤다. "조용히! 친구들!" 그러고는 구석에 서 있던 칼을 들고는 다음과 같이 말하면서 칼을 기사에게 넘겨주었다. "나는 자네에게 체포되었네." 기사가 당황하여, "제가 제대로 들은 것입니까? 정말로 법원장이 제기한 두 가지 고소 조항을 인정하는 것입니까?"라고 묻자, 백작은 "그렇다! 그래! 그래!"라고 대답했다. 그러나 그는 그동안, 공작 부인에 의해 임명된 법정에서 자신의 무죄를 정식으로 증명해야 할 필요성이 없어지기를 바랐다고 말했다. 이 말에 불만스러운 기사들은 적어도 이 일에 대해 다른 사람이 아닌 황제에게 해명을 해야 할 것이라고 설득했지만 허사였다. 그런데 백작이 갑자기 생각을 바꾸어, 섭정의 공정함을 믿고 스스로 국가의 법정에 서겠다고 나섰다. 그리고 이미 기사들의 팔에서 빠져나오면서 창밖으로 자기 말을 부르더니, 신하들의 말에 따라 기사도를 따를 것이라고 말했다. 그때 친구들이 힘으로 그를 가로막으면서, 그가 받아들일 수밖에 없는 제안을 했다. 그들은 전체의 이름으로 섭정자에게 편지를 써서, 이런 경우 모든 기사에게 허락되는 권리인 자유 호송을 그에게도 허락해줄 것을 요구하면서, 그 대신 백작이 섭정자가 세운 법정에 설 것이며, 법정이 요구하는 모든 것에 기꺼이 따를 것이라는 보증으로 은화 이만 마르크의 보석금을 제시했다.

이 고소 건으로 백성들 사이에 이미 끔찍한 소문들이 나돌자, 공작 부인은 예기치 않았던 그리고 납득할 수도 없는 제안에 자신은 이 사건에서 물러나 황제에게 이 분쟁을 모두 맡기는 것이 바람직하다고 생각했다. 그녀는 재상의 조언대로 이 사건에 대한 모든 서류들을 황제에게 보내 제국의 수장으로서 그도 관여되어 있는 이 일의 조사를 맡아줄 것을 청했다. 동맹국들과 협상을 위해 당시 바젤에 머물고 있던 황제는 이 요청을 수락했다. 그는 세 명의 백작과 열두 명의 기사, 그리고 두 명의 법정 서기로 법정을 구성할 것을 명하고는 백작의 친구들이 공동으로 낸 요청서를 받아들여, 은화 이만 마르크의 보증금을 받고 붉은 수염 야코프 백작의 자유 호송을 허락했다. 그는 백작에게 언급한 법정에 출두하여 두 가지 혐의점에 대한 입장 표명을 요구했다. 즉 자신의 것으로 고백한 화살이 어떻게 살인범의 손에 가게 되었는지, 그리고 성 레미기우스의 축일에 어디에 머무르고 있었는지를 말하라는 것이었다.

  트리니타티스[31]가 지난 월요일이었다. 붉은 수염 야코프 백작은 요구받은 대로 화려하게 차려입은 기사들을 거느리고 바젤 법정에 출두하여 첫 번째 질문에 대해서는 자신도 알 수 없다고 말하면서 질문을 피하고는, 논쟁에서 결정적인 두 번째 질문에 관해서는 다음과 같이 말했다. "폐하!" 그는 자신의 두 손을 난간에 얹고 붉은 눈썹에 그늘진 작고 빛나는 두 눈으로 좌중을 둘러보았다. "여러분은 왕관과 왕홀에 대해 연연해하지 않는다는 사실을 충분히 증명해보인 저에게, 가장 끔찍한 혐의를 두어 실제로는 그다지 가깝지 않았던 형, 그렇지만 그렇다고 저에게 아무런 가치가 없을 수는 없는 형의 살인자로 고소했습니다. 그리고 그 고소를 뒷받침하는 이유 가운데 하나로 범행이 일어난 성 레미기우스 축일 밤에 여러 해에 걸친 습관과는 달리, 제가 성에 없었다는 점을 들고 있습니다. 어느 귀부인으로부터 은밀한 호의를 받은 기사는 그 부인의 명예에 책임이 있다는 것을 잘 알고 있습니다. 그리고 정말! 맑은 날 하늘이 이런 기묘한 재앙을 제 머리 위에 내리지만 않았더라도! 제 가슴 속에 잠자고 있는 비밀은 저와 함께 죽어서 재가 되고 무덤을 울리는 천사의 첫 번째 나팔 소리를 듣고서야 비로소 저와 함께 신 앞에 섰을 것입니다. 황제 폐하께서 당신의 입을 통해 제 양심에 던지신 질문은 그러나 여러분도 잘 아시다시피, 이 모든 배려와 신중함을 훼손시켰습니다. 그리고 여러분은 형님이 살해당한 것에 제가 직접적이든 간접적이든 개입했다는, 아마 그럴 듯하지도 가능하지도 않은 일에 대해 알고자 합니다. 그러니 들어보십시오. 저는 성 레미기우스 축일 밤, 그러니까 범행이 일어난 그 시간에 지방 군수 빈프리트 폰 브레다의 딸, 다시 말해 저를 사랑하는 아름다운 비팁 리테가르데 폰 아우어슈타인 부인의 집에 있었습니다."

자, 우리는 이제 비팁 리테가르데 폰 아우어슈타인 부인이 이러한 수치스러운 소송 이전에 그 지방에서 정말 아름답고 나무랄 데 없으며 흠잡을 데 없는 부인이었다는 것을 알아야 한다. 그녀는 성주인 남편 폰 아우어슈타인이 결혼 후 몇 달 만에 열병에 전염되어 목숨을 잃은 후, 조용하게 은둔하며 부친의 성에서 살고 있었다. 그리고 딸이 재혼하기를 바라던 부친의 뜻에 따라 때때로 근방의 기사들, 주로 붉은 수염 야코프 백작이 주최하는 사냥 축제와 연회에 가곤 했다. 그 지방의 높은 신분과 유복한 가문의 백작과 귀족들은 그 기회를 틈타 구혼하기 위해 그녀 주위로 몰려들었고, 이들 중에는 언젠가 사냥에서 다친 수퇘지의 돌격으로부터 그녀를 구해준 회계 출납관 프리드리히 폰 트로타도 있었는데, 그는 가장 성실하고 사랑스러운 사람이었다. 그러나 그녀는 자신에게 남겨진 재산을 노리는 두 오빠의 심기를 건드릴까 걱정이 되어, 부친의 권고에도 불구하고 아직 그의 구혼을 받아들일 결심을 하지 못하고 있었다. 그렇다. 두 오빠 중 근방의 부유한 집 딸과 결혼한 장남 루돌프가 삼 년 동안 아이가 없다가 마침내 후계자를 얻어 가족들이 크게 기뻐하고 있을 때, 그녀는 가족들의 노골적인 또는 완곡한 말에 마음이 움직여, 한없는 눈물을 흘리면서 친구인 프리드리히에게 정식으로 이별을 고하는 편지를 썼고, 집안의 화목을 위해 오빠의 제안에 따라 아버지의 성에서 멀지 않은 곳, 라인 강가에 있는 수녀원의 원장 자리를 받아들였다.

  스트라스부르크의 주교가 이 계획을 추진하여 막 실행하려고 할 무렵, 지방군수 빈프리트 폰 브레다는 황제의 법정을 통해 자신의 딸 리테가르데의 수치에 대해 알게 되었고, 야코프 백작이 그녀에게 제기한 책임에 대해 해명하기 위해 리테가르데를 바젤로 출두시키라는 요구를 받게 되었다. 편지에는 백작의 진술에 따라 그가 리테가르데의 집을 몰래 방문한 시간과 장소가 정확하게 기술되어 있었고, 그녀의 죽은 남편에게서 받은 반지도 동봉되어 있었는데, 그 반지는 그녀가 그와 헤어지면서 지난밤에 대한 기념으로 직접 주었다고 적혀 있었다. 이 편지가 도착한 날 빈프리트 씨는 노환으로 몸이 불편하여 고통에 시달리고 있었으며, 심하게 흥분한 상태에서 딸의 부축을 받으며 방 안을 서성이면서 살아 숨쉬는 모든 생명체가 직면하게 될 최종 목적지를 이미 목전에 두고 있었다. 그러니까 그는, 이 끔찍한 편지를 읽어 내려가다가 순간 심장이 요동쳤고, 곧 편지를 떨어뜨리고 사지가 마비되면서 바닥에 쓰러졌다. 그곳에 있던 두 형제는 당황해서 아버지를 바닥에서 일으키면서, 그를 돌보기 위해 옆 건물에 머물던 의사를 불렀다. 그러나 부친을 살리려는 모든 노력은 소용이 없었다. 리테가르데 부인도 정신을 잃고 그녀를 돌보는 여인들의 무릎에 누워 있는 동안 아버지가 숨을 거두었고, 그녀는 부친이 떠나가는 길에 자신의 명예를 변호할 말을 건넬 마지막 기회조차 얻지 못했다. 두 오빠는 이런 불행한 일에 경악을 금치 못했으며, 유감스럽게도 충분히 그럴 가능성이 높은 여동생의 수치스러운 행동에 분노를 억누를 수 없었다. 왜냐하면 그들은 붉은 수염 야코프 백작이 실제로, 지난 여름 내내 그녀를 위해 자주 연회를 열었다는 것을 잘 알고 있었기 때문이다. 그가 열었던 여러 무술 시합과 연회는 그녀에 대한 경의를 표하면서 치러졌고, 그 당시 그는 이미 예의를 벗어날 만큼 자신이 초대한 여인들 가운데 유독 리테가르데를 특별하게 대했던 것이다. 그렇다. 그들은 리테가르데가 바로 그 성 레미기우스 축일 그 시간에 바로 남편에게서 받은 반지를 산책길에서 잃어버렸다고 말했던 것을 기억해냈다. 지금 이 반지는 이상하게도 붉은 수염 야코프 백작의 손에 가 있는 것이다. 그래서 그들은 백작이 법정에서 여동생에 대해 한 진술을 한 번도 의심하지 않았다. 시종들의 애도 속에서 부친의 시신이 옮겨졌고, 리테가르데는 잠시라도 자신의 말을 들어줄 것을 간청하면서 오빠들의 다리를 붙잡았다. 그러나 루돌프는 너무나 격분해서, 그녀에게로 몸을 돌리면서 혹시 이 혐의가 무고하다는 것을 증명해줄 증인을 세울 수 있는지 물었다. 그녀는 몸을 벌벌 떨면서, 자신은 지금껏 나무랄 데 없이 살아온 것 이외에는 어떤 것도 증명할 수 없고, 그날 밤 자신의 하녀는 부모님을 방문하러 갔기 때문에 자신의 처소에 없었다고 말했다. 루돌프는 그녀를 발로 밀어내고는 벽에 걸려 있는 칼집에서 칼을 뽑아 불같이 화를 내면서 개들과 하인들을 불러 그녀에게 이 집과 성을 떠나라고 명했다. 리테가르데는 백묵처럼 하얘져서 바닥에서 일어섰다. 그녀는 그의 폭언을 말없이 피하더니 적어도 길 떠날 채비를 할 시간을 달라고 청했다. 그러나 루돌프는 격분해서 거품을 물면서, 성에서 나가란 말 외에는 더 이상 아무런 대꾸도 하지 않았다. 루돌프는 그의 이해와 자비심에 간청하면서 길을 가로막는 아내의 말도 듣지 않고, 오히려 리테가르데를 칼로 찔러 미친 듯이 내동댕이쳤다. 불행한 리테가르데는 피를 흘렸고 초주검이 되어 방을 나갔다. 그녀는 많은 사람들의 시선에 둘러싸여 휘청거리면서 정원을 지나 성문을 향해 갔다. 거기서 루돌프는 옷가지와 약간의 돈을 가져다주게 하고 그녀 뒤로 온갖 욕설과 저주를 퍼부으면서 직접 성문을 잠갔다.

　거의 완전하고 밝은 행복의 높은 꼭대기에서 갑작스레 끝없이 절망적인 불행으로 추락한 것은, 이 불쌍한 부인에게는 견딜 수 없는 일이었다. 그녀는 어디로 가야 할지 모른 채 적어도 다가오는 밤을 지낼 숙소를 얻기 위해 난간에 기대어 바위로 된 오솔길을 걸어 올라갔다. 그러나 골짜기에 흩어져 있는 마을의 입구에 닿기도 전에 그녀는 이미 기력이 소진되어 쓰러지고 말았다. 지상의 모든 고통을 밀어내고 아마도 한 시간 정도 그렇게 누워 있었을 것이다. 어둠은 완전히 그 근방을 덮고 있었다. 정신을 차렸을 때 그녀는 자신을 동정하는 마을 사람들에게 둘러싸여 있었다. 바위 비탈에서 놀고 있던 한 소년이 그녀를 발견했고 부모에게 이상하고 눈에 띄는 그 모습에 대해 이야기한 것이었다. 소년의 부모는 리테가르데에게서 많은 자선을 받았었고, 그녀가 이렇게 비참해진 것에 매우 놀라서 그들이 할 수 있는 한 그녀를 돕기 위해 곧장 길을 떠났던 것이다. 사람들의 노력으로 그녀는 기력을 회복했고 자신의 등 뒤로 닫힌 성을 바라보면서 곧 정신을 차렸다. 그녀는 자신을 다시 성으로 모시겠다는 두 여인의 청을 거절하고 길을 떠나는 데 필요한 안내인을 구해달라고만 부탁했다. 사람들은 그녀에게 그 상태로는 길을 떠날 수 없다고 설명했지만 헛수고였다. 리테가르데는 자신의 목숨이 위험에 처해 있다는 핑계를 대고 빨리 성에 속한 지역의 경계를 떠날 것을 고집했다. 실제로 그녀는 자신을 돕지 않으면서 사람들이 주위에 점점 불어났기 때문에, 이들을 뿌리치면서 어둠이 깃들기 시작하는데도 혼자 길을 떠날 채비를 했다. 사람들은 그녀에게 어떤 불행이 닥칠 경우 그에 대한 책임을 추궁 당할 것이 두려워 그녀의 소망을 받아들일 수밖에 없었다. 그들은 그녀에게 대체 어디로 가려는 것인지를 재차 물으면서 바젤로 가는 수레를 마련해주었다.

그녀는 마을 어귀에서 상황을 고려한 후 자신의 결정을 바꾸어, 안내인에게 방향을 돌려 얼마 떨어지지 않은 트로타의 성으로 가라고 명했다. 아무런 도움 없이는 바젤의 법정에서 붉은 수염 야코프 같은 사람을 상대로 자신이 할 수 있는 일이 없다는 것을 잘 알고 있었기 때문이다. 그리고 자신의 명예를 변호하기 위해 모범적인 회계 출납관, 프리드리히 폰 트로타만큼 신뢰가 가는 사람은 없다고 생각했다. 그는 용감하며 그녀에 대한 사랑으로 언제나 헌신적인 친구임을 잘 알고 있었다. 그녀가 여정에 지쳐 수레와 함께 도착했을 때는 자정 즈음으로, 성의 불빛이 아직도 가물거리고 있었다. 그녀는 자신을 향해 오는 시종을 올려 보내 집안 사람들에게 자신이 도착했음을 알리도록 했다. 그러나 하인이 이 일을 하기도 전에 이미 프리드리히의 여동생들인 베르타와 쿠니군데가 문 앞에 나타났다. 이들은 마침 집안일로 아래층 현관방에 있었던 것이다. 리테가르데를 잘 알고 지내던 이들은 반갑게 인사를 하면서 마차에서 그녀를 부축하여 내리고는, 약간 마음을 졸이면서 오빠에게 데리고 갔다. 그는 쌓여 있는 소송 서류들 속에 파묻혀서 책상에 앉아 있었다. 그러나 뒤에서 나는 소리에 얼굴을 들었고, 곧 리테가르데가 창백하고 당황해하면서 너무나 절망적인 모습으로 그의 앞에 무릎을 꿇는 것을 보고는 놀라움을 금치 못했다. "나의 소중한 리테가르데!" 그는 일어섰고, 그녀를 일으키면서 외쳤다. "도대체 무슨 일이요?" 리테가르데는 의자에 앉은 후에 그간 일어난 일을 이야기해주었다. 붉은 수염 야코프 백작이 공작을 죽였다는 혐의를 벗기 위해 바젤의 법정에서 그녀에 관해 어떤 파렴치한 진술을 했는지. 그 소식으로 자신의 연로하고 몸이 편찮으신 아버지가 순간 심장마비로 아들들의 품에서 숨을 거두셨다는 것, 그리고 오빠들은 이에 이성을 잃고 자신을 변호할 수 있는 말은 들어보지도 않고 자신을 너무나 끔찍하게 학대하면서 집에서 쫓아냈다는 것을. 그녀는 프리드리히에게 자신과 함께 바젤로 가줄 것과 자신이 황제의 법정에 설 때 그런 파렴치한 죄목에 대해 영리하고 신중한 변호로 자신의 편이 되어줄 수 있는 변호사를 정해달라고 부탁했다. 그녀는 붉은 수염 야코프 백작이 아니라, 자신이 아직 본 적이 없는 파르티아인[32]과 페르시아인의 입에서도 그런 주장은 결코 나올 수 없다고 장담하면서, 그의 나쁜 평판과 겉모습 때문에 자신은 내심 항상 그가 싫었으며, 그가 지난 여름 연회에서 자신에게 입에 발린 소리를 할 때마다 자신은 줄곧 차갑고 경멸하는 태도로 이를 거절했다고 말했다. "됐어요, 나의 소중한 리테가르데!" 프리드리히는 그녀의 손을 잡고 열정적으로 자기 입술에 갖다대면서 말했다. "당신의 결백을 변호하고 정당화하기 위해 침묵하지 마시오! 사건과 상황을 연결짓기 위해 당신이 바젤의 법정에 제시하게 될 모든 법적 근거들과 증거들보다도 내 가슴속의 어떤 목소리는 더 생생하고 설득력 있게 당신 편을 들고 있소. 당신의 부당하고 편협한 오빠들은 당신을 저버렸소, 그러니 오빠나 친구보다는 나를 데리고 가시오. 그리고 이 일에서 당신의 변호사가 될 수 있는 영광을 주시오. 나는 당신 명예의 광채를 바젤 법정 앞에, 그리고 온 세상의 편견 앞에서 다시 회복시킬 것이오!" 그는 이렇게 말하고 그런 고귀한 말에 감사와 감동으로 격하게 눈물을 흘리고 있는 리테가르데를 어머니 헬레네에게 데리고 갔다. 어머니는 이미 잠자리에 들어 있었다. 그는 이 고귀한 노부인에게 리테가르데를 손님으로 소개했다. 귀부인의 특별한 사랑은 그녀에게 힘이 되었고, 가족 내에 일어난 분쟁 때문에 그녀는 얼마 동안 이 성에서 머물기로 결정했다. 그날 넓은 성의 곁채 전체가 리테가르데를 위해 비워졌고 여동생들의 도움으로 그 안의 옷장은 옷가지들로 넉넉하게 채워졌다. 그녀에게는 그녀의 신분에 맞게 예의바르고 뛰어난 하인들이 붙여졌다. 사흘째 되는 날, 프리드리히 폰 트로타는 법정에 증거를 어떻게 제시할 것인지에 대해 의견을 밝히지 않고 많은 용병들과 시동들을 거느리고 바젤로 향했다.

그동안 리테가르데의 형제들은 성에서 있었던 일과 관련해서, 바젤 법정에 편지를 보내 자신들이 유죄라고 생각하건, 그녀를 파멸시킬 다른 이유가 있건 간에 자신들은 그 불쌍한 여자가 죄인으로 회부되었으니 법의 소추에 맡기겠다고 썼다. 그들은 그녀를 성에서 추방한 것에 대해 상스럽고 말도안되게 그녀가 자발적으로 도망친 것이라고 말했다. 자신들이 격분해서 불쑥 내뱉은 말에, 그녀가 자신의 결백을 증명할 어떠한 증거도 댈 수 없자 성을 떠났다고 했던 것이다. 그리고 그녀 때문에 행한 모든 조사는 아무 소용이 없을 것이며, 아마 그녀는 지금 자신의 욕망을 한껏 채우기 위해 세 번째 애인과 함께 세상을 떠돌고 있을 것으로 생각된다고 했다. 그들은 그녀 때문에 더럽혀진 가문의 명예를 구하기 위해 그녀의 이름을 브레다 가문의 족보에서 지울 것을 제안했고 다른 권리도 제한하면서, 지금까지 들어보지도 못한 그런 범죄에 대한 처벌로서, 그녀에게 존경하는 아버지의 재산에 대한 일체의 권리가 소멸되었음을 통고해달라고 요구했다. 그녀의 수치스러운 행동이 아버지를 무덤 안으로 밀어 넣었기 때문이라는 것이었다. 그러나 바젤의 법관들은 그들의 직분 밖에 있는 이런 소청을 받아들일 생각이 전혀 없었다. 이 소식은 야코프 백작이 리테가르데의 운명에 간여했다는 분명하고 결정적인 증거였고, 야코프 백작은 이 소식을 전해 듣고, 소문에 의하면, 은밀하게 기사들을 시켜 그녀를 찾아 자신의 성에 머물게 하려고 했다. 그래서 법정은 그의 진술에 어떠한 의심도 할 수 없었고, 그가 공작을 살해했다는 고발을 기각하기로 했다. 백작이 이 고난의 순간에 불행한 그 여인에게 준 관심은 그의 행복을 기원하는 백성들의 마음을 움직이는 데 매우 유리하게 작용했다. 사람들은 얼마 전까지도 그가 자신을 사랑한 여인을 온 세상 사람들의 경멸을 받도록 만천하에 공개했다고 비난했지만 이제는 용서했고, 누구라도 자신의 생명과 명예가 걸린 그런 끔찍한 비상 상황에서는, 성 레미기우스 축일 밤의 연정을 발설하지 않고는 다른 방법이 없었을 거라고 생각했다. 황제의 엄명에 따라 붉은 수염 야코프 백작은 법정에 섰고, 격식에 맞추어 공개적으로 공작을 죽인 살인 혐의를 벗었다. 넓은 법정 홀에 환호가 울려 퍼지는 가운데, 의전관이 브레다의 편지를 읽고 법정은 황제의 판결에 따라 옆에 서 있는 피고인에 대해 정식으로 명예 선언을 하려고 준비할 때였다. 그때 프리드리히 폰 트로타가 법정에 나와서 중립적인 참관인의 권리에 입각해서 편지를 잠시 볼 수 있도록 해달라고 청했다. 모든 사람들의 시선이 그에게 쏠렸고 그의 청이 받아들여졌다. 그러나 프리드리히는 의전관의 손에서 편지를 받자마자 그것을 잠시 흘깃 쳐다보더니 죽 찢었고, 그 조각들과 둘둘 만 장갑을 붉은 수염 야코프 백작의 얼굴에 던지면서 말했다. "당신은 파렴치하고 뻔뻔스러운 비방자이며 나는 당신이 리테가르데 부인에게 씌운 악행에 대해 그녀가 무고하다는 것을 내 목숨을 걸고 모든 세상 사람들 앞에서 신의 심판을 통해 증명해보이겠다!" 붉은 수염 야코프 백작은 얼굴이 창백해지더니 장갑을 받고 말했다. "결투에서 하느님이 정당한 판결을 내리는 것이 확실한 것처럼, 나도 리테가르데 부인에 관해 할 수 없이 발설한 것이 거짓이 아님을 명예로운 기사들의 결투에서 확실하게 증명하겠다! 받아들이겠소"라고 그는 기사들을 향하면서 말했다. "황제 폐하께 프리드리히 씨가 한 이의 제기에 대해 보고하고 우리가 검으로 이 분쟁을 해결할 수 있도록 시간과 장소를 정해주기를 간청합니다!" 이에 따라 판사들은 공판을 거두고 황제에게 이 일을 보고하기 위해 파발을 보냈다. 황제는 프리드리히 씨가 리테가르데의 변호인으로 등장함으로써 백작에 대한 믿음이 적지 않게 흔들렸고, 그래서 명예 규정이 요구하는 대로 결투에 참관시키기 위해 리테가르데 부인을 바젤로 소환했다. 그리고 이 일에 걸려 있는 기묘한 비밀을 밝혀내기 위해 날짜와 장소를 성 마르가레테 날, 바젤의 성 광장으로 정하고, 리테가르데 부인이 참석한 가운데 두 사람, 프리드리히 폰 트로타와 붉은 수염 야코프 백작이 서로 견주도록 했다.

이 결정에 따라 마르가레테 날 정오, 해가 바젤 시의 성탑들 위에 뜨자 수많은 사람들이 그들을 위해 설치해놓은 긴 의자와 스탠드들이 놓인 성 광장에 모여들었다. 심판의 제단 앞에 서 있던 의전관들이 세 번 외치자, 프리드리히와 야코프 백작 두 사람은 머리부터 발까지 눈이 부시는 청동으로 무장하고 광장을 들어섰다. 슈바벤과 스위스의 거의 모든 기사들이 후면에 있는 성의 계단 위에 있었다. 그리고 발코니에는 황제가 궁정의 시종들에 둘러싸여 아내와 자신의 아들들과 딸, 왕자들, 공주들 곁에 앉아 있었다. 싸움이 시작되기 직전에 심판들이 전사들을 햇볕과 그늘로 나누는 동안, 바젤까지 리테가르데 부인과 동행한 헬레나 부인과 두 딸 베르타와 쿠니군데가 광장의 정문에 나타나, 그곳에 서 있는 호위병들에게 들여보내달라고 부탁을 했다. 그리고 오랜 관습에 따라 장내에 앉아 있는 리테가르데 부인에게 한마디만 할 수 있게 해달라고 청했다. 리테가르데 부인의 품행이 존경스럽고 그녀가 장담하는 것이 사실임을 전적으로 믿는다 하더라도, 야코프 백작이 증거로 내세운 반지와 리테가르데의 유일한 증인이 될 수 있는 그녀의 하녀가 성 레미기우스 축일 밤 휴가를 받았다는 것은 그들의 마음을 근심스럽게 했다. 그들은 이 결정적인 순간에 고소당한 여인의 양심이 확실한지 다시 한번 시험하기로 결정하고, 만약 어떤 죄든 그녀의 영혼이 괴로워한다면, 진실을 여지없이 밝히는 결투라는 신성한 진술로 스스로 죄를 씻으려는 계획은 불경이며 아무런 소용이 없는 것임을 설명하고자 했다. 실제로 리테가르데는 프리드리히가 자신을 위해 한 조처를 잘 생각해야 할 이유가 있었다. 만약 무기를 통한 이런 심판에서 신이 폰 트로타가 아니라 붉은 수염 야코프 백작의 편에 서서 야코프 백작이 그녀에 관해 한 진술이 진실이라고 결정한다면, 그녀뿐만 아니라 그녀의 친구 폰 트로타 기사도 화형에 처해질 것이기 때문이다. 프리드리히의 어머니와 여동생들이 옆에서 들어오는 것을 본 리테가르데는, 자신의 존재를 뒤덮고 있는 고통으로 더욱더 사람들의 마음을 움직이게 하는 그녀만의 독특한 위엄을 보이면서 의자에서 일어서 그들을 향해 물었다. "이 운명적인 순간에 이곳으로 오신 이유가 무엇입니까?" 헬레나 부인은 그녀를 "사랑하는 딸아"라고 부르면서 그녀를 다른 쪽으로 이끌며 말했다. "그대는 이런 황량한 나이에 아들이 있다는 것 이외에는 아무런 위안이 없는 한 어머니가 아들의 무덤에서 울지 않도록 어머니의 고통을 면하게 해주겠는가? 그대는, 결투가 시작되기 전에, 넉넉하게 선물을 받고 채비를 갖추어 마차를 타고 라인 강 저편에 있는 우리 소유지 중 한 곳을 선물로 받아 그곳에서 품위 있고 따뜻하게 환영받지 않겠는가?" 리테가르데는 얼굴이 창백해지면서 한순간 어머니의 얼굴을 들여다보았다. 이윽고 그녀는 이 말의 전체적인 의미를 파악하자마자 그녀 앞에 무릎을 꿇었다. "존경스럽고 훌륭하신 부인이시여!" 그녀가 말했다. "이런 중요한 때에 신이 제 마음속의 결백과 반대되는 결정을 내릴 것이라는 염려는 당신의 귀한 아드님의 마음에서 나온 것입니까?" "왜 그러는가?"라고 헬레나 부인은 물었다. "저는 이번 일에서 확신이 없는 손으로 휘두르는 칼은 차라리 빼지 말고, 어떤 기발한 핑계를 대든지 해서 법정을 떠나달라고 그에게 간청합니다. 저는 일말의 동정심이라면 이는 전혀 받아들일 수 없으며, 그 감정에 때늦게 귀를 기울이지 않고, 제 자신을 신의 손에 놓인 제 운명에 맡길 것입니다!" "아니!" 혼란스러워진 헬레나 부인이 말했다. "내 아들은 모르는 일이요! 그대의 일을 위해 싸우기로 법정에서 맹세한 그가 지금 결정의 순간에, 그대에게 이런 제안을 하지는 않아요. 그는 그대의 결백을 확고하게 믿고 있으며, 그대가 보듯이 이미 싸움을 할 준비를 하고 그대의 적인 백작과 마주 서 있지 않소. 이것은 우리, 나와 내 딸들이 지금 이 순간 모든 불행을 피하고 상황을 유리하게 고려하여 다급하게 생각해낸 일이라오." 리테가르데는 노부인의 손에 뜨겁게 입을 맞추고 눈물로 손등을 적시면서 말했다. "그럼 그에게 자신의 말을 지키도록 해주세요! 어떤 죄도 제 양심을 더럽히지 않습니다. 그리고 그가 투구와 갑옷 없이 싸움에 임할지라도 신과 신의 모든 천사들은 그를 보호해줄 것입니다!" 그리고 그녀는 일어서서 헬레나 부인과 딸들을 무대 안에 위치한, 붉은 천으로 덮인 자신의 자리 뒤에 놓여 있는 몇 개의 의자로 안내했다.

곧 황제의 신호에 따라, 의전관이 결투의 시작을 알리는 나팔을 불었고, 방패와 칼을 든 두 기사들이 서로를 향해 달려들었다. 프리드리히는 곧 백작의 첫 번째 공격에 부상을 입었다. 프리드리히는 그다지 길지 않은 칼끝으로 백작의 팔과 손 사이, 갑옷 마디 부분이 만나는 곳에 부상을 입혔다. 백작은 이 느낌에 놀라 뒤로 물러서면서 상처를 살펴보았다. 피를 많이 흘렸지만 피부가 약간 찢어졌을 뿐이었다. 이런 서투른 행동에 단상에 있는 기사들이 웅성거리자 그는 다시 앞으로 나가 새로이 기운을 차리고 마치 건강한 사람처럼 싸움을 계속했다. 이제 두 전사들은 회오리바람이라도 만난 듯, 두 개의 폭풍우 구름이 서로 번개를 보내듯이 마주쳤고, 서로 섞이지 않으면서 자주 천둥소리를 내며 서로를 덮쳤다. 프리드리히는 방패와 칼을 앞으로 뻗고, 마치 그곳에 뿌리내리려는 듯이 바닥에 서 있었다. 그는 발로 박차까지, 복사뼈와 장딴지까지 땅을 파더니, 깔려 있는 돌을 걷어내고 의식적으로 파헤친 땅 속에서, 작지만 날렵하게 사방에서 동시에 찌르는 백작의 야비한 공격을 가슴과 머리로부터 방어해냈다. 이미 싸움은 양편이 숨을 죽인 고요한 순간까지 합해서 거의 한 시간을 경과하고 있었다. 그때 다시 스탠드의 구경꾼들 사이에서 웅성거리는 소리가 일어났다. 이번에는 싸움을 종결지으려고 열심인 야코프 백작이 아니라, 바로 그 자리에 울타리를 치고 겉보기에는 거의 기선 제압을 당한 듯 이상하게도 고집스럽게 독자적인 공격을 삼가고 있는 프리드리히를 향한 것이었다. 선한 의도로 이 절차를 진행하고 있다고는 하지만 자신의 명예가 판가름 날 이 순간 이 도전에 절차를 금방 희생시키지 않아야 한다는 것을 프리드리히는 너무나 미약하게 느끼고 있었다. 그는 용감한 걸음으로 처음부터 서 있던 지점과 자기 발자국 주위에 자연스럽게 만들어진 보루로부터 나와 이미 힘을 잃기 시작한 적의 머리 위로 힘을 잃지 않고 강하게 칼을 내리쳤다. 적은 날렵하게 옆으로 움직이면서 이를 방패로 막았다. 그러나 이렇게 전세가 역전된 순간 이미 싸움을 지배하는 더 높은 힘이 있음을 증명하는 듯이 프리드리히에게 불행이 일어났다. 걸음이 박차에 걸리면서 그가 휘청거리면서 쓰러졌고 자신의 상체를 짓누르던 투구와 갑옷의 무게 때문에 손으로 땅을 짚으며 무릎을 꿇었던 것이다. 붉은 수염 야코프 백작은 품위와 기사도를 따르지 않고, 그 사이로 드러난 프리드리히의 옆구리를 칼로 찔렀다. 프리드리히는 순간적인 고통으로 소리를 내면서 바닥에서 뛰어 올랐다. 그는 투구를 눈까지 눌러쓰고 재빨리 얼굴을 다시 적을 향하면서 싸움을 계속하려고 했다. 그러나 그가 고통으로 구부린 몸을 칼에 지탱한 채 점점 시야가 흐려지는 동안, 백작은 긴 칼로 재차 그의 심장 바로 아래 가슴을 찔렀다. 그러자 갑옷에서 절그렁 소리가 나면서 그는 바닥으로 내동댕이쳐졌고 칼과 방패가 옆으로 떨어졌다. 백작은 무기를 저편으로 던진 후 세 번의 나팔소리가 울린 후에 그의 가슴에 발을 얹었다. 놀라움과 동정의 어두운 외침이 울려 퍼지는 가운데, 황제를 선두로 한 모든 구경꾼들이 그들의 자리에서 일어섰다. 헬레나 부인은 두 딸의 부축을 받으면서 먼지와 피로 범벅이 된 자신의 소중한 아들에게 달려갔다. "오, 나의 프리드리히!" 그녀는 그의 머리맡에 흐느끼면서 무릎을 꿇고 외쳤다. 그동안 리테가르데는 정신을 잃었고 두 사람의 형리가 쓰러져 있는 그녀를 구조물의 바닥에서 일으켜 세워 감옥으로 옮겼다. "아, 가증스러운 것!"이라고 헬레나는 덧붙였다. "가슴속에 죄의식을 감추고 여기에 나타나서는, 가장 소중하고 고귀한 친구의 팔에 무기를 들려 이 부당한 결투에서 신의 판결을 얻으려 하다니, 비난받아 마땅하다!" 그리고 그녀는 탄식하면서 사랑하는 아들을 바닥에서 일으켰고, 딸들은 그에게서 갑옷을 벗기고 그의 고결한 가슴에서 솟아오르는 피를 멈추게 하려고 애를 썼다. 그러나 형리들은 황제의 명에 따라 그를 범법자로 넘겨받았다. 의사들의 도움을 받아 그는 들것에 실려 많은 사람들이 따라나서는 가운데 감옥으로 옮겨졌고, 헬레나 부인과 딸들은 죽음까지 그를 따라가도 된다는 허가를 받았다. 그 누구도 그의 죽음을 의심치 않았던 것이다.

그러나 프리드리히가 치명적이고 연약한 부분에 상처를 입었음에도 하늘의 기묘한 섭리에 의해 곧 그 상처는 생명에 그다지 지장이 없는 것으로 드러났다. 며칠이 지나자 그를 맡은 의사들은 도리어 가족들에게 그가 살아날 것이라고 확언했다. 그는 천성적으로 강인하여 어떠한 신체적인 손상 없이 몇 주 안에 다시 회복될 것이라고 했다. 오랫동안 고통으로 잃었던 의식이 돌아오자 그는 어머니에게 그치지 않고 물었다. "리테가르데 부인은 무엇을 하고 있습니까?" 그는 황량한 감옥에서 끔찍스러운 절망으로 정신을 놓고 있을 리테가르데를 생각하니 눈물을 멈출 수가 없었다. 그는 애정 어린 손길로 그의 턱을 쓰다듬는 여동생들에게 그녀를 방문하여 위로해 달라고 부탁했다. 헬레나 부인은 이 말에 당황해서 그런 몹쓸 파렴치한 여자는 잊으라고 말했다. 그녀는 야코프 백작이 법정에서 말한 범죄와 이제 결투를 통해 만천하에 드러난 범행은 용서할 수 있지만, 나락으로 밀어뜨린 소중한 친구를 배려하지 않고 마치 결백한 사람처럼 자신을 위해 신의 판결을 요구한 죄와 수치를 모르는 뻔뻔스러움은 용서할 수 없다고 했다. "아, 어머니." 회계 출납관은 말했다. "신이 결투에서 제시하신 비밀스러운 말씀을 해석할 수 있는 인간이 어디 있습니까. 시대를 통틀어 그런 성인이 어디에 있단 말입니까?" "뭐라고?" 헬레나 부인이 외쳤다. "네게는 신의 말씀의 뜻이 불분명하다는 것이냐? 유감스럽지만 너무나 분명하고 정확하게 상대의 칼에 무릎을 꿇지 않았더냐?" "그렇다고 합시다!" 프리드리히가 대답했다. "한순간 저는 그에게 졌습니다. 그러나 제가 백작에게 졌습니까? 저는 살아 있지 않습니까? 하늘의 입김 아래에서처럼 저는 기적적으로 다시 일어서서 피어나고 있지 않습니까? 며칠 후에는 아마도 제가 두 배 세 배의 힘으로 아무런 의미 없는 우연으로 인해 진 싸움을 다시 할 수 있게 되지 않을까요?" "어리석은 것!" 어머니가 말했다. "한번 심판에 의해 판결이 난 싸움은 같은 일로 신의 법정 앞에서 다시 이루어질 수 없다는 것을 모르느냐?" "상관없습니다!" 회계 출납관이 불쾌해져서 말했다. "인간의 자의적인 법이 저와 무슨 상관이란 말입니까? 두 결투자 중 한 사람이 죽을 때까지 가지 않는 결투는 모든 사정을 현명하게 따져본 후에야 종결되었다고 할 수 있지 않겠습니까? 그리고 만약 싸움을 다시 개시해도 된다는 허락을 얻는다면, 저는 제가 당한 사고를 바로잡고, 지금 해석되는 편협하고 근시안적인 신의 판결보다는 전혀 다른 신의 판결을 얻기 위해 칼을 들고 싸울 것을 바라면 안 된다는 것입니까?" 어머니는 심각하게 대답했다. "그렇다 하더라도 네가 개의치 않는다고 말하는 이 법이 세상을 지배하고 있다. 이해가 되건 되지 않건, 이 법은 신의 규약을 행하는 것이다. 그리고 너와 리테가르데를 경멸할 만한 악한으로 간주하여 엄중한 형벌로 다스릴 것이다." 프리드리히가 말했다. "아! 바로 이것이 불쌍한 저를 절망으로 밀어 넣는 것입니다! 그녀는 마치 유죄가 인정된 사람처럼 사형을 받는군요. 그녀의 덕망과 결백을 온 세상에 증명하려던 제가 그녀에게 이러한 불행을 가져다준 것입니다. 어이없게 박차의 고리에 걸려서 그녀의 피어나는 사지를 불 속에, 그녀에 대한 기억을 영원히 치욕으로 몰아넣은 것입니다! 아마도 신은 이를 통해 그녀의 일과는 전혀 상관없이 제 마음속의 죄를 처벌하려고 하셨는지도 모르지요." 이 말에 뜨거운 고통의 눈물이 그의 눈에서 넘쳐흘렀다. 그는 손수건을 잡으면서 벽으로 몸을 돌렸고 헬레나 부인과 딸들은 감동하여 그의 침상에 무릎을 꿇었다. 그리고 그의 손에 입을 맞추었고, 그들의 눈물은 서로 뒤섞였다. 그동안 탑지기가 그와 그의 가족들을 위한 식사를 가지고 방으로 들어섰고 그때 프리드리히가 리테가르데 부인이 어떻게 지내는지 물었기 때문에, 그는 두서없이 건성으로 그녀가 짚더미 위에 누워 있으며 갇힌 날부터 한마디도 하지 않고 있다고 말했다. 프리드리히는 이 소식에 심히 걱정이 되었다. 그는 그녀를 안심시키기 위해 자신은 하늘의 오묘한 부름으로 완전히 회복되고 있다고 말하라고 그에게 부탁했고, 건강이 회복되면 성 관리인의 허락을 받아 감옥으로 그녀를 방문해도 될지 그녀에게 허락을 청한다고 전했다. 그러나 탑지기가 마치 정신이 나간 사람처럼 듣지도 보지도 않고 짚 위에 누워 있는 그녀의 팔을 수차 흔든 후에 얻은 대답은, "아니요, 지상에 있는 동안 나는 어떠한 사람도 만나지 않겠어요"라는 것이었다. 그렇다. 그녀는 같은 날 성주에게 자필 편지로 누구도, 그것이 누구이건 간에 특히 폰 트로타에게는 더욱더 자신을 방문하는 것을 허락하지 말라고 간청했다. 프리드리히는 그녀의 상황이 너무나 걱정이 되어 어느 날, 특히 기력이 회복되었음을 느끼고 성 관리인의 허락을 받고 출발하여 그녀에게 미리 알리지 않은 것을 용서받을 거라 확신하면서 어머니와 여동생들과 함께 그녀의 방으로 들어섰다.

불행한 리테가르데가 문에서 들리는 소리를 듣고 반쯤 열린 가슴과 풀어헤친 머리로 밑에 깔려 있는 짚더미에서 몸을 일으켜 세우며, 예상했던 탑지기 대신에 소중하고 모범적인 친구 회계 출납관이 고통을 감내한 흔적들을 지니고 슬프고 감동적인 모습으로 베르타와 쿠니군데의 부축을 받고 들어서는 것을 보았을 때 그녀의 놀라움을 누가 설명할 수 있겠는가? "가세요!" 그녀는 절망적인 표정으로 뒤쪽 침상의 이불 위로 몸을 던지면서 얼굴을 손으로 가린 채 말했다. "당신 가슴에 조금이라도 연민이 남아 있다면 가주세요!" "뭐라고요? 내 사랑스러운 리테가르데?" 프리드리히가 당황해하면서 말했다. 그는 어머니의 부축을 받으면서 한쪽 옆으로 서서 그녀에 대한 형용할 수 없는 감정으로 그녀의 손을 잡기 위해 몸을 굽혔다. "가세요!"라고 그녀는 그의 앞에서 무릎을 꿇고 몇 걸음 떨어져 짚더미 위로 물러나면서 말했다. "내가 미치지 않도록 저를 건드리지 마세요! 제게 당신은 고통이고, 이글거리는 불꽃도 당신보다는 덜 끔찍할 것입니다!" "내가 당신에게 고통이라고요?" 프리드리히가 당황해서 말했다. "나의 소중한 리테가르데, 당신의 프리드리히를 어찌하여 이렇게 맞는 거요?" 이 말에 쿠니군데는 어머니의 눈짓에 따라 그가 기력이 약하므로 그에게 의자를 놓고 앉으라고 권했다. "아, 하느님!" 그녀는 두려움에 고개를 숙이고는 그의 앞에 몸을 던지면서 외쳤다. "가주세요, 내 사랑. 저를 떠나세요! 저는 뜨거운 정열로 당신의 무릎을 껴안고 당신의 발을 제 눈물로 씻으렵니다. 간청하건대, 흙먼지 속에서 꿈틀거리는 벌레처럼, 한

가지만을 간청합니다. 가주세요. 나의 주인이자, 연인이여. 이 곳을 당장 나가서 저를 버리세요!" 프리드리히는 완전히 혼란스러워져서 그녀 앞에 서 있었다. "내 모습이 당신에게 그렇게 불쾌하다는 것이오?" 그는 심각하게 그녀를 내려다보면서 물었다. "끔찍하고, 참을 수 없고, 파괴적이에요!" 리테가르데는 절망에 가득 차서 두 손으로 얼굴을 받치고, 그의 두 발 사이에 완전히 파묻으면서 대답했다. "하느님, 맙소사!" 회계 출납관이 소리쳤다. "당신의 영혼이 이렇게 자책하는 것을 어떻게 생각해야 하오? 신의 심판이 진실을 말했고 당신은 백작이 그대를 법정으로 끌어낸 그 죄를 지었단 말이오?" "유죄예요. 증명되었고, 비난받았고, 지금 그리고 영원히 저주받고 심판을 받았어요!" 리테가르데는 정신 나간 사람처럼 가슴을 치면서 외쳤다. "신은 진실 되고 속이지 않아요. 가세요. 제 정신은 혼란스럽고 저의 의지는 꺾입니다. 비참함과 절망 속에 저를 혼자 내버려두세요!" 이 말에 프리드리히는 정신을 잃었다. 그리고 리테가르데가 베일로 머리를 감싸고 세상과 완전히 작별하면서 침대에 몸을 눕히는 동안, 베르타와 쿠니군데는 흐느끼면서 정신을 잃은 오빠를 다시 살리기 위해 달려갔다. "아, 저주 받을 것!" 헬레나 부인은 소리쳤다. 그때 회계 출납관이 다시 눈을 떴다. 부인은 "이승의 무덤에서 영원히 후회하도록 저주한다. 저승에서는 영원히 저주를 받을 것이다. 지금 고백한 네 죄 때문이 아니라, 네가 나의 죄 없는 아들을 멸망으로 끌어들이기 전에 죄를 인정하지 않은 너의 몰

인정과 잔인함 때문이다! 내가 어리석었구나!"라고 경멸하면서 그녀에게서 몸을 돌리면서 말을 이었다. "내가 신의 심판이 시작되기 직전에 이곳 아우구스티누스 성당의 수도원장이 나를 믿고 털어놓은 말을 믿었더라면! 백작은 다가오는 결정적인 순간을 준비하기 위해 수도원장에게 고해성사를 했고, 리테가르데에 관해 법정에서 한 진술이 진실이라고 성체에 걸고 맹세했어. 백작은 밤이 되어 약속대로 리테가르데가 자신을 맞아준 정원의 문과 아무도 쓰지 않은 성탑의 구석진 방에 대해 신부님에게 설명했다고 해. 그녀는 호위병들의 눈에 띄지 않게 백작을 그 방으로 안내했고, 편안하고 화려하게 천개 아래 푹신하게 마련된 침상에서 아무런 부끄럼 없이 몰래 그와 밤을 보냈다는 것이다! 그 시간에 그가 한 맹세에는 어떠한 거짓도 없었다. 그리고 결투가 시작되는 순간 눈 먼 내가 내 아들에게 그 사실을 알려주었더라면, 그의 눈을 뜨게 하고 그가 서 있던 수렁 앞에서 뒤로 물러서게 했을 텐데. 그러나 이리 오렴!" 헬레나 부인이 부드럽게 프리드리히를 감싸고 그의 이마에 입을 맞추면서 말했다. "말 속에 담긴 질책에도 존중하는 마음이 담겨 있는 법인데. 그녀에게 우리의 등을 보라고 해, 그리고 우리가 참고 있는 비난으로 인해 파멸당하고 절망하게 하라!" "불쌍한 사람!" 리테가르데가 이 말에 자극을 받고 몸을 일으키면서 말했다. 그녀는 머리를 고통스럽게 무릎에 떨어뜨리고 뜨거운 눈물로 수건을 적시면서 말했다. "제가 기억하건대, 오빠들과 저는 성 레미기우스 축일 사홀 전에 그의 성에 있었습니다. 백작은 항상 그랬듯이, 저를 위해 연회를 열었고 제 아버지께서는 피어나는 젊음이 지닌 매력으로 제가 칭송받는 걸 보기 좋아하셨고, 오빠들과 함께 초대를 받아들이라고 설득하셨습니다. 나중에 무도회가 끝나고 저는 침실로 올라가서 탁자 위에 놓인 쪽지를 보았습니다. 그것은 제가 알지 못하는 필적으로, 서명도 없이 정식으로 사랑을 고백하는 내용이었습니다. 그때 그 다음 날 그곳을 떠나기로 약속했기 때문에 오빠들은 방에 있었습니다. 그리고 어떤 비밀도 숨기는 법이 없었기 때문에, 저는 오빠들에게 방금 발견한 이상한 쪽지를 보여주었습니다. 오빠들은 이것이 곧 백작의 필적임을 알아보고 격분했고 큰오빠는 그 순간 그 편지를 가지고 그의 방으로 가려고 했습니다. 그렇지만 작은오빠는 그런 방법이 얼마나 심각한지를 설명했어요. 왜냐하면 백작은 그 쪽지에 서명을 하지 않을 만큼 영리했기 때문입니다. 이에 두 사람은 그런 모욕적인 일에 깊이 마음이 상하여 그날 밤 바로 저와 함께 마차를 타고 그의 성을 다시는 방문하지 않겠다고 결심하고는 아버지의 성으로 돌아갔습니다. 이것이 그 쓸모없고 파렴치한 사람과 가졌던 유일한 만남이었습니다!" "뭐라고요?" 회계 출납관은 눈물로 가득 찬 얼굴을 그녀에게 향하면서 물었다. "이 말은 내 귀에는 음악이오! 다시 한번 말해주시오!" 그는 그녀 앞에 무릎을 꿇고 자신의 손을 모으면서 잠시 후에 말했다. "당신은 그 불쌍한 사람 때문에 나를 배신하지 않았고, 당신은 그가 당신을 법정으로 끌어

들인 죄로부터 깨끗하다는 것이오?" "내 사랑이여." 리테가르데는 그의 손을 입술에 갖다대면서 속삭였다. "그런 것이오?" 회계 출납관이 다시 물었다. "당신은 결백하오? 새로 태어난 아이의 가슴처럼, 고해성사에서 나온 사람의 양심처럼, 제의실에서 옷이 입혀진 세상을 떠난 수녀의 시신처럼! 오 전능하신 하느님!" 프리드리히는 그녀의 무릎을 끌어안고 소리쳤다. "감사합니다! 당신의 말은 내게 생명을 다시 주었습니다. 죽음은 더 이상 나를 두렵게 하지 않고, 아직 바다처럼 들여다보이지 않는 불행이 앞에 펼쳐져 있지만, 영원함은 수천 개의 빛나는 태양으로 가득 찬 왕국처럼 내 앞에 다시 떠오릅니다!" "불행한 사람." 리테가르데가 뒤로 물러서면서 말했다. "어떻게 당신은 제 입술이 당신에게 말하는 것을 믿을 수 있단 말입니까?" "왜 믿을 수 없다는 것이오?" 프리드리히는 얼굴을 빛내면서 말했다. "미친 사람! 정신 나간 사람!" 리테가르데가 외쳤다. "신의 신성한 심판이 제게 반대 판결을 내리지 않았습니까? 당신은 그 운명적인 결투에서 백작에게 지지 않았습니까? 그리고 그는 법정에서 저에 대해 말한 것의 진실을 위해 끝까지 싸우지 않았습니까?" "아, 나의 소중한 리테가르데." 회계출납관이 외쳤다. "절망 앞에서 정신을 잃지 마시오! 당신의 마음속에 있는 느낌을 바위처럼 높이 쌓으시오. 땅과 하늘이 당신 아래에서 그리고 당신 위에서 무너지더라도 그것을 지키고 흔들리지 말아야 합니다! 우리의 정신을 혼란시키는 두 가지 생각 중에서 이성적이고 이해할 수 있는 것을 생각합시다. 그리고 당신이 죄가 있다고 믿기 전에 내가 당신을 위해 싸운 결투에서 이겼다고 생각하시오! 하느님, 내 삶의 주인이시여." 그는 이 순간 두 손으로 얼굴을 감싸면서 덧붙였다. "혼란으로부터 제 영혼을 지켜주십시오! 저는 진정으로 축복을 받고자 합니다. 저는 상대의 칼에 지지 않았습니다. 저는 이미 그의 발아래 바닥으로 내동댕이쳐졌지만, 다시 살아서 돌아왔으니까요. 믿음으로 가득 차 간청하는 바로 이 순간에 진실을 드러내고 말하라는 높으신 신성의 의무가 어디에 있습니까? 오, 리테가르데." 그는 그녀의 손을 자신의 두 손으로 감싸면서 말했다. "생에서는 죽음을 그리고 죽음에서는 영원 너머를 봅시다. 그리고 굳고 흔들리지 않는 믿음을 가집시다. 당신의 결백은 내가 당신을 위해 싸운 결투를 통해 맑고 밝은 태양빛 아래 드러날 것이오!" 이 말에 성의 관리인이 들어왔다. 그리고 헬레나 부인이 울면서 탁자에 앉아, 그렇게 흥분하는 것은 건강에 해로울 것임을 아들에게 상기시키자, 프리드리히는 가족들의 설득에 따라 위로를 주고받았다는 생각으로 다시 감옥으로 돌아갔다.

그러는 사이 황제에 의해 소집된 바젤의 법정에서는 프리드리히 폰 트로타와 그의 연인 리테가르데 폰 아우어슈타인이 신의 심판에서 유죄로 드러났기 때문에 소송이 제기되었고, 두 사람은 법에 따라 결투가 있었던 광장에서 화형의 판결을 받았다. 이것을 죄수들에게 알리는 위원들의 파발이 갔고 판결은 회계 출납관이 회복되는 대로 곧 집행되었을 것이다.

만약 붉은 수염 야코프 백작에 대한 일종의 의심을 억누를 수가 없었던 황제가 백작도 처형장에 있기를 원하지 않았더라면 말이다. 백작은 실제로 이상하게도 작은, 겉보기에는 경미한 상처 때문에 몸져누워 있었고 아직도 병중이었다. 이 상처는 결투가 시작될 때 프리드리히가 입힌 것이었다. 그의 이해할 수 없는 병환은 날이 갈수록 회복을 지연시켰고, 슈바벤과 스위스에서 불러들인 의사들이 아무리 백방으로 치료해도 낫지 않았다. 그렇다. 당시의 의술로는 알 수 없는 지독한 종양이 일종의 암처럼 뼈만 제외하고는 그의 손 전체에 퍼졌고, 그리하여 사람들은 모든 친구들의 경악 속에 상처투성이인 그의 손을, 그리고 종양이 계속 전이되었기 때문에 팔마저도 절단해야 했다. 근본적인 치료로 알려진 치료제도 도움이 되기는커녕 상태를 악화시킬 뿐이었다. 의사들은 그의 몸이 차츰차츰 곪아서 썩어 들어갔기 때문에 그를 구할 방법이 없고, 다음주가 지나기 전에 그는 죽을 것이라고 말했다. 아우구스티누스 수도원의 신부님은 이런 예기치 못한 상황의 전환에서 하느님의 두려운 손길을 느끼고는, 그와 섭정 통치자인 공작 부인 사이에서 일어난 분쟁에 관해 진실을 고백하라고 재촉했다. 백작은 송두리째 마음이 흔들려서 다시 한번 자신의 진술에 대해 성체를 받고 끔찍한 두려움을 표현하면서, 만약 자신이 리테가르데 부인을 비방하여 고소를 했다면, 자신의 영혼은 영원히 저주받을 것이라고 말했다. 이제 그의 삶은 예를 들 수 없을 정도로 변했음에도 불구하고, 이렇게 확언하는 내면적인 정직함을 믿을 만한 두 가지 이유가 있었다. 하나는 이 병자가 실제로 명백한 신앙심을 가지고 있어 이런 순간에 그런 거짓 맹세를 할 수는 없을 것이라는 것과, 다른 하나는 백작이 몰래 성안으로 들어가려고 매수했다고 주장하는 폰 브레다 가의 성 탑지기를 심문한 결과 이것이 사실이며, 백작은 실제로 성 레미기우스 축일 밤에 브레다의 성 안에 있었다는 것이었다. 그에 따라 신부는 백작이 자신도 모르는 제삼자에게 속았다는 것 이외에 다른 것은 생각할 수 없었다. 그리고 불행한 백작은 회계 출납관이 기적적으로 회복되었다는 소식에 절망적이게도 이 믿음이 사실임이 입증되기도 전에 자신의 삶이 끝으로 치닫을 거라는 끔찍한 생각을 하게 되었다. 우리는 백작이 리테가르데를 갈망하기 전에 이미 오랫동안 그녀의 시녀인 로잘리에와 점잖지 못한 관계에 있었다는 것을 알아야만 한다. 리테가르데 일행이 그를 방문하여 성에 머무를 때마다 그는 경솔하고 품위 없는 이 여자를 밤에 자신의 방으로 끌어 들였다. 리테가르데가 오빠들과 함께 마지막으로 그의 성에 머물렀을 때, 그녀는 사랑을 고백하는 백작의 애정 어린 편지를 받았었다. 이것은 이미 여러 달 전부터 그로부터 외면당하던 시녀의 자존심을 건드리고 질투를 불러 일으켰다. 그녀는 리테가르데가 성을 떠나자마자 그녀를 동행해야 했지만, 곧 백작에게 리테가르데 이름으로 답장을 써서 오빠들이 그의 편지를 보고 격분하여 자신에게 어떤 만남도 허락하지 않았다고 알렸다. 그러나 이런 목적을 위해 성 레미기우스 축일 밤 아버지의 집으로 자신을 방문해달라고 그를 초대했다. 그는 자신의 계획이 성공한 것에 너무나 기뻐 곧 리테가르데에게 보내는 두 번째 편지를 써서 그날 밤 그녀에게로 갈 것임을 알리고 모든 혼란을 피하기 위해 믿을 만한 사람을 시켜 자신을 맞아 방으로 안내할 것을 부탁했다. 시녀는 모든 방도를 시험했기에, 그런 부탁을 예견하고 이 편지를 가로채어 그에게 두 번째 가짜 대답을 보낼 수 있었다. 자신이 직접 정원 문에서 그를 기다리겠다는 내용이었다. 약속한 날 저녁 그녀는 여동생이 병이 나서 방문하려 한다는 핑계를 대고 리테가르데에게 시골로 가는 휴가를 받았다. 그녀는 휴가를 받고 오후 늦게 정말 옷가지를 싸서는 모든 사람들이 보는 가운데 성을 떠나 여동생이 사는 지방을 향해 길을 떠났다. 그러나 이 여행을 끝내는 대신 그녀는 밤이 깊어갈 무렵에 천둥이 몰려온다는 핑계로 성으로 다시 돌아왔고, 다음 날 일찍 다시 길을 떠날 생각이라면서 자신은 다른 사람을 깨우고 싶지 않으니 한적하고 사람들의 출입이 적은 성탑에 잠자리를 마련하겠다고 말했다. 백작은 탑지기에게 돈을 쥐어주고 성으로 들어올 수 있었고, 자정 때 정원 문에서 약속에 따라 베일로 감싼 사람의 마중을 받았다. 쉽게 이해할 수 있듯이, 백작은 자신을 기만한 사실을 전혀 눈치 채지 못했다. 시녀는 그의 입술에 가볍게 입을 맞추고 사람이 없는 측랑의 계단과 복도를 지나 그 성의 어느 화려한 방으로 그를 안내했다. 그 방의 창문은 이미 그전에 그녀가 조심스럽게 잠가 놓았다. 그녀는 그의 손을 잡으면서 비밀스럽게 문에 귀를 기울이는 척하더니 속삭이는 목소리로 오빠들의 침실이 가까이 있다고 말하고는, 그에게 침묵을 부탁하면서 함께 한쪽 편에 있는 침대에 누웠다. 백작은 그녀의 모습과 자태에 속아서, 그 나이에도 아직 정복에 대한 만족감에 들떠 있었다. 그녀는 아침 동이 터올 때 그를 보내면서 지난밤에 대한 기억으로 남편에게서 받은 반지를 그의 손가락에 끼워 주었다. 이 반지는 전날 저녁 이런 목적을 위해 시녀가 리테가르데에게서 빼돌린 것이었다. 그는 이 반지를 받고 집에 도착하자마자 그에 대한 보답으로 죽은 아내와의 결혼식 날 받은 반지를 주겠노라고 약속했다. 사흘 후 그는 약속을 지키기 위해 그 반지를 보냈고 로잘리에는 다시 꾀를 내어 성에서 몰래 이것을 받을 수 있었다. 그러나 아마도 그가 이 모험을 계속할 것이라는 두려움에서인지 아무런 말도 하지 않고 여러 가지 핑계를 대면서 두 번째 만남을 피하고 있었다. 나중에 그 시녀는 물건을 훔쳐 해고되었고, 라인 강가의 부모님 집으로 보내졌다. 물론 그녀에 대한 이러한 의심은 꽤 확실한 것이었다. 아홉 달이 지나 그녀의 방종한 생활의 결과가 나타났고, 그녀의 어머니가 엄하게 다그쳤기 때문에, 그녀는 자신이 백작을 데리고 친 장난에 대해 모든 비밀을 털어 놓으면서 붉은 수염 야코프 백작이 아이의 아버지라고 말했다. 다행스럽게도 그녀는 도둑으로 몰릴까 두려워하면서도 백작에게서 전해 받은 반지를 팔려고 조심스럽게 내놓았지만, 실제로 그것이 지닌 비싼 가치 때문에 사려는 사람은 아무도 없었다. 그녀의 진술이 사실임은 의심할 여지가 없었다. 부모들은 아이를 부양해야 했으므로 눈에 보이는 이런 증거를 근거로 백작에 대한 고소를 제기하고 법정에 나타났다. 바젤에서 진행된 특이한 법적 소송에 관해 이미 들은 법원은, 그 소송의 결과에 매우 중요한 이 사실을 법정에 알리기 위해 서둘렀다. 그리고 시의원이 공적인 일로 이 도시로 떠나려고 했기 때문에, 슈바벤과 스위스 전체가 관심을 가지고 있는 이 끔찍한 수수께끼를 해명하도록 시녀의 법정 진술을 담은 편지와 반지를 시의원 편에 들려 야코프 백작에게 보냈다.

그날은 마침 황제가 백작의 가슴 속에 일어난 의혹을 알지 못한 채, 프리드리히와 리테가르데를 처형하기로 정한 날이었다. 그때 시의원이 그 편지를 가지고 절망 속에서 침대에서 비참하게 날뛰고 있는 병자의 방으로 들어섰다. "이제 충분하오!" 그는 그 편지를 읽고 반지를 받으며 말했다. "나는 태양을 바라보는 데 지쳤소! 내게 들것을 마련해주고 이미 힘을 잃고 쓰러진 이 불쌍한 나를 처형장으로 안내해주시오. 나는 정의의 행위를 행하지 않고는 죽지 않을 것이오!" 그는 신부를 향해 말했다. 수도원장은 이 모습에 매우 충격을 받고 그가 원하는 대로 네 명의 하인들을 시켜 그를 들것에 오르게 했다. 그리고 곧 수많은 사람들이 프리드리히와 리테가르데의 처형을 알리는 종소리를 듣고 모여들었을 때, 수도원장이 십자가를 손에 든 이 불행한 사람과 함께 그곳에 도착했다. "멈추시오!" 수도원장은 들것을 황제의 제단 맞은편에 내려놓고 말했다. "여러분들이 형장에 불을 놓기 전에 이 죄인이 하고자 하는 말을 들어주시오!" "뭐라고?" 황제는 창백해지면서 그의 자리에서 일어서면서 말했다. "하느님의 신성한 심판이 정의의 편에 서서 판결을 내리지 않았던가? 그리고 모든 일어난 사건에 따르면, 리테가르데가 결백하다는 것을 생각이나 할 수 있겠는가?" 이 말을 하면서 황제는 당황해서 제단에서 내려왔다. 수천 명의 기사들이 계단과 의자에서 내려와 그를 따랐고 백성들은 기사들을 따랐다. 그들은 병자의 들것으로 몰려갔다. "무죄입니다." 백작은 신부의 부축을 받으면서 반쯤 몸을 일으키고 대답했다. "운명의 그날에 모인 모든 바젤 백성들의 눈앞에서 하느님의 지고한 말씀이 결정한 대로입니다! 왜냐하면 그는 세 번의 치명적인 상처에도 살아 있고, 여러분이 보듯이 힘과 삶의 기운으로 가득 차 있소. 그의 손이 찌른 곳은 내 생명의 가장 바깥 껍데기조차 건드리지 않은 것으로 보이지만, 그 창상은 천천히 끔찍하게 발전하여 생명의 근원을 건드리고, 돌풍이 떡갈나무를 무너뜨리듯이 내 힘은 스러졌소. 만약 믿지 않는 자의 의심이 커질 경우, 여기 증거가 있소. 리테가르데의 시녀인 로잘리에가 성 레미기우스 축일 밤에 나를 맞았고, 불쌍한 나는 내 감정에 눈이 멀어 내 요청을 경멸하며 거절해온 그녀를 내 팔에 안았다고 생각했던 것이오!" 황제는 이 말에 돌처럼 굳은 채 서 있었다. 그는 처형장으로 돌아가면서 기사를 보내 직접 사다리를 올라가서 회계 출납관뿐 아니라 그 어머니 품에서 정신을 잃은 부인을 풀어주고 자신에게 데리고 오라고 명했다. 리테가르데가 반쯤 가슴을 열어 제치고 헝클어진 머리로 그녀의 친구, 프리드리히의 손을 잡고 경외와 놀라움으로 그들에게 자리를 비켜주는 백성들을 지나 황제에게로 다가오자, 황제는 "이제 천사가 네 머리의 모든 머리칼까지도 지켜줄 것이다!"라고 말했다. 기적적으로 구원받았다는 느낌에 프리드리히의 무릎은 후들거리고 있었다. 황제는 자기 앞에 무릎을 꿇은 두 사람의 이마에 입을 맞추었다. 그리고 그의 아내가 하고 있던 토끼털을 청하여 그것을 리테가르데의 어깨에 둘러주고는, 모여 있는 모든 기사들 앞에서 그녀의 팔을 잡고 그녀를 황제가 머무는 성의 방으로 안내했다. 회계 출납관이 입고 있던 죄수복 대신 깃털 모자와 기사의 외투로 성장을 하는 동안, 황제는 몸을 돌려 들것에서 신음하면서 흐느끼는 백작에게로 돌아가서 그의 곁에 있는 의사에게 물었다. 황제는 동정심에 마음이 움직였다. 물론 결투에서 나락으로 떨어진 백작이 악한으로서 불경한 방법으로 결투를 시작한 것은 아니기 때문이었다. "이 불쌍한 사람을 구할 방법은 없겠는가?" "소용없습니다!" 붉은 수염 야코프는 심하게 경련을 하면서 의사의 무릎에 기대면서 말했다. "그리고 저는 죽어 마땅합니다. 왜냐하면 세속적인 법의 손길도 더 이상 저를 쫓지 않을 것이기 때문입니다. 알아두십시오. 저는 제 형님, 고귀한 빌헬름 폰 브라이자흐를 죽인 살인자입니다. 저의 무기고에서 나온 화살로 그를 쓰러뜨린 악한은 제게 왕좌를 내어줄 이 일을 위해 육 주 전 저의 사주를 받았습니다!" 이 말을 하고 그는 들것에 다시 쓰러져 마지막 숨을 내쉬었다. "아, 내 남편인 공작의 예감이 들어맞았구나!" 황제 곁에 서 있던 공작 부인이 말했다. 그녀는 곧 황제 비를 따라 성의 제단에서 광장으로 내려왔던 것이다. "남편이 내게 죽어가면서 간간히 한 말들이 당시에는 완전히 이해되지 못했으나, 지금은 이해가 되는구나!" 황제는 격분하여 말했다. "그렇다면 정의의 손길이 아직도 그의 시신을 향해 서둘러야 할 것이다!" 황제는 몸을 돌리면서 형리에게 말했다. "그가 판결 받은 대로 그를 형리에게 넘겨라! 그를 기억하게 하기 위해서 그 때문에 죄 없는 두 사람을 희생시킬 뻔했던 불길 위에서 그를 태워버려라!" 죄인의 시신이 붉은 불길 속에서 타면서 북풍에 사방으로 흩어지고 날아가는 동안, 황제는 모든 기사들을 거느리고 리테가르데를 성으로 안내했다. 황제는 이미 비열한 욕심으로 오빠들이 차지한 아버지의 유산에 대해 그녀를 다시 상속인으로 결정했다. 삼 주 후 브라이자흐 성에서 모범적인 한 쌍의 결혼식이 거행되었다. 섭정 통치자인 공작 부인은 일이 이렇게 전환된 것에 몹시 기뻐했고 리테가르데에게 법에 따라 자신에게 귀속된 백작의 재산 상당 부분을 신부의 혼인 선물로 주었다. 황제는 결혼식 후에 프리드리히의 목에 자비의 목걸이를 걸어주었다. 그리고 곧 스위스와의 일을 끝맺고 다시 보름스로 돌아갔으며, 신성한 신의 결투 기념비에다, 결투를 통해 죄는 곧 만천하에 드러날 것이라고 전제되어 있는 모든 곳에 다음과 같은 말을 덧붙이게 했다. "그것이 하느님의 뜻이라면."

작 가 인 터 뷰

◆

이해받지 못한,
그러나 시대를 앞선 작가
클라이스트

◆

이 인터뷰는《하인리히 폰 클라이스트 작품과 편지*Heinrich von Kleist. Sämtliche Werke und Briefe*》, Band 2., (hrsg.) Herausgegeben von Helmut Sembdner(München : Carl Hanser Verlag, 1984)에서 클라이스트의 편지들과 박사 학위논문과 진일상Jin Ilsang,《하인리히 폰 클라이스트 단편의 사회형태들*Die gesellschaftlichen Formationen in Heinrich von Kleists*》(Erzählungen : Peter Lang, 1997)을 참고로 하여 가상으로 구성한 것입니다.

진일상_ 이번에 선생님의 작품 전집에서 단편만 골라 모두 번역했습니다. 한국의 독자를 만나시게 된 소감이 어떠신지요?

클라이스트_ 참으로 영광입니다. 사실 저는 동양에 대해서는 그다지 식견이 없습니다. 동양권에서는 일본에서 유일하게 제 작품이 전집으로 출간되었는데, 이 단편집으로 부분적으로나마 한국 독자들을 만날 수 있게 되어 기쁩니다.

진일상_ 한국의 독자들은 독일 문학 하면 대부분 괴테를 먼저 떠올리곤 합니다. 당시 독일 문학을 세계 문학으로 끌어올리고 소 공국(公國) 바이마르를 유럽 문화의 중심지로 만든 괴테가 선생님의 작품들, 특히 〈미하엘 콜하스Michael Kohlhaas〉를 읽고 두려움과 거부감을 표시했다지요?

클라이스트_ 그렇습니다. 사실 제 작품에는 파격적인 면이 많고, 괴테가 말하듯 저의 단편들이 전대미문의 사건을 다루고 있는 것도 인정합니다. 특히, 고전주의의 이상을 지향하던 만년의 괴테가 공권력에 맞서 목숨을 걸고 자신의 권리를 주장하는 미하엘 콜하스라는 인물에 대해 공감하기는 힘들었을 것입니다. 그러나 주류인 고전주의나 낭만주의와 차별되는 저만의 문학 세계가 있기에 현대에도 제 작품이 사랑받는 것이지요. 카프카도 제 작품을 세 번씩이나 읽었다고 합니다.

진일상_ 그렇게 독자들을 매료시키는 이유가 무엇이라고 생각하십니까?

클라이스트_ 글쎄요. 단편들의 경우 색다른 소재와 반전, 그리고 긴박감을 조성하는 서술 기법, 사건을 조명하는 다양한 시각 때문이 아닐는지요. 단편뿐만 아니라 드라마는 괴테 시대에 그다지 성공을 거두지 못했지만, 지금은 현대적인 해석이 가미되어 독일 무대에서 자주 공연되는 레퍼토리에 속합니다.

진일상_ 단편들의 경우, 직접화법보다는 간접화법이 많고, 여러 문장이나 부사구들이 한 문장 안에서 콤마로 연결되어 외국인들에게는 매우 읽기 힘듭니다. 그래서 저도 이를 제대로 옮기는 데 애를 먹었습니다. 한국어에 생소한 구조 때문에 인용 부호를 넣거나, 독립된 문장으로 만들어야 했던 부분도 있습니다.

클라이스트_ 그렇군요. 언어는 그 작가의 특징을 그대로 드러내지요. 이러한 문장구조를 상자가 겹겹으로 쌓인 듯한 문장이라고 표현합니다. 여러 번 소리 내어 읽다 보면, 이러한 문장구조가 사건의 동시성을 긴박감 있게 전달하고 있음을 알게 될 것입니다. 화자가 명확하게 내용 전달을 하기보다는, 마치 즉흥적으로 그때그때 떠오르는 구문들을 나열한 듯한 인상을 주지요. 그렇지만 이것은 치밀하게 계산된 것입니다. 특히 단편들에서는 사건의 우연성이나 여러 사건들의 동시성이 인간의 운명을 좌우하는 중요한 요소이므로, '~할 때', '~하자마자' 등의 구문은 이러한 내용을 극적으로 전달하는 중요한 수단이 됩니다. 제 작품의 언어적인 특징에 대해서는 〈말하는 과정에서 나타나는 생각의 점진적인 완성Allmähliche Verfertigung des Gedanken beim Reden〉을 읽으면 조금 도움이 될 것입니다. 완성된 생각을 언어를 통해 전달할 수도 있지만, 언어라는 매개체를 통해 표현하는 과정이 화자가 생각을 완성하는 과정과 동시에 이루어진다는 것입니다. 따라서 저의 화법에는 생각의 과정이 투영되고 있다고 할 수 있습니다. 물론 이러한 문장구조는 현대 독일어에서도 생소한 것입니다. 굳이 외국인에게만 어려운 것은 아니라고 생각합니다. 저의 작품 세계를 이해하기 위해서 그 외에도 미학적인 글인 〈인형극에 대해über das Marionettentheater〉를 권하고 싶습니다. 창작에 대한 저의 기본적인 생각이 간접적으로나마 드러나 있지요.

진일상_ 단편들을 보면, 다양한 시간과 소재를 택하고 있음을 알 수 있습니다. 드라마는 어떻습니까?

클라이스트_ 드라마도 마찬가지입니다. 〈암피트리온 Amphitryon〉이나 〈펜테질레아Penthesilea〉는 고대 그리스 신화에서 소재를 차용했고, 〈하일브론의 케트헨Das Käthchen von Heilbronn〉은 중세를 배경으로 하고 있습니다. 〈깨어진 항아리 Der zerbrochene Krug〉는 네덜란드의 동판화에서 모티브를 따왔고, 〈헤르만 전투Die Hermannsschlacht〉는 게르만 민족의 신화가 배경입니다. 〈프리드리히 폰 홈부르크 왕자Prinz Friedrich von Homburg〉는 프로이센을 배경으로 하고 있으며, 이 소재들을 비극, 희극, 희비극 등 다양한 장르로 작품화했습니다. 그러나 드라마는 단편들과는 서술적인 성격이 좀 다르다고 할 수 있습니다. 단편들이 사건 중심이라면, 드라마에서는 갈등 구조에 중점을 두고 있습니다. 한국에서도 〈깨어진 항아리〉가 상연된 적이 있다고 하던데요?

진일상_ 그렇습니다. 그 작품의 경우, 언어적인 유희가 중요한 역할을 하는데, 분위기를 잘 전달하기 위해서는 아무래도 정확한 번역이 선행되어야겠습니다. 최근에 제가 주해서를 바탕으로 그 드라마를 번역했습니다. 힘들었지만 재미있는 작품이었습니다. 다시 단편에 관해 좀더 질문해보고 싶은데요. 작가로서 선생님이 보시기에 독자들이 선생님의 단편을 읽을 때, 역점을 두었으면 하고 바라는 점이 있으신지요?

클라이스트_ 아무래도 처음 읽을 때는 낯선 분위기와 표현 때문에 몰입하기가 힘들 것입니다. 그렇지만 지루하지는 않을 겁니다. 그리고 화자의 서술 템포에 맞추어 읽기를 권합니다. 그러면 사건들이 현재로 다가오면서 생생한 느낌을 받을 것입니다. 인물들에 대한 도덕적인 평가를 유보하는 것도 권하고 싶네요.

진일상_ 다양한 시대의 소재들을 다루고 있다는 점에서 선생님께서는 정작 프로이센이라는 시대적인 공간과는 거리를 둔 작가로 평가받고 있습니다. 그에 대해서는 어떻게 생각하십니까?

클라이스트_ 인간이 자신이 속한 시간과 사회와 유리되기는 힘들지요. 아마도 제 작품의 배경들이 모두 다른 시간, 다른 공간으로 옮겨져 있어서 그런 평가를 받는 것 같습니다. 그러나 제 작품들에서도 간접적으로 시대적인 연관성을 읽어낼 수 있습니다. 물론 사회적인 문제를 문학 속에서 직접적으로 다루기에는 사회 분위기가 아직 성숙하지 않았을 때지요. 그러나 제가 시대와 정치적인 문제에 적극적으로 참여했다는 것은 저의 잡지 간행 활동에서 그대로 드러나고 있습니다.

진일상_ 선생님의 작품들은 괴테나 실러, 그리고 낭만주의 작가들과 비교해볼 때 당시에도 그랬지만 이후에도 수용이 늦었습니다. 사후 200년이 지나 20세기에 들어서서야 비로소 작품들에 대한 본격적인 연구가 이루어지기 시작했는데요, 이것이 선생님이 세상과 이별한 남다른 사연 때문이라고 생각해도 될지요?

클라이스트_ 생전에 사회적으로 인정을 받는다는 것은 참으로 기분 좋은 일일 겁니다. 안타깝게도 저는 경험하지 못했지만요. 수많은 좌절 끝에 스스로 죽음을 택하기는 했지만, 그에 대해서는 그다지 말할 것이 없습니다. 프로이센의 군인 집안에서 태어나 34세에, 그것도 죽음을 앞둔 어떤 부인과 동반 자살을 택한 것은 당시 사회에서는 용납되지 않는 일이었지요.

진일상_ 프로이센이라는 경직된 사회 분위기를 볼 때 충분히 상상이 가는 일입니다. 분명한 것은 선생님이 돌아가신 뒤, 선생님의 작품에 관한 자료 수집도 미미했고, 작품의 출판이나 연구 또한 늦어졌다는 것입니다. 그런데, 그렇기 때문에 선생님의 생애 중에서 아직 밝혀지지 않은 부분이 많습니다.

클라이스트_ 그렇겠지요. 제 생전에 저에 대한 전기가 씌어진 것도 아니고, 유일하게 남은 것은 편지들과 작품들, 그리고 저에 대한 다른 사람들의 증언들이겠지요. 편지 또한 그다지 많이 남아 있지 않고, 남아 있는 편지들도 당시 개인적인 상황을 정확하게 밝히기보다는 글쓰기를 연습하는 문학적인 성격이 강하기 때문입니다.

진일상_ 그래서 선생님에게는 여러 가지 수식어가 따라다닙니다. 시대로부터 고립된 작가, 수수께끼 속의 작가 등 말입니다. 후자가 이런 상황을 설명하는 것이 아닐까요?

클라이스트_ 어린 시절 베를린에서 받은 교육이나 군인의 길을 포기하고 작가의 길을 택한 후 관직을 부여받아 프로이센에 봉사하는 기간에 관해 문헌상의 공백이 있습니다. 1801년에 공무상 뷔르츠부르크로 여행한 것이나, 1804년의 파리 여행, 1809년 정치적인 활동 등이 아직 밝혀지지 않은 걸로 압니다. 여기에 대해서는 여러 가지 추측이 많은 듯합니다. 개인적인 생각으로는 작가는 작품을 통해 독자들에게 말을 거는 것으로 충분하다고 봅니다. 세세한 문헌들은 학자들의 관심 영역이겠지요. 그리고 인간 클라이스트와 작가 클라이스트는 구분될 수 있다고 생각해요. 그래야 제 작품에 대한 해석이 더 자유롭고 다양질 수 있겠지요.

진일상_ 혹 선생님의 창작에서 중요한 계기가 되었거나, 전환점을 이룬 사건 같은 것은 없으셨나요?

클라이스트_ 이른바 '칸트 위기Kant Krise'라고나 할까요? 그러니까 칸트 철학을 접하면서, 저는 진실의 절대성에 대해 회의를 품게 되었습니다. 물론 칸트에 대해 더 깊이 공부했더라면, 제 생각은 다른 방향으로 발전했을 수도 있겠지요. 쉽게 비유를 하자면 다음과 같습니다. 모든 사람들이 녹색 안경을 끼고 산다면, 그들이 보는 것은 모두 녹색이겠지요. 그러나 그것이 사물 그 자체의 색인지, 안경에 의한 색인지 알 수 없을 겁니다. 오성도 이와 마찬가지입니다. 우리가 진실이라고 부르는 것이 진정으로 진실인지, 아니면 진실처럼 보이는 것인지, 우리가 어떻게 알 수 있겠습니까? 진실이라는 것에 대한 믿음이 컸기에 그 불확실성에 대한 의혹은 더욱 절망적이었습니다. 그래서 차가운 이성보다는 뜨거운 감성에 무게를 두기로 생각했습니다. 제 작품에 등장하는 인물들도 보이는 것과 사실/진실 사이에서 갈등하게 되지요. 이와 함께 주인공의 이성도 송두리째 흔들리게 됩니다.

진일상_ 선생님의 설명을 들으니, 계몽주의에 대한 회의처럼 들립니다. 이러한 위기도 시대와 밀접하게 연관되어 있는 듯합니다. 그럼, 구체적으로 각각의 단편들에 대해 이야기를 해보지요. 개인적으로 어떤 작품에 애정이 가는지요?

클라이스트_ 아무래도 〈미하엘 콜하스〉를 꼽을 수 있을 것 같습니다. 다른 작품보다 더 많은 시간을 할애해서이기도 합니다만. 이 소재는 중세에 실존했던 인물, 한스 콜하제의 이야기를 다룬 것인데, 물론 그것을 새롭게 재구성했습니다. 지금은 오히려 클라이스트의 미하엘 콜하스가 더 잘 알려져 있습니다. 예를 들자면, 법 철학자 루돌프 예링Rudolf von Jhering은 자신의 저서 《권리를 위한 투쟁》(1872)에서 미하엘 콜하스와 셰익스피어의 〈베니스의 상인〉의 샤일록을 비교하면서, 정당한 권리 앞에서 죽음으로써 투쟁하는 인물과 자신의 권리를 찾지 못하고 힘없이 물러나는 상인 중에 누구를 택하겠느냐고 질문을 던지고 있습니다. 비단 정의나 권리라는 법 개념의 측면에서뿐만 아니라, 이 작품에서는 그 시간적인 배경에서도 흥미로운 구조를 가지고 있습니다. 즉 이 작품에서는 중세라는 시간과 제가 살았던 1800년대 초의 시간이 서로 공존합니다. 루터라는 역사적인 인물도 재조명되고 있고요. 그 안에서 국가와 개인의 권리 간의 갈등이라든지, 자연법 사상, 사회에 대한 개념 규정, 계몽주의 사상 등 다양한 주제들이 용해되어 있습니다. 사실 콜하스의 행위에 대해서는 다양한 시각이 가능합니다. 궁극적으로는 정의에 대한 근본적인 문제 제기가 이 작품의 핵심이라고 생각됩니다.

진일상_ 국가의 공권력에 대한 개인의 권리 주장 또는 항거는 참으로 현대적인 주제라는 생각이 듭니다. 그렇지만 주인공의 행위가 무조건 정당화될 수는 없지 않을까요?

클라이스트_ 그렇기 때문에 주인공도 기꺼이 처벌을 받아들이지요. 콜하스라는 개인을 통해 인간 사회가 만들어낸 법과 정의, 그리고 이성이 지닌 한계점 등이 그려지고 있다고 할 수 있습니다. 문제는 이러한 문제점과 이로 인한 갈등을 어떻게 해소하느냐 하는 것이겠지요. 올바른 군주란 자신의 과실도 바로잡을 수 있는 용기가 있어야 한다고 생각합니다.

진일상_ 〈미하엘 콜하스〉에 대해서는 참으로 다양한 논의가 가능할 듯합니다. 그런데 콜하스에선 남성적인 주인공을 내세워서 한 개인의 투쟁이라는 무거운 주제를 다루셨는데요. 그에 상응할 만한 여성이 주인공으로 등장하는 작품은 없습니까?

클라이스트_ 물론 있지요. 〈O...후작 부인Die Marquise von O...〉의 O...후작 부인이나 〈칠레의 지진Das Erdbeben in Chili〉의 호세페, 〈산토도밍고 섬의 약혼Die Verlobung in St. Domingo〉의 토니는 자의식을 가진 독특한 여성들입니다. 이들은 기존 질서를 대변하는 종교나 도덕, 가부장 등의 권위에 과감하게 도전하고 스스로 자신이 처한 문제를 해결하기 위해 적극적으로 행동하지요. 무대는 각각 이탈리아 북부, 칠레, 아이티로 이국적인 분위기를 풍깁니다. 이들 세 인물들의 공통점으로 현실과 인식 간의 괴리를 들 수 있습니다. O... 후작 부인은 백작에 대해 내면의 소리와 현실 간의 괴리를 인정하지 못합니다. 호세페는 자신을 구한 신의 의지뿐만 아니라, 이를 자의적으로 해석하는 인간 사회의 양면성 앞에서 좌절감을 느끼고, 토니에게 사랑을 맹세한 구스타프의 진심은 그녀로 하여금 가족을 배반하게 하는 동인인 동시에 그녀를 죽음으로 몰아넣게 하는 원인이 됩니다. 여성 주인공을 중심으로 한 인간 인식의 한계와 존재와 허상의 괴리, 개인 간의 의사소통의 문제 등이 이 작품의 중심 주제를 이루고 있습니다.

진일상_ 독일 문학은 무거운 주제를 다루고 있어 쉽게 읽히지 않는다는 것이 일반적인 견해입니다. 방금 언급하신 주제들도 모두 세인들이 골치 아프다고들 생각하는 무겁고 관념적인 문제들이 아닌지요?

클라이스트_ 너무 어렵게 생각하지 마십시오. 궁극적으로는 사람 사는 얘기로 귀결이 되니까요. 인간 본성이 지닌 다양성, 인간의 나약함, 설명할 수 없는 운명의 힘……. 이 모든 것이 관념적이기 이전에 우리 생활 속에서 흔히 볼 수 있는 것이니까요.

진일상_ 작품에 나오는 극단적인 폭력성도 그 맥락에서 이해해야 하는 것입니까? 특히 〈버려진 아이〉의 결말 부분은 선과 악의 구분이 애매모호한 것 같습니다.

클라이스트_ 그렇습니다. 법률적인 측면에서 죄를 짓고 처벌을 받는 것은 니콜로가 아니라 피아치지요. 지옥에 가서라도 이 생에서 다하지 못한 복수를 하겠다고 외치는 피아치를 보면서 독자들은 어떻게 생각할지 모르겠습니다. 그렇다고 잔인하게 살해당한 니콜로에게 동정을 느낄 수 있을까요? 결국 선과 악은 동전의 양면이라고 생각합니다. 폭력성 또한 인간 본성에 내재되어 있는 것이지요. 하지만 중요한 것은 인간의 폭력에 대한 비판적인 시각이라고 봅니다. 적어도 저의 작품들을 읽고 그 폭력성에 대한 의문을 제기한다면, 제 의도는 성공한 것이라고 생각합니다.

진일상_ 결과적으로 선생님의 이야기 안에는 다양한 성격의 인물들이 등장하고, 이야기 또한 다양합니다. 창작 활동을 더 오래하셨더라면, 어떤 다른 이야기들이 나왔을까요?

클라이스트_ 재미있는 질문이군요. 저도 그것을 경험하고 싶군요. 그랬더라면 번역하시느라 더 힘들었겠지요?

진일상_ 선생님께서는 개인적으로 어떤 작가로 평가받기를 원하십니까?

클라이스트_ 글쎄요. 동시대인들에게 제 작품은 그다지 사랑받지 못했습니다. 그런 점에서 지금 괴테와 비견되면서, 널리 수용되는 것에 놀라움을 금치 못하겠습니다. 늦게 수용된 만큼 저에 대해서는 다양하고 폭넓은 연구들이 이루어지고 있습니다. 또한 현대적인 수용이 이루어진 것은 저로서는 행운이라고 해야겠지요. 개인적으로 제 작품이 학계뿐만 아니라, 일반 독자에게 재미를 선사하면서 다양한 논의의 대상이 될 수 있었으면 하는 바람입니다.

진일상_ 끝으로 한국의 젊은이들에게 해주고 싶은 이야기가 있다면 한 말씀 해주시지요.

클라이스트_ 문학은 다른 시간 속의 다른 나라로 독자를 안내합니다. 그리고 다른 시각에서 생각하는 힘을 길러줍니다. 생각은 많은 것을 바꿀 수 있는 원천이 된다고 생각합니다. 한국 문학뿐 아니라 외국 문학도 자주 접하는 것은 간접적인 경험과 생각의 영역을 넓히는 좋은 계기가 될 수 있겠지요. 저도 시간을 내어서 한국 문학을 읽어보려고 합니다. 문학을 통해서 한국 젊은이의 의식도 간접적으로 체험할 수 있을 테니까요.

작가 연보

◆

하인리히 폰 클라이스트

Heinrich von Kleist

◆

하인리히 폰 클라이스트는 1777년 10월 18일 오더 강변의 프랑크푸르트에서 프로이센의 유서 깊은 장교 집안의 장남으로 태어났다. 클라이스트의 집안은 그가 태어나기 전에 이미 두 사람의 작가, 에발트 폰 클라이스트Ewald von Kleist(1715~1759)와 프란츠 알렉산더 폰 클라이스트Franz Alexander von Kleist(1769~1797)를 배출한 바 있지만, 이들은 오늘날 독자들에게는 잊혀져 있다. 1788년에 아버지를 잃은 클라이스트는 베를린의 카텔Samuel Heinrich Catel 목사의 기숙학교에 머무르면서 위그노파 교육을 받았다고 하는데, 이에 대한 자료는 남아 있지 않다. 15세가 되던 1792년에 가문의 전통을 따르기 위해 포츠담의 근위대에 들어간 클라이스트는 1793년부터 1795년까지 프랑스 혁명군에 저항하는 전투에 참가하기도 했다. 1797년에 대위가 되었지만, 명령에 대한 복종과 규율만을 강조하는 군인의 길에 회의를 품게 되고 1799년 스스로 군인의 길을 포기했다. 그 후 프랑크푸르트 대학에서 3학기 동안 물리, 수학, 문화사, 자연법, 라틴어를 수학했다. 이 시기에 만난 빌헬미네 폰 쳉에Wilhelmine von Zenge와 1800년에 약혼하고 미래에 대한 계획도 세우지만, 오래가지 못하고 2년 후 파혼했다. 대학에서 칸트 철학을 접한 클라이스트는 1801년 소위 '칸트 위기'를 겪으면서 인식의 대혼란을 겪게 된다. 인간의 이성에 대한 절대적인 믿음을 갖고 있던 그는 절대적인 진리에 다가설 수 없는 인간의 인식 능력의 한계를 인식에 대한 위기로 받아들이고 좌절하게 된 것이다. 물론 이것은 칸트 철학에 대한 잘못된 이해에서 비롯된 것이라고도 할 수 있지만, 중요한 점은 이러한 갈등이 후에 그의 창작 활동에 지대한 역할을 했다는 것이다. 그의 본격적인 창작 활동은 약 십여 년에 걸쳐 이루어지는데, 1801년 파리에서 스위스로 여행하던 중 몇 달간 툰 호수의 아레 섬에 머물면서 본격적으로 글을 쓰기 시작한다. 그곳에서 쓴 〈슈로펜슈타인 가(家)Die Familie Schroffenstein〉는 로미오와 줄리엣의 모티브를 취한 드라마인데, 1803년 봄에 익명으로 발표되었다. 이후 그는 드라마 작업에 치중했는데, 그가 쓴 편지에서 당시 독일 문단에서 지배적인 역할을 하던 괴테에게서 작가의 영예를 상징하는 월계관을 빼앗겠다는 야심을 드러내고 있다. 1803년에는 바이마르 근교 오스만슈테트에서 계몽주의의 대표적인 시인이자 청년 클라이스트에게 지대한 영향을 미친 크리스토프 마르틴 빌란트Christoph Martin Wieland의 집에 머물면서 〈암피트리온〉

과 〈깨어진 항아리〉 그리고 노르만족의 영웅 로베르트 귀스카르Robert Guiskard를 소재로 한 격조 높은 비극 집필에 힘썼다. 그러나 스스로 만족하지 못하고 원고를 불태우고 말았고, 이 작품은 나중에 그가 재구성한 500여 행만이 남아 있다. 클라이스트가 창작에 대한 좌절감을 어떻게 극복했는지에 대해서는 알려져 있지 않다.

1804년부터 베를린에 머물면서 프로이센의 관직을 얻기 위해 애쓰다가 1805년, 군대를 떠난 후 처음으로 공직을 얻게 되었다. 쾨니히스베르크의 재산 관리국에서 일하면서 〈미하엘 콜하스〉와 드라마 〈펜테질레아〉를 집필하기 시작했고 드라마 〈깨어진 항아리〉의 수정 작업을 했다. 하지만 1년 만에 공직 생활에 종지부를 찍고 1807년 베를린으로 가는 도중 스파이 혐의를 받고 프랑스군의 포로가 되었다. 포로로 잡힌 동안에도 창작 활동을 계속했고, 이 시기에 드라마 〈암피트리온〉과 단편 〈헤로니모와 호세페Jeronimo und Josephe〉(후에 '칠레의 지진'으로 제목이 변경되었다)가 발표되었다.

5개월간의 구금 상태에서 풀려나온 1807년 7월부터 1809년 4월까지 작센의 수도 드레스덴에 머물면서 창작 활동에 힘썼다. 1808년 저명한 경제학자이자 잡지 발행인인 아담 뮐러Adam Müller와 함께 《예술 잡지 푀부스*Phöbus, Ein Journal für die Kunst*》를 발행했다. 이 잡지에서 그는 높은 수준의 문학과 철학, 조형 예술을 연결시키려고 시도했고, 저명한 작가들이 동참해주기를 기대했으나 이루어지지 않았다. 클라이스트는

《예술 잡지 푀부스》에 드라마 〈펜테질레아〉의 일부와 〈O...후작 부인〉 외에도 자신의 글을 기고했다. 그러나 이들 작품, 특히 〈O...후작 부인〉의 "거슬리는 내용"은 독자들의 반감을 불러일으켰고, 잡지 또한 대중의 이해와 호응을 얻지 못하고 재정적인 문제로 1년 만에 폐간되고 말았다. 같은 시기에 괴테의 연출로 바이마르 궁정에서 〈깨어진 항아리〉가 초연되었지만, 이 역시 실패하면서 당시 문화의 중심지였던 바이마르로 입성하려던 클라이스트의 계획도 물거품이 되고 만다. 1808년은 나폴레옹에 의한 지배가 가속화되면서 나폴레옹이 점령한 독일 북서부 지역에 라인 동맹이 세워지고 프랑스 주도 하의 개혁이 이루어짐으로써, 독일 내에서 프랑스에 대한 반감이 고조되던 시기였다. 애국심에 불타던 클라이스트도 외세에 대한 항거를 소재로 한 드라마 〈헤르만 전투〉를 완성했다. 1810년 클라이스트는 베를린에 머무르면서 드라마 〈하일브론의 케트헨〉과 〈미하엘 콜하스〉, 〈O...후작 부인〉, 〈칠레의 지진〉이 담긴 《단편집 제1권》을 발표했다. 다음해에 나머지 다섯 편의 단편이 실린 《단편집 제2권》을 발표했다. 1810년에도 〈베를린 석간Berliner Abendblätter〉을 아담 뮐러와 함께 발행했지만, 기사에 대한 프로이센의 검열로 신문은 난관에 봉착하게 된다. 매일 발행된 이 석간은 6개월 만에 폐간되었지만, 오늘날 일간지의 전신으로 평가받고 있다. 여기에 클라이스트는 매일 일어난 사건에 대한 정보를 경찰 보고서에서 취해서 싣거나, 정부에 대한 입장 표명, 교육적인 글, 예술 비평 등과 픽션을 함께 실었다. 정부의 검열 때문에 경찰 보고서를 싣지 못하게 되면서, 결국 사건 보고들은 클라이스트의 글로 대체되는 경우가 많아지게 되었다. 즉 일화들이나, 〈로카르노의 거지 여인Das Bettelweib von Locarno〉, 〈성 세실리아 또는 음악의 힘Die heilige Cäcilie oder die Gewalt der Musik〉이 여기에 속한다. 신문이 폐간된 후 그는 더 이상 삶의 목표를 찾지 못했다. 작가로서 그는 사회적으로 인정받지도 못했고, 그의 드라마는 무대에 올려지지 않았으며, 〈헤르만 전투〉나 〈프리드리히 폰 홈부르크 왕자〉는 사후에 발표되어서 그의 작품 속의 정치적인 성향은 대중에게는 알려지지 않았다. 클라이스트는 작가로서의 재능에 대해 끊임없이 회의를 품었고 잡지 등 다른 계획들은 지속적으로 이루어지지 못했다. 그는 베를린 근교의 반제 호수에서 불치병을 앓고 있던 헨리에테 포겔Henriette Vogel과 함께 1811년 11월 21일, 동반 자살로 생을 마감했고, 이 비극적인 사건은 클라이스트의 삶과 작품을 조명하는 데 어두운 그림자를 남기게 되었다.

옮긴이 주

1) 융커는 중세 봉건 사회에서 농토의 세습을 기반으로 한 지방 귀족의 호칭이다.
2) 굴덴은 은화의 단위이다.
3) 유황 끈은 성냥 대용으로 불을 피우는 데 썼다.
4) 진실을 말하고 있음을 증명하는 중세의 관습. 거짓을 말하는 자는 성체를 받을 수 없다. 여기서는 말 장수가 그 말의 책임을 지겠다는 의미이다.
5) 궁의 음료, 저장실, 포도밭을 관리하는 높은관직과 회계 출납, 이 두 개의 궁정 관직은 고대 이래 전해져 내려오던 오래된 관직으로, 여기에서는 제후의 측근에 있다는 의미를 강조하기 위해 작가가 선택한 것으로 보인다.
6) 옛날 길이 단위로, 일 엘레는 팔꿈치까지의 길이이다.
7) 성 게르바지우스 날은 6월 17일이다.
8) 케룹은 주님을 섬기는 동물과 사람의 형상을 한 존재이다. 〈모세〉 3장 24절 참조.
9) 마이스터는 장인(匠人)을 말한다.
10) 중세의 신분 질서는 성직자, 귀족, 백성으로 이루어지고 나머지 수공업자나 백정 등의 천민들은 어떠한 권리도 없는, 사회의 보호 밖에 있는 존재로 인식되었다. 따라서 당시 사람들은 신분질서 밖에 존재하는 박피장이의 손에 닿은 말들도 사회적으로 더럽혀지고 권리를 잃었다고 생각했고, 이 말들을 만짐으로써 자신도 사회적인 신분을 상실하게 된다고 생각했다.
11) 레반테는 지중해 동쪽 연안의 나라를 가리킨다.
12) 시동은 제후의 시중을 드는 귀족 가문의 남자아이다.
13) 시빌레는 예언을 하는 여인의 이름이다. 가장 유명한 여인의 이름

이 로마의 시빌레 아말테아였다고 한다.
14) 판타수스와 모르피우스는 오비드의 〈변신〉에 나오는 잠의 신의 아들이다. 판타수스는 낮 꿈의 신이고 모르피우스는 밤 꿈의 신이다.
15) 팅카는 슬라브 이름 '카팅카'의 줄임말로 추정된다. 이 이름은 '카타리나'(순결한 여인)라는 이름에서 유래했다.
16) 성서의 표현을 변용한 것이다. 〈예레미아스〉 20장 17절.
17) 〈요한복음〉의 도마를 가리킨다. 〈요한복음〉 20장 24~29절에 따르면 도마는 눈에 보이는 증거를 얻고서야 비로소 예수 부활에 대한 의심을 거둔다.
18) 섭정은 당시 스페인령이었던 칠레에서 스페인 국왕을 대리하여 다스린 사람이다.
19) 라 콘셉시온은 칠레의 도시로, '수태'라는 의미가 있다.
20) 포르토프랭스는 아이티 섬의 수도이면서 항구이다.
21) 물라토는 백인과 흑인의 혼혈이다.
22) 메스티소는 백인과 라틴 아메리카 인디언의 혼혈이다.
23) 크레올은 중남미로 이주해온 백인 이주민의 자손이다.
24) 데살린은 원래 흑인 노예였으나 1803년 이후 반란군의 총사령관이 되었다.
25) 니치는 벽에 움푹 들어가 장식품을 놓게 되어 있는 곳이다.
26) 타르튀프는 몰리에르의 희극에 등장하는 인물로, 패륜아를 상징한다.
27) 살베 레기나는 '여왕에게 경배하라'라는 뜻으로 마리아를 경배하는 가톨릭 미사의 시작 부분이다.
28) 글로리아 인 엑스셀지스는 '높은 곳의 (하느님께) 영광을'이라는 뜻이다.
29) 성 세실리아는 음악의 수호 성인이다.
30) 성 레미기우스는 가톨릭 성인으로 축일은 10월 1일이다.
31) 트리니타티스는 기독교 성삼위 일체 축일(성령 강림제 후의 첫 일요일)이다.

32) 파르티아인은 고대 이란 지방의 유목민이다.

옮긴이에 대하여

진일상

이화여자대학교 독어독문학과와 같은 학교 대학원을 졸업하고 독일 레겐스부르크 대학교에서 하인리히 폰 클라이스트의 단편에 관한 연구논문으로 박사 학위를 받았다. 현재 이화여자대학교 독어독문학과에 재직하면서, 교육 및 연구, 번역 작업을 하고 있다. 클라이스트의 단편집 《미하엘 콜하스 외》로 2006년 한·독문학번역상을 수상했고, 하인리히 폰 클라이스트의 드라마 《암피트리온》·《깨어진 항아리》, 크리스토프 란스마이어의 《빙하와 어둠의 공포》, 프란츠 카프카의 《변신》, 아르투어 슈니츨러의 《엘제 양》 등을 옮겼다.

domspatz@ewha.ac.kr

문학의세계

미하엘 콜하스 외

초판 1쇄 발행 2005년 1월 25일
개정 1판 1쇄 발행 2024년 3월 25일
개정 1판 2쇄 발행 2025년 8월 14일

지은이 하인리히 폰 클라이스트
옮긴이 진일상
펴낸이 김준성
펴낸곳 책세상
등 록 1975년 5월 21일 제2017-000226호
주 소 서울시 마포구 월드컵로23길 38, 2층 (04011)
전 화 02-704-1251
팩 스 02-719-1258
이메일 editor@chaeksesang.com
광고·제휴 문의 creator@chaeksesang.com
홈페이지 chaeksesang.com
페이스북 /chaeksesang   트위터 @chaeksesang
인스타그램 @chaeksesang   네이버포스트 bkworldpub

ISBN 979-11-7131-113-2 04800
ISBN 979-11-5931-863-4 (세트)

• 잘못되거나 파손된 책은 구입하신 서점에서 교환해드립니다.
• 책값은 뒤표지에 있습니다.